Arena-Taschenbuch
Band 2125

D1728539

Nanata Mawatani
(es handelt sich dabei um ihr indianisches Pseudonym)
hat sich viele Jahre mit dem Schicksal der Indianer
Nordamerikas beschäftigt und kennt deren heutiges Leben
aus eigener Anschauung.

Nanata Mawatani

Weiße Tochter der Cheyenne

Arena

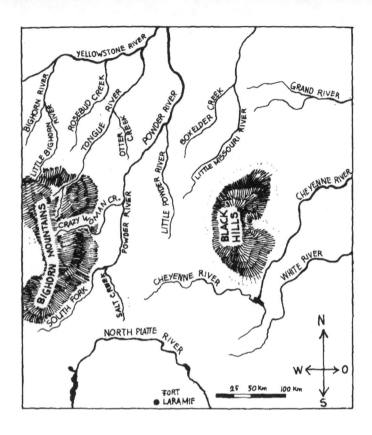

In neuer Rechtschreibung

6. Auflage als Arena-Taschenbuch 2001
© dieser Ausgabe 1989 by Arena Verlag GmbH, Würzburg
Die vorherigen Auflagen erschienen unter dem Titel
»Weißer Vogel – Tochter der Cheyenne«
Umschlagillustration: Sabine Lochmann
Umschlagtypographie: Agentur Hummel + Lang
Gesamtherstellung: Westermann Druck Zwickau GmbH
ISSN 0518-4002
ISBN 3-401-02125-7

Weißer Vogel
und
Schwarzes Pferd

15. November 1864 – Fort Lyon

Vor wenigen Wochen war mein 24. Geburtstag und dieses kleine Buch ist eines der wenigen Geschenke, die ich erhielt.

Miriam Synder, die Frau eines Korporals und eine der seltenen Frauen, zu denen man Freundin sagen kann, übergab es mir.

»Zum Verewigen deiner Gedanken, deines großen und kleinen Kummers, und damit du mich und Fort Wallace nicht so schnell vergisst«, schrieb sie hinein.

Inzwischen ist die unruhige Zeit des Packens und Abschiednehmens, die beschwerliche Reise und das Auspacken wieder einmal überstanden.

Seit einigen Tagen befinden wir uns in Fort Lyon – wir, das heißt mein Vater, der Offizier bei den Colorado Volunteers ist, und ich.

Das Leben der Soldaten ist ein ständiges Hin und Her, oft sind wir nicht ein Jahr lang in derselben Garnison. Häufig ist Vater wochenlang mit seiner Truppe unterwegs und ich sehe ihn kaum. Aber ich vermisse ihn nie sonderlich. Seit Mutter vor zehn Jahren mit einem anderen Mann fortging, hat er sich immer mehr verändert. Er spricht kaum noch; meist ist er mürrisch und in sich gekehrt. Ich habe ihn seit Jahren nicht mehr lachen sehen. Nur wenn es darum geht, Indianer zur »Räson« zu bringen, lebt er auf. Ich verstehe ihn nicht – nicht mehr. Manchmal träume ich nachts, dass er mich anlächelt und mir über das Haar streicht, so wie früher, als ich noch ein Kind war. Wir sind uns fremd geworden, keiner weiß, was der andere denkt und fühlt.

Anfänglich hatte ich Mutter sehr vermisst und ich konnte nicht begreifen, warum sie mich nicht mitgenommen hatte. Aber je älter ich wurde, desto besser verstand ich, weshalb sie diesen in den Augen der anderen so ungeheuerlichen Schritt getan hatte. Ich begann ihren Mut zu bewundern, mit dem sie ihr altes, gesichertes Leben als Frau eines Offiziers hinter sich ließ. Und ich erkannte, dass sie mich nur zurückgelassen hatte, weil sie wusste, dass sie ein unruhiges und entbehrungsreiches Dasein führen würde.

Mir hatte ihr Fortgehen Freiheiten und eine Unabhängigkeit ermöglicht, ohne die ich mich sicher in der gleichen Weise entwickelt hätte wie die meisten Mädchen in meiner Umgebung. Diese oberflächlichen und albernen Dinger, die nur ihre Kleider, Rüschen und Bänder im Kopf hatten und deren Gespräche sich meist nur um den nächsten Garnisonsball und die neueste Mode drehten. Diese tuschelnden und kichernden kleinen Gänse, deren ganzes Sinnen und Trachten nur darauf gerichtet war, sich möglichst schnell einen Mann zu angeln, und die zu diesem Zweck von ihren Müttern herausgeputzt, auf Bällen und Paraden zur Schau gestellt und der heiratsfähigen Männerwelt vorgeführt wurden.

Ich hatte nichts gegen diese Mädchen, ich konnte einfach nichts mit ihnen anfangen und sie nichts mit mir. Nicht dass ich mir keine Mühe gegeben hätte, aber Gespräche mit ihnen versandeten bald in Belanglosigkeiten oder scheiterten an unseren unterschiedlichen Interessen. Wir waren einfach zu verschieden.

Natürlich traf ich auch andere, solche wie mich, nachdenklich und in sich gekehrt, die das Leben schwerer nahmen, als es vielleicht notwendig war. Aber nähere Kontakte hatte ich nicht. Wenn sich einmal so etwas wie eine engere Freundschaft anbahnte, wurde Vater schon wieder abkommandiert. So habe ich mich im Laufe der Zeit mehr und mehr zu meinen Büchern und Zeitschriften zurückgezogen. Beim Lesen versinken die Palisaden um mich und ich fühle mich frei wie ein Vogel in der Luft. Es ist faszinierend, in Gedanken ungehindert in ferne, fremde Länder fliegen zu können, fremdartige Menschen zu sehen, andere Bräuche kennen zu lernen. Die Rückkehr in die Gegenwart ist dann allerdings sehr ernüchternd. Dann helfen mir nur noch die häufigen Ausritte. Die enge Verbundenheit mit dem Pferd und mit der Natur mildert das Gefühl des Eingeschlossenseins ein wenig und besänftigt meinen Freiheitsdrang für kurze Zeit. Das einzig Störende daran ist die Verpflichtung, immer in Sichtweite des Forts zu bleiben. Papa sind die Ausritte allerdings ein Dorn im Auge, für ihn sind Frauen in Männerkleidern ein vulgärer Anblick.

Aber ich habe ihm klargemacht, dass ich mir dieses kleine Vergnügen von niemandem nehmen lasse. Und die langen Röcke sind nun einmal beim Reiten lästig und unbequem. Einer der wenigen, denen ich in den vergangenen Wochen und Monaten näher gekommen bin, ist Leutnant Jefferson. Er ist schon seit Jahren beim Regiment meines Vaters und wir sind fast schon so etwas wie alte Kumpane. Allerdings bringt mir Tom nicht nur kameradschaftliche Gefühle entgegen. Als er mir dies kürzlich durch die Tat deutlich machen wollte, musste ich ihm meine Meinung dazu sagen.

Zuerst war er etwas gekränkt und meinte fast zornig: »Warum dann die Sehnsucht in deinen Augen? Es müsste verboten werden, so auszusehen wie du, wenn einem die Männer gleichgültig sind!«

»Aber sie sind mir nicht gleichgültig und du schon gar nicht«, habe ich ihm geantwortet. »Unsere Freundschaft bedeutet mir sehr viel.«

Inzwischen hat er sich wieder beruhigt, aber ich frage mich

oft, warum ich ihn abwies. Tom ist ein gut aussehender Mann und, was das Wichtigste ist, ein anständiger Kerl. Worauf warte ich also? Auf einen Märchenprinzen oder einen großen Helden? Ich weiß es nicht.

16. November 1864 – Fort Lyon

Es ist noch früh am Morgen. Ich habe wieder schlecht geschlafen, wie so häufig in den letzten Tagen. Seit wir uns in Fort Lyon befinden, spüre ich eine unerklärliche Unruhe in mir. Ich fühle mich wie die straff gespannte Sehne eines Bogens, von dem jeden Augenblick der Pfeil abschnellen kann.

Wenn ich mit dem Ordnen der beiden kleinen Zimmer, die man uns angewiesen hat, fertig bin, werde ich ausreiten. Vielleicht hilft mein altes Heilmittel auch gegen diesen Zustand. Präriefeuer, meine Stute, wird sich freuen.

Draußen geht es schon laut zu, die heiseren Kommandos vom Exerzierplatz dringen zu mir herein. Dazwischen hört man das Wiehern der Pferde, das Hin und Her von Stimmen und das gedämpfte Lachen einer Frau. Die Sonne scheint noch recht warm für die fortgeschrittene Jahreszeit. Ich werde mich eilen.

Jetzt ist es passiert! Der Himmel ist auf mich herabgestürzt, lautlos, unabänderlich, und hat mich mit zitternden Knien zurückgelassen.

Aber ich beginne besser von vorn.

Als ich unsere Zimmer verließ, um zur Pferdekoppel zu gehen, lief ich Beverly Hutchkins in die Arme, die wieder einmal den neuesten Klatsch loswerden wollte. Leutnant Jefferson, wusste sie zu berichten, machte einer gewissen Lorna Green den Hof. Offensichtlich war sie der Meinung, dass ich nun schrecklich eifersüchtig würde. Ich gab ihr zu verstehen, dass ich es für ausgesprochen dumm hielt, ausgerechnet Tom mit so einer hirnlosen kleinen Gans in Zusammenhang zu bringen. Sie sah mich ziemlich entgeistert an, als ich sie stehen ließ. Offenbar hatte mich das Ganze doch mehr geärgert, als ich zugeben wollte, denn ich lief ziemlich aufgebracht quer über den Platz vor den Mannschaftsunterkünften. Ich glaube, ich schimpfte sogar leise vor mich hin. Wegen der grellen Sonne hielt ich den Kopf gesenkt und prallte prompt recht unsanft mit jemandem zusammen. Verlegen wegen meiner Unachtsamkeit wollte ich mit einer gemurmelten Entschuldigung vorbeigehen. Da hörte ich die Stimme – warm und dunkel. Ich blieb stehen, als ob mich etwas festgenagelt hätte.

»Wie ein kleiner Vogel...«, sagte die Stimme und es schwang leiser Spott darin mit. Zuerst sah ich nur ein Paar Füße, in ausnehmend schön gearbeiteten Mokassins, darüber zwei Beine in hellen, an den Seitennähten mit roten Lederfransen verzierten Rehlederhosen. Langsam wanderte mein Blick weiter, ein nackter, von Fett glänzender Oberkörper. Eine breite, hässliche Narbe verlief von der rechten Schulter bis in die Herzgegend. Muskulöse Schultern, pechschwarzes Haar, das in zwei dicken Strängen, mit weichen Fellstreifen umwickelt, auf die Brust herunterhing.

Und dann geschah es! Seine dunklen Augen hielten meinen Blick fest, das Lächeln war verschwunden. Ich fühlte mein Herz in dumpfen, schmerzhaften Stößen schlagen. Wie lange wir uns so gegenüberstanden, jeder vollkommen versunken in den Blick des anderen, ich weiß es nicht. Es kam mir wie eine Ewigkeit vor, aber sicher waren es nur Sekunden. Dann wandte er sich zögernd ab, nahm sein Pferd beim Zügel und ging langsam zu einer Gruppe anderer Indianer, die vor der Offiziersbaracke standen.

Als er sich noch einmal nach mir umdrehte, ertappte ich mich dabei, dass ich ein oder zwei Schritte in seine Richtung machte. Doch Erziehung und Konvention hielten mich zurück und mit einem schwachen resignierenden Lächeln setzte er seinen Weg fort.

Als ich Präriefeuer sattelte und ihr warmes, weiches Fell unter meinen Händen fühlte, gab die Spannung der letzten Tage plötzlich nach. Ich vergrub das Gesicht in der Mähne der Stute und fühlte mich auf einmal seltsam leicht und gelöst. Ist das Liebe, die Liebe, auf die ich gewartet habe?

17. November 1864

Heute erzählte mir Tom auf meine Frage, dass es sich bei den Indianern, die gestern im Fort waren, um Cheyenne- und Arapaho-Häuptlinge handelte, die den neuen Kommandanten des Forts aufsuchten, um zu klären, wo sie den Winter über ihr Lager aufschlagen sollten. Wie mir Tom sagte, hat Major A. den Indianern versichert, dass sie in ihrem Lager am Sand Creek unter dem Schutz von Fort Lyon stünden.

Den Namen des Häuptlings mit der großen Narbe auf der Brust konnte ich nicht erfahren. Werde ich ihn wieder sehen?

20. November 1864

Heute ist Sonntag. Es ist ruhig draußen, nur gelegentlich hört man ein Pferd wiehern. Mannschaften und Offiziere sitzen beim Whisky oder spielen Karten.

Das Wetter ist umgeschlagen, die letzten schönen Herbsttage sind vorbei.

Es sieht aus, als schneie es bald.

Ich bin niedergeschlagen und lustlos.

Stundenlang stehe ich am Fenster und starre hinaus, selbst meine Bücher locken mich nicht.

Immer wieder sehe ich sein Gesicht vor mir, die schwarzen Augen, und höre seine dunkle Stimme.

21. November 1864

Tom hatte heute dienstfrei und begleitete mich auf meinem Ausritt. Es war sehr kalt, die schneidende Luft trieb uns die Tränen in die Augen und der Atem der Pferde flog in kleinen weißen Wolken hinter uns her, während wir in die Prärie hinausjagten.

Auf dem Rückweg fragte mich Tom: »Du siehst in letzter Zeit so traurig aus. Ich bin sicher, dass dich irgendetwas bedrückt.«

Ich beruhigte ihn und sagte, er solle sich keine Gedanken machen. Mädchen wären manchmal so.

23. November 1864

Am Nachmittag kamen einige junge Männer und Frauen und wollten von mir wissen, ob ich bei einer kleinen Aufführung am Weihnachtsabend mitspielen würde. Ich vertröstete sie, ich würde es mir überlegen.

Weihnachten? Friede auf Erden? Das Fest, das wir jedes Jahr so fromm begehen und nach dessen Sinn die meisten nie leben.

25. November 1864

Eben kam Tom auf einen Sprung herein, er sah bleich und verstört aus. Seine Hände zitterten, als er sich die Pfeife anzündete. Erschrocken fragte ich ihn, was geschehen sei. So hatte ich ihn noch nie gesehen.

»Etwas Ungeheuerliches wird passieren«, sagte er. »Major A. sagte uns heute bei einer Besprechung, er habe Truppenverstärkung angefordert, um es den roten Halunken da oben am Sand Creek mal so richtig zu zeigen. Mehrere Offiziere, auch ich, wiesen darauf hin, dass dies eine Verletzung der Sicherheitsgarantien darstelle, die er den friedlichen Indianern gegeben habe, und dass wir uns weigerten, bei einem solch mörderischen Überfall mitzumachen. Darauf bekam er einen Wutanfall und drohte uns mit dem Kriegsgericht.«

Ich starrte ihn entsetzt an. »Das ist doch nicht möglich, das wäre ja hundertfacher Mord.« Mir wurde schlecht vor Angst, als mir bewusst wurde, dass auch »mein Indianer« dort draußen war.

»Allerdings«, sagte Tom und seine Stimme kam wie aus weiter Ferne, »haben alle Offiziere, die gegen diesen heimtückischen Überfall sind, insgeheim abgesprochen keinen Schießbefehl zu geben.«

»Was wird das helfen?«, Meine Stimme klang heiser vor Furcht. »Die übrigen Soldaten hier im Fort und die angeforderten Truppen werden bestimmt ausreichen, um ein fürchterliches Blutbad unter den völlig ahnungslosen Indianern anzurichten.«

Als Tom gegangen war, saß ich noch lange regungslos da und versuchte der Panik, die mich erfasst hatte, Herr zu werden. Ich muss klar denken können, um einen Ausweg zu finden. So etwas Entsetzliches darf einfach nicht geschehen.

26. November 1864

Die ganze Nacht wälzte ich mich in meinem Bett und zermarterte mir den Kopf. Es zwar zwecklos. Einen Augenblick lang hatte ich den irrsinnigen Plan, meinen Ausritt dazu zu benutzen, einfach Richtung Norden zu reiten und die Indianer zu warnen. Aber es war sinnlos, ohne Führer würde ich das Lager in dieser endlosen Weite nie finden. Meine Hilflosigkeit erfüllte mich mit Zorn und Verzweiflung.

Ich wollte zu den Pferden, ein Ritt durch die eisige Luft würde das Durcheinander in meinem Kopf vielleicht klären. Aber ich bin nicht mehr hingekommen. Vor dem Warenmagazin begegnete mir unser Händler, John Smith, der geschäftig hin und her lief und einen Ambulanzwagen mit Waren voll stopfte.

»Wo wollen Sie denn bei der Kälte hin«, fragte ich, nur um etwas zu sagen.

Er erwiderte: »Zu den Indianern am Sand Creek, um Waren gegen Häute einzutauschen. Ein Soldat von einem der Kavallerieregimenter begleitet mich.«

»Aber das muss . . .« . . . ein Missverständnis sein, vollendete ich nur noch in Gedanken den angefangenen Satz. Ich konnte mir nicht vorstellen, dass Major A. die beiden nichts ahnenden Männer in das Indianerlager gehen ließ, obwohl er wusste, dass das Lager angegriffen werden sollte. Aber vielleicht war es Absicht, vielleicht wollte er die Indianer in Sicherheit wiegen? Meine Gedanken überschlugen sich. Sollte ich ihm sagen, was geschehen würde? Sollte ich ihn bitten die Indianer zu warnen? Ich öffnete schon den Mund . . . Nein, ich darf nicht sprechen, dachte ich. Wenn er Bescheid weiß, wird er gar nicht fahren! Aber kann ich mein Schweigen verantworten und die beiden in eine solche Gefahr gehen lassen?

Mitten in dem Chaos in meinem Innern tauchte auf einmal das Gesicht des Cheyenne-Häuptlings auf. Plötzlich wusste ich, was ich tun musste. Ich lief so schnell ich konnte zurück. Mit fliegenden Händen packte ich einige Sachen. Ich werde am

Fenster warten. Wenn der Händler weiter so bummelt, wird es dunkel, bis er abfahren kann. Das ist meine Chance, mich auf dem Wagen zu verstecken, bevor er das Tor passiert.

Vater ist bei einer Lagebesprechung. Ich werde ihm schreiben, dass ich so handeln muss. Vielleicht würde dieser gemeine Überfall dann aufgegeben? Aber wird er mein Vorhaben überhaupt melden? Mit einer solchen Tochter, die Indianer als Menschen betrachtet, kann er als Offizier keine Ehre einlegen.

27. November 1864 – Im Lager der Indianer

Es war ganz einfach! Niemand beachtete die Abfahrt des Ambulanzwagens und ich konnte ungesehen zwischen die Decken und Kisten kriechen. Es war eine fürchterliche Fahrt auf dem hin und her schaukelnden Wagen. Trotz meiner warmen Kleidung fror ich aus Mangel an Bewegung entsetzlich. Aus Angst vor einer vorzeitigen Entdeckung verhielt ich mich möglichst ruhig. Ich hörte die beiden vorne miteinander reden. Verstehen konnte ich nichts, die Ladung machte einen zu großen Lärm.

Als der Wagen in den frühen Morgenstunden ins Lager rollte und ich steif gefroren und übernächtigt herunterkletterte, fielen Smith und dem Soldaten beinahe die Augen aus dem Kopf. Natürlich wollte der Händler wissen, was ich da zu suchen hätte. Ich erklärte ihm, dass ich die Indianer vor einem Überfall durch die Truppen warnen müsste.

»Wer hat Ihnen denn den Bären aufgebunden?«, fragte er belustigt. »Glauben Sie, wir beide wären hier, wenn der Major so was vorhätte?« Ich merkte, dass es keinen Sinn haben würde, ihn überzeugen zu wollen. Die beiden lächelten nur und ließen mich stehen.

Ich musste versuchen einen Häuptling zu finden, der genügend Englisch verstand, um ihn vor dem bevorstehenden Überfall zu warnen.

Ich hatte keine Ahnung, wie schwierig das sein würde. Auf meine Frage erntete ich meist nur Schulterzucken oder Kopfschütteln. Ich verlegte mich auf die Zeichensprache. Als Schauspielerin wäre ich sicherlich großartig gewesen, denn die Indianer lachten fröhlich über meine kläglichen Versuche, mich verständlich zu machen.

Den Häuptling mit der Narbe konnte ich nirgends entdecken. In dem Lager, das aus einer ziemlich weit auseinander gezogenen Ansammlung von Zelten bestand, befanden sich schätzungsweise an die 600 Menschen, dazwischen noch hunderte von Indianerponys.

Endlich sah ich ein Zelt, vor dem zwei mit Federn geschmückte Speere in den Boden gerammt waren.

Es musste sich um das Tipi eines Häuptlings handeln. Ich sprach also den vor dem Zelt sitzenden Indianer auf Englisch an und wurde endlich verstanden. Erleichtert fragte ich, ob ich mich setzen dürfte, was mir mit einer Handbewegung erlaubt wurde. Der Indianer machte ein hoheitsvolles, beinahe abweisendes Gesicht. Vielleicht war es ihm nicht recht, dass man ihn als Häuptling mit einer weißen Frau sprechen sah.

Als ich sah, welchen Eindruck meine Mitteilung auf ihn machte, wurde mir klar, wie nutzlos mein Gerede von der Gefahr war, in der sie sich befanden. Er sah mich nur an und lächelte ungläubig. Ich begann mich aufzuregen, aber er lächelte weiter.

Schließlich meinte er in seinem etwas unbeholfenen Englisch: »Warum lässt dann Soldatenhäuptling Händler und Soldat von Kavallerie in unser Lager gehen? Soldatenhäuptling hat versprochen, wenn wir hier bleiben, dann sind wir sicher.«

Ich redete noch eine Weile auf ihn ein, sagte ihm, dass Major A. sie nur in Sicherheit wiegen wollte, aber er war nicht zu überzeugen. Ich glaube, er befürchtete sich vor seinen Leuten lächerlich zu machen, wenn er mir Glauben schenkte.

Ich konnte nicht anders und es ärgerte mich gewaltig, aber auf einmal kamen mir vor lauter Zorn und Enttäuschung die Tränen. Als der Häuptling mein verzweifeltes Gesicht sah, wurde er etwas nachdenklich. Er rief einen Krieger zu sich und sprach leise mit ihm. Der nickte mit dem Kopf, lief zu den Pferden und ritt davon.

»Er reitet zu Kriegern, die nicht weit von hier Büffel jagen. Die anderen sind zwei Tage weit weg.«

Das war also die Erklärung dafür, dass ich so wenige junge Männer im Lager gesehen hatte.

Unhöflich platzte ich heraus: »Du sollst keine Krieger holen lassen, denn das wird sicher nicht viel helfen, du musst das Lager verlegen!«

Er machte jedoch eine abschließende Handbewegung, um zu zeigen, dass das Gespräch beendet sei. Meine Anstrengungen, ihn zu überzeugen, waren beinahe vollständig gescheitert. Vielleicht bereute er es schon, dass er mir überhaupt so weit entgegengekommen war.

Meine Unruhe wuchs von Stunde zu Stunde. Wenn ich nur den Indianer aus dem Fort hätte finden können, der hätte mir geglaubt.

Heute Nacht werde ich bestimmt vor Angst kein Auge zubekommen. Weniger um mich, denn auf Weiße werden die Soldaten sicher nicht schießen. Ich habe Angst um diese vertrauensseligen Menschen. Haben sie denn noch immer nicht gelernt, wie wenig sie den Versprechungen der Weißen Glauben schenken dürfen?

20. Dezember 1864 – Im Winterlager der Cheyenne

Viele Tage sind vergangen und wir alle haben die Hölle hinter uns. Wir, die noch am Leben sind.

Die Soldaten kamen im Morgengrauen. Ich hatte, wie ich vorherahnte, die ganze Nacht keinen Schlaf finden können. Als eine der Ersten hörte ich das dumpfe Dröhnen der auf den gefrorenen Boden trommelnden Pferdehufe.

Ich lief hinaus und schrie: »Soldaten! Soldaten!«, und wusste doch im gleichen Augenblick, dass es zu spät war. Wieder fühlte ich das Grauen in mir aufsteigen, als ich mit ansehen musste, wie so genannte zivilisierte Weiße wahllos Frauen, Kinder, Säuglinge und alte Leute erschossen, verstümmelten, zerhackten. Einer der Häuptlinge, es war Black Kettle – Schwarzer Kessel –, hatte die amerikanische Fahne und ein weißes Tuch, das Symbol des Friedens, aufgerichtet. Ich konnte sie deutlich erkennen, aber es nutzte ihm und den Leuten, die sich um ihn und diese Fahnen geschart hatten, nichts. Die Soldaten schossen einfach in den Menschenhaufen hinein. Einige Krieger, die im Lager geblieben waren, trieben Frauen und Kinder zusammen und stellten sich vor ihnen auf, um sie zu schützen. Sie wurden von den Kugeln niedergemäht.

Der Händler kam an mir vorbei und schrie, ich solle mich in Sicherheit bringen, die Soldaten würden sogar auf ihn schießen. Ich konnte nicht, meine Beine waren wie gelähmt. Ich wusste, ich würde mich gleich übergeben müssen. Das Entsetzen schüttelte mich, ich sah nur noch Tote, Sterbende, schreiende Frauen, weinende Kinder. Dazwischen, in einem höllischen Durcheinander von Flucht und Verfolgung, das Grölen der angetrunkenen Soldaten, das Krachen der Gewehre und Peitschen der Pistolenschüsse, Pulverdampf und Staub.

Ich sah so unvorstellbare Grausamkeiten, dass sich die Feder sträubt, sie niederzuschreiben. Und diese Grausamkeiten wurden von Weißen begangen, an Menschen, die ihnen nichts, aber auch gar nichts getan hatten. Squaws fielen vor diesen Weißen auf die Knie und flehten um Gnade, wenigstens für die Kinder. Die Soldaten schossen sie nieder oder hieben mit ihren Säbeln auf sie ein.

Als meine Erstarrung wich und ich endlich an Flucht dachte, war es zu spät. Ich hörte den Schuss aus nächster Nähe, fühlte den Schlag, als die Kugel meine Schulter traf. Dann verlor ich die Besinnung und während ich fiel und immer tiefer in einen dunklen Abgrund stürzte, spürte ich, wie mir Dornen und Gestrüpp die Haut zerkratzten.

Als ich wieder zu mir kam, dämmerte es. Vereinzelt krachten noch Schüsse. Mühsam kroch ich aus dem dichten Gebüsch, in das ich gestürzt war und das mir wahrscheinlich das Leben gerettet hatte.

Was ich sah, war so grauenhaft und entsetzlich, dass ich glaubte den Verstand zu verlieren. In meiner unmittelbaren Nähe lag eine Frau. Ihr Leib war aufgeschlitzt und neben ihr, noch durch die Nabelschnur mit der Mutter verbunden, das ungeborene Kind. Überall Blut; Blut, wohin man sah. Allen Toten, die ich sehen konnte, fehlte der Skalp.

Mir wurde zum zweiten Mal an diesem Tag übel. Auf einmal hörte ich das gedämpfte Trommeln galoppierender Pferde. Die Soldaten kommen zurück, dachte ich entsetzt. Aber es war keine Kraft zur Flucht mehr in mir. Ich schloss die Augen und wartete auf das Ende, als mich plötzlich jemand bei den Schultern packte. Da verlor ich die Beherrschung und ich begann zu schreien. Die Schmerzen, die Angst und das Grauen schrien aus mir, es war, als könne ich nie mehr aufhören. Brutal wurde mir eine Hand auf den Mund gepresst und eine dunkle Stimme, dicht neben mir, befahl mir zu schweigen. Der Klang dieser Stimme kam mir seltsam vertraut vor. Angestrengt suchte ich im Nebel meiner Erinnerung nach einer Antwort, aber ich versank tiefer und tiefer in eine undurchdringliche schwarze Bewusstlosigkeit.

Was von da ab geschah, erzählte mir später die Indianerin, die mich pflegte. Sie konnte sich einigermaßen in meiner Sprache verständlich machen, und wo ihr Wortschatz nicht ausreichte, nahm sie ihre ausdrucksvolle Zeichensprache zu Hilfe.

Der Krieger, der von Häuptling Flying Hawk – Fliegender Falke – ausgesandt worden war, um die in der Nähe jagenden Cheyenne zum Lager zurückzuholen, traf erst am Abend auf etwa zehn seiner Leute. Da der Befehl zur Rückkehr nicht besonders dringend vorgetragen wurde, brachen sie erst am anderen Morgen auf.

Als sie das Krachen der Gewehrschüsse aus der Ferne hörten, war es schon Nachmittag. Sie spornten die Pferde an, aber als sie auf dem Schlachtfeld eintrafen, sahen sie, dass sie zu spät gekommen waren. Sie suchten die Umgebung nach Überlebenden ab; dabei fanden sie auch mich.

Mir fiel die Stimme wieder ein, die ich hörte, bevor ich bewusstlos wurde, und ich fragte Little Cloud – Kleine Wolke –, so hieß die junge Indianerin, ob der Cheyenne, der mich fand, eine Narbe auf der Brust hätte. Sie bestätigte das und ich fragte nach seinem Namen. Er sei ihr Bruder und der

Häuptling ihres Stammes, sein Name bedeutete in unserer Sprache Schwarzes Pferd. »Bruder war sehr erschrocken, als er weiße Frau sah.«

Als es Nacht geworden war, beschlossen die Überlebenden, so schnell wie möglich zum Smoky Hill ins Jagdlager der anderen Krieger zu fliehen. Es war sehr kalt, aber aus Angst vor den Soldaten wagten sie nicht, ein Feuer zu machen. Die am schwersten Verwundeten wurden von den wenigen berittenen Kriegern auf die Pferde genommen, doch viele mussten zu Fuß gehen. So zogen sie durch die eisige Nacht, hungernd und frierend, mehr tot als lebendig.

Einmal, so kann ich mich schwach erinnern, war ich aus der Schwärze um mich her aufgetaucht. Das schaukelnde Hin und Her eines im Schritt gehenden Pferdes drang in mein Bewusstsein. Während mein Geist wieder langsam in die Dunkelheit zurückglitt, erfüllte mich eine wohltuende, tröstende Geborgenheit.

Im Jagdlager spielten sich beim Eintreffen der Überlebenden unvorstellbare Szenen ab. Fast alle weinten, viele schrien in ihrem Schmerz um den verlorenen Bruder oder Vater, um die getötete Mutter oder Schwester.

Ich merkte von alldem nichts. Immer wieder, wenn sich der Nebel um mich etwas hob, hörte ich gedämpftes Schnauben von Pferden, das leise Stampfen von Hufen, manchmal auch Stimmen in einer Sprache, die ich nicht verstand. Aber meine Bemühungen, die Bewusstlosigkeit abzuschütteln, waren umsonst; der Blutverlust hielt mich in einer Art Dämmerzustand.

Inzwischen waren wir im Winterlager der Cheyenne am Republican River eingetroffen, aber das wusste ich damals nicht.

Später hörte ich manchmal jemand weinen, aber ich erkannte die Stimme nicht als meine eigene. Und dann kam das Fieber und mit ihm wieder das Entsetzen und die Angst.

»Weiße Schwester schrie und wollte fortlaufen. Sie erkannte niemanden«, sagte Little Cloud und verschlang heftig die Hände im Schoß. Aus meinen wirren Reden während der Fieberträume hatte sie auch erfahren, weshalb ich mich im Lager aufgehalten hatte.

»Little Cloud wusste nicht, was sie tun sollte«, berichtete die Schwester von Schwarzem Pferd weiter. »Sie holte den Bruder, er sprach leise zu weißer Frau und sie wurde ruhiger. Der Bruder sagte: ›Wunde in der Schulter ist nicht schuld am Fieber. Ihr Geist kann nicht vergessen, was ihre Augen am Sand Creek gesehen haben.‹«

Aber ich bin genesen, dank der aufopfernden Pflege und Fürsorge dieser kleinen Cheyenne-Squaw. Schon seit einigen Tagen kann ich wieder aufstehen, nur die Schulter erinnert mich noch manchmal an das, was hinter mir liegt.

21. Dezember 1864

Seit ich wieder bei Bewusstsein bin und das Schlimmste überstanden habe, hat sich Schwarzes Pferd nicht mehr sehen lassen; er scheint mir auszuweichen. Ob er mich hasst, weil ich eine Weiße bin? Die Mörder vom Sand Creek hatten meine Hautfarbe! Aber wäre er dann gekommen, um mir in meinen fiebernden Angstträumen beizustehen? Ich weiß nicht, was ich denken soll!

Little Cloud huscht um mich herum und beobachtet meine nervöse Unrast, und ihre Mutter, der ich vor zwei Tagen vorgeführt wurde, betrachtet mich mit einer Mischung aus Skepsis und Wohlwollen.

22. Dezember 1864

Mein Vater war da und wollte mich von hier fortholen!

Kurz vor Mittag entstand plötzlich Unruhe unter den Indianern. Ich sah sie alle aufgeregt in eine Richtung laufen. Dann bewegten sie sich zu mir her und ich sah in ihrer Mitte mehrere Soldaten.

Ich muss schneeweiß geworden sein, denn auf einmal stand Schwarzes Pferd mit einem Gewehr in der Hand an meiner Seite.

»Weiße Frau muss keine Angst haben, die Soldaten werden nicht schießen«, sagte er beruhigend.

Einige Späher aus unserem Lager waren wenige Meilen südlich von uns auf den Trupp gestoßen. Den Soldaten stand die nackte Furcht im Gesicht geschrieben, als sie, von den Indianern umringt, in der Mitte des Lagers Halt machten. Einzig die herrisch wirkende Gestalt ihres Anführers und vielleicht auch der Gedanke an die Sinnlosigkeit eines solchen Vorhabens schienen sie davon abzuhalten, die Flucht zu ergreifen.

Ich musste einen Augenblick lang den fast überheblich wirkenden Mut dieses Offiziers bewundern, bis er sich umwandte und ich meinen Vater erkannte. Er lebt also noch, dachte ich, aber es war keine Freude in mir.

Trotz meiner indianischen Kleidung erkannte mich mein Vater sofort und kam zu mir herüber. Sekundenlang sah er mir in die Augen und ich entdeckte so etwas wie Befriedigung und Freude, mich wohlbehalten wieder zu sehen. Aber schon kam der alte mürrische Ausdruck zurück.

»Haben die roten Halunken doch die Wahrheit gesagt, als sie behaupteten, du seist in diesem Lager. Ich bin gekommen, um dich wieder zurückzuholen.«

Blinder Zorn stieg in mir auf. »Was bildest du dir eigentlich ein?«, schrie ich ihn an. »Nach dem, was ihr getan habt, wagt ihr es noch hierher zu kommen? Und du bist so anmaßend, dass du dir einbildest, du könntest mich hier einfach fortholen? Was bist du für ein Mensch! Du scheinst überhaupt nicht auf die Idee zu kommen, dass sich die Cheyenne mit meinem Tod für den hundertfachen Mord an ihren Brüdern und Schwestern hätten rächen können.« Ich schwieg erregt und außer Atem.

»Kleiner weißer Vogel ist frei, er kann fliegen, wohin er will«, sagte der Häuptling plötzlich neben mir. Ich sah ihn an, aber sein Blick ging über mich hinweg. Little Cloud, die neben ihm stand, wirkte betrübt, aber sie sagte nichts.

Ein Gefühl quälender Verlassenheit stieg in mir auf, als ich die verschlossene Miene und die stolze, fast unnahbare Haltung von Schwarzem Pferd sah. Wollte er wirklich, dass ich fortging? Ich konnte es nicht glauben.

»Ich will nicht mehr zurück«, sagte ich laut. »Nach dem, was ich mit diesen Indianern zusammen erlebt und erlitten habe, kann mein Zuhause nicht mehr bei den Menschen meiner Rasse sein. Ich schäme mich meiner weißen Haut und ich wünsche mir nichts mehr, als dass die Cheyenne vergessen können, welche Hautfarbe ich habe, und dass ich hier bleiben darf.«

Vater wollte wütend auf mich los, aber eine drohende Handbewegung des Häuptlings hielt ihn zurück. Er sah das Gewehr in seiner Hand und die mit ihren Waffen bereitstehenden Krieger, und ich merkte, wie der Zorn in seinen Augen langsam erlosch. Zurück blieb nur noch ein alternder, einsamer Mann.

»Jetzt habe ich auch dich noch verloren«, sagte er leise und wandte sich ab. Was mussten ihn diese Worte gekostet haben. Ein Gefühl von Mitleid wallte in mir auf, aber da war wieder der stechende Schmerz von der Kugel in meiner Schulter und mit ihm auch die Erinnerung. Ich ließ ihn gehen und kein Wort des Abschieds kam über meine Lippen.

23. Dezember 1864

Die Indianer haben die Soldaten und meinen Vater unbehelligt ziehen lassen. Nachdem ich seit Tagen auf ein freundliches Lächeln, auf ein paar Worte von Schwarzem Pferd wartete, weiche ich ihm jetzt aus.

Eigentlich bin ich sicher, dass die Großherzigkeit und Toleranz der Indianer, die zu den wichtigsten Grundsätzen ihres Lebens gehören, sie daran hindern werden, an meiner Hautfarbe Anstoß zu nehmen. Und doch, was wäre, wenn der Häuptling mich nur mit Rücksicht auf die Gastfreundschaft nicht gegen meinen Willen fortschickt? Vielleicht wartet er nur auf eine Gelegenheit, um mir zu sagen, dass ich nicht bleiben kann?

Wo soll ich dann hingehen? Zurück will und kann ich nicht. Ich weiß zu gut, wie weiße Frauen von Weißen behandelt werden, die, von Indianern freigelassen, wieder zurückkommen. Und hier habe ich Wärme und Geborgenheit gefunden wie nie zuvor in meinem Leben.

Mein Verstand rät mir, Schwarzem Pferd eine Zeit lang aus dem Weg zu gehen, aber mein Herz sehnt sich nach seiner Nähe und nach einem Wort der Zuneigung.

24. Dezember 1864

Die Entscheidung ist gefallen, alles ist gut!

Kurz nach Mittag bat mich Little Cloud zum Fluss zu gehen und Eis für das Trinkwasser zu holen. Da ich schon öfters seit meiner Genesung solche kleinen Aufgaben übernommen hatte, erschien mir ihre Bitte nicht ungewöhnlich.

Aber am Flussufer erwartete mich der Häuptling. Es war zu spät zur Flucht und so blieb ich stehen. Langsam kam er auf mich zu.

»Bevor Schwarzes Pferd zu mir spricht, möchte ich ihm etwas sagen«, versuchte ich seinen Worten zuvorzukommen. Er antwortete nicht, sah mich nur an. Da sprach ich weiter und ich fühlte, wie die Furcht und die Anspannung der letzten Tage ruhiger Entschlossenheit Platz machten.

»Wenn der Häuptling der Cheyenne mich zurückschickt, werde ich mich töten!«

Ein schwaches, kaum erkennbares Flattern der Wimpern über seinen dunklen Augen verriet sein Erschrecken, aber er sagte noch immer nichts. Wir waren uns jetzt sehr nahe und verzweifelt suchte ich seinem forschenden, ernsten Blick auszuweichen. Sekundenlang focht ich einen harten Kampf mit meinem Stolz, kämpfte gegen sittsame Erziehung und den so genannten Anstand. »Ich kann nicht mehr fort«, sagte ich leise. »Ich liebe dich.«

Auf einmal umschlossen mich seine Arme, sein Mund war in meinem Haar, auf meinem Gesicht. Ganz nah hörte ich seine dunkle, warme Stimme wie damals und Liebe hüllte mich ein wie in einen weichen, schützenden Mantel. Alle Zweifel und Ängste gehörten der Vergangenheit an. Schwarzes Pferd liebt mich!

25. Dezember 1864

Zum ersten Mal seit langer Zeit schlief ich in dieser Nacht wieder tief und ruhig. Als Little Cloud das Tipi betrat und unsere Blicke sich trafen, meinte sie: »Weiße Schwester ist

glücklich, der Bruder ist glücklich, jetzt ist alles gut!« Ihre
Stimme klang sehr zufrieden.

So war das also. Als sie mich zum Fluss schickte, hatte sie
gewusst, dass er auf mich wartete.

»Ja«, sagte sie, als ob sie meine Gedanken erraten hätte,
»Little Cloud konnte nicht mehr zusehen, wie Weißer Vogel« – diesen Namen haben mir die Cheyenne inzwischen gegeben –, »sich quälte, wie unglücklich Schwarzes Pferd
war.«

»Aber warum sprach er nicht zu mir?«, fragte ich die kleine,
energische Squaw, meine zukünftige Schwägerin.

»Indianer reden nie viel. Die Weißen sind oft sehr hochmütig
und Spott kommt dann leichter über ihre Zunge als ein gutes
Wort. Der Bruder fürchtete, Weißer Vogel lacht über ihn,
wenn er sie bittet seine Frau zu werden.«

Hatte er denn nicht gespürt, wie es in mir aussah? Ich erschrak, als mir bewusst wurde, wie wenig Worte man hat, um
sich einem anderen Menschen mitzuteilen. Wie kurz war der
Schritt zum Nichtverstehen, aus Furcht vor Lächerlichkeit
und verletztem Stolz.

Mein Herz zitterte bei dem Gedanken, dass wir eines Tages
zwei verschiedene Sprachen sprechen könnten und die Ver-
ständnislosigkeit wie eine unüberwindliche Mauer zwischen
uns stehen würde.

26. Dezember 1864

Seit zwei Tagen laufe ich wie im Traum umher. Ich bin so un-
beschreiblich glücklich, dass ich am liebsten alle Menschen,
die mir begegnen, umarmen möchte. Schwarzes Pferd sehe
ich meist nur von weitem und das wird bis zur Hochzeit auch
so bleiben, die indianische Sitte verlangt es so.

Diese wenn auch kurze Trennung fällt uns schwer, aber wir müssen uns fügen.

Am Dorfrand wird eine seltsame halbrunde Kugel aus jungen Weiden gebaut, mit dem Eingang nach Osten. Darauf legt man eine vorläufig noch an den Rändern aufgerollte Zeltdecke. An ihrem höchsten Punkt geht mir diese Halbkugel etwa bis zu den Schultern. In der Mitte der Hütte wird eine Art Sockel errichtet, er sieht fast aus wie ein Altar.

Red Star – Roter Stern –, die Mutter von Schwarzem Pferd, sah mich heute dort stehen und zuschauen, sie bedeutete mir mit der Hand, ich solle ihr folgen. In ihrem Tipi angekommen, setzte sie sich nieder und forderte mich auf dasselbe zu tun. Little Cloud war auch anwesend, sie wurde als Dolmetscherin benötigt. Die alte Squaw sprach einige Sätze und ihre Tochter übersetzte. »Die Mutter möchte wissen, ob Weißer Vogel bereit ist die Säuberung vor der Hochzeit mit Schwarzem Pferd vorzunehmen.« Ich bat sie mir zu sagen, was das sei.

»Es ist eine Zeremonie in der Schwitzbadhütte. Weiße Schwester betet zu MA-HI-YA, zum Großen Geist, und bittet ihn ihren Geist und ihre Seele zu reinigen, um sie für die Hochzeit würdig vorzubereiten.«

Ich gab meiner zukünftigen Schwiegermutter meine Bereitschaft zu verstehen. Darauf sagte Little Cloud: »Die weiße Schwester wird nicht allein sein. Andere Frauen, auch Little Cloud, werden mit ihr in die Zeremonie-Hütte gehen.«

27. Dezember 1864

Gleich am Morgen wurden die letzten Vorbereitungen getroffen. Außerhalb der Reinigungshütte bereitete man eine Feuerstelle, auf die eine größere Anzahl Steine gehäuft wurde. Die Männer legten einen Pfad an, der sich in östlicher Richtung von dem Eingang der Hütte fortsetzte, der Boden des Schwitzgehäuses wurde mit wohlriechenden Kräutern bestreut. In die Nähe der Reinigungshütte wurde ein gebleichter Büffelschädel gelegt, die Maueröffnung zeigte ebenfalls nach Osten. Während dieser Arbeiten murmelten sie fast ständig vor sich hin. Da die ganze Zeremonie eine sehr heilige Handlung darstellt, vermute ich, dass sie zu allem was sie taten, Gebete sprachen. Außer dem Ausdruck MA-HI-YA, der immer wiederkehrte, verstand ich jedoch nichts davon.

Als alles bereit war, holte mich Little Cloud und wies mich an meine Kleidung abzulegen. Sie tat das Gleiche und gab mir dann ein großes Tuch, in das ich mich einhüllte. Anschließend gingen wir nach draußen, wo die anderen Frauen zu uns traten. Gemeinsam schritten wir von Osten her zu der Hütte, an deren Eingang jede ein kurzes Gebet sprach und dem Lauf der Sonne folgend einmal gebückt die Runde machte, um sich dann auf den Kräutern niederzulassen.

Leise erklang die Stimme von Little Cloud, sie murmelte Gebete und fächelte dabei einen süßlich riechenden Rauch durch das Gehäuse. Dann reichte man nacheinander die erhitzten Steine hinein, die auf den Altar gelegt wurden. Die aufgerollte Zeltdecke wurde herabgelassen. Von jetzt ab war es dunkel um uns.

Die heißen Steine und das darüber zu Dampf verzischende Wasser ließen den Schweiß aus allen Poren ausbrechen. Die Zeremonie erinnert mich an die Sauna in einem Land im Norden Europas, in Finnland. In einem meiner Bücher habe ich darüber gelesen.

Dann wurde die Tür geöffnet und man reichte uns Wasser

zum Trinken, im Ganzen geschah das vier Mal: wahrscheinlich eine Huldigung an die vier Himmelsrichtungen. Auch die Heilige Pfeife machte die Runde. Dann wurde es wieder dunkel und die Hitze und der Geruch der Kräuter versetzten mich in eine Art Schwebezustand.

Alles wirkte seltsam traumhaft. Und obwohl ich die anderen um mich her ihre leisen Gebete murmeln hörte, war mir, als wäre ich ganz allein.

Ich hatte noch nie ein besonders inniges Verhältnis zu Gott, und seit dem, was ich am Sand Creek miterleben musste, habe ich begonnen ernsthaft an seiner Existenz zu zweifeln. Aber in diesem Augenblick hatte ich den Wunsch, zu beten oder vielmehr mit dem zu sprechen, der über allen Dingen steht. Und da ich an einen gütigen und barmherzigen Gott, wie ihn sich die Weißen vorstellen, nicht mehr glauben kann, wandte ich mich an den Großen Geist der Indianer. Ich bat um seine Hilfe, damit ich mich der Liebe und des Vertrauens, die mir entgegengebracht werden, würdig erweise, dass ich immer den richtigen Weg, immer die rechten Worte finden möge, wenn Schwarzes Pferd oder sein Volk mich brauchen, und dass unsere Liebe alle Unwetter und Stürme der nächsten Jahre unbeschadet übersteht.

Als die Zeremonie beendet war, konnte ich mich nur schwer aus dem unwirklichen Zustand lösen, in dem ich mich befand. Erst draußen, in der kalten, nach Schnee riechenden Luft, kam ich langsam wieder zu mir. Wir liefen mit nackten Füßen, aber keiner von uns wurde die Kälte bewusst. Mit dem kalten Wasser aus geschmolzenem Schnee wuschen wir uns ab, dann kleideten wir uns wieder an.

Ich fühlte mich seltsamerweise zugleich seelisch erschöpft und körperlich beschwingt.

Morgen wird meine Hochzeit mit Schwarzem Pferd sein!

2. Januar 1865

Vor fünf Tagen war unsere Hochzeit. Jetzt bin ich, eine Weiße und Tochter eines Offiziers der US-Armee, die Squaw eines Indianerhäuptlings. Und ich bin sehr glücklich!

Es war ein schönes Fest, nur war die Ausgelassenheit vielleicht nicht so groß wie sonst bei einem solchen Anlass. Das Massaker vom Sand Creek war noch zu frisch in der Erinnerung.

Nachdem MA-HI-YA, der Große Geist, sowie die Mächte der vier Himmelsrichtungen für das Gelingen der Hochzeit und eine gute Ehe angerufen worden waren und man die bösen Geister mit vielen, oft recht seltsamen Gaben besänftigt hatte, nahm das große Ereignis unter reger Anteilnahme sämtlicher Dorfbewohner seinen Lauf.

Meine Schwiegermutter und Little Cloud hatten es sich nicht nehmen lassen, mich für das große Fest zu verschönern. Sie kämmten mir das Haar und flochten es nach Indianerart zu zwei dicken Zöpfen, in die sie mit bunten Glasperlen verzierte Bänder einflochten. Als Hochzeitskleid brachte mir meine Schwiegermutter ein wunderschönes, mit großer Sorgfalt gearbeitetes Kleid aus weichem Rehleder, das an den Ärmeln und der Vorderbahn reich mit Stachelschweinborsten und Glasperlen besetzt war. Die Muster waren geometrisch in vielfältiger Variation angelegt, wie bei den Indianern üblich. Dazu gehörten lange Beinkleider und ebenfalls reich verzierte und bestickte Mokassins.

Ich war überwältigt von den so liebevoll und kunstfertig gearbeiteten Geschenken, aber meine Dankbarkeit machte alle nur verlegen.

Als sie mir aber das Gesicht mit Zinnoberschminke anmalen wollten, sträubte ich mich zuerst. Doch ihre enttäuschten Mienen bewogen mich nachzugeben und sie machten sich begeistert ans Werk, wobei auch noch die Augen mit einem Stück Holzkohle schwarz umrandet wurden. Ich sah schrecklich aus, der Blick in den kleinen Spiegel bestätigte meine Befürchtungen. Aber alle fanden mich schön und ich wollte ihnen die Freude nicht nehmen.

Als Schwarzes Pferd mich sah, erschien ein belustigtes Lächeln um seinen Mund. Doch er wurde gleich wieder ernst, nahm mich bei der Hand und führte mich zum ältesten Häuptling des Stammes, der die Trauungszeremonie abhielt.

Ich war so aufgeregt und fürchtete ständig etwas falsch zu machen, dass ich von der Zeremonie kaum etwas im Gedächtnis behielt. Doch Schwarzes Pferd sprach mir langsam und geduldig vor, was ich zu sagen hatte. Der Medizinmann betete noch einmal mit ausgestreckten Armen, die Handflächen nach oben, zum Großen Geist, dann war der ernste, rituelle Teil der Hochzeit vorbei.

Von allen Verwandten und Gästen begleitet, gingen wir in das große Fest-Tipi und als wir Platz genommen hatten, kamen die Indianer in kleinen Gruppen, um uns Glück zu wünschen. Auch sie ließen sich anschließend nieder und wurden von den Frauen aus der Verwandtschaft bewirtet. Als es dunkel wurde, tanzte eine Gruppe junger Männer den Tanz zur Beschwörung der bösen Geister. Ihre Bemalung war Furcht erregend. Einer von ihnen trug eine Art Kopfbedeckung aus der Schädelhaut und der Mähne einer Büffelkuh.

Das monotone, faszinierende Schlagen der Trommeln erregte mich auf sonderbare Weise. Es schien, als ob mein Herzschlag mit dem Rhythmus der Trommelschläge eins würde.

Das harte Pochen vibrierte in meinem Körper, machte mich unruhig und seltsam traurig. Vielleicht spürte mein Mann etwas von diesen Empfindungen, denn er nahm meine Hand und umschloss sie wie einen kleinen verängstigten Vogel beschützend mit seinen Händen.

Als das Fest seinen Höhepunkt erreicht hatte, erhob sich Schwarzes Pferd und ich tat es ihm nach. Wir verbeugten uns und dankten der Mutter und den Verwandten, dann verließen wir das Zelt.

Endlich waren wir allein und hätten so viel sagen mögen, aber wir standen nur stumm voreinander und sahen uns an.

Als er mich in die Arme nahm, versank alles um mich her in einem Schwindel erregenden Wirbel von Liebe, Zärtlichkeit und Leidenschaft. Ich sah nur noch seine Augen, seinen Mund und fühlte seine Hände.

16. Januar 1865

Im Dorf ist es ruhig. Abends sitzen die Indianer in ihren Tipis und erzählen Geschichten: die Alten von vergangenen Zeiten, Krieger von ihren Abenteuern, und die Kinder lauschen und lernen daraus für ihr eigenes Leben. Morgens wird lange geschlafen, denn draußen ist es kalt und Schnee bedeckt die Prärie.

Seit einigen Tagen treffen immer wieder Botschaften anderer Indianerstämme ein, von Pawnee-Killer, den Oglala-Sioux, Northern-Arapahoes und von Spotted Tail – Gefleckter Schweif –, dem Häuptling der Brulé-Sioux.

Die Nachricht vom Massaker am Sand Creek verbreitete sich offenbar in Windeseile. Die Häuptlinge sitzen zusammen, schmieden Rachepläne und rauchen die Heilige Pfeife. Black Kettle hat sich mit einigen Verwandten an einen uns unbekannten Ort zurückgezogen. Die Cheyenne hoffen jetzt nur noch auf ihre Kriegshäuptlinge.

Gestern war ein Mulatte, der schon sehr lange unter Indianern lebt, im Lager. Schwarzes Pferd erzählte mir später, dass er im Auftrag der Regierung gekommen sei.

Gegen die Verantwortlichen des Massakers am Sand Creek wäre ein Verfahren eingeleitet worden und der Große Vater in Washington wolle jetzt wissen, ob die Indianer weiter Frieden halten würden. Der Mulatte sagte weiter, dass wir nichts gegen die weißen Soldaten ausrichten könnten, die »zahlreich wie Blätter an den Bäumen« wären. Aber unser oberster Kriegshäuptling ist aufgestanden und hat gesagt: »Geh wieder zurück zu deinen Brüdern. Wir wissen, dass die weißen Eindringlinge zu zahlreich für uns sind. Wir haben Frieden gehalten, obwohl sie unser Land stehlen und unser Wild töten. Jetzt haben sie auch noch unsere Frauen und Kinder ermordet. Wir wollen keinen Frieden mehr, wir wollen zu unseren Familien ins Geisterland. Welchen Sinn hat das Leben noch für uns? Wir werden das Kampfbeil erheben und damit sterben. Wir werden kämpfen bis zum Tod.«

Ich habe Angst um Schwarzes Pferd, zu viele tapfere Krieger und Häuptlinge sind schon gefallen.

20. Januar 1865

Die Nachrichten häufen sich, dass andere verbündete Cheyenne-Stämme, Arapahoes und Sioux den South Platte entlang Überfälle und Plünderungen verüben. Um sich für das Skalpieren ihrer Freunde und Verwandten am Sand Creek zu rächen, skalpieren sie jetzt ihrerseits die Weißen. Sie zerstören kilometerlange Strecken des »Sprechenden Drahtes« und unterbrechen Nachrichten- und Versorgungsverbindungen.

Auch unsere Krieger und Häuptlinge sind oft tagelang unterwegs und die Angst hält wieder Einzug in den Zelten. Wie groß ist dann die Freude, wenn man den Mann oder Bruder, Vater oder Sohn unter den Zurückkommenden sieht.

Wenn Schwarzes Pferd nicht da ist, scheint mein Leben stillzustehen. Die Angst, er käme nicht wieder, raubt mir Ruhe und Schlaf. Ich zittere bei dem Gedanken, er liege irgendwo verwundet oder tot im Sand und ich könne nicht zu ihm. Dann möchte ich manchmal meine Seelenangst hinausschreien in die endlose Weite der Prärie.

Wo ist Gott, wo ist der Große Geist? Warum hilft er seinen roten Kindern nicht?

27. Januar 1865

Siegreich und stolz kehrten die Krieger zurück. Nur zwei unseres Stammes sind verwundet, keiner fehlt. Sie haben den Weißen wieder das Fürchten beigebracht und das gibt ihnen Selbstvertrauen und die Hoffnung, dass die Sache des roten Mannes doch noch nicht ganz verloren ist.

Unsere zurückkehrenden Männer brachten eine Gruppe der Brulé-Sioux und ihren Häuptling Spotted Tail als Gäste mit. Der Häuptling ist ein gut aussehender Mann von etwa 35 Jahren, um dessen volle Lippen fast ständig ein leichtes Lächeln spielt. Seine Gesichtszüge haben kaum etwas Indianisches, und seine Haltung und die Ausstrahlung seiner Persönlichkeit erinnern mich an Abbildungen europäischer Monarchen. Er ist, wie mir Schwarzes Pferd sagte, ein Freund großer Feste und schöner Frauen. Die Cheyenne sind mit den Brulé-Teton-Sioux schon lang eng verbündet und lagern oft in ihrer Nähe.

Zu Ehren unserer Gäste und um die ersten erfolgreichen Rachefeldzüge zu feiern, wird ein großes Fest vorbereitet. Aber schon während dieser Vorbereitungen beraten die Häuptlinge, wohin das Lager verlegt werden soll, denn es ist ihnen klar, dass die Soldaten mit ihren Kanonen bald wieder Jagd auf uns machen werden. Wird das denn nie ein Ende haben?

Heute Nacht werde ich wieder ruhig schlafen können. Mein Mann ist bei mir, und solange er da ist, wird die Angst fern bleiben.

28. Januar 1865

Seit den frühen Morgenstunden hörte man das Tam-Tam der Trommeln. Es herrschte große Aufregung im Lager, Männer, Frauen und Kinder lachten, rannten und schrien durcheinander. In wenigen Stunden würde das Fest mit den Wettkämpfen beginnen.

Man war natürlich gespannt, ob die jungen Männer der Cheyenne oder der Brulé-Teton die meisten Siegespreise gewannen. Es sollten Pferderennen, ein Geschicklichkeitsreiten sowie Scheibenschießen mit Gewehr und Pfeilen durchgeführt werden. Die Preise – Gewehre, Pfeile und Bogen, Munition, Schmuck, Mokassins und Kleidungsstücke – waren bereits auf einer großen Decke ausgebreitet, wobei die gegeneinander gewetteten Gegenstände sich immer gegenüberlagen.

Jeder Krieger durfte nur in einer Wettkampfart antreten. So hatte sich Schwarzes Pferd, der auch ein ausgezeichneter Schütze ist, zum Geschicklichkeitsreiten gemeldet, bei dem man beide Fähigkeiten gleichzeitig unter Beweis stellen kann.

Das Pferderennen wurde nach heißem Kopf-an-Kopf-Jagen von den jungen Männern der Brulé gewonnen und der Jubel bei ihnen war groß.

Mit meinem Mann trat noch ein Cheyenne gegen zwei Brulé-Tetons an.

Die Reiter zeigten ihr überragendes Können im Auf- und Abspringen vom galoppierenden Pferd, im In-der-Deckung-Reiten, bei dem sie dicht an die Seite ihrer Tiere geschmiegt hingen, und vieles mehr, was ich nie zuvor gesehen hatte. Der Beifall für diese großartige Leistung war ohrenbetäubend. Beim anschließenden Schießen war Schwarzes Pferd der Mitte am nächsten gekommen. Sein Gewehrschuss, der in vollem Galopp abgegeben werden muss, traf den Rand der schwarzen Zielmitte. Ich war sehr stolz auf ihn. Auch von den drei anderen hat keiner die Scheibe verfehlt, schon das war eine beachtliche Leistung.

Dann kamen die Schützen an die Reihe. Die Entscheidung ließ lange auf sich warten. Die Treffsicherheit der Teilnehmer war unglaublich. Immer wieder wurde die Entfernung zu den Zielscheiben vergrößert, bis am frühen Nachmittag nur noch je ein Brulé-Sioux und ein Cheyenne gegeneinander antraten. Endlich traf der junge Mann unseres Stammes um ein weniges weiter ins Zentrum als der Brulé-Krieger und die Entscheidung war gefallen. Da der Ausgang des Wettkampfes äußerst knapp war, überreichte der Sieger seinem Mitkämpfer einen Teil der gewonnenen Gegenstände, was großen Eindruck auf die Gäste machte.

Während sich ein Teil der Krieger bereits zum Tanz versammelte, ließen sich die übrigen Männer hungrig zum Essen nieder. Da Krieger, Späher und Jäger stets der Gefahr ausgesetzt sind, bringen die Frauen ihnen, wenn sie endlich einmal zu Hause weilen, besonderes Wohlwollen und große Verehrung entgegen.

Mein Mann saß zusammen mit anderen Häuptlingen in einem der Männerzelte. Auch hier waren die Frauen, darunter meine Schwiegermutter, meine Schwägerin und ich, liebevoll bemüht den Männern jeden Wunsch von den Augen abzulesen.

Ich war so glücklich Schwarzes Pferd wieder in meiner Nähe zu wissen, keine Angst mehr um ihn haben zu müssen, dass ich kaum von seiner Seite wich. Während ich hinter ihm kniete, um ihm sofort jede Bitte zu erfüllen, betrachtete ich gedankenversunken seine Schultern, das glänzende tiefschwarze Haar, sein mir hin und wieder zugewandtes Profil mit der leicht gebogenen Nase und dem schönen Mund. Mein Herz zitterte vor Sehnsucht nach ihm. Ich kämpfte mit dem Wunsch, die Hand auszustrecken und ihn damit zu berühren.

Plötzlich hörte ich ein leises Lachen, das die Unterhaltung der Männer durchdrang. Ich sah auf und blickte genau in die belustigt lächelnden Augen von Spotted Tail. Zuerst wurde ich rot und dann wütend, da er offenbar meine Gedanken hatte lesen können. Herausfordernd funkelte ich ihn an, was ihn noch mehr zum Lachen reizte. Dann sagte er etwas zu Schwarzem Pferd. Mein Mann sah sich zu mir um. Sein zorniger Blick traf mich wie ein Schlag ins Gesicht.

»Geh«, sagte er leise, aber bestimmt.

Verstört erhob ich mich. Dann hörte ich den Brulé-Häuptling in fast einwandfreiem Englisch sagen: »Die weiße Frau sollte ihr Herz nicht in den Augen tragen.«

Ich floh aus dem Zelt, lief zu unserem Tipi und warf mich weinend auf eins der Büffelfelle.

30. Januar 1865

Schwarzes Pferd kam an jenem Abend erst in unser Zelt, nachdem die Sonne schon lange hinter den westlichen Hügeln untergegangen war. Im matten Schein des Feuers konnte ich sein Gesicht kaum erkennen, aber es wirkte dunkel und verschlossen. Er ließ sich nieder, die Hände auf den überkreuzten Beinen, und sah ausdruckslos in die Flammen. Mit der Hellsichtigkeit der Liebe ahnte ich, wie er litt; aber seine Erziehung verbot ihm sich zu äußern. So musste ich eben den Anfang machen.

»Bitte sag mir, was ich getan habe, dass du so zornig auf mich bist.«

Er antwortete nicht, aber als er den Kopf hob und mich ansah, war sein Blick von solch erzwungener Gleichgültigkeit, dass es mir das Herz zusammenzog. Neben ihm niederkniend, nahm ich seine Hände: »Ich weiß nicht, was ich getan habe, bitte, sag es mir doch!«

Endlich reagierte er und senkte betrübt den Kopf. »Schwarzes Pferd hat vergessen, dass seine Squaw weiß ist.«

Das traf mich, aber es kam noch schlimmer. »Eine Indianerin hätte einem Fremden niemals ins Gesicht gesehen, sie würde den Blick gesenkt haben. Der Häuptling sagte: ›Schwarzes Pferd hat eine schöne, aber etwas unbeherrschte Frau. Sie muss lernen ihr Temperament zu zügeln und ihre Gedanken zu verbergen wie eine Indianer-Squaw.‹ Er hat sehr gelacht!«

Einen Augenblick lang war ich sprachlos und wütend, aber dann wurde mir bewusst, dass ich für indianische Verhältnisse einen unerhörten Fehler begangen hatte. Selbst eine unverheiratete Indianerin hätte es nie gewagt, einen fremden Krieger anzusehen, und dann noch so herausfordernd und wütend, wie ich es getan hatte. Mein Blick durchforschte sein Gesicht und ich sah den bitteren Zug von verletztem Stolz um seinen Mund.

»Ich muss noch viel von dir lernen«, sagte ich ernst. »Die Erziehung der Weißen ist so weit von eurer entfernt wie die eine Uferseite eines breiten fließenden Wassers von der anderen. Ich liebe dich, Schwarzes Pferd. Diese Liebe wird mir helfen eine Brücke über das fließende Wasser zu bauen. Sie wird mir helfen zu lernen, bis ich sein werde wie ihr, bis ich fühlen werde wie ihr. Ich weiß nicht, wie lange es dauern wird, aber ich will alles tun, damit du stolz auf mich sein kannst.«

Kurze Zeit schwieg er, doch dann sah er mich lächelnd an.

»Weißer Vogel hat schon gelernt. Sie spricht schon fast wie eine Indianerin. Schwarzes Pferd ist auch schuld, er hatte vergessen, dass Weiße anders sind und dass Menschen Zeit brauchen, um zu lernen.«

Er nahm mich in die Arme und mehr als seine Worte bewies mir seine große Zärtlichkeit, dass er mich verstanden hatte.

Heute am späten Nachmittag betrat Spotted Tail unser Tipi. Er sah mich an, doch ich tat, als ob ich es nicht bemerkte. Ich bediente ihn mit gesenkten Augen, wie es sich geziemt. Und wieder hörte ich sein leises Lachen, als er zu meinem Mann sagte: »Die Squaw von Häuptling Schwarzes Pferd ist nicht nur schön, sondern auch klug. Sie hat schnell gelernt.« Dann wurde seine Stimme ernst.

»Spotted Tail hat heute von den Cheyenne gehört, dass die weiße Frau erst seit Sand Creek bei ihnen wohnt. Sie und die Cheyenne haben Schlimmes erlebt und das Herz von Spotted Tail ist dunkel vor Scham, denn seine Zunge hat zu schnell geurteilt. Der Häuptling der Brulé bittet Schwarzes Pferd sein Blutsbruder zu werden, zum Zeichen, dass in Zukunft ihre Freundschaft noch tiefer und unverbrüchlicher sein möge.«

Natürlich lehnte mein Mann diesen Wunsch des Brulé-Häuptlings nicht ab und die beiden Männer vollzogen die rituelle Handlung ernst und konzentriert. Ich brachte ihnen zwei Schalen mit Wasser, in die jeder einige Tropfen Blut aus einer Schnittwunde, die sie sich am linken Unterarm beibrachten, fallen ließ. Dann tranken sie die Schale mit dem Blut des anderen leer und rauchten zur Bekräftigung die Heilige Pfeife.

Diese Geste berührte mich tief und ich bewunderte das rednerische Geschick, mit dem dieser stolze Häuptling seine Voreiligkeit zugab und gleichzeitig wieder gutzumachen suchte.

14. Februar 1865

Während der sechs Tage anhaltenden Festlichkeiten und Tänze stießen laufend verbündete Stämme der Cheyenne, Oglala-Sioux und Arapahoes zu uns, um mitzufeiern. Doch gleichzeitig hielten die Häuptlinge Beratungen ab, um zu klären, wohin wir vor den Soldaten ausweichen sollten.

Black Kettle vertrat die Ansicht, es sei das Beste, in den Süden zu ziehen, wo es noch genügend Büffel gibt. Doch die anderen Häuptlinge wollten lieber nach Norden gehen und sich dort mit ihren Verwandten und Freunden zu einem großen Indianer-Stützpunkt zusammenschließen, den die Soldaten sicher nicht angreifen würden. Sie sandten Boten zum Powder River, um den dort lebenden Stämmen unsere Ankunft anzukündigen.

Black Kettle und einige hundert Cheyenne dagegen brachen ihr Lager ab, um nach Süden zu ziehen. Der Abschied war von einer sonst nicht üblichen Trauer überschattet, denn allen war klar, dass sich viele nie mehr wieder sehen würden.

17. Februar 1865

Morgen werden auch wir aufbrechen und nach Norden ziehen. Wieder einmal müssen Indianer einen Teil des Bodens ihrer Väter auf der Flucht vor den Soldaten aufgeben. Wie wird das Land sein, in das wir kommen?

Wie lange werden uns die Weißen dort in Ruhe lassen, bis sie wieder die Blauröcke schicken?

20. Februar 1865

Gegen Mittag bestanden unsere Krieger die ersten kleinen Gefechte mit Truppen, die wahrscheinlich von Fort Laramie kamen. Aber wir waren zu stark für sie, denn mit uns ziehen über dreitausend Sioux und Arapahoes ins Powderland.

Die Landschaft, durch die wir kamen, war eintönig, nur gelegentlich von bizarren Felserhebungen zu unserer Linken unterbrochen. Weit im Westen erhoben sich dunkel die schroffen Ausläufer der Felsenberge aus dem Dunst. Überall lag noch Schnee. Nur in besonders günstigen und geschützten Lagen hatte die Sonne etwas davon aufgedeckt und den Weg für das erste zarte Gras freigemacht.

Gelegentlich trieb Schwarzes Pferd sein Pony zu mir und erkundigte sich, ob alles in Ordnung sei. Natürlich verschwieg ich ihm, dass ich von den Füßen bis zur Taille so gut wie nichts mehr spürte. Aber vermutlich konnte ich meine Gesichtsmuskeln nicht so gut beherrschen wie meine Zunge, denn er lächelte mir tröstend zu und meinte, es könnte nicht mehr lange dauern, bis das Lager aufgeschlagen würde.

Ich hätte nie gedacht, dass Reiten, wenn man es nicht gewohnt ist, so anstrengend sein kann. Seit meinem Fortgang aus Fort Lyon hatte ich kaum noch auf einem Pferd gesessen.

Jeden Abend, wenn wir Halt für die Nacht machten, fiel ich mehr oder weniger aus dem Sattel.

Als heute die Dämmerung hereinbrach, machten wir am Ufer eines kleinen Flusses Rast. Hinter unserem Lager steigt das felsige Gelände stark an und die Häuptlinge haben den Kamm sogleich von mehreren Kriegern besetzen lassen, die im Wechsel Wache halten.

27. Februar 1865

Wieder Angriffe von Soldaten auf unsere Kolonne. Warum lassen sie uns nicht in Frieden des Weges ziehen? Auch wenn die Krieger leicht mit ihnen fertig werden, bleibt doch Angst und Unsicherheit. Viele von uns können die Uniformen immer noch nicht ohne ein Gefühl von Panik sehen. Wie viele Flüsse müssen wir noch durchqueren, wie vielen Siedlungen ausweichen, bergauf und bergab? Hoffentlich sind wir bald am Ziel!

3. März 1865 – Powder River

Wir sind da. Am späten Nachmittag trafen wir gestern am Powder ein, von unseren Verwandten freundlich begrüßt. Wir haben unser Lager in Sichtweite, etwa eine Meile von ihrem Dorf entfernt, aufgeschlagen. Noch sind wir uns ein wenig fremd und alles ist neu und ungewohnt: ihre Art, sich zu kleiden, ihre Sprache, die wir vorläufig kaum verstehen. Natürlich habe ich die meisten Verständigungsschwierigkeiten, da ich noch nicht einmal die Mundart unseres Stammes vollständig beherrsche.

6. März 1865

Inzwischen haben wir unser Lager mit dem der Northern-Cheyenne zusammengelegt. Die Tipis stehen wie üblich in einem großen Kreis. Es gibt ein ständiges Hin und Her von Besuchern und das umständliche Schwenken von Decken zur Nachrichtenübermittlung hat aufgehört. Die Frauen sind einen großen Teil des Tages damit beschäftigt, Speisen zuzubereiten, damit auch alle Besucher ausreichend bewirtet werden können.

Anfangs betrachteten mich die meisten Northern-Cheyenne mit einer Art argwöhnischer Neugier, ohne dabei aber aufdringlich oder unhöflich zu werden. Meine helle Hautfarbe schien sie zu irritieren, bis ihnen auf Befragen die Umstände erklärt wurden. Von da ab wurde ich als eine der Ihren akzeptiert.

11. März 1865

Gestern beschlossen die Häuptlinge wegen der besseren Weiden für die Ponys an den Tongue River zu ziehen. Das schmale Tal, in dem wir uns befinden, bietet für die vielen Tiere auf längere Zeit nicht genügend Futter. Nur gut, dass man mit dem Weitermarsch bis zum April warten will, das dauernde Umherziehen bin ich einfach noch nicht gewöhnt. Ich bin nervös und reizbar und heute Morgen wurde mir sogar übel, als mir der Geruch von Maisbrei in die Nase stieg.

17. März 1865

Mein Magen grollt noch immer bei dem Geruch von Maisgerichten. Vielleicht bekommt mir die ungewohnte Ernährung nicht, aber das hätte sich eigentlich schon früher zeigen müssen. Wahrscheinlich habe ich etwas Unverträgliches gegessen.

Die ersten Vorbereitungen für den bevorstehenden Aufbruch werden getroffen; man beginnt bereits mit dem Verpacken von getrocknetem Fleisch und anderen Vorräten, die hier nicht mehr benötigt werden.

Schwarzes Pferd meinte, als ich von meiner geplagten Kehrseite beim letzten Ritt sprach, dass wir zum Tongue River höchstens zwei Tage unterwegs wären. »Aber Weißer Vogel kann jetzt schon gut reiten, sie wird nicht mehr viel spüren.«

22. März 1865
Heute habe ich die erste wilde Tulpe gesehen, die Sonne scheint schon recht warm. Es wird endlich Frühling. Bin ich deshalb vielleicht so unruhig?

26. März 1865
In etwa einer Woche werden wir zum Tongue River aufbrechen. Die meisten Vorbereitungen sind getroffen, die Häuptlinge wollen nur noch besseres Wetter abwarten. Seit gestern ist es wieder kälter und es hat sogar ein wenig geschneit. Aber das war sicher nur noch ein letztes Rückzugsgefecht des Winters.
Eben lässt mich meine Schwiegermutter zu sich rufen. Was mag sie wollen? Inzwischen können wir uns schon recht gut ohne die Hilfe von Little Cloud verständigen. Ich beherrsche die Cheyenne-Mundart zwar noch lange nicht, aber doch wenigstens so weit, dass ich das Nötigste verstehen und ausdrücken kann.

27. März 1865
Ich bin noch ganz betäubt von dem Schreck, den mir die Mutter meines Mannes eingejagt hat. Aber vielleicht irrt sie sich?
Als ich ihr Tipi betrat, forderte sie mich zum Niedersetzen

auf. Dann fragte sie mich, was in den letzten Tagen mit mir los sei.

»Das Gesicht von Weißer Vogel ist blass wie der Mond im Winter und ihr Schritt matt wie der eines abgehetzten Ponys. Auch hat Little Cloud berichtet, dass ihr Magen krank ist.«

Ich antwortete ihr höflich, ich sei nicht krank, nur könne meine Nase zur Zeit den Geruch von Maisbrei nicht vertragen.

Sie lächelte leicht und fragte mich dann ohne jede Vorwarnung: »Wann hatte Weißer Vogel das letzte Mal ihre unwohlen Tage?«

Ich begann zu stottern. »Ich glaube, in der Mitte des Januars.« Warum sie das wissen wolle.

»Schwarzes Pferd und Weißer Vogel werden ein Kind haben, wenn der Sommer vorbei ist. Meine weiße Tochter sollte es dem zukünftigen Vater sagen, er wird voll Freude sein.«

Ich erhob mich und verabschiedete mich von meiner Schwiegermutter, wie es Sitte war. Aber wie ich in unser Zelt kam, weiß ich nicht mehr.

Ich fühle mich wie erschlagen. Ich werde ein Kind bekommen! Aber ich will kein Kind, ich will es nicht! Ein Kind in dieser mörderischen Zeit, wo wir oft nicht wissen, ob wir die nächsten Tage noch erleben. Wo wir jederzeit damit rechnen müssen, wieder von Soldaten überfallen und misshandelt zu werden. Was hat dieses Kind denn anderes zu erwarten als ruheloses Umherziehen und Gejagtwerden, ständige Angst und Gefahr, Mord und Totschlag?

Ich habe mich für dieses Leben aus freien Stücken entschieden, obwohl ich ahnte, was mich erwartet. Ich bin bereit das alles zu ertragen, weil ich Schwarzes Pferd liebe und ein Leben ohne ihn nicht leben will. Aber dieses Wesen in mir hat keine Wahl, die Verantwortung liegt allein bei uns. Dürfen wir ihm ein solches Erdendasein zumuten?

Ich denke, ich werde es Schwarzem Pferd vorläufig nicht sagen. Vielleicht ist alles nur ein Irrtum, nur eine Störung. Möglicherweise ist der beschwerliche Ritt im vergangenen Monat der Grund dafür. Aber ich kann nicht so recht daran glauben.

29. März 1865

Ich habe meinem Mann noch immer nichts gesagt.

Ich schäme mich, aber ich habe allen Ernstes versucht dieses Wesen, das da in mir wächst, loszuwerden. Mein geschecktes Pony war jedes Mal nass von Schweiß, als wir von einem Ritt um das Lager zurück waren. Meine Schwiegermutter sah mich zwar mit vorwurfsvollen Augen an, aber sie sagte nichts.

30. März 1865

Jetzt hat sie mit ihrem Sohn gesprochen.

Am Nachmittag kam Schwarzes Pferd in unser Tipi, nahm mich in die Arme und küsste mich zärtlich.

»Die Mutter sagte, dass wir ein Kind haben werden. Warum hat Weißer Vogel nicht gesprochen? Schwarzes Pferd freut sich sehr!«

»Hat sie dir auch gesagt, warum ich in den letzten Tagen mein Pony wie eine Wahnsinnige über die Prärie gejagt habe?«

Er sah mich nur betroffen an.

»Weil ich dieses Kind nicht will. Ich freue mich gar nicht, ich habe versucht es loszuwerden!«, schrie ich ihn an. Dann brach ich in Tränen aus.

Er hielt mich zwar noch immer fest, aber es ging keine Zärtlichkeit mehr von ihm aus, als er eiskalt sagte: »Weißer Vogel hat versucht unser Kind zu töten?« Es war mehr eine Feststellung als eine Frage.

Ich trat einen Schritt zurück und sagte, während mir noch immer die Tränen über das Gesicht liefen: »Ja, ich habe es töten wollen, bevor es die Soldaten töten; bevor es die Angst und das Entsetzen kennen lernt; bevor es merkt, dass sein Leben nur aus Töten und Getötetwerden bestehen wird.«

Plötzlich stand die Mutter meines Mannes im Zelt, sicher hatte sie meine erregte Stimme gehört. Auf mich deutend, fragte sie Schwarzes Pferd, was los sei. Er sagte es ihr. Sein Gesicht war blass vor unterdrücktem Zorn. Meine Schwiegermutter hörte sich alles mit unbewegter Miene an, aber als er endete, überfiel sie ihn mit einem Wortschwall, von dem ich fast nichts verstand. Dann sah sie mich an, fuhr mir mit einer raschen, etwas verlegenen Bewegung über das Haar und verließ ohne ein weiteres Wort unser Tipi.

Schwarzes Pferd sah einen Augenblick lang nachdenklich vor sich nieder, dann nahm er mich bei den Händen und zog mich an sich. Er lächelte etwas unsicher und meinte zögernd: »Die Mutter war zornig, weil Männer nicht verstehen, was die Frauen empfinden, wenn ein neues Leben in ihnen heranwächst.« Sein Gesicht wurde ernst, als er weitersprach. »Weißer Vogel hat keinen leichten Weg eingeschlagen, als sie sich entschied bei Schwarzem Pferd und seinem Volk zu bleiben. Er glaubt, sie hat die falsche Seite gewählt, denn die roten Menschen werden untergehen. Nur ihre Namen werden zurückbleiben und die Weißen an die indianischen Völker erinnern, die einst hier gelebt haben.« Als er fortfuhr, klang seine Stimme jedoch hart und entschlossen: »Aber solange

Atem in Schwarzem Pferd ist und das Herz in seiner Brust schlägt, wird er für seine Squaw, sein Kind und sein Volk kämpfen.«

Ich schluckte die schon wieder aufsteigenden Tränen hinunter und erwiderte leise: »Ich stehe auf der richtigen Seite, denn ich liebe dich und dein Volk. Ein Leben ohne dich wäre wie die Erde ohne Blumen, wie ein Himmel ohne Sonne.«

Wir sahen uns wortlos in die Augen. Er hatte verstanden, dass ich dieses werdende Leben, sein Kind, nur hatte töten wollen, weil ich es liebe.

3. April 1865

Wir sind auf dem Weg zum Tongue River. Hinter uns in südwestlicher Richtung verschwinden langsam die letzten Erhebungen der Bighorn Mountains.

Schwarzes Pferd gab mir für mein Pony den bequemsten Sattel, den er finden konnte. Er ist rührend besorgt und versucht mir Beschwerlichkeiten nach Möglichkeit zu erleichtern.

6. April 1865 – Tongue River

Wir sind angekommen. Schon auf dem Weg hierher konnte man eine deutliche Verbesserung der Vegetation feststellen. Die bisher meist felsigen Erhebungen bekamen langsam Strauch- und Baumbewuchs und die mit vergilbtem, dürrem Gras überzogene Prärie verwandelte sich immer mehr in fruchtbares grünes Weideland. Hier musste es auch Wild in Mengen geben. Die Schönheit der Landschaft ist so überwältigend, dass man es kaum beschreiben kann.

Ich möchte die Arme ausbreiten und den ganzen Zauber in mich aufnehmen und für immer festhalten: das dunkle Grün der bewaldeten Berghänge, das glitzernde Funkeln des Flusses an unserer Seite, den Geruch nach Frische und Unberührtheit, den Tau des frühen Morgens auf Blättern und Gräsern. Heute begreife ich zum ersten Mal, warum die Indianer lieber sterben, als die Freiheit und Ungebundenheit aufzugeben, in diesem wunderbaren Land zu leben, wie es ihnen gefällt.

In der Nähe von uns lagern einige tausend Oglala-Sioux. Mit unseren Northern- und Southern-Cheyenne, den Arapahoes und Sioux sind es schätzungsweise über 8000 Indianer. Ich habe noch nie so viele beisammen gesehen.

11. April 1865
Es herrscht reges Treiben zwischen den verschiedenen Lagern. Seit unserer Ankunft ist kaum ein Tag vergangen, an dem nicht ein Fest gefeiert, Wettkämpfe ausgetragen, Tänze abgehalten oder auf die Jagd gegangen wurde. Ich glaube, dass diese vielen Stämme trotz ihrer unterschiedlichen Gesetze und Bräuche doch so etwas wie ein Zusammengehörigkeitsgefühl entwickeln. Es wäre gut, wenn sie sich der Macht, die aus ihrer Einigkeit erwachsen könnte, bewusst würden. Denn zusammen sind sie stark wie eine Büffelherde, die den lästigen Kojoten verjagt.

18. April 1865
Heute kamen einige Späher in die Lager zurück, die ausgesandt worden waren Truppenbewegungen zu beobachten. Sie berichteten, dass sie viel mehr Soldaten als sonst um diese Zeit gesichtet hätten.

Die Häuptlinge beraten, ob sie den Weißen nicht eine Lektion erteilen sollen, nachdem diese wieder ohne Erlaubnis in Indianerland eingedrungen sind.

25. April 1865

Meine Schwiegermutter ist anscheinend zu dem Schluss gekommen, dass es Zeit wird, mir noch Verschiedenes beizubringen. Kochen kann ich inzwischen einigermaßen, obwohl mir anfangs der Küchenzettel der Indianer Schwierigkeiten bereitete. Wie es meinem Mann schmeckt, konnte ich bisher noch nicht feststellen, denn die roten Menschen werden dazu erzogen, alles zu essen, was man ihnen vorsetzt, ohne sich über die Güte der Speise zu beschweren.

Mein vielleicht übertriebener Sinn für Ordnung und Sauberkeit löste anfänglich angesichts der indianischen Vorstellung von diesen Tugenden ein ziemlich zwiespältiges Gefühl in mir aus. Doch ich änderte meine Einstellung recht bald, als ich lernte, dass es für die Harmonie der Seele und das Einswerden des Menschen mit der Natur wichtiger ist, dem Gesang eines Vogels zu lauschen oder die Schönheit einer Blüte zu bewundern und ihren Duft in sich aufzunehmen; dass es den Geist und das Denken beflügelt und Frieden mit sich selbst bringt, sich am Rauschen eines Wasserfalls zu erfreuen und den Flug des Adlers am Himmel zu beobachten oder auch eine schöne Schnitzerei oder Perlenarbeit herzustellen.

Natürlich kommt die einfache Lebensweise den Indianern hierbei zugute, denn das kleine Rund des Tipis ist leicht geordnet und auch die Reinhaltung ist nicht mit großer Arbeit verbunden, sodass viel Zeit für die schönen und, wie die Indianer sagen, wichtigen Dinge des Lebens übrig bleibt.

Schon vor zwei Tagen brachte mir die Mutter meines Mannes das bereits zugeschnittene Leder für ein Paar Mokassins und zeigte mir, wie man die einzelnen Schnittkanten aneinander fügt und mit schmalen Lederstreifen zusammennäht. Mit Fäden aus fein gespaltenen Tiersehnen näht man dann bunte Perlen und gefärbte Stachelschweinborsten zur Verzierung darauf.

Heute rief sie mich zu sich und hieß mich an ihrer Seite Platz nehmen. Sie hatte mehrere gegerbte Felle neben sich liegen und zeigte mir, wie man aus den einzelnen Teilen eine größere Fläche zusammensetzt und dann aneinander näht, ohne allzu viel wegschneiden zu müssen. Als wir fertig waren, reichte dieses große Stück schon für eine Zeltbahn. Die Arbeit gefällt mir, obwohl sie für meine Hände, die ja kaum schwere Arbeit gewohnt waren, recht anstrengend ist.

Die Männer bringen immer neue Felle von der Jagd mit, die gereinigt und gegerbt werden müssen, sodass es an Arbeit nicht mangelt.

2. Mai 1865

Heute nahm mich Little Cloud in die Lehre und zeigte mir, wie man Trockenfleisch für die Vorratshaltung herstellt. Dazu wird das Fleisch in kleine Stücke oder Streifen zerteilt und zum Trocknen auf lange Holzstecken gespießt. Das Zerlegen und Ausweiden der erlegten Tiere wird meist von den Frauen besorgt, es sei denn, es handelt sich um ein großes und schweres Tier wie beispielsweise einen Büffel.

21. Mai 1865

Heute hat sich das kleine Wesen in mir zum ersten Mal bewegt. Ich blieb regungslos stehen und horchte in mich hinein, da kam die rasche, flüchtige Regung noch einmal. Ich bin so froh; erst jetzt weiß ich, was ich mit ihm verloren hätte. Am liebsten hätte ich Schwarzem Pferd die Nachricht gleich mitgeteilt, aber wahrscheinlich ist es für einen Mann gar nicht etwas so Weltbewegendes.

Ich hätte ihn übrigens überhaupt nicht sprechen können, denn er ist zu einer wichtigen Beratung bei Red Cloud – Rote Wolke –, dem Häuptling der Oglala-Sioux, an der auch die anderen Häuptlinge teilnehmen.

Schwarzes Pferd! Wenn ich an ihn denke, erfüllt mein Herz unbeschreibliche Liebe und Zärtlichkeit. Seit er damals erfuhr, dass wir ein Kind haben werden, hat er sich mir nicht mehr genähert. Anfangs dachte ich, er sei noch zornig auf mich, und als ich ihn einmal vorsichtig fragte, verstand er mich zunächst nicht. Dann aber legte er lächelnd die Arme um mich und zog mich an sich. Liebevoll strich er mit dem Mund über mein Haar, dann küsste er mich und sagte: »Meine Liebe zu dir ist so groß wie am ersten Tag. Aber bei den Cheyenne ist es üblich, dass sich der Mann von der Frau zurückzieht, wenn sie Mutter wird. Die große Sorge um die Gesundheit von Mutter und Kind verpflichtet den Mann zu diesem Opfer.«

Dann erzählte er mir, dass sich indianische Eltern kein zweites Kind erlauben, bevor nicht das erste mindestens vier oder fünf Jahre alt ist. Der Indianer lernt die Selbstbeherrschung von Kindheit an und ist darin dem weißen Mann und auch den Männern anderer Rassen sicher überlegen. Auch eine unerwünschte Schwangerschaft, die trotz aller Zurückhaltung vorkommen kann, ist für sie kein Problem, da ihnen seit langer Zeit aus Pflanzen gewonnene Mittel bekannt sind, eine solche zu unterbrechen.

Schwarzes Pferd umgibt mich seit diesem Tag mit noch mehr Liebe und Fürsorge und ich fühle mich in seiner Obhut sicher und geborgen.

23. Mai 1865

Gestern erzählte ich meinem Mann von unserem Kind. Er freute sich sehr und meinte: »Vielleicht wird es ein Junge, dann nimmt Schwarzes Pferd ihn auf sein Pony mit und zeigt ihm, wie man den Büffel jagt. Er lehrt ihn das Schießen mit Pfeil und Bogen und mit dem Gewehr. Schwarzes Pferd wird einen tapferen Krieger aus seinem Sohn machen.«

Ich wehrte lächelnd ab: »Dann werde ich wohl aufpassen müssen, dass du ihn mir nicht schon entführst, bevor er laufen kann.«

Auch er lächelte über seinen Eifer, wurde aber schnell wieder ernst. »Schwarzes Pferd hat keine gute Nachricht für seine Squaw. Vor zwei Tagen wurde auf der Beratung aller Häuptlinge beschlossen, dass Krieger der Sioux, Cheyenne und Arapahoes im ›Monat, der fett macht‹ – Juni –, aufbrechen, um den Soldaten zu zeigen, dass die Indianer die Herren dieses Landes sind.«

Meine glückliche Stimmung war wie weggewischt, mir wurde ganz kalt vor Schreck. Noch fast ein Monat ist Zeit bis zu ihrem Aufbruch; aber die Angst beginnt schon wieder die Arme nach mir auszustrecken.

2. Juni 1865

Ich bin bedrückt und mein Herz ist voller Furcht, obwohl Schwarzes Pferd noch bei mir ist. Jeder Tag bringt uns dem Abschied näher. Wenn nur der entsetzliche Gedanke nicht wäre, er könne nicht wiederkommen. Aber ich muss mich beherrschen, darf die Angst nicht zeigen, die immer mehr von mir Besitz ergreift. Ich bin die Squaw eines Häuptlings und sollte den anderen Vorbild sein. Aber es fällt mir schwer, indianische Selbstzucht zu zeigen.

19. Juni 1865

Heute wurde mit den Vorbereitungen für die Reinigungs-
zeremonie begonnen. Dieser Ritus ist, wie ich schon am
Anfang schrieb, heilig und wird auch vor allen großen Un-
ternehmungen durchgeführt, da die Krieger aus dieser Zeremonie ihre Kraft schöpfen. Der Handlungsablauf ist im
Wesentlichen der gleiche wie beim Schwitzbad-Ritus vor
meiner Hochzeit. Nur wurde dieser damals mehr zur Reinigung der Seele vorgenommen.

Die Squaws beginnen bereits mit dem Verpacken von Trockenfleisch und anderen Vorräten, die die Krieger auf ihrem
langen Marsch benötigen.

Der Tag des Abschieds rückt immer näher, aber ich versuche,
nicht daran zu denken.

30. Juni 1865

Er ist fort! Mir ist, als fehle mir ein Teil meines Körpers. Ich
packte seine Sachen – Decke, Kleidung, Proviant – und hoffte vergeblich, dass das ganze Unternehmen aus irgendeinem
Grund aufgegeben würde. Auch seine Kriegshaube, das Fest-
gewand und seine besten mit Perlen bestickten Mokassins
sowie die Schminke zum Auftragen der Kriegsbemalung
mussten ins Gepäck, kamen jedoch in einen extra dafür mit-
geführten, prächtig bestickten Lederbeutel.

Ich fragte ihn, warum er diese schönen Dinge mitnehme und
der Gefahr aussetze, dass sie beschädigt oder verdorben würden.

Schwarzes Pferd sah mich mit seinen dunklen, immer ein
wenig traurigen Augen, in denen die Tragik seines ganzen
Volkes zu wohnen scheint, ernst an. »Wenn der Indianer sich
zum Kampf stellt, legt er seine schönsten Kleider an, bemalt

sein Gesicht und setzt seine Kriegshaube aus Adlerfedern auf, damit er eine prachtvolle Erscheinung bietet, falls es ihm bestimmt ist, vor den Großen Geist hintreten zu müssen. Er bereitet sich jedes Mal darauf vor zu sterben.«

Ich konnte nur mit Mühe die Tränen zurückhalten. Mein Mann, der das spürte, umarmte mich und sagte tröstend: »Schwarzes Pferd kann Weißem Vogel nicht sagen, dass er der Gefahr ausweichen wird, denn das wäre eines tapferen Kriegers unwürdig. Aber er verspricht, dass er sein Leben nicht unnütz opfert.«

Welch ein Versprechen, dachte ich niedergeschlagen. Doch für ihn war es das größte Zugeständnis, das er in seiner Liebe zu mir machen konnte.

Am nächsten Morgen sattelten etwa dreitausend Krieger ihre Pferde.

Die Cheyenne wurden von ihrem obersten Kriegshäuptling Roman Nose – Römische Nase – und die Oglala-Sioux von Red Cloud angeführt. Die Frauen versuchten durch aufmunternde Zurufe an die Männer ihre Angst zu verbergen.

Schwarzes Pferd und ich sahen uns stumm in die Augen keiner schien den Blick des anderen loslassen zu wollen. Meine zur Schau getragene Beherrschung kostete mich übermenschliche Anstrengung, aber ich durfte mich vor den anderen nicht gehen lassen. Mit hängenden Armen stand ich da, als er sein Pony bestieg und es mit einem leichten Schenkeldruck wendete, bevor er mit den anderen davonsprengte.

Wie betäubt ging ich in unser Tipi, Little Cloud legte den Arm um meinen Rücken und begleitete mich.

16. Juli 1865

Die Tage schleichen ereignislos dahin, nur mit dem Warten

auf unsere Männer erfüllt. Dabei ist es noch viel zu früh, um schon auf ihre Rückkehr zu hoffen. Vom Tongue River bis zum North Platte müssen sie viele hundert Meilen Prärie und unwegsames Gelände, unzählige Flüsse und Bäche durchqueren. Häufig müssen sie den Siedlungen der Weißen ausweichen und große Umwege machen. Vor Ende Juli sind sie sicher nicht am Ziel.

21. Juli 1865
Wir versuchen unsere wachsende Unruhe mit Arbeit zu bekämpfen.
Die Frauen gerben Fälle, nähen Zeltbahnen und besticken Beutel und Mokassins. Doch während die Hände beschäftigt sind, eilen die Gedanken immer wieder zu den abwesenden Kriegern. Auch die Männer, die zu unserem Schutz hier geblieben sind, werden langsam unruhig.
Unser Kind macht mir mittlerweile zu schaffen, Beine und Rücken schmerzen und nachts kann ich nicht mehr richtig schlafen. Ich liege da und denke an Schwarzes Pferd. Wo er jetzt wohl sein mag, ob er auch gerade an mich denkt? Wie geht es ihm, ist er gesund und unverletzt?
Je länger ich wachliege, desto mehr wächst die Angst um ihn. Am Morgen bin ich dann übermüdet, blass mit dunklen Schatten unter den Augen. Meine Schwiegermutter hat mir geraten viel spazieren zu gehen, die Natur in mich aufzunehmen und mir die Heldentaten meines Mannes und anderer Krieger zu vergegenwärtigen, wie es die Indianerinnen tun, wenn sie ein Kind erwarten. Sie hoffen dadurch den Heldenmut, die Kraft und die Schönheit dieser Krieger auf ihr Kind zu vereinigen.

24. Juli 1865

Jetzt müssen die Krieger den North Platte erreicht haben.
Würden sie als Sieger zurückkehren oder als Geschlagene?
Welche Frau wird vergebens auf den Mann, welche Mutter
umsonst auf den Sohn warten? Werde ich eine von denen
sein, die das Klagelied singen? Die Angst umkreist mich wie
eine angriffslustige Raubkatze, und unser Kind beschwert
sich durch wütendes Gestrampel. Aber sosehr ich mich auch
bemühe an etwas anderes zu denken, mein ganzes Sinnen
dreht sich nur um Schwarzes Pferd und die Gefahr, in der er
jetzt schwebt.

Nun kommt auch noch die Angst um das Kind hinzu. Seit ei-
nigen Stunden kommen und gehen die Schmerzen wie die
Wellen am Ufer eines Flusses. Es darf noch nicht geboren
werden! Es würde das Leben noch nicht festhalten können.
Und was würde Schwarzes Pferd sagen, wenn ich mit leeren
Armen vor ihm stünde?

25. Juli 1865

Die ganze Nacht durchliefen die Schmerzen meinen Körper.
Erst gegen Morgen, als die ersten Vögel zwitschernd erwachten, ließen sie langsam nach. Ich rührte mich den ganzen Tag kaum aus dem Zelt, aus Furcht, die Wehen könnten
wieder einsetzen.

Meine Schwiegermutter und auch Little Cloud kamen zu mir
und versuchten mich durch allerlei Geschichten abzulenken.
Dabei nähten wir hübsche kleine Kleidchen aus weichem
Hirschleder und Schwiegermutter schmückte die Wiege.
Sie erzählte mir dabei, wie sie Puder zubereitet und eine Sal-
be hergestellt hatte. Für den Puder hatte sie getrockneten
Büffelmist zwischen zwei Steinen verrieben, bis er fein war

wie Talkum. Für die Herstellung der Salbe musste man rote Tonerde brennen und zu Pulver zerstoßen, das dann mit ausgelassenem Büffelfett vermischt wurde.

Beides dient zum Schutz und zur Reinigung der zarten Kinderhaut. Ich hatte von solchen Mixturen noch nie gehört und war entsprechend misstrauisch. Aber ich werde mich daran gewöhnen müssen, denn wo soll ich hier in der Wildnis Kinderpuder und Cremes hernehmen, wie sie die Weißen verwenden? Außerdem beruhigt mich der Gedanke etwas, dass diese Dinge ja schon seit Generationen bei den Indianern mit Erfolg angewendet werden.

1. August 1865

Es ist unerträglich heiß, die Prärie flimmert vor Hitze und der Tongue River führt nur noch halb so viel Wasser wie im Frühling. Die Ponys knabbern lustlos an dem halb vertrockneten Gras, und Mensch und Tier flüchten in jeden erreichbaren Schatten. Seit Wochen hat es nicht mehr geregnet und die Gefahr eines Präriebrandes wächst von Tag zu Tag.

12. August 1865

Immer noch kein Regen! In einiger Entfernung haben wir heute die ersten breiten Rauchschwaden gesehen. Aber noch weht der Wind aus südwestlicher Richtung.

Ob unsere Männer bereits auf dem Rückweg sind?

13. August 1865

Der Wind ist umgesprungen! Er kommt jetzt aus Südosten und treibt das Feuer direkt auf uns zu. Die Häuptlinge beraten und beschließen endlich, das Lager auf die andere Seite des Flusses zu verlegen. Das ist die einzige Möglichkeit, eine

Schneise zwischen uns und die Flammen zu legen. Um die Erde in ausreichender Breite um das Lager herum freizulegen, bleibt keine Zeit.

14. August 1865

Aufgeregt rannte und rief gestern im Lager alles durcheinander. In großer Eile wurden die Tipis abgebrochen, Kleidung und Vorräte in Beutel verstaut und Ponys damit beladen. Die Tiere, die man nicht als Pack- oder Reitpferde benötigte, wurden vorab von einigen Männern durch den Fluss getrieben.

Als ich mit dem Packen unserer Habseligkeiten fertig war, half ich anderen Squaws, die noch zusätzlich kleine Kinder zu versorgen hatten.

Das Feuer war zu diesem Zeitpunkt noch etwa zwei Stunden von uns entfernt und ich zweifelte, dass wir alle am anderen Flussufer sein konnten, bevor es uns erreicht hatte. Die Hitze, die dem Präriebrand vorauseilte, erschwerte uns das Atmen und der Rauch schwärzte die Gesichter und reizte zum Husten. Zum Glück breitete sich keine Panik aus. Nach einer weiteren Stunde konnten die ersten Gruppen, hauptsächlich Frauen, Kinder und Alte, mit ihren Ponys sowie eine größere Anzahl Packpferde über den Fluss gehen. Glücklicherweise war er an dieser Stelle durch den Wassermangel nicht mehr sehr tief.

Da die Atemluft knapp wurde, mussten wir uns beeilen. Und dann ging alles ziemlich schnell. Ich hob ein Kind, das herrenlos zwischen uns herumlief, auf und setzte es auf mein Pferd. Dann führte ich das aufgeregt schnaubende Tier zum Fluss. Zuerst verweigerte es, doch dann entschied es sich offenbar für das kleinere Übel und folgte mir ins Wasser, das mir bald bis zur Brust reichte.

Etwa in der Mitte glitt mein Fuß auf einem Stein aus, ich verlor das Gleichgewicht und geriet unter Wasser. Krampfhaft versuchte ich, mit der einen Hand am Zügel hängend, wieder Boden unter die Füße zu bekommen. Die sich mit Wasser voll saugenden Kleider und mein unförmiger Zustand erschwerten meine Bemühungen. Für einen Augenblick bekam ich den Kopf aus dem Wasser, um gleich darauf wieder unterzutauchen, da die erschreckte Stute mit wilden Kopfbewegungen auszubrechen drohte. Ich bemühte mich die Luft anzuhalten, konnte aber nicht verhindern, dass ich eine Menge Wasser schlucken musste. Schließlich ließ ich die Zügel fahren und wollte mich schwimmend an die Oberfläche arbeiten, als ich einen Schlag an den Kopf erhielt und die Besinnung verlor.

Ich kam erst wieder zu mir, als ich die aufgeregte Stimme von Little Cloud hörte. Ein junger Sioux schleppte mich als triefendes Bündel ans Ufer. Mir war übel von dem vielen Wasser in meinem Magen und der Schreck saß mir in allen Gliedern. Little Cloud führte mich zu einem schon aufgerichteten Zelt und eine Squaw gab mir trockene Kleider. Mein Pferd mit dem kleinen Mädchen war von einem anderen Krieger beim Zügel genommen worden.

Als ich umgekleidet war und vor das Zelt trat, kamen die Letzten über den Fluss. Es wurde auch allerhöchste Zeit, in spätestens einer halben Stunde würde drüben alles in Flammen stehen. Der Rauch trieb in dicken weißen Wolken über das Wasser, doch das Feuer konnte uns nichts mehr anhaben. Alle waren so erschöpft, dass man den Aufbau der Tipis bis zum nächsten Morgen verschob, zumal bald darauf die Sonne unterging.

15. August 1865

Der Morgen dämmert schon, ich kann trotz meiner Müdigkeit nicht einschlafen. Nachdem die Sorge wegen des Feuers von mir genommen ist, überfällt mich wieder die Angst um Schwarzes Pferd. Wo mag er jetzt sein?

Zu allem Überfluss bekomme ich nun auch noch fürchterliche Leibschmerzen. Ich muss meine Schwiegermutter benachrichtigen, vielleicht sind es wieder Wehen? Aber es ist doch immer noch zu früh!

25. August 1865

Unser Kind ist geboren! Und auch Schwarzes Pferd ist wieder da! Aber ich muss von Anfang an berichten.

Meine Schwiegermutter sah mir offensichtlich an, dass es diesmal ernst werden würde. In fliegender Hast wurde unser Tipi aufgebaut und ein Lager aus getrocknetem Gras hergerichtet. Ich konnte kaum noch auf den Füßen stehen. Meine Gedanken drehten sich jetzt nur noch um das Kind. Würde es die verfrühte Geburt überleben? Die Schmerzen wurden fast unerträglich, aber ich biss die Zähne zusammen. Warum war Schwarzes Pferd nicht da? In Gedanken rief ich immer wieder seinen Namen. Little Cloud hielt bekümmert meine Hände. Schweiß und Tränen vermischten sich und rannen über meine Schläfen in die Haare.

Draußen wurde es dunkel, die Wehen hielten unvermindert an. Plötzlich überkam mich die Furcht, ich könnte es nicht schaffen.

Mein Gott, war es schwer, ein Kind zur Welt zu bringen!

Plötzlich war mir, als würde eine Urgewalt das Kind aus mir herauspressen. Ich hörte mich schreien, dann wurde alles schwarz.

Als ich wieder zu mir kam, war meine Schwägerin dabei, mir das Gesicht mit kaltem Wasser zu waschen. Neben mir lag leise jammernd ein kleines Bündel, unser Kind. Ängstlich sah ich meine Schwiegermutter an, doch sie schüttelte beruhigend den Kopf: »Meine Tochter muss sich nicht sorgen, der kleine zukünftige Krieger ist sehr kräftig.«

Ein Junge, dachte ich noch, dann schlief ich erschöpft und zufrieden ein.

Als ich erwachte, sah ich das Gesicht von Schwarzem Pferd über mir. Zuerst glaube ich zu träumen. Ich schloss die Augen, öffnete sie wieder, aber er war noch da. In seinem dunklen Blick lag ein zärtliches Lächeln; ungläubig strich ich über sein schwarzes Haar. Das Glück und die Erleichterung, ihn wieder unversehrt bei mir zu haben, trieben mir die Tränen in die Augen.

Ich wollte sogleich wissen, was alles geschehen war, seit er und die Krieger das Lager verlassen hatten. Fast drei Wochen waren sie unterwegs gewesen, bis sie die Berge am North Platte erreichten. Zweimal hatten sie vergeblich versucht die Soldaten aus dem Fort zu locken. Erst am dritten Morgen verließ ein Zug Kavallerie die Palisaden und die Indianer stürmten von den Bergen herab. Während ein Teil der Soldaten entkam, näherte sich aus westlicher Richtung eine Wagenkolonne, die sofort umzingelt wurde. Die Soldaten versuchten sich unter den Wagen zu verschanzen, doch unsere Krieger töteten sie.

Auf dem Rückweg stießen sie mit einem Trupp Goldsucher zusammen, der von einer Kolonne Infanterie begleitet wurde. Eine Weile beschossen sie sich gegenseitig, doch das führte zu keinem Ergebnis. Also verhandelte man miteinander. Dabei stellte sich heraus, dass die Weißen durch das Indianerland zu den Goldfeldern nach Montana wollten. Die Häuptlinge verweigerten jedoch ihre Erlaubnis. Erst als die Goldsucher ihnen eine Wagenladung Mehl, Zucker, Kaffee und Tabak anboten, gaben sie ihre Zustimmung. Von dem Hauptmann der Infanteriekolonne erfuhren sie dann auch, dass südlich des Crazy Woman schon wieder ein neues Fort gebaut wurde. Wutentbrannt brachen sie auf, um zu erkunden, ob die Blauröcke tatsächlich die Unverschämtheit besaßen, sich mitten in den Jagdgründen der Indianer niederzulassen.

Schwarzes Pferd und seine Krieger trennten sich später von den Sioux und Arapahoes. Er ritt mit seinen Männern voraus, da ihn, wie er sagte, eine unerklärliche Unruhe ergriffen hatte.

Stolz, aber auch ein wenig unsicher betrachtete er unseren Sohn, der in der Wiege neben mir lag und schlief.

»Der zukünftige Krieger hat schon die Falten des weisen Alters«, meinte er.

Ich lachte leise über sein misstrauisches Gesicht. »Das vergeht bald. Warte nur, in ein paar Tagen ist es das schönste Baby weit und breit.«

Die Mutter meines Mannes betrat das Tipi und schickte ihren Sohn hinaus. »Die junge Mutter muss jetzt ihre Pflicht tun, mein Enkel wird Hunger haben.«

Es war ein seltsames Gefühl, als ich unseren Sohn, dieses kleine, warme, lebendige Wesen, das bisher in mir geschlummert hatte, zum ersten Mal in den Arm nahm. Mit geschlossenen Augen, aber wild entschlossen suchte er die Quelle seiner Nahrung. Jetzt sieht er zwar noch etwas verhutzelt aus, aber ich weiß, dass er einmal schön sein wird.

26. August 1865

Langsam erhole ich mich von der anstrengenden Geburt. Meine Schwiegermutter und Little Cloud umsorgen mich liebevoll. Unser kleiner Sohn schlummert fast ununterbrochen, nur wenn er Hunger hat, hört man sein unwilliges Quengeln. Er gedeiht prächtig und die »Falten seines weisen Alters« glätten sich langsam. Schwarzes Pferd ist fast jede freie Minute bei mir, als wolle er mich für die vielen Stunden und Tage entschädigen, in denen er mich allein lassen musste.

Nachdem seit Wochen kein Tropfen Regen gefallen ist, brach gestern Abend ein Gewitter los, wie ich in der offenen Prärie noch keines erlebt habe. Der Himmel wurde beinahe tiefschwarz. Unaufhörlich zuckten die Blitze und der Donner dröhnte, als würden hunderte von Kanonen auf einmal abgefeuert. Der Sturm rüttelte und zerrte an den Zeltwänden und die Männer legten die langen Haltestangen übereinander, um die Rauchluken zu schließen. Und dann stürzte das Wasser vom Himmel, als ob es uns alle ertränken wollte. Es prasselte auf das Zelt wie pausenloser Trommelwirbel und wir fühlten uns im Trockenen herrlich geborgen.

28. August 1865

Inzwischen sind auch die übrigen Krieger unseres Stammes wieder im Lager eingetroffen. Durch Boten erfuhren wir, dass nicht weit von uns in größerem Umkreis noch andere Prärie-Indianerstämme kampieren. Am Crazy Woman lagern einige hundert Oglala-Sioux und weiter nördlich am Powder und am Little Missouri Teton-Sioux, bei denen sich auch Sitting Bull mit seinen Hunkpapas befindet. Die Boten laden zum alljährlichen Sommertanz der Tetons ein.

Währenddessen wurde bei uns die Zauberpfeil-Zeremonie

abgehalten, eine sehr feierliche und heilige Handlung, die zu den sommerlichen Kultzeremonien der Cheyenne gehört.

Seit einigen Tagen gelangen immer wieder Gerüchte aus anderen Indianerdörfern zu uns; sie berichten von vielen Soldaten, die sich uns aus mehreren Richtungen nähern. Die Häuptlinge halten diese Gerüchte für unglaubhaft, denn sie können sich nicht vorstellen, dass die Blauröcke so vermessen sind sich im Indianerland mit zahlenmäßig so überlegenen Stämmen anzulegen.

2. September 1865

Eine furchtbare Nachricht erreichte uns heute und lief wie ein Grasbrand durch das Lager: Ein Trupp Kavallerie und eine Kompanie Pawnee-Söldner haben ein friedliches Arapaho-Dorf am Tongue angegriffen und wahllos Männer, Frauen und Kinder getötet. Die Soldaten brannten das ganze Dorf nieder, nachdem die Überlebenden in die Berge geflohen waren. Die Arapahoes besitzen jetzt nicht mehr als das, was sie auf dem Leib tragen.

Über fünfzig Indianer starben. Alle Tipis, Zeltplanen, Büffelhäute, Decken und Felle und die ganzen Vorräte für den Winter gingen in Rauch auf. Von der großen Ponyherde haben die Pawnees fast tausend Stück gestohlen.

Die Schreckensbotschaft wurde von einem unserer jungen Krieger mitgebracht, der mit seiner Squaw Verwandte in dem Dorf besuchen wollte. Auf dem Weg dorthin hatten sie Soldaten bemerkt und ihre roten Brüder gewarnt. Aber diese glaubten, der Cheyenne hätte sich getäuscht. Nur wenige ließen sich von der Frau des Kriegers überreden und zogen mit ihnen einige Meilen den Tongue hinunter. Dieser heimtückische Überfall hat unsere Häuptlinge nachdenklich gemacht.

Seither wird unser Lager sogar am Tag von mehreren Kriegern bewacht. Noch einmal wird man die Cheyenne nicht unvorbereitet und vertrauensselig finden.

25. September 1865

Immer wieder erreichen uns Nachrichten über Kämpfe zwischen Indianern und Soldaten.

Als unser Kriegshäuptling Roman Nose vor einigen Tagen von fliehenden Truppen in unserer Nähe hörte, bat er im Ältestenrat darum, sie an einer geeigneten Stelle angreifen zu dürfen. Der Rat gab seine Zustimmung in der Hoffnung, dass man den weißen Eindringlingen vielleicht eine derartige Angst einjagen könnte, dass sie sich nie mehr in unsere Jagdgründe wagen würden. Die Krieger berichteten anschließend, die halb verhungerten Blauröcke seien den Powder hinunter geflohen und hätten offenbar nur noch den Wunsch gehabt, den Indianern mit heiler Haut zu entkommen.

Trotzdem fürchte ich, dass die Weißen auf die Dauer die Stärkeren bleiben werden. All ihre Tapferkeit wird den Indianern nichts nützen, wenn sie mit Pfeil und Bogen, Lanzen oder uralten Gewehren gegen moderne Feuerwaffen und Kanonen kämpfen müssen.

Aber sollen sie kampflos aufgeben, sich vertreiben oder ohne Gegenwehr töten lassen? Nein, nein und nochmals nein! Genauso gut könnte man verlangen, dass der Büffel stehen bleibt und geduldig den tödlichen Schuss des Jägers erwartet.

27. September 1865

Inzwischen habe ich mich wieder vollständig erholt und auch unser Sohn hat die kritische Zeit nach seiner frühzeitigen Geburt gut überstanden.

Gestern waren die Eltern des kleinen Mädchens in unserem Tipi und wollten sich mit einem schönen Fell dafür bedanken, dass ich ihre Tochter über den Fluss gebracht habe. Ich weigerte mich das Geschenk anzunehmen.

»Ich habe das Kind nur auf mein Pferd gesetzt. Dass es heil drüben ankam, hat es dem jungen Krieger zu verdanken, der mein Pony zur Vernunft brachte.«

Doch der Vater des Mädchens antwortete hartnäckig: »Dafür ist die Squaw unseres Häuptlings fast ertrunken, weil sie nicht selbst ritt, sondern ihr Pferd am Zügel führen musste.«

Schwarzes Pferd sah mich erstaunt an, sagte aber nichts. Es war mir unangenehm, dass die Sprache darauf gebracht wurde. Widerspenstig lehnte ich das Geschenk wieder ab, doch da mischte sich mein Mann in das Palaver ein.

Zu mir gewandt sagte er auf Englisch: »Weißer Vogel wird die beiden erzürnen, wenn sie das Fell nicht annimmt. Sie wollen ihr damit ihre Dankbarkeit beweisen und außerdem zeigen, wie sehr sie sich über die Rettung ihrer kleinen Tochter freuen.«

»Aber es war doch nichts Besonderes. Wenn ich es nicht gewesen wäre, hätte ein anderer sie hinübergenommen.«

»Das ist doch gleichgültig, denn Weißer Vogel hat sich der Kleinen angekommen und kein anderer!«

In seiner Muttersprache beschwichtigte er die Eltern, die schon etwas gekränkt aussahen. Er sagte ihnen sinngemäß, dass sie es mir nicht übelnehmen sollten. Die Bleichgesichter seien eben manchmal ein wenig langsam im Begreifen und ich würde mich sehr über ihr Geschenk freuen.

15. Oktober 1865

Vor zwei Tagen hatte ich ein sehr ernstes Gespräch mit meinem Mann. Ich bat ihn mich im Schießen und Reiten zu unterrichten. Ich kann beides nur mäßig. Schwarzes Pferd fragte überrascht, warum ich diese Bitte äußere.

Ich nahm meinen ganzen Mut zusammen, als ich ihm antwortete: »Weil ich den Wunsch habe, dich in Zukunft zu begleiten, wenn du fortmusst. Solange ich jedoch nicht besser schieße und reite, wäre ich doch nur eine Belastung für dich.« Bevor er eine Möglichkeit fand, etwas zu entgegnen, fuhr ich fort: »Ich lasse dich nicht mehr allein weg, ich will bei dir sein. Die Angst um dich bringt mich jedes Mal fast um den Verstand. Ich kann kaum eine Nacht schlafen, ohne von dem Gedanken gepeinigt zu werden, dir könnte etwas zugestoßen sein. Ich halte das nicht noch einmal aus, dieses Warten, dieses Hinundhergerissenwerden zwischen Hoffnung und Verzweiflung.«

Schwarzes Pferd schien nicht sehr begeistert von meinem Wunsch. »Wer wird sich dann um unseren Sohn kümmern?«, fragte er, offenbar mit der leisen Hoffnung, der Gedanke an das Kind könnte mich umstimmen.

»Ich hatte Zeit genug, darüber nachzudenken, als ich auf dich warten musste. Der Junge ist bei Little Cloud und deiner Mutter sehr gut aufgehoben. Ich habe unseren Sohn sehr lieb und es tut mir weh, wenn ich ihn verlassen muss. Aber meine Liebe zu dir ist das Einzige, das wirklich zählt in meinem Leben, alles andere ist unwichtig. Wer weiß, vielleicht ist die Zeit nur kurz, in der es uns vergönnt ist, zusammen zu sein. Ich will mit dir gehen und, wenn es der Große Geist so bestimmt, an deiner Seite sterben.«

Mein Mann sah bedrückt aus, als er antwortete: »Schwarzes Pferd fühlt genauso. Auch sein Leben wäre sinnlos ohne Weißen Vogel.«

Er legte mir die Hände auf die Schultern und sah mir ernst in

die Augen. »So sei es denn, wenn es dein Wunsch ist!« Und
bevor er das Tipi verließ, fügte er hinzu: »Wir werden morgen früh beginnen. Weißer Vogel wird sehr viel Ausdauer
und Kraft benötigen.«

9. Dezember 1865

Die vergangenen zwei Monate waren eine einzige Strapaze
für mich, körperlich und seelisch. Die Ausbildung durch
Schwarzes Pferd war gründlich und schonungslos. Stundenlang jagte er mich auf meinem Pony durch die Gegend, und
wenn ich mich kaum mehr oben halten konnte, verlangte er
noch besondere Bravourstücke. So musste ich lernen das
Tier in vollem Galopp zum Stehen zu bringen, auf das vor-
beigaloppierende Pony aufzuspringen, mit dem dahinrasenden Pferd eine Böschung hinunter- und auf der anderen Seite
wieder hinaufzukommen.

Nach einigen Tagen war ich voll blauer Flecken und taumelte
abends in unser Tipi, um sogleich auf das Lager zu fallen und
einzuschlafen. Am nächsten Morgen begann alles von vorn.
Ich war manchmal so erschöpft, dass ich am liebsten aufgegeben hätte. Aber ich biss die Zähne zusammen und sagte
mir immer wieder: »Du musst es schaffen, du darfst nicht
aufgeben.«

Meine roten Brüder und Schwestern betrachteten meine Bemühungen mit Skepsis und Belustigung.

Als ich eines Tages sicher genug im Sattel saß, zeigte mir
Schwarzes Pferd, wie sich die Prärie-Indianer an der Seite ihrer Ponys in Deckung bringen. Das ist natürlich nur mit einem
gut dressierten und trainierten Pferd möglich, das dem Reiter
völlig vertraut. Auch hierbei machte ich ziemlich häufig Be-
kanntschaft mit Mutter Erde. Einmal war sogar Schwarzes

Pferd zu Tode erschrocken: Ich hatte bei einem meiner Stürze den Fuß nicht mehr rechtzeitig aus dem Steigbügel gebracht und wurde von dem erschreckten Pony einige Yards weit mitgeschleift. Auf den schrillen Pfiff meines Mannes hin blieb es allerdings sofort stehen und er befreite mich aus meiner unbequemen Lage. Völlig erschöpft und zitternd lehnte ich mich an ihn.

Seine Stimme klang seltsam unsicher, fast ein wenig verzweifelt, als er sagte: »Schwarzes Pferd ist zu hart mit Weißer Vogel! Aber die Wildnis und unsere Feinde kennen kein Erbarmen, und jeder Fehler, jedes Versagen kann den Tod bedeuten. Weißer Vogel hat es so gewollt!«

»Ich weiß«, sagte ich leise. »Ich beklage mich nicht. Ich bin froh, dass du mich verstehst und mir meine Bitte nicht abgeschlagen hast. Es ist an mir, zu lernen und mich zu bewähren.«

Und so lernte ich auch das In-der-Deckung-Reiten. Wenn ich nicht gut genug war, begann Schwarzes Pferd auf mich zu schießen, bis nichts mehr von mir zu sehen war. Das erste Mal wäre ich fast vor Schreck vom Pferd gefallen.

Als Nächstes war das Schießen mit Pfeil und Bogen an der Reihe, bei dem ein Treffer meines Erachtens viel schwieriger zu erzielen ist als mit einer Schusswaffe, da man bei einem Pfeil auch auf Windrichtung und -stärke achten muss. Eine Woche lange schoss ich fast ständig daneben und wollte manchmal schon aufgeben. Ausdauernd und unermüdlich stand Schwarzes Pferd an meiner Seite, korrigierte meine Haltung, legte mir den Pfeil anders in die Hand, lobte oder tadelte.

Beim Schießen mit Gewehr und Pistole war ich schneller erfolgreich.

Dann brachte er mir die Verteidigung mit dem Messer bei, das ein Indianer immer bei sich trägt. Lange Zeit waren meine Anstrengungen mehr oder weniger erfolglos, da ich ständig gegen die Angst ankämpfte, ihn zu verletzen. Aber er war wendig wie eine Katze und oft kniete er mit dem Messer in der erhobenen Hand über mir und meinte: »Das war noch nicht gut genug. Wäre es jetzt ernst, dann wäre Weißer Vogel schon tot.«

Mit Kraft konnte ich gegen ihn nicht ankommen, meine Rettung lag allenfalls in der Schnelligkeit und Gewandtheit, und darin übte er mich, bis ich völlig erschöpft liegen blieb.

Und dann kam das Schlimmste: der seelische Terror, das ständige Auf-der-Hut-Sein. Manchmal geschah es, dass ich nachts plötzlich durch einen wilden Schrei aus dem Schlaf gerissen wurde und, die Augen aufreißend, eine dunkle Gestalt auf mich losspringen sah. Nach einer Sekunde der Erstarrung rollte ich mich blitzschnell zur Seite und griff zu meinem Messer. Entsetzt versuchte ich in der Dunkelheit meinen Gegner zu erkennen. Da hörte ich die ruhige Stimme meines Mannes: »Weißer Vogel muss keine Angst haben! Schwarzes Pferd wollte nur feststellen, ob sie schnell genug ist.«

Zuerst wollte ich zornig aufbegehren, doch dann wurde mir klar, dass auch das sein musste. Ich glaube nicht, dass es Schwarzem Pferd leicht fiel, mich so zu erschrecken.

Es war ein hartes, schonungsloses Überlebenstraining, aber als Schwarzes Pferd damit fertig war, sagte er: »Weißer Vogel war eine sehr gelehrige Schülerin. Schwarzes Pferd weiß, wie schwer es war. Doch wenn sie mit uns kommen will, durfte er sie nicht schonen. Es könnte sein, dass eines Tages ihr Leben davon abhängt, wie viel sie gelernt hat. Schwarzes

Pferd ist froh, dass Weißer Vogel nicht aufgab. Jetzt ist es wichtig, dass sie nichts verlernt. Von nun ab muss sie ständig bereit sein zu kämpfen und sich zu wehren. Sie darf nie mehr etwas dem Zufall überlassen, sie muss lernen mit der Natur zu leben, ihre Zeichen zu lesen und ihre Sprache zu verstehen.«

15. Dezember 1865 – Black Hills

Über Nacht ist es Winter geworden, ein riesiges Schneetuch hat die Prärie zugedeckt. Unser Lager haben wir inzwischen zu den Black Hills verlegt, wo uns große Antilopenherden und viele Büffel genügend Nahrung zum Überwintern bieten.

Die Feuer brennen hell und es ist warm in den Tipis. Jetzt ist wieder die große Zeit des Geschichtenerzählens und die Kinder sitzen mit leuchtenden Augen da und lauschen den Fabeln und Märchen.

Ein Jahr bin ich nun schon bei den Cheyenne und trotz der Angst und dem Entsetzen, die ich kennen lernen musste, bin ich glücklicher als je zuvor. Ich habe einen Mann, den ich liebe, und einen reizenden kleinen Sohn mit den schwarzen Augen und der bronzenen Haut seines Vaters. Die Prärie-Indianer haben mich mit einer Selbstverständlichkeit in ihrer Mitte aufgenommen, die mich immer wieder verwundert. Nie habe ich einen Ausdruck von Hass in ihren Augen gesehen, nie ein Wort des Abscheus oder des Zorns gehört. Dabei hätte ich sie so gut verstanden! Aber diesen einfachen, stolzen Menschen ist das Fühlen und Denken eines Mitmenschen wichtiger als seine Hautfarbe. Sie machen nicht viele Worte und der Ausdruck von Zuneigung ist für mich immer wieder wie ein Geschenk: ein scheuer Blick aus dunklen Augen, ein lächelnder Gruß im Vorübergehen, ein leichtes Winken mit der Hand, ein Kind, das hinter mir herläuft, um mir sein Spielzeug zu zeigen. Mit alldem zeigen sie mir, dass sie mich gern haben und dass ihnen meine Hautfarbe gleichgültig ist.

21. Januar 1866
Damit ich das Gelernte nicht vergesse, nahm mich Schwarzes Pferd zur Jagd mit. Dabei unterrichtete er mich auch ein wenig im Lesen der Spuren. An der Beschaffenheit der Eindrücke im Schnee kann er genau erkennen, wie alt die Fährte ist und von welchem Tier sie stammt.

Am Nachmittag trafen wir auf eine Antilopenherde. Gegen den Wind schlichen wir uns vorsichtig näher und Schwarzes Pferd erklärte mir, wo ich den tödlichen Schuss anbringen muss. Ich glaube, ich sah ihn ziemlich fassungslos an, aber er lächelte nur und sagte leise: »Weißer Vogel hat von Schwarzem Pferd das Schießen mit Pfeil und Bogen gelernt. Jetzt soll sie zeigen, was sie kann.«

Alles in mir sträubte sich auf das schöne Tier mit den großen braunen Augen zu schießen.

»Ja, aber . . . «, versuchte ich mich zu drücken, aber er meinte nur: »Wenn Weißer Vogel es nicht tödlich trifft, wird Schwarzes Pferd ihm den Todesschuss geben.«

Ich sah ihn flehend an, doch er blickte unbeweglich geradeaus. Mitten in meine widerstreitenden Gefühle hinein sagte mein Mann ruhig: »Einmal muss es ja sein, dafür hat Weißer Vogel es gelernt. Es ist besser, sie schießt das erste Mal auf ein Tier; bei einem Menschen bleibt ihr nicht so viel Zeit zum Überlegen.«

Er hatte ja Recht. Wie würde ich je um mein Leben kämpfen

können, wenn ich schon Hemmungen hatte, ein Tier zu töten? Ich biss die Zähne zusammen und bemühte mich, kühl und ruhig zu zielen. Der Pfeil schnellte mit einem leisen, schwirrenden Geräusch von der Sehne. Ich kniff die Augen zu, denn ich wollte nicht sehen, wenn die Antilope getroffen stürzte oder verwundet davonjagte.

Ich hörte, wie Schwarzes Pferd neben mir seinen Pfeil zurücksteckte und geräuschvoll die unwillkürlich angehaltene Luft durch die Zähne ließ. Er lachte gedämpft, als er mein Gesicht sah.

»Weißer Vogel mag die Augen öffnen, für das erste Mal war das ein sehr guter Schuss.«

Zögernd folgte ich seiner Aufforderung und sah seinen verständnisvollen Blick.

Im Lager wurde meine erste Jagdbeute mit gebührender Bewunderung bedacht.

18. Februar 1866

Schwarzes Pferd sprach heute mit den anderen Häuptlingen darüber, ob es nicht sinnvoll wäre, noch mehr Frauen des Stammes so wie mich auszubilden.

»Es wird der Tag kommen, wo jeder zusätzliche treffsichere Schütze zählt«, sagte er ihnen, »wo vielleicht unser Überleben als Stamm davon abhängt, wie gut die Frauen zusammen mit den Männern kämpfen können.«

Er hatte bereits vorher mit mir darüber gesprochen und wollte meine Ansicht hören. Ich war überrascht, dass er trotz der überwiegend patriarchalischen Einstellung der meisten Männer an so etwas dachte. Sein Nachgeben in meinem Fall war ja ausschließlich seiner Liebe und dem Wunsch entsprungen, mich möglichst immer an seiner Seite zu haben.

Ohnehin wundert es mich, dass die wenigsten Mädchen oder Frauen Interesse am Erlernen gewisser Fertigkeiten zu ihrer Verteidigung zeigen und dadurch Angriffen so gut wie wehrlos ausgeliefert sind. Schwarzes Pferd ist darüber keineswegs erstaunt, da, wie er mir sagte, die Indianerin von klein auf zur Ehefrau und Mutter der zukünftigen Stammesmitglieder erzogen wird. Es komme daher ziemlich selten vor, dass eine Squaw von sich aus den Wunsch äußere, mehr zu lernen als das, was sie für ihre vorgezeichnete Rolle benötige.

21. Februar 1866
Die Häuptlinge sind heute nach langem, manchmal ziemlich erhitztem Palaver zu der Überzeugung gelangt, dass Schwarzes Pferd mit seinen Befürchtungen Recht behalten könnte, und haben deshalb seinem Vorschlag zugestimmt. Jetzt wird es ihre Aufgabe sein, den übrigen Männern die Notwendigkeit dieses Beschlusses klarzumachen. Die Frauen und Mädchen werden sicher keine Schwierigkeiten bereiten und sich bald an ihre neue Rolle gewöhnt haben.
Morgen ziehen Roman Nose und einige Cheyenne wieder in den Süden zum Smoky Hill. Schwarzes Pferd und die anderen Anführer haben beschlossen noch bei unseren Verwandten in der Nähe der Oglala-Sioux zu bleiben.

28. März 1866
Gestern trafen Boten der Oglalas in unserem Lager ein. Red Cloud schickte sie mit der Nachricht, dass sich alle Stämme zu Verhandlungen und der Unterzeichnung eines Friedensvertrages in Fort Laramie einfinden mögen. Der Große Vater in Washington wünsche Frieden mit den Indianern und wür-

de Anfang Juni einen Zug mit Proviant und Geschenken nach Fort Laramie abgehen lassen.

Frieden! Welch ein schönes, verheißungsvolles Wort. Wir sehnen uns alle danach, endlich ohne Furcht leben zu können, keine Angst mehr von den Soldaten haben zu müssen.

5. April 1866

Unser kleiner Sohn, dem die Cheyenne den Namen Little Bear – Kleiner Bär – gegeben haben, stand heute zum ersten Mal auf seinen wackligen Beinchen – nur einen Augenblick, dann fiel er um. Doch zielstrebig wiederholte er seine Versuche, bis er müde wurde und einschlief.

Bald wird er laufen können und immer öfter seine eigenen Wege gehen. Am Anfang wird man ihn noch im Dorf suchen und finden können, dann muss man vielleicht schon zum Fluss hinunter oder in den kleinen Wald in der Nähe. Immer weiter werden ihn seine abenteuerlichen Streifzüge von uns fortführen. Warum müssen Kinder so schnell groß werden?

27. April 1866

Morgen brechen wir nach Fort Laramie auf. Ungefähr die Hälfte der Cheyenne, hauptsächlich ältere Stammesangehörige, Frauen und Kinder, aber auch einige Krieger, bleiben zurück.

Kleinen Bär haben wir der Mutter meines Mannes anvertraut und sie ist sehr glücklich, dass sie ihren Enkel eine Weile verwöhnen darf.

Unsere Gruppe wird dieses Mal von ziemlich vielen Frauen begleitet, da lebhafter Lagerbetrieb bei Fort Laramie zu erwarten ist, wenn alle Stämme der Aufforderung von Red Cloud Folge leisten.

15. Mai 1866 – Fort Laramie

Ohne große Zwischenfälle sind wir in Fort Laramie einge-troffen. Lediglich beim Übergang über den Cheyenne hatten wir einen längeren Aufenthalt, da unsere Krieger einige Po-nys wieder einfangen mussten, die durch das hochgehende Wasser von der Herde getrennt worden waren.

Beim Fort herrschte bereits reger Betrieb. Die Oglala-Sioux mit ihrem Häuptling Red Cloud, ebenso Spotted Tail mit sei-nen Brulés waren schon vor einigen Tagen eingetroffen.

Da ist ein Kommen und Gehen von Indianern, die ihre Ver-wandten und Freunde besuchen, von weißen Händlern und Soldaten. Büffelhäute und Felle werden gegen Kleidungsstü-cke, Decken und Nahrungsmittel eingetauscht und oft be-kommt man aus nächster Nähe das lautstarke Palaver zu hö-ren, wenn zwei der Ansicht sind, dass einer den anderen übervorteilen will.

8. Juni 1866

Von den Friedensverhandlungen, die vor einigen Tagen be-gannen, werden wir durch die Häuptlinge unterrichtet. Bis-her ist außer langen Reden auf beiden Seiten noch nicht viel dabei herausgekommen.

Gestern bat Red Cloud die Kommission um einen mehrtägi-gen Aufschub, weil das Erscheinen von weiteren Teton-Sioux abgewartet werden soll.

Die Verhandlungen sind bis zum 13. Juni vertagt worden.

14. Juni 1866

Die Friedensverhandlungen sind gescheitert.

Gestern traf in der Nähe unseres Lagers ein Infanterieregiment mit ungefähr siebenhundert Soldaten ein. Ein Häuptling der

Brulé-Sioux ritt ihnen entgegen und erkundigte sich, wohin sie reiten wollten. Der Colonel antwortete ihm, dass er Befehl habe, mit seinen Männern zum Powder zu marschieren, um den Straßenbau nach Montana zu bewachen.

Obwohl sie aufs Äußerste erbost waren, beschlossen die Häuptlinge doch zunächst die Erklärung der Friedenskommission abzuwarten. Deshalb begaben sie sich ins Fort. Dort erfuhren sie, dass alles, was Standing Elk – Stehender Elch – ihnen berichtet hatte, der Wahrheit entsprach.

Während die Weißen über den Frieden verhandelten, wurden bereits hinter dem Rücken der Indianer Vorbereitungen zum Bau einer Straße durch ihr Land getroffen. Wutentbrannt erklärten die Häuptlinge, sie würden sich nicht länger von den Weißen wie Kinder behandeln lassen. Wenn die Soldaten ins Sioux-Land marschierten, würde in wenigen Wochen keiner mehr von ihnen leben. Jahr für Jahr hätten die weißen Eindringlinge die Indianer weiter zurückgedrängt, ihnen Land um Land genommen, und jetzt ließe man sie nicht einmal mehr in ihren letzten Jagdgründen in Frieden leben. »Lieber werden wir kämpfen und sterben als elend verhungern.«

Demonstrativ verließen die Häuptlinge den Verhandlungsplatz und begaben sich zu ihren Lagern.

Spotted Tail kam, um sich zu verabschieden: »Die roten Menschen wollten den Frieden, deshalb sind sie viele hundert Meilen durchs Land gezogen. Es war umsonst! Der Große Geist möge über den Weg meines Blutsbruders Schwarzes Pferd und seiner weißen Squaw wachen und sie beschützen.«

15. Juni 1866
Heute Morgen waren die Brulés und die Oglalas verschwunden und auch unsere Gruppe rüstet zum Aufbruch.

Wir haben hier nichts mehr zu tun. Wir waren gekommen, um Frieden zu machen; aber wieder einmal sind die Bemühungen an der Doppelzüngigkeit der Weißen gescheitert. Traurig und verbittert haben die meisten von uns die Hoffnung aufgegeben, jemals einen Frieden zwischen Indianern und Bleichgesichtern zu erleben.

26. Juni 1866

Wir ziehen wieder nach Norden zu den Jagdgründen am Tongue und Powder River.

Vor zwei Tagen meldeten unsere Späher das Auftauchen von Truppen. Die Soldaten befinden sich ebenfalls auf dem Weg nach Norden. Sie haben also nicht die Absicht, den Warnungen unserer Häuptlinge Beachtung zu schenken.

Aus den umliegenden Dörfern stoßen laufend weitere Indianergruppen zu uns. Die Späher, die wir ausgesandt haben, unterrichten uns ständig über alle Bewegungen der Wagenkolonne.

15. Juli 1866 – Powderland

Vor zwei Tagen errichteten die Soldaten am Piney Creek ein Lager und begannen gleich am nächsten Morgen mit dem Bau eines Forts, mitten in den schönsten und besten Jagdgründen der Prärie-Indianer.

Unsere Häuptlinge sind aufs Äußerste gereizt, aber sie haben beschlossen vorerst Ruhe zu bewahren. Sie werden dem Soldatenlager einen Besuch abstatten, um sich über Truppenstärke und Bewaffnung ein Bild zu machen.

17. Juli 1866

Es war spät, als mein Mann mit den Häuptlingen und Kriegern aus dem Lager der Blauröcke zurückkam. Natürlich wollte ich sofort erfahren, zu welchen Ergebnissen ihr Besuch geführt hatte. Die Marschmusik, mit dem der Colonel unsere Männer empfing, war durch die klare Luft zu uns herübergeklungen. Schwarzes Pferd erzählte, man habe die Pfeife geraucht und Reden gehalten. Unterdessen habe man festgestellt, dass das Fort sehr stark befestigt sei. Die Soldaten müssten daher herausgelockt werden, damit die Indianer leichter mit ihnen fertig werden könnten. Belustigt berichtete er weiter, dass der Colonel eines seiner Geschütze abgefeuert hätte, um Eindruck auf die Indianer zu machen. Schwarzes Pferd habe daraufhin sehr ernst und beeindruckt seine Bewunderung für die überaus laut sprechende Kanone ausgedrückt.

21. Juli 1866
Nachdem unsere Leute in dem neuen Fort am Piney Creek waren, schickten die Häuptlinge Boten in die umliegenden Dörfer, um die Indianer über ihre Erfahrungen zu unterrichten.
In unserem Lager treffen ständig weitere Gruppen der verschiedensten Stämme ein. Es ist oft ein großes Durcheinander; dazu kommen die Verständigungsschwierigkeiten, die durch die unterschiedlichen Mundarten bedingt sind. Letztlich nimmt man dann die Zeichensprache zu Hilfe, die alle Indianer perfekt beherrschen: ein sicherer Weg, um Missverständnisse zu vermeiden.
Jetzt sind in unserem Lager schon einige hundert Sioux, Arapahoes und Cheyenne zum Kampf gegen die Truppen versammelt.

25. August 1866
Vor einigen Tagen überfielen die Cheyenne eine der zahlrei-

chen Wagenkolonnen. Anfänglich plagten mich Gewissens-
bisse. Doch als ich daran dachte, wie meine roten Schwestern
und Brüder immer wieder von den weißen Eindringlingen
vertrieben und ermordet werden, wie immer mehr Einwanderer, von Soldaten mit Gewehren und Kanonen unterstützt, in
ihre Jagdgründe einbrechen, das Wild verjagen oder sinnlos
töten und das Land stehlen, da verschwanden meine Skrupel.
Der Zorn in meinem Herzen verhinderte, dass ich Angst oder
Mitleid empfand, und so trieben wir mit dem schrillen
Kriegsruf der Cheyenne unsere Ponys vorwärts.

Während die Krieger die berittenen Begleitmannschaften angriffen, befassten sich die jüngeren Männer und Frauen, bei
denen ich mich befand, mit den völlig überraschten Siedlern.
Die Indianer waren so plötzlich über die Weißen hergefallen,
dass diese keine Zeit mehr hatten, die Wagen zu einem Kreis
zu schließen. So versuchten sie, sich darunter in Deckung zu
bringen.

Bevor sie recht begriffen, was um sie herum geschah, waren
vier unserer Männer auf die Gespannpferde des ersten Wagens gesprungen und trieben die Tiere mit hellen Schreien
an. Wir übrigen ergriffen die Zügel der reiterlosen Ponys und
nahmen gleichzeitig einige Reservepferde der Weißen mit.
Natürlich schossen die Siedler mittlerweile aus allen Rohren,
aber verletzt wurde nur einer von uns; denn der Beschuss
durch unsere Krieger hinderte sie am genauen Zielen.

Auch der zweite Wagen mit Nahrungsmitteln und Munition
ging auf diese Weise in den Besitz der Cheyenne über. Dann
zogen wir uns zurück, beluden in sicherer Entfernung die
Packpferde mit den erbeuteten Säcken und Kisten und steckten die leeren Planwagen in Brand.

Erst jetzt, nachdem ich mein erstes Gefecht heil überstanden hatte, machten sich meine Nerven bemerkbar. Das Herz schlug mir hart und dröhnend gegen die Rippen und mein Magen schien in den Knien zu hängen. Angestrengt versuchte ich das Zittern meiner Hände zu verbergen, indem ich die Zügel umklammerte. Aber Schwarzes Pferd merkte an meinem angespannten Gesicht und den weiß hervortretenden Fingerknöcheln, was in mir vorging. Er ritt dicht an meine Seite und ergriff meinen Arm.

»Es ist keine Schande, sich vor dem Tod zu fürchten, wenn man nicht feige vor ihm flieht. Weißer Vogel wird noch oft zittern, bis sie sich an das Pfeifen der Kugeln gewöhnt hat.«
Ich versuchte ein zaghaftes Lächeln, aber es ging daneben. Denn mein Mann meinte, indem er leicht den Kopf schüttelte: »Weißer Vogel sollte nicht versuchen zu lächeln, wenn ihr Herz zittert. Das ist, als ob die Sonne weinen würde.«

7. September 1866
Unser nächster Angriff gilt einer Patrouille, die in nordwestlicher Richtung den Bozeman Trail passiert. Wir folgen den Soldaten schon seit Tagen, aber die Häuptlinge wollen warten, bis die Örtlichkeiten günstiger werden.
Die Blauröcke haben uns natürlich bemerkt und werden von Tag zu Tag unruhiger. Immer wieder drehen sie sich um oder beobachten misstrauisch mit ihren Fernrohren die Berghänge entlang der Straße. Unsere schweigende Begleitung geht ihnen sichtlich auf die Nerven.

8. September 1866
Heute Nachmittag erreichten wir eine Stelle, wo die Berghänge auf einige Meilen bis auf einen etwa hundert Yards breiten Einschnitt zusammenrücken. Den verbleibenden

Raum entlang der Straße säumen einzelne Busch- und Baumgruppen, dazwischen liegen mannshohe Felsbrocken. Ein ideales Gelände für einen Überfall! Der Meinung waren offenbar auch die Soldaten, denn sie schlugen ein noch schärferes Tempo an, um vor Einbruch der Dämmerung wieder in die offene Prärie zu gelangen.

10. September 1866

Bevor es dunkelte, hatte die Patrouille das Ende des Bergeinschnittes erreicht. Die Pferde der Soldaten waren bereits so abgetrieben, dass sie nicht mehr weiterkonnten. Als sie in offenes Gelände gelangten, saßen sie ab und richteten sich für die Nacht ein.

Etwa eine Stunde vor Mitternacht begannen die Sioux und Cheyenne das Lager einzukreisen. Da Neumond war, war es fast völlig dunkel. Kein Laut war zu hören, außer dem gelegentlichen Schnauben der Soldatenpferde, dem Schrei eines Nachtvogels oder dem Heulen eines Kojoten.

Ich zitterte vor Aufregung und Angst und musste die Zähne fest zusammenbeißen, um zu verhindern, dass sie aneinander schlugen.

Mein Pferd und das Kriegspony von Schwarzem Pferd am Zügel führend, bewegte ich mich so lautlos wie möglich vorwärts. Links und rechts von mir schlichen die Indianer in weit auseinander gezogenen Abständen durch die Dunkelheit. Etwa eine halbe Meile vor mir befanden sich ungefähr dreißig Krieger. Dicht am Boden glitten sie dahin und schlossen mit vier weiteren Gruppen den Ring um die schlafenden Soldaten.

Ich muss daran denken, wie ich meinen Mann darum gebeten hatte, nach Möglichkeit das Leben der Soldaten zu schonen.

»Wir wollen doch nur ihre Waffen und Munition«, hatte ich gesagt.

Schwarzes Pferd sah mich betroffen an, dann fragte er mit mühsam unterdrücktem Zorn in der Stimme: »Hat Weißer Vogel Sand Creek schon vergessen? Haben nicht auch Soldaten das friedliche Arapaho-Dorf am Tongue niedergemacht? Wann haben denn die Soldaten einmal die Indianer geschont? Wo sie uns sehen, schießen sie auf uns. Ganze Kompanien sind nur auf der Suche nach neuen Indianerdörfern, um sie dem Erdboden gleichzumachen. Und da bittet Weißer Vogel für die Soldaten?«

Ohne meine Antwort abzuwarten, hatte er sich umgedreht und war gegangen. Sein Gesicht sah hart und verschlossen aus.

Plötzlich hörte ich ein leises Geräusch. Es war wie das Knarren von blankem Lederzeug, ein Laut, der mir durch mein häufiges Zusammensein mit Soldaten noch sehr vertraut war. Regungslos blieb ich stehen, ließ die Zügel los und lauschte. Die abgerichteten Pferde standen wie angewurzelt.

War es vor oder hinter mir gewesen? Mein Herz schlug laut und das Blut rauschte mir in den Ohren. Meine Hand tastete nach dem Messer in meinem Gürtel – irgendwo lauerte ein unsichtbarer Feind. Oder sollte ich mich getäuscht haben, hatten mir meine überreizten Nerven einen Streich gespielt? Vorsichtig tat ich einen Schritt vorwärts, als mich plötzlich eine Gestalt ansprang und zu Boden warf. Offensichtlich war ich an einen vorgeschobenen Wachtposten der Soldaten geraten, an dem die Krieger vor mir unbemerkt vorbeigeschlichen waren.

Im ersten Schreck wollte ich schreien. Doch augenblicklich wurde mir klar, wenn ich jetzt schrie, würden die Soldaten gewarnt. Auch mein Angreifer gab keinen Ton von sich, wahrscheinlich vermutete er noch mehr Indianer in meiner Nähe. Ich begann unter seinem Gewicht zu keuchen; da legte er mir die Hände um den Hals und drückte zu. Die Todesangst verdoppelte meine Kräfte, mit einem Ruck zog ich die Beine hoch und warf mich zur Seite. Mein Gegner ließ jedoch nicht los. Mit der linken Hand fuhr ich ihm ins Gesicht und drückte, so fest ich konnte, seine Nase nach oben. Der tödliche Griff um meinen Hals lockerte sich etwas, da bekam ich mit der anderen Hand endlich das Messer zu fassen.

Doch er musste das Schimmern der erhobenen Klinge bemerkt haben, denn bevor ich zustoßen konnte, zog er die Füße an und schleuderte mich von sich. Krachend landete ich auf dem Rücken, das Messer flog mir aus der Hand und schon war er wieder über mir.

Jetzt ist es aus, dachte ich. Doch da hörte ich einen leisen, halb unterdrückten Ausruf. Auf einmal lag mein Gegner zentnerschwer auf mir. Blut lief aus seinem Mund über mein Gesicht. Dann wurde das auf mir lastende Gewicht zur Seite gewälzt und jemand zog mich am Arm in die Höhe.

»Ist Weißer Vogel verletzt?«, fragte die leise Stimme von Schwarzem Pferd.

Ich schüttelte den Kopf, denn ich brachte keinen Ton heraus. Meine Knie zitterten. Mit einem tiefen Seufzer, der halb wie ein Schluchzen klang, versuchte ich die Tränen der Erleichterung zu unterdrücken. Schwarzes Pferd zog mich rasch an sich und flüsterte beruhigend: »Der Soldat ist tot, Weißer Vogel mag jetzt kommen, es bleibt nicht mehr viel Zeit, bis der Tag beginnt.«

So schnell wir konnten, schlichen wir vorwärts, bis wir die anderen eingeholt hatten. Als wir Halt machten, sahen wir die dunklen Umrisse der Soldatenpferde etwa hundert Yards vor uns. Rechts von ihnen lagerten in einem kleinen Abstand die Soldaten. Die schlafenden Blauröcke waren als unregelmäßige schwarze Bündel auf dem taufeuchten Gras zu erkennen. Das Feuer war ausgegangen. Sie schlummerten im Vertrauen auf die Wachsamkeit ihrer aufgestellten Posten, die von den Indianern längst unschädlich gemacht worden waren.

Im Morgengrauen griffen die verbündeten Sioux und Cheyenne mit donnernden Hufen und wildem Kriegsruf von allen Seiten an. Die Soldaten verteidigten sich verbissen, einige, die zu den Pferden kommen konnten, flohen wild um sich schießend in die Prärie.

Wir erbeuteten 32 Pferde, 38 Gewehre, einige Kisten Munition und etliche Pistolen.

1. November 1866

Seit Wochen kommen wir kaum noch zur Ruhe. Alle sind müde und abgekämpft. Bleibt es einmal still, wird die Zeit für die dringend notwendige Fleischbeschaffung genutzt. Ich bin oft so erschöpft, dass ich nur noch schlafen möchte. Zu Eintragungen in mein Tagebuch fehlt mir die nötige Energie.

Immer wieder Überfälle und überraschende Angriffe. Ich glaube, langsam wird den Soldaten und anderen Weißen klar, dass die Indianer nicht mehr lockerlassen, sondern erbarmungslos um das Powderland kämpfen.

Siedlertrecks tauchen kaum noch auf; immer seltener bekommen wir die Soldatenkolonnen zu sehen. Kaum ein Nachschubtransport kommt noch durch, die meisten werden von uns abgefangen.

Die verbündeten Sioux, Cheyenne und Arapahoes sind auf

dem besten Weg, die Truppen in den Forts völlig zu isolieren. Wenn es Winter wird und ihre Vorräte zur Neige gehen, müssen sie die schützenden Palisaden verlassen oder verhungern.

8. Dezember 1866

Es ist kalt geworden, ein eisiger Wind pfeift von den Bergen im Westen ins Tal.

Vor zwei Tagen überfiel eine Gruppe Oglalas einen Zug Holzfäller und die sie begleitenden Kavalleristen. Mit Spiegeln signalisierten sich die Indianer in den umliegenden Bergen den Anmarsch und das Ausschwärmen der Soldaten. Schließlich glaubten die Blauröcke von Indianern vollkommen eingeschlossen zu sein und gerieten in Panik.

Red Cloud und viele andere Häuptlinge sind der Ansicht, dass es nicht schwer sein würde, die meisten Soldaten zu töten, wenn man sie aus dem Fort und in eine Falle locken könnte.

25. Dezember 1866

Vor vier Tagen war es so weit. Die vereinten Stämme der Sioux, Arapahoes und Cheyenne legten den Soldaten einen Hinterhalt, für den ein kleines Tal am Peno Creek ausgewählt worden war.

Einer Gruppe von zehn sorgfältig ausgesuchten jungen Kriegern war es bestimmt, die Soldaten in die Falle zu locken, während eine weitere Gruppe einen Scheinangriff auf den Holzfällertrupp unternehmen sollte. In der Zwischenzeit versteckten sich mehrere hundert Indianer zu beiden Seiten des Tales hinter Felsen und Berghängen. Als dann eine Kompanie Blauröcke ausrückte, um den vermeintlichen Überfall auf die Holzfäller abzuwehren, zeigten sich ihnen die jungen Krieger aus nächster Nähe. Sie taten, als seien sie furchtbar erschrocken, und ergriffen die Flucht, die Soldaten stürmten hinterher. Über achtzig Blauröcke jagten siegessicher eine kleine Gruppe von Indianern, bis sie selbst in der Falle saßen. Schwarzes Pferd hatte mir befohlen im Lager zu bleiben. Es war das erste Mal, dass er sich mir gegenüber so unnachgiebig zeigte. Bis Mittag hielt ich es aus, doch dann holte ich mein Pony und machte mich auf den Weg. Der Gefechtslärm zeigte mir die Richtung und in der Sorge um meinen Mann trieb ich das Pferd bis zum Äußersten an. Endlich trennten mich nur noch einige Büsche und eine kleine Baumgruppe von dem Kampfplatz. Dann sah ich die Talsenke vor mir, bedeckt mit getöteten Soldaten, Indianern und Pferden.

Verzweifelt suchte ich Schwarzes Pferd. Verwundete schrien und stöhnten, Pferde wieherten angsterfüllt. Plötzlich traf mich eine Kugel kurz über dem Knie. Ich fühlte das Blut warm an meinem Bein herunterlaufen, aber seltsamerweise verspürte ich keinen Schmerz.

Dann sah ich endlich Schwarzes Pferd etwa zehn Yards von mir entfernt. Sein Gesicht war mir halb zugewandt, aber er bemerkte mich nicht, da er einen Soldaten hinter einem Felsbrocken anvisierte. In diesem Augenblick richtete sich ein verwundeter Soldat mühsam hinter ihm auf und tastete nach der Pistole. Vor Schreck war ich wie versteinert. Dann riss ich das Gewehr hoch, das ich schussbereit in der Hand gehalten hatte, und drückte ab. Die Wucht der Gewehrkugel warf den Soldaten zurück und er lag seltsam verrenkt am Boden. Sein Finger konnte noch den Abzug der Waffe durchdrücken, die Kugel pfiff so dicht an Schwarzem Pferd vorbei, dass sie ihm die Mütze aus Büffelfell herunterriss. Blitzschnell warf er sich herum, sah den toten Soldaten und mich mit dem Gewehr.

Plötzlich wurde mir klar, dass ich einen Menschen erschossen hatte. Ohne zu zögern habe ich einen Angehörigen meiner eigenen Rasse getötet. Ich konnte den Blick nicht von dem Soldaten wenden, er hatte ein wenig Ähnlichkeit mit Tom.

Mein Gott, Tom! Wie weit liegt das zurück!

Ich spürte, wie mir Tränen der Verzweiflung über das Gesicht liefen. Dann war Schwarzes Pferd an meiner Seite, nahm mir das Gewehr aus der Hand, ergriff die Zügel meines Ponys und leitete es mit seinem eigenen die Talsenke hinauf zum Lager.

Das Schießen um uns her hatte schlagartig aufgehört, alle Soldaten waren tot; viele Indianer waren gefallen oder schwer verwundet. Sie hatten keinen der Blauröcke geschont.

Als wir in dem provisorischen Lager ankamen, wartete Schwarzes Pferd, dass ich absäße. Aber ich war wie betäubt, zu keiner Bewegung fähig. Ich habe einen Menschen getötet, das war das Einzige, was ich denken konnte. Da sprang er vom Pferd, kam zu mir herüber und schüttelte leicht meinen Arm. In diesem Augenblick bemerkte er das Blut, das den Stoff der Hose durchdrungen hatte und nun meinen Mokassin mit einer klebrigen, roten Schicht überzog.

Erst jetzt, als ich seinem Blick folgte, erinnerte ich mich daran, dass ich von einer Kugel getroffen worden war. Mühsam zog ich das unverletzte Bein über die Kruppe des Pferdes und ließ mich fallen. Schwarzes Pferd fing mich auf und brachte mich in eine der primitiven Unterkünfte. Mein ganzer Körper zitterte vor Kälte und mein Mann brachte einige Decken, um mich darin einzuwickeln. Während sein Gesicht langsam vor meinen Augen verschwamm, hörte ich noch, wie er leise und tröstend sagte: »Es ist alles vorbei, Weißer Vogel kann schlafen.«

Dann verlor ich die Besinnung.

Als ich wieder zu mir kam, hatte mein Mann bereits die Kugel aus meinem Bein entfernt und mich, so gut es ging, verbunden, damit ich nicht noch mehr Blut verlor.

Draußen tobte ein heftiger Schneesturm und wir mussten mit der Rückkehr zum Tongue fast einen ganzen Tag warten. Gestern erreichten wir völlig erschöpft die warmen Tipis unseres Dorfes.

28. Dezember 1866

Langsam erholen wir uns alle von den überstandenen Strapazen.

Auch die Entzündung meiner Beinwunde klingt dank der zwar äußerst schmerzhaften, aber hervorragenden Kräuterbehandlung meiner Schwiegermutter allmählich ab, sodass ich wieder vorsichtig auftreten kann.

Die Mutter meines Mannes war ziemlich erschrocken, als sie meinen mitgenommenen Zustand sah. Doch sobald sie merkte, dass es mir nicht ans Leben gehen würde, fuhr sie mich zornig an: »Eine Squaw gehört in ihr Tipi und sollte nicht mit den Männern in den Krieg ziehen!«

Normalerweise hätte ich mich gegen ihre Vorwürfe zur Wehr gesetzt, aber ich war so erschöpft, dass mir alles gleichgültig war.

Da hörte ich, wie Schwarzes Pferd zu ihr sagte: »Die Mutter sollte schweigen! Wenn Weißer Vogel nicht gegen den ausdrücklichen Befehl von Schwarzem Pferd das Lager verlassen hätte und ihm gefolgt wäre, würde er jetzt nicht hier stehen.«

Ihr Blick wanderte zwischen ihrem Sohn und mir hin und her, dann machte sie sich wortlos daran, mir beim Ausziehen zu helfen und mein Bein zu versorgen.

15. Januar 1867

Wieder ist ein Jahr vorbei. Was wird uns das neue bringen? Werden wir endlich in Frieden leben können, nur ein einziges Jahr lang? Oder werden uns die Soldaten weiter verfolgen und mit ihren Gewehren und Kanonen auf uns schießen, bis kein Indianer mehr lebt?

Aber vielleicht haben sie jetzt eingesehen, dass sie den Sioux und Cheyenne und den vielen anderen Stämmen die Heimat – das Powderland – nur mit Gewalt entreißen können. Vielleicht lassen sie uns nun in Ruhe, nachdem sie erlebt haben, mit welcher Wut sich die Indianer gegen den Raub ihrer Heimat wehren.

Kleiner Bär ist jetzt eineinhalb Jahre alt. Er ist ein sehr hübscher Junge, mit samtener Haut und nachtschwarzen Augen. Auf seinen kräftigen Beinchen läuft er schon sehr sicher und erkundet seine Umgebung jeden Tag ein wenig mehr. Wir sind alle sehr stolz auf ihn, auch seine Großmutter ist seinem Charme restlos verfallen. Er kann sie um den Finger wickeln. Little Cloud liebt ihn ebenso abgöttisch, wenn sie auch in letzter Zeit diese Liebe noch auf ein anderes männliches Wesen ausdehnt. Schon seit längerem fällt mir auf, dass sich ein gewisser junger Krieger namens Flying Lance – Fliegende Lanze – immer häufiger in der Nähe unseres Tipis aufhält.

22. Januar 1867

Heute war Flying Lance in unserem Zelt, um Schwarzes Pferd zu bitten, dass er ihm seine Schwester zur Frau geben möge. Mein Mann schickte mich Little Cloud zu holen, damit er von ihr höre, ob sie diesen Krieger zum Mann wolle. Ich lief, so schnell ich konnte, zu ihr, nahm sie bei der Hand und zog sie hinter mir her.

»Was ist denn, warum hat meine weiße Schwester solche Eile?«

»Bei uns wartet Besuch auf Little Cloud«, erklärte ich ihr.

Als sie unser Tipi betrat und Flying Lance sah, wurde sie rot und senkte schüchtern die Wimpern. Schwarzes Pferd fragte sie, ob sie wisse, weshalb der junge Cheyenne da sei.

Da nickte Little Cloud immer noch gesenkten Blicks.

»Will meine Schwester diesen tapferen Krieger zum Manne oder hat ihr Herz schon anders gesprochen?«

Da hob sie den Kopf und strahlte Schwarzes Pferd an. »Das Herz von Little Cloud hat gesprochen, mein Bruder, und es ist voll Freude, dass dieser junge Krieger sie zur Squaw begehrt.« Ihr liebevoller Blick begegnete dem des jungen Cheyenne, bevor sie wieselflink aus dem Zelt huschte.

Während ich die beiden Männer bediente, besprachen sie noch die Einzelheiten der Hochzeit und verhandelten über die Geschenke. Dann bat mich Schwarzes Pferd seiner Mutter von allem zu berichten und sie zu bitten mit den Vorbereitungen zu beginnen.

1. Februar 1867

Gestern fand das große Ereignis statt. Wie immer, wenn es etwas zum Feiern gab, machten alle begeistert mit. Die Frauen waren fast ausschließlich damit beschäftigt, für das leibliche Wohl der vielen Gäste zu sorgen. Dabei halfen uns auch diejenigen Squaws, die nicht mit der Familie meines Mannes verwandt waren. Sie schleppten in großen hölzernen Schüsseln weitere Spezialitäten heran, die sie selbst zubereitet hatten.

Wie schon so oft empfand ich wieder die wohltuende Geborgenheit, die jeden Einzelnen durch das starke Zusammengehörigkeitsgefühl des Stammes in diese große Familie mit einbezog.

20. Februar 1867

Vor einigen Tagen hielten die Häuptlinge unseres Stammes einen Rat ab und rauchten die Heilige Pfeife. Dabei fassten sie den Entschluss, im Frühling wieder in ihre Jagdgründe zwischen Republican und Arkansas zu ziehen.

Das Zusammenleben der Northern- und Southern-Cheyenne und der Oglala-Sioux war trotz andersartiger Bräuche und unterschiedlicher Stammesriten stets harmonisch und freundschaftlich.

Wir hatten uns als einziges, großes Volk gefühlt. Aber jetzt haben doch viele Cheyenne Heimweh nach den Smoky Hills.

Ich kann das allerdings nicht ganz verstehen. Nachdem wir uns monatelang an der Seite unserer Verwandten und Verbündeten mit den Soldaten herumgeschlagen haben und jetzt vielleicht endlich Ruhe ins Powderland eingekehrt ist, wollen sie in ihre alte Heimat zurückziehen.

Nun, es ist das Land ihrer Väter, dort sind sie aufgewachsen, dort haben sie ihre ersten Abenteuer bestanden, ihre erste Jagdbeute erlegt. Sie sehnen sich nach den vertrauten Hügeln und Wäldern, nach den bekannten Flüssen und Seen.

Ich habe keine Wurzeln in der Erde bei den Smoky Hills, mich zieht nichts dorthin zurück. Meine Heimat ist das Cheyenne-Lager und seine Menschen – wo sie sind, ist mein Zuhause.

15. März 1867

Langsam kündigt sich der Frühling an, die Tage werden wieder länger und die Sonne scheint wärmer. Wenn der letzte Schnee geschmolzen ist, werden wir in den Süden aufbrechen.

Inzwischen habe ich mich an das ständige Umherziehen gewöhnt und das oft tagelange Im-Sattel-Sitzen macht mir nichts mehr aus. Manchmal, wenn wir einige Monate an einem Ort lagern, vermisse ich sogar den Reiz der häufig wechselnden Landschaft, der ständig neuen Ausblicke. Gelegentlich meine ich, dass schon immer ein halber Nomade in mir steckte, der jetzt nur ganz zum Vorschein kommt.

1. April 1867

Morgen geht es los – auf zu den Smoky Hills. Der letzte Schnee ist fort, die Sonne und die blaue Ferne locken zum Aufbruch.

Von unseren Freunden und Verwandten haben wir schon Abschied genommen. Manche Träne ist dabei geflossen.

8. April 1867

Wir sind am Ufer des South Platte angelangt, damit haben wir etwa die Hälfte des Weges hinter uns. Da der Fluss Hochwasser führt, werden die Männer zunächst eine Furt abstecken, bevor wir weiterreiten können. Inzwischen machen sich einige Jäger auf die Suche nach Wild, damit wir etwas frisches Fleisch haben.

Unserem Sohn musste ich eine kleine Strafpredigt halten, da er schon wieder fortgelaufen und zum Fluss hinuntergegangen war. Bei so hochgehendem Wasser ist es dort einfach zu gefährlich. Er hörte mir mit unschuldigem Augenaufschlag zu, dann senkte er die langen schwarzen Wimpern, sagte mit seinem hellen Kinderstimmchen »Ja, Mama« und war schon wieder fort.

17. April 1867

Gegen Nachmittag des heutigen Tages bemerkten wir in der Ferne einen sich nähernden Trupp Indianer. Sie hielten an und wir signalisierten unseren Stamm. Daraufhin kamen sie rasch heran, an ihrer Spitze Roman Nose und die anderen Häuptlinge, die mit ihren Leuten im vergangenen Frühjahr in den Süden gezogen waren. Bei ihnen befand sich auch eine Gruppe Sioux mit ihrem Häuptling Pawnee Killer. Freudig begrüßten wir sie, wunderten uns jedoch, dass wir nur etwa dreihundert Krieger vor uns hatten und keine Frauen und Kinder sahen.

Zornig erzählten die Häuptlinge, dass General Hancock ihr Lager mit allem, was darin war, niedergebrannt hätte, weil die Cheyenne nicht bereit gewesen waren ihre geflohenen Frauen und Kinder zurückzuholen.

»Aber sie hatten Angst«, berichtete ein alter Häuptling. »Sie fürchteten sich vor den Soldaten und ihren laut sprechenden Kanonen. Viele Überlebende des Massakers am Sand Creek befinden sich bei uns. Sie können die Blauröcke immer noch nicht sehen, ohne in Panik zu geraten. Was sollten wir tun, wir mussten sie fortschicken.«

Jetzt waren sie auf dem Weg zu ihren Frauen und Kindern, da ihre Späher berichteten, der General habe einen Offizier mit einer Schwadron Kavallerie hinter ihnen hergeschickt.

Das bedeutete auch für uns Gefahr und so beschlossen die Häuptlinge in nordwestlicher Richtung den Pawnee Fork entlangzuziehen. Dort wollten wir in einem Tal Zuflucht suchen, durch das sich im Norden ein weiterer Fluss in West-Ost-Richtung schlängelt, sodass unser Lager und das der Sioux an zwei Seiten von einem Fluss abgegrenzt werden.

19. April 1867 – Smoky Hills
Die Lager sind aufgeschlagen und langsam legt sich die hektische Unruhe. Am Nachmittag waren die Cheyenne mit den geflohenen Frauen und Kindern eingetroffen.
Einige Späher berichteten, dass die Soldaten, die die Indianer suchen sollten, südlich von uns nach Fort Dodge geritten sind. Die Wachen auf den umliegenden Hügeln werden trotzdem nicht zurückgezogen.

30. April 1867
Die Krieger der Cheyenne und der Sioux sind noch immer voller Zorn über die sinnlose Verwüstung ihrer Lager. Deshalb haben die Häuptlinge beschlossen den Weißen, die ihren Weg durch die Smoky Hills nehmen, so zuzusetzen, dass sie wieder die Furcht und das Entsetzen beim Anblick von Indianern kennen lernen. Als Erstes wollen sie eine Poststation, etwa dreißig Meilen von unserem Lager entfernt, überfallen und anschließend den »Sprechenden Draht« zerstören, wo sie ihn finden.
Jetzt soll es also wieder losgehen. Und wir hatten geglaubt im Süden ein friedliches Jahr verbringen zu können.

17. Mai 1867
Etwa vierzig Meilen südlich von unserem Lager haben unsere Späher ein Camp mit Eisenbahnarbeitern entdeckt, zu dem wir gestern aufbrachen.
Als wir eine Anhöhe in der Nähe des Lagers erreicht hatten,

sahen wir es direkt vor uns liegen. Die Arbeiter konnten uns nicht bemerken, da wir zwischen den Felsen und Büschen in Deckung blieben. Die meisten von ihnen hatten ihr Gewehr auch während der Arbeit umhängen. Die Schienen der verhassten Eisenbahn waren bereits bis kurz vor das Lager verlegt – mitten durch einen Streifen Laubwald. Links und rechts davon lagen zu hunderten die gefällten Baumriesen, die den Schienen hatten weichen müssen. Mir tat das Herz weh, als ich daran dachte, wie viele Wälder dem Vordringen der Weißen schon zum Opfer gefallen waren und noch fallen würden.

Die Indianer schienen ähnliche Gedanken zu bewegen, denn einer der Häuptlinge sagte zähneknirschend: »Überall, wohin der weiße Mann kommt, lässt er Tod und Verwüstung hinter sich!«

Der Angriff wurde auf den frühen Nachmittag festgelegt und wir zogen uns zurück, um nicht bemerkt zu werden.

Nachdem ich die Waffen der Bahnarbeiter gesehen hatte, war mir nicht ganz wohl bei dem Gedanken, nach Indianerart über sie herzufallen. Wir mussten mit den Pferden noch eine Strecke von etwa zweihundert Yards zurücklegen, nachdem wir die Deckung verlassen hatten. Der Boden war zwar von einigen Felsbrocken und auch etwas Buschwerk bedeckt, aber das würde nicht ausreichen, um so vielen Indianern während des Anschleichens genügend Deckung zu geben. Die Arbeiter würden uns zu früh bemerken und hätten Zeit genug, uns mit ihren Kugeln zu empfangen.

Außerdem konnte ich nicht einsehen, warum wir sie töten sollten, sie erfüllten nur eine Aufgabe gegen entsprechende Entlohnung. Es musste doch genügen, die Schienen so weit wie möglich zu zerstören, ihre Geräte unbrauchbar zu machen, das Lager in Brand zu setzen und die Männer zu vertreiben.

Ich sprach darüber mit Schwarzem Pferd und erklärte ihm den Plan. Zuerst war er strikt dagegen, doch dann willigte er ein wenigstens den Häuptlingen davon Mitteilung zu machen. Wie ich erwartet hatte, wollten auch sie nichts davon wissen. Daraufhin ging ich selbst zu ihnen und machte ihnen klar, dass etliche Indianer unnötigerweise sterben müssten, wenn sie auf ihrem Plan beharrten.

»Weißer Vogel weiß, dass die Männer der Cheyenne und Sioux tapfere Krieger sind und den Tod nicht fürchten.« Ich machte eine Pause, um meine Worte wirken zu lassen. Beifälliges Gemurmel ertönte, als ich weitersprach. »Aber wir wissen alle, wie sehr wir in der Zeit, die kommen wird, jeden einzelnen mutigen Kämpfer brauchen, um uns und unsere Familien gegen die Soldaten zu verteidigen. Wer soll unsere Dörfer schützen, wenn alle unsere Krieger in den ewigen Jagdgründen weilen? Warum wollen meine tapferen roten Brüder mit dem Einsatz ihres Lebens kämpfen, wenn schon die List ausreicht, um die weißen Arbeiter zu überwältigen?«

Während unsere Späher weiter Wache hielten, berieten sich die Häuptlinge und ich hörte erstaunt, dass sich ausgerechnet Roman Nose, unser Kriegshäuptling, zu meinem Sprecher machte. Endlich erklärten sich auch die anderen einverstanden.

Ich öffnete meine Zöpfe und entfernte das indianische Stirnband. Das Rehlederkleid, die mit Fransen besetzten Hosen und die Mokassins tauschte ich gegen eine Hose und ein bunt kariertes Baumwollhemd, wie es die Weißen tragen – zwei der Cheyenne mussten sich so lange davon trennen. An die nackten Füße zog ich meine ledernen Stiefel, die ich immer mitführte. Auch mein geschecktes Indianerpony wechselte ich gegen eines der erbeuteten Pferde aus, das einer der Sioux ritt.

Schwarzes Pferd nahm mich bei den Händen und sah mir beschwörend in die Augen. »Weißer Vogel mag vorsichtig sein, diese Leute sind gefährlich.«

Ich nickte und lächelte ihm beruhigend zu, dann ritt ich los. Ich war felsenfest von dem Erfolg meines Plans überzeugt.

Die Reaktion der Männer gab mir Recht. Zuerst starrten sie mich wie eine Erscheinung an, keiner dachte daran, zur Waffe zu greifen. Dann gab einer einen überraschten Pfiff von sich, so wie die weißen Männer hinter einer vielleicht nicht besonders sittsamen, aber nichtsdestoweniger auffallenden Frau herpfeifen. Ein anderer rief im Ton größter Verwunderung: »Eine Frau! Mitten in der Prärie eine richtige weiße Frau! Menschenskind, ich kann's nicht glauben!« Dann begannen sie wild durcheinander zu schreien und jeder wollte zuerst bei mir sein. Niemand fragte, woher ich käme. Wahrscheinlich nahmen sie an, ich sei von einer in der Nähe liegenden Farm.

Ein wilder Bursche mit leuchtend roten Haaren, offenbar der Vorarbeiter, rief über die etwa dreißig Männer hinweg: »Das Ereignis müssen wir feiern, macht ein Fass Brandy auf.« Ich konnte mir lebhaft vorstellen, was mich erwartete, wenn...

Bevor sie mich mehr oder weniger ungeduldig vom Pferd ziehen konnten, machte ich mit dem Tier eine Drehung, um mir ein wenig Luft zu verschaffen.

Inzwischen mussten sich meine roten Brüder, die Ablenkung der Arbeiter ausnutzend, hinter den Büschen und Felsen nahe genug herangeschlichen haben. Langsam, um keinen Verdacht aufkommen zu lassen, lenkte ich das Pferd zu den Lagergebäuden, die mittlerweile sicher auch von Indianern umstellt waren.

Dann drehte ich mich lächelnd um und sagte zu den Männern: »Eure Begeisterung für meine Person ehrt euch, aber ich glaube, es ist besser, ihr legt jetzt ganz schnell eure Waffen ab, und zwar dort vor mein Pferd auf die Erde.«

Die Pistole in meiner Hand schien ihnen klarzumachen, dass ich keinen Widerspruch duldete, und sie folgten, wenn auch zögernd, meiner Aufforderung. Nur der hitzköpfige Bursche mit den roten Haaren war offensichtlich der Meinung, der Sache eine bessere Wendung geben zu können, wenn er mich vom Pferd schoss. Doch mit so etwas hatte ich rechnen müssen, meine Kugel traf seinen Arm, sodass er die Waffe mit einem Aufschrei fallen ließ.

»Das war sehr gefährlich, meine Herren, denn in eurem Rücken befinden sich über hundert Indianer, die nur darauf warten, eure Skalps zu holen. Wenn ich noch ein einziges Mal schießen muss, werden sie über euch herfallen. Wenn ihr jedoch tut, was ich sage, werden sie euch das Leben lassen, damit ihr den anderen weißen Eindringlingen sagen könnt, dass die Indianer keine Eisenbahn in ihren Jagdgründen dulden. Sie hassen das Eiserne Pferd, das mit seinem Schnaufen und Pfeifen das Wild verjagt und für dessen Schienen tausend Jahre alte Wälder sterben müssen.«

Hinter ihnen waren mittlerweile in einer breiten Linie die Sioux und Cheyenne angerückt. Nachdem die Männer sahen, dass auch die wenigen Arbeiter in den Lagergebäuden von den Indianern überwältigt worden waren, gaben sie auf.

Nur der rothaarige Arbeiter gab immer noch keine Ruhe, wutentbrannt schrie er mich an: »Verdammte Indianerhure!«

Bevor ich ihm auf seine Unverschämtheit Bescheid geben

konnte, war Schwarzes Pferd da. Bleich vor Zorn schlug er dem Mann mit solcher Kraft ins Gesicht, dass dieser zu Boden stürzte. Dann sagte er mühsam beherrscht in englischer Sprache: »Das unverschämte Bleichgesicht mag seine freche Zunge hüten, sonst kann es sein, dass meine Krieger sie ihm herausschneiden. Die weiße Frau ist die Squaw von Schwarzem Pferd, dem Häuptling der Cheyenne, und das stinkende Rothaar ist nicht wert sie anzusehen!« Damit schwang er sich hinter mir aufs Pferd und wir ritten zu den Lagergebäuden.

Dort hatten die Indianer alles Brauchbare aus den Bretterbuden herausgeholt und setzten nun die Gebäude in Brand. Eine andere Gruppe war eben dabei, mit dem Werkzeug der Bahnarbeiter die Schienen zu zerstören, während eine dritte sämtliche Weißen unter wildem Kriegsgeschrei vor sich her nach Süden trieb.

Nach etwa einer Stunde kamen sie zurück und wir machten uns auf den Heimweg.

20. Mai 1867

Vorsichtshalber haben wir das Lager ein wenig weiter nach Norden verlegt und kampieren nun in einem engen Bogen, den der Walnut Creek hier beschreibt.

Bis jetzt ist alles ruhig geblieben. Einige Männer sind auf der Jagd, andere zum Fischen und das Lagerleben geht seinen friedlichen Gang.

11. Juni 1867

Mittlerweile begegnen wir den verhassten Soldaten und den anderen Bleichgesichtern immer seltener. Es sieht so aus, als ob sie wegen der häufigen Überfälle beginnen die Smoky Hills zu meiden. Vielleicht ist ihnen endlich klar geworden, dass auch die südlichen Stämme der Prärie-Indianer den Raub ihrer Jagdgründe nicht kampflos hinnehmen.

Hat ihnen der Große Geist den Verstand erleuchtet oder schenkt er uns nur ein kurzes Atemholen?

8. Juli 1867
Heute trafen einige Boten im Lager ein, die das Amt für Indianerangelegenheiten ausgesandt hat. Sie kamen, um unsere Häuptlinge zu Friedensverhandlungen am Medicine Lodge Creek einzuladen.

Unsere Anführer sind misstrauisch und Roman Nose weigert sich zu gehen. Außer uns wurden auch die Arapahoes, Kiowas, Comanchen und Prärie-Aapachen eingeladen.

22. Juli 1867
Gestern ging der acht Tage dauernde Sonnentanz mit dem Zauberpfeil-Ritual zu Ende. Unsere Freunde, die Sioux, nennen diese heilige Zeremonie »Uiwanyak uatschipi«, was genau genommen »Tanz, schauend zur Sonne« heißt. Es ist immer wieder ein herrlicher Anblick, die in ihren Festgewändern gekleideten und mit den Kriegshauben aus Adlerfedern geschmückten Indianer tanzen zu sehen. Das hypnotisierende Schlagen der Trommeln und die im Takt dazu stampfenden Füße üben eine eigenartige Faszination auf mich aus. Ich könnte stundenlang so sitzen, bis jeder Nerv meines Körpers eins geworden ist mit diesem seltsam beunruhigenden Rhythmus.

Wenn dann aber die Mutproben der Krieger beginnen, mit denen sie dem Großen Geist ihre Verehrung darbieten, ziehe ich mich lieber in unser Tipi zurück.

Als ich das erste Mal beim Sonnentanz zusah, hatte ich es

versäumt, früh genug zu gehen. Schwarzes Pferd stand auf der gegenüberliegenden Seite bei den Männern und schaute zu. Hin und wieder lächelte er zu mir herüber. Ich saß eingekeilt inmitten einer begeisterten Zuschauermenge und musste zusehen, wie der Medizinmann mehreren Kriegern, die sich gemeldet hatten, mit einem Messer acht Schnitte in einem etwa zwei Finger breiten Abstand auf Brust oder Rücken beibrachte. Mit dem Finger fuhr er dann in den einen Schnitt zum anderen hindurch und löste dadurch den Hautstreifen vom Fleisch. Anschließend verknotete er an den durch diese Prozedur entstandenen Schlaufen vier schmale Lederriemen.

Einer der Krieger ließ sich mit diesen Lederriemen an ein Pferd binden und auf dem Tanzplatz umherschleifen, bis sich der letzte Riemen vom Fleisch gerissen hatte. Einem anderen wurde an jede der vier Lederschnüre je ein Büffelschädel gehängt und er tanzte so lange, bis alle Schädel durch ihr Gewicht abgerissen waren. Ein dritter ließ sich mit den Riemen an vier Pfosten binden, auch er tanzte, bis die Haut sich losgerissen hatte. Wenn es zu lange dauerte, musste der Medizinmann manchmal nachhelfen und die lederne Schnur mit der Hand abreißen.

Zuerst dachte ich: Schließ die Augen! Doch da hörte ich leises empörtes Gemurmel bei den Squaws um mich herum und ich öffnete sie wieder. Sie erwarteten von der Frau eines Häuptlings gebührende Bewunderung und Anerkennung für den Mut und die Tapferkeit der jungen Krieger.

Nach einer halben Stunde war mir so übel, dass ich mich mehr tot als lebendig fühlte. Ich bin sonst nicht übermäßig empfindlich, halte selbst einiges aus und habe schon die schlimmsten Wunden verbunden, ohne dabei mehr als Mitleid mit den Betroffenen und sachliches Interesse für die Art der Verletzung zu haben.

Aber diese selbstzerfleischenden unheimlichen Opferriten verursachten mir fast körperliche Schmerzen, als erlebte ich das Leiden der geschundenen Körper an mir selbst mit.

Sobald es ohne großes Aufsehen möglich war, erhob ich mich von meinem Platz und zwängte mich durch die Menge. Meine Knie waren weich geworden und meine Magengrube schien ein einziges riesiges Loch zu sein.

Tief durchatmen, sagte ich mir immer wieder, sonst fällst du um! Und diese Blamage wollte ich meinem Mann und mir ersparen.

Schwarzes Pferd war mir gefolgt und nahm mich beruhigend in die Arme, als er mein bleiches verstörtes Gesicht sah. Er sprach nicht – was hätte er auch sagen können. Schließlich ist er mit solchen Zeremonien aufgewachsen und sie sind für ihn und alle anderen ein wichtiger Teil des Sonnentanzes. Es ist für jeden, ob Mann oder Frau, eine große Ehre, daran teilnehmen zu dürfen.

Inzwischen habe ich mich zwar an den Anblick dieser Dinge etwas gewöhnt, aber ich ziehe es trotzdem vor, früh genug das Weite zu suchen.

27. Juli 1867

Vorgestern traf ein weiterer Bote ein, ein kleiner dunkelhaariger Mann mit einem französisch klingenden Namen, der auf irgendeinem verschlungenen Weg mit unserem Kriegshäuptling verwandt ist. Er überredete Roman Nose wenigstens zu den einleitenden Verhandlungen an den Medicine Lodge zu kommen.

15. August 1867

Vor einigen Tagen sind wir aufgebrochen, um an den Cimarron zu ziehen. Dort wollen die Häuptlinge zunächst abwarten, was bei den Verhandlungen am Medicine Lodge herauskommt.

Morgen müssen wir den Arkansas in der Nähe von Fort Dodge überqueren. Hoffentlich führt der Fluss kein Hochwasser, was nach den Gewittern der letzten Tage zu erwarten wäre.

6. September 1867 – Cimarron

Bis auf ein paar kleine Zwischenfälle sind wir wohlbehalten am Cimarron angelangt.

Eine junge Cheyenne-Squaw hat sich den Arm gebrochen, als ihr Pferd vor einer Schlange scheute und sie plötzlich abwarf.

Ein Kind und mehrere ältere Leute wären fast in dem hochgehenden Wasser des Arkansas ertrunken, wurden aber von einigen beherzten jungen Männern sicher ans Ufer gebracht.

20. September 1867

Inzwischen sind alle Tipis aufgerichtet und jeder geht wieder seiner gewohnten Beschäftigung nach.

Immer wieder palaverten Alt und Jung in den letzten Tagen über die bevorstehenden Friedensverhandlungen. Viele junge Krieger sind entschlossen nötigenfalls mit Gewalt zu verhindern, dass im Namen der Cheyenne ein schlechter Vertrag unterschrieben wird.

Wir vertreiben uns die freie Zeit mit Wettkämpfen und Ballspielen; denn da wir hier nicht überwintern wollen, brauchen wir auch keine größeren Mengen Fleischvorräte anzulegen.

Schwarzes Pferd und ich nutzen jede Möglichkeit, die Ufer des Cimarron zu erforschen und durch den angrenzenden Wald zu streifen. Jeden Tag lerne ich von ihm etwas Neues: den Ruf eines Vogels zu erkennen, die Fährte eines Tieres zu bestimmen oder an ein paar abgebrochenen Zweigen und einigen Abdrücken im weichen Boden festzustellen, wer oder was dort vorbeikam und wie viel Zeit seither verstrichen ist.

Wir verbringen herrliche Tage miteinander, voller Vertrautheit und liebevoller Kameradschaft.

2. Oktober 1867

Heute war mein 27. Geburtstag, der dritte, seit ich bei den Cheyenne bin.

Bei den Indianern wird der Tag der Geburt nicht wie bei den Weißen gefeiert. Die meisten wissen gar nicht, an welchem Tag, manchmal noch nicht einmal in welchem Jahr sie zur Welt gekommen sind. Umso mehr überraschte es mich, als mein Mann mich am Morgen vor unser Tipi rief: »Weißer Vogel möge herauskommen, Schwarzes Pferd möchte ihr etwas zum Geburtstag schenken.«

Gespannt trat ich vor das Zelt und starrte ungläubig mein Geschenk an. Eine wunderschöne rotbraune Fuchsstute mit glänzendem Fell und herrlichen klugen Augen stand vor mir. Die feinen Ohren spielten erregt, als ich langsam auf sie zuging.

»Mein Gott, ist sie schön.« vor Aufregung flüsterte ich fast. Ich griff in ihre Mähne und strich ihr mit der anderen Hand leicht über den Nasenrücken. Erschreckt weiteten sich ihre Nüstern und ihr Kopf fuhr zurück. Doch als sie meine leisen, besänftigenden Worte hörte, wurde sie ruhiger. Sie schob sogar mit einem kleinen Schnauben ihre weichen Lippen in meine Handfläche und nahm meinen Geruch auf.

»Sie ist wunderschön. Weißer Vogel möchte sie Präriefeuer nennen, wie ihre Stute in Fort Lyon.« Ich drehte mich zu meinem Mann um, schlang die Arme um seinen Hals und küsste ihn. »Danke! Weißer Vogel dankt Schwarzem Pferd sehr für das herrliche Geschenk.«

Die Indianer, die um uns herumstanden, lächelten über meinen Gefühlsausbruch, aber das war mir gleichgültig.

Plötzlich kam unser kleiner Sohn angerannt, die Arme voll wilder Sonnenblumen. Der Strauß war fast größer als der ganze kleine Kerl. Ganz außer Atem piepste Kleiner Bär: »Zum Geburtstag von Mama!«

Ich wusste vor lauter Rührung nicht, was ich sagen sollte.

»Weißer Vogel hat einmal davon gesprochen, wie die Weißen Geburtstag feiern mit Geschenken und Blumen. Wir wollten sie damit überraschen«, sagte mein Mann zufrieden lächelnd.

15. Oktober 1867

Morgen beginnen die Friedensverhandlungen am Medicine Lodge Creek. Unsere Späher unterrichteten uns fortlaufend über die Lage. Nach ihren Berichten sind jetzt etwa viertausend Indianer am Konferenzort versammelt, überwiegend Kiowas, Comanchen und Arapahoes.

Unser alter Häuptling Black Kettle, der mit seiner Gruppe vom Canadian heraufgekommen ist, lagert auf der gegenüberliegenden Seite des Flusses, da er den Soldaten, die zur Bewachung der Kommissionsmitglieder abkommandiert sind, misstraut.

Roman Nose war bereits Ende September mit mehreren Häuptlingen an dem zukünftigen Verhandlungsort und sprach mit dem vorausgeschickten Kommissar. Nachdem er von diesem erfuhr, dass der Große Vater General Hancock zur Strafe für das sinnlose Niederbrennen des Cheyennedorfes versetzt und Sherman nach Washington zurückgerufen habe, erklärten sich die Häuptlinge bereit weiterhin am Cimarron zu kampieren und von dort den Friedensverhandlungen zu folgen.

22. Oktober 1867

Gestern unterzeichneten die Kiowas und Comanchen einen Vertrag, in dem sie sich bereit erklären mit uns und den Arapahoes zusammen unterhalb des Arkansas zu bleiben und nichts mehr gegen die Eisenbahn und den Verkehr an den Smoky Hills zu unternehmen.

Black Kettle weigerte sich ohne Zustimmung der anderen Cheyenne-Häuptlinge zu unterschreiben.

30. Oktober 1867

Vor etwa einer Woche kam Black Kettle in unser Lager, um sich mit Roman Nose und den anderen Häuptlingen zu beraten. Nach drei Tagen kamen sie überein, mit etwa vier- bis fünfhundert bewaffneten Kriegern zum Medicine Lodge Creek zu reiten und den Kommissaren ihre Wünsche klarzumachen.

Die Cheyenne werden den Eisenbahnverkehr nicht mehr stören. Dafür wollen sie weiter an den Smoky Hills jagen, denn sie können nicht einsehen, warum dieses große Land ausschließlich den Weißen gehören soll.

Am 27. Oktober brachen wir zum Konferenzort auf. Bereits der Morgen versprach einen wunderschönen warmen Herbsttag. Ich hatte Schwarzes Pferd gebeten mitkommen zu dürfen; vielleicht konnten sie einen Dolmetscher brauchen.

Es war ein herrliches Gefühl, über die taufeuchte Prärie zu jagen. Meine Stute gehorchte dem leisesten Schenkeldruck und schien überhaupt nicht müde zu werden. Sie kann es jederzeit mit den ausdauernden, schnellen Indianerponys aufnehmen.

Gegen Mittag erreichten wir nach anstrengendem Ritt den Medicine Lodge Creek. Unsere Krieger versammelten und formierten sich, wie sie es bei den Soldaten gesehen hatten, zu Viererreihen. Dann stürmten die fast fünfhundert Männer mit lautem Kriegsgeschrei in vollem Galopp durch den Fluss und feuerten dabei ihre Gewehre und Pistolen ab. Es war ein unbeschreiblicher Lärm.

In panischer Furcht versuchten die meisten der Kommissionsmitglieder sich in Sicherheit zu bringen, was einen ungeheuren Heiterkeitsausbruch bei den Cheyenne zur Folge hatte.

Der Vertrag, der den Cheyenne am nächsten Tag von einem Dolmetscher übersetzt wurde und den ich ebenfalls durchlesen konnte, enthielt keinerlei Rechte für die Indianer, sondern lediglich die Verpflichtung, in dem Land südlich des Arkansas zu bleiben und sich friedlich zu verhalten.

Nach einigem Widerstand unterschrieben die meisten Häuptlinge; Roman Nose, Schwarzes Pferd und ein paar weitere verweigerten jedoch die Unterschrift. Sie haben nicht die Absicht, sich den Weißen auf Gnade und Ungnade auszuliefern.

15. November 1867

Wir sind vom Cimarron wieder nach Norden gezogen. Inzwischen ist es schon empfindlich kalt geworden und wir haben unser Lager zwischen zwei Nebenflüssen des Repub-

lican, dem Beaver und dem Little Beaver Creek, aufgeschlagen. Eine bewaldete Hügelkette bietet uns den nötigen
Schutz vor den eisigen Nordwinden. Wenn unsere Fleischvorräte aufgebraucht sind, werden wir hier auch genügend
Wild finden.

2. Dezember 1867
Heute durfte Kleiner Bär das erste Mal reiten. Schwarzes
Pferd hatte in der Ponyherde ein geeignetes Tier entdeckt und
es bei seinem Besitzer gegen ein paar Büffelhäute eingetauscht. Das kleine Pony hat gerade die richtige Größe für
unseren Knirps und er saß im Sattel, als ob er nie etwas anderes getan hätte. Natürlich ist der Vater sehr stolz auf seinen
Sohn.

27. Dezember 1867
Wieder einmal ist Weihnachten vorüber. Seit meinem Weg-
gang aus Fort Lyon ist es jetzt das vierte Mal, dass ich den
Tag von Christi Geburt ohne die beiden Weißen üblichen
Feierlichkeiten verbrachte. Aber ich hatte auch diesmal nicht
das Gefühl, etwas Wichtiges versäumt zu haben. Bei den
meisten Weißen, mit denen ich das Fest bisher verlebte, waren die Gebräuche doch nur ein unaufrichtiges, sentimentales
Theater.

15. Januar 1868
Die langen Winterabende sind wieder erfüllt vom Knistern
der Lagerfeuer. Die Frauen beschäftigen sich mit allerlei
Näharbeiten, während die Männer beieinander sitzen und unter reger Anteilnahme der Jugend Geschichten erzählen. Viele fragen sich, wie es wohl den Cheyenne gehen mag, die im

Herbst nach Süden gezogen sind. Nachrichten kommen zur Zeit nicht zu uns durch, denn der Schnee liegt hoch.

8. Februar 1868

Schwarzes Pferd hat seinem Sohn einen kleinen Bogen aus Birkenholz und passende Pfeile dazu verfertigt. Jetzt übt er schon fast eine Woche mit ihm und die Treffsicherheit des zukünftigen Kriegers wird jeden Tag größer.

2. März 1868

Seit ein paar Tagen treffen die Jäger immer wieder auf junge Männer der südlich des Arkansas lebenden Cheyenne. Sie haben die Lager verlassen, weil sie hungern müssen. Die Fleischvorräte sind aufgebraucht und Wild gibt es dort kaum. Die winzigen Rationen, die ihnen von Fort Larned durch einen Agenten geschickt werden, reichen nicht aus. In Washington wird immer noch über den Vertrag vom 28. Oktober palavert, aber niemand schickt Geld, um die dringend notwendigen Lebensmittel für die Indianer zu kaufen. Deshalb sind sie wieder zu den Smoky Hills gezogen, um zu jagen.

»Wenn es wärmer wird, werden noch mehr Krieger kommen, die es satt sind, von den Weißen Almosen anzunehmen«, sagen sie.

27. März 1868

Der Schnee ist nun endgültig verschwunden und das erste frische Grün kommt hervor. Deshalb traf Schwarzes Pferd vor einigen Tagen wieder Jagdvorbereitungen und erlaubte mir mitzukommen, wenn ich wollte. Im Uferdickicht des Little Beaver Creek erlegten wir ein paar Wasservögel, doch dann machten wir uns auf den Weg, um Ausschau nach größerem Wild zu halten.

Zwei Tage waren wir unterwegs, ohne viel mehr als ein paar Kaninchen und einen Waschbären zu Gesicht zu bekommen. Dann, am Morgen des dritten Tages, bemerkten wir mehrere massige dunkle Punkte in der Ebene vor uns.

»Büffel!«, sagte Schwarzes Pferd nur und wir trieben unsere Pferde an. Als wir näher kamen, stellte er jedoch enttäuscht fest, dass es sich um vier ziemlich alte Bullen handelte. Ihr Fleisch musste zäh wie Leder sein und war daher so gut wie ungenießbar. Wir ließen sie ihres Weges ziehen und hofften auf einen Hirsch oder einige Antilopen.

Nachdem wir gerastet und etwas gegessen hatten, beschloss Schwarzes Pferd, dass wir getrennt weiterreiten sollten, um dadurch die Chance, auf etwas Jagdbares zu treffen, zu vergrößern. Falls ich ein Wild erlegte, mit dem ich alleine nicht fertig werden konnte, sollte ich zwei Pistolenschüsse abgeben. Zu Beginn der Dämmerung wollten wir uns am Rastplatz wieder treffen.

Als Schwarzes Pferd losritt, sah ich ihm nach, plötzlich von einer merkwürdigen Angst erfüllt. Ich schalt mich zwar selbst eine Närrin, aber ich rief ihn trotzdem bei seinem Cheyenne-Namen, damit er sein Pferd anhielt, bis ich ihn eingeholt hatte. Fragend sah er mir entgegen, ein leichtes Lächeln um seinen Mund, und ich unterdrückte die Besorgnis, die ich empfand. »Weißer Vogel wollte ihrem Mann nur sagen, wie glücklich sie ist, dass er sie mitgenommen hat. Es ist schön, mit ihm durch die Wildnis zu streifen, durch ihn die Natur kennen zu lernen.«

Er kam näher und lenkte sein Pferd neben das meine. Ich spürte die Wärme seiner Hand auf meiner Schulter, als er ernst, aber mit einem zärtlichen Klang in der Stimme erwiderte: »Auch Schwarzes Pferd ist glücklich und er dankt dem Großen Geist für jeden Tag, den er mit Weißem Vogel zusammen sein darf.« Dann wendete er sein Pferd und ritt davon. Ich sah ihm nach, bis er zwischen den Bäumen verschwunden war, und machte mich ebenfalls auf den Weg.

Ich ließ Präriefeuer die Zügel frei, damit sie die Gangart bestimmen konnte, und beobachtete dabei die Umgebung. Bis auf das leise Vorbeistreifen der vergilbten trockenen Grashalme, das gelegentliche gedämpfte Knacken eines kleinen Zweiges unter ihren Hufen und das Zwitschern einiger Vögel war kein Laut zu hören. Der gesenkte Kopf meiner Stute nickte gleichmäßig auf und nieder, während sie langsam am Waldrand entlang den kleinen Hügel hinauflief. Kein Hirsch, keine Antilope oder eine andere Jagdbeute ließen sich sehen.

Etwa eine Stunde war vergangen, da wich der Wald zu meiner Linken plötzlich in einem großen Bogen zurück. Ich wollte eben um die letzten Bäume herumreiten, da sah ich in etwa zweihundert Yards Entfernung einige Hirschkühe ruhig äsen.

Leise ließ ich mich vom Pferd gleiten, nahm meine Waffe und schlich mich zwischen den Bäumen vorsichtig näher. Dann richtete ich mich auf, nahm einen Pfeil und spannte den Bogen. Beinahe lautlos schwirrte er von der Sehne: Das getroffene Tier machte einen kleinen Satz und brach dann zusammen.

In diesem Augenblick hörte ich hinter mir einen wüsten englischen Fluch und gleich darauf krachte ein Gewehrschuss. Die Kugel riss mir den Ärmel der Jacke auf und schlitzte eine breite Wunde in meinen Oberarm, bevor sie in einem Baumstamm einschlug.

»Wieder so eine verdammte Rothaut, die seit Wochen die Siedlungen überfallen. Jetzt schießen sie uns noch das Wild vor der Nase weg!«, brüllte der Mann. Ich drehte mich rasch um, bevor er wieder durchladen konnte. Vor mir stand ein vierschrötiger Kerl mit einem wilden, struppigen Bart, neben ihm unbewaffnet ein etwa zwölfjähriger blonder Junge.

»Wie ihr seht, bin ich keine verdammte Rothaut«, sagte ich wütend. »Und was die Jagdbeute betrifft, so gehört sie mir, denn mein Pfeil hat sie getroffen und nicht eure Kugel. Unter anderen Umständen wäre ich bereit gewesen, sie mit euch zu teilen. Aber nicht, nachdem ihr versuchtet mich hinterrücks niederzuschießen.«

Ich wusste, ich redete mich um Kopf und Kragen, denn meine Worte mussten ihn noch mehr reizen. Aber ich wollte Zeit gewinnen. Dummerweise hatte ich das Gewehr bei meinem Pferd zurückgelassen, da es mir beim Anschleichen nur hinderlich gewesen wäre. Ich besaß also nur noch das Messer in meinem Gürtel – etwas wenig, wenn man mit einer geladenen Jagdflinte bedroht wird.

»Gesindel wie euch muss man abknallen, wo man es trifft. Und Weiße, die mit den Roten unter einer Decke stecken, sind am schlimmsten. Jedenfalls werde ich jetzt besser zielen.«

»Welch eine Leistung«, höhnte ich, »auf eine unbewaffnete Frau zu schießen, und das bei einer Entfernung, aus der ich noch eine Fliege mit einem Pfeil aufspießen würde. Passt nur auf, dass Eure Hand nicht zittert, wenn Ihr abdrückt.«

Ich sah in den Augen des Jungen so etwas wie Verwunderung über meinen sinnlosen Mut; doch ich war gar nicht so mutig, wie ich aussah. Ich wollte den Mann nur reizen, damit er vielleicht aus einem Rest von Ehrgefühl die Waffe wegwarf und mich mit den Händen angriff. Nur so hatte ich eine kleine Chance, da mir dann meine Wendigkeit von Nutzen sein konnte.

Der verletzte Arm schmerzte höllisch und das Blut lief über meine Hand. Ich war wütend, dass ich so dumm gewesen war nicht wenigstens meinen Revolver einzustecken; aber das nützte jetzt auch nichts.

Mein Versuch, ein wenig Anstand oder Ritterlichkeit in diesem gewalttätigen Menschen zu erwecken, war gescheitert. Er lud die Waffe durch und legte auf mich an. Doch bevor die Kugel den Lauf verlassen konnte, griff der Junge nach dem Arm des Schützen und riss ihn nach unten. Während ich mich zur Seite warf, fuhr die Kugel in den weichen Waldboden. Wütend schüttelte der Vater das Kind ab, um nochmals durchzuladen. Verzweifelt bemühte ich mich wieder hochzukommen, aber mein Fuß hatte sich unter einer Baumwurzel eingeklemmt.

Da bemerkte ich hinter dem Mann eine schwache Bewegung im Unterholz. Gleich darauf erschien lautlos die Gestalt von Schwarzem Pferd, das entsicherte Gewehr in der Hand.

Ich sah meinem Gegenüber spöttisch in die Augen und versuchte gleichzeitig meinen Fuß freizubekommen. »An Eurer Stelle würde ich lieber nicht schießen, sonst hat Euer Sohn gleich keinen Vater mehr«, sagte ich. Dabei wanderte mein Blick zu Schwarzem Pferd.

»Pah, der älteste Trick der Welt. Auf den falle ich nicht rein«, grinste er hämisch. Der Junge hatte sich umgedreht und wollte den Vater warnen, doch der zog bereits den Abzugshebel durch. Sein Schuss und der meines Mannes krachten fast zu gleicher Zeit – ich hatte mich vorsichtshalber ein Stück zur Seite gedreht. Mit einem Aufschrei ließ der Mann das Gewehr fallen und griff sich jammernd an die Schulter.

Mit einem zornigen Funkeln in den Augen sagte Schwarzes Pferd, nachdem er näher herangekommen war: »Der weiße Mann kann froh sein, dass er noch lebt. Der Häuptling der Cheyenne hätte ihn mit Leichtigkeit töten können. Aber er wollte dem Jungen nicht den Vater nehmen.«

»Dabei bin ich nicht sicher«, mischte ich mich ein und erhob mich mühsam, »ob Schwarzes Pferd dem jungen Bleichgesicht damit einen Gefallen getan hat.«

Der Blick des Jungen wanderte von mir zu meinem Mann, dann zu seinem Vater, der sich fluchend die Schulter hielt. Der Ausdruck seiner Augen wechselte von Bewunderung zu einer Art erstaunter Dankbarkeit und ging dann über in verdrossene Resignation.

Der Vater schimpfte noch immer wütend vor sich hin: »Verdammtes rotes Pack, nicht nur dass sie rauben und morden, jetzt halten sie sich zu ihrem Vergnügen auch schon weiße Weibsbilder, pfui Teufel.«

Dieses Mal war ich schneller als mein Mann. Mit ein paar Schritten war ich bei dem Kerl und schlug ihm mit der flachen Hand ins Gesicht. »Ich bin stolz darauf, die Frau dieses roten Kriegers zu sein! So etwas wie dich sollte man zwischen zwei Fingern zerquetschen wie ein unnützes Insekt. Und jetzt verschwinde ganz schnell, geh zu deinen weißen Brüdern und Schwestern und erzähle ihnen, dass Schwarzes Pferd, der Häuptling der Cheyenne, dein nichtswürdiges Leben verschont hat, obwohl du meines vernichten wolltest.

Und was die Überfälle auf die Siedlungen angeht, so könnt ihr euch beim Großen Vater in Washington bedanken, der die Indianer, die seine Friedensverträge unterschrieben haben, in ihren Reservaten verhungern lässt. Niemand darf sich wundern, am allerwenigsten ihr weißen Eindringlinge, wenn sich die roten Krieger holen, was sie für sich und ihre Familien zum Leben brauchen.« Ich schwieg, weil mir plötzlich schwindelte. Ich hatte meinen Arm und den Blutverlust in der Aufregung völlig vergessen.

Als ich wieder zu mir kam, waren Schwarzes Pferd und ich allein. Er hatte meinen Arm verbunden und auch unsere beiden Pferde herbeigeschafft. Auf meinen fragenden Blick hin erzählte er, dass er dem weißen Mann das Gewehr fortgenommen, dem Jungen jedoch ein paar unserer erlegten Kaninchen mitgegeben habe. »Das junge Bleichgesicht kann nichts für seinen Vater. Schwarzes Pferd weiß, dass auch Weißer Vogel so denkt.« Dann ging er, um die erlegte Hirschkuh zu holen. Als wir etwas gegessen und uns für die Nacht eingerichtet hatten, fragte ich ihn, woher er gewusst hätte, dass ich seine Hilfe brauchte.

»Schwarzes Pferd hörte den Gewehrschuss. Weißer Vogel hätte nicht mit dem Gewehr gejagt, denn seine laute Sprache erschreckt das Wild.«

15. April 1868
Einige Häuptlinge, die die Verträge vom Medicine Lodge Creek unterschrieben, haben nun ebenfalls das Reservat unterhalb des Arkansas verlassen und trafen gestern in unserem Lager ein. Roman Nose, Schwarzes Pferd und die anderen Häuptlinge sprachen mit ihnen und sie berichteten, dass Black Kettle noch immer hoffe, die Regierung würde ihnen endlich die versprochenen Gewehre und die nötige Munition zum Jagen geben, damit ihre Angehörigen nicht hungern müssten. Die Nahrungsmittel sind knapp und die Indianer äußerst unzufrieden. Immer mehr junge Krieger verlassen

die Dörfer und überfallen und töten Weiße in der Hoffnung, Gewehre und Lebensmittel zu erbeuten.

Wenn der Große Vater in Washington von den Indianern verlangt an einem bestimmten Ort zu bleiben, dann ist es seine Pflicht, dafür zu sorgen, dass sie dort leben können und nicht verhungern. Andernfalls sollte er ihnen die Freiheit lassen umherzustreifen, wo es ihnen gefällt, und damit sie ihren Lebensunterhalt durch die Jagd selbst bestreiten. Man kann schließlich nicht einem ganzen Volk Land und Freiheit nehmen und es dann ohne entsprechende Gegenleistung sich selbst überlassen.

10. Mai 1868
Die Witterung ist augenblicklich beinahe sommerlich zu nennen. Alt und Jung hält sich fast den ganzen Tag außerhalb der Tipis auf und genießt die lang entbehrte Wärme der Sonne. Die Kinder sind außer Rand und Band und springen wie die Erdhörnchen zwischen den Zelten herum. Man muss ständig auf der Hut sein, um nicht über sie zu stolpern.

Mit Kleinem Bär habe ich in letzter Zeit des Öfteren kurze Ritte um das Dorf unternommen. Er sitzt schon sehr sicher im Sattel und jauchzt vor Freude, wenn wir im Galopp ins Lager zurückreiten.

Schwarzes Pferd ist seit ein paar Tagen mit einigen Kriegern unterwegs, um Büffel zu jagen. Ich habe mir die Zeit damit vertrieben, für meinen Mann ein hirschledernes Hemd zu besticken. Wenn er nicht da ist, komme ich mir immer ein wenig verlassen vor, obwohl ich dazu eigentlich keinen Grund habe, denn meine Schwiegermutter und Little Cloud sind ständig in meiner Nähe. Trotzdem wird mir die Zeit oft lang.

Die Langeweile und der warme Frühlingswind bewogen

mich einen etwas ausgedehnteren Ritt zu unternehmen. Vielleicht würde Schwarzes Pferd, wenn ich wiederkam, auch von der Jagd zurück sein. Ich benachrichtigte meine Schwiegermutter, die mich missbilligend ansah. »Bis zum Einbruch der Dämmerung bin ich zurück«, beruhigte ich sie.

Es war herrlich, so durch das hohe Gras zu reiten. Die Luft roch nach Sonne und Sommer. Ich trieb Präriefeuer an und jagte mit ihr über die Ebene zum nahe gelegenen Little Beaver Creek. Hoch spritzte das Wasser, als wir hindurchritten. Am anderen Ufer ließ ich die Stute im Schritt gehen, um die Landschaft genießen zu können. Vor uns huschten ein paar Erdhörnchen durch den Sand und ein altes Stachelschwein, das wohl aufgestört worden war, schlurfte wieder in seinen Bau. Die Vögel sangen und zwitscherten und über mir zog ein Wanderfalke seine Bahn, ab und zu sein schrilles »Ii-Ii« zu mir herabschickend.

Schade, dass Schwarzes Pferd nicht bei mir war. Am liebsten hätte ich vor Freude laut gesungen. Aber mit meinem Gesang würde ich nur die Vögel zum Schweigen bringen und die Tiere verscheuchen. Außerdem durfte ich nicht vergessen, dass ich mich hier in der Wildnis befand, wo immer ein gewisses Maß an Vorsicht geboten ist.

Vor mir lag eine größere Felsengruppe und ich überlegte, ob ich nicht auf einen der Brocken hinaufklettern und mir die Umgebung von oben betrachten sollte. Da hatte ich plötzlich das Gefühl, dass mich etwas bedrohte. Ich hielt meine Stute an und lauschte, aber ich konnte nicht feststellen, was es war. Aufmerksam musterte ich die Umgebung – und wusste Bescheid.

Es war die Stille. Die Vögel schwiegen, kein Laut war zu hören. Langsam ritt ich weiter. Irgendetwas hatte ihnen Gefahr signalisiert, sonst hätten sie ihr Konzert nicht abgebrochen. Ich nahm das Gewehr und entsicherte es. Vielleicht ist es ein Bär oder ein Puma?, dachte ich. Gibt es hier überhaupt welche? Niemand im Dorf hatte je etwas davon erwähnt. Aber wenn es kein Bär und keine Raubkatze war, dann konnte es nur eine größere Anzahl von Menschen sein.

Und richtig: Präriefeuer hatte noch keine zehn Schritte getan, als mir eine barsche Stimme auf englisch zurief: »Die Pfoten hoch, Rothaut!« Vor Schreck wurde mir schwindelig, aber ich legte das Gewehr vor mich über den Sattel und hob gehorsam die Hände.

Hinter dem Felsvorsprung, um den ich soeben herumgeritten war, hielten etwa dreißig Soldaten zu Pferde, offenbar eine Patrouille von einem abgelegenen Fort. Als ich näher kam, sagte einer von ihnen in der vorderen Reihe erstaunt: »Das ist ja gar kein Indianer! Eine weiße Frau!«

Der Irrtum war verständlich. Ich trug wie immer die fransenbesetzte Kleidung der Prärie-Indianer und auch das perlenbesetzte Stirnband mit dem Stammeszeichen der Cheyenne.

Die Angst unterdrückend, fragte ich betont hochmütig: »Was wollt ihr von mir?«

»Wieso treibst du dich hier allein herum?«, fragte der Anführer der Patrouille, ein Captain, misstrauisch. »Oder stecken da zwischen den Felsen noch mehr von deiner Sorte?«

Ich antwortete nicht, sollte er ruhig glauben, ich wäre nicht allein.

»Warum trägst du diese Indianerkleidung, wenn du eine Weiße bist?«, fragte er beharrlich weiter. Ich entschloss mich ihm wenigstens diese Frage, wenn auch nur mit der halben Wahrheit, zu beantworten: »Ich bin die Squaw eines Cheyenne.«

Da rief einer der Kavalleristen: »Das ist niemals die Frau eines einfachen Kriegers . . .«

Die Behauptung blieb drohend in der Luft hängen. Wenn der Captain dieselben Gedanken hatte wie ich, würde er es sicher für lohnend halten, mich gefangen zu nehmen; denn mit der Frau eines Häuptlings als Geisel konnte man gewiss einige Zugeständnisse von ihrem Stamm erpressen.

Warum war ich nicht vorsichtiger gewesen? Jetzt brachte ich womöglich noch meine roten Schwestern und Brüder in Schwierigkeiten. Sicherheitshalber griff ich nach dem Gewehr, das noch immer über dem Sattel lag. So leicht wollte ich es ihnen nicht machen.

Da trieb plötzlich ein junger Leutnant aus der hinteren Reihe sein Pferd nach vorn und schrie: »Barbara! Ich glaub, ich träum. Lass dich ansehen! Ja, du bist es wirklich.«

»Tom«, rief ich, gleichzeitig überrascht und erleichtert. »Dass ich dich noch einmal wieder sehen würde, hätte ich nie für möglich gehalten. Ich hätte dir damals so gern Lebewohl gesagt.«

»Leutnant, was soll dieses undisziplinierte Verhalten bedeuten?«, unterbrach der Captain streng unsere Wiedersehensfreude.

Tom drehte sich um und sagte aufgeregt: »Verzeihung, Sir, aber das ist die Tochter von Major Pearson. Ich diente unter ihm, bis der Überfall auf die Cheyenne und die Arapahoes am Sand Creek stattfand. Seit der Zeit war Miss Pearson verschwunden.«

»So, so«, meinte der Captain etwas umgänglicher. »Absitzen, wir machen zehn Minuten Rast«, befahl er seinen Leuten. Auch Tom und ich stiegen vom Pferd und entfernten uns ein wenig von den anderen.

»Barbara, du hast dich kaum verändert. Höchstens noch hübscher bist du seit damals geworden.«

»Schwindel nicht so, du Heuchler«, wehrte ich verlegen ab.

»Doch«, sagte er, »es stimmt. Nur deine Augen sind noch trauriger geworden.«

Ich lächelte gezwungen. »Wahrscheinlich haben sie inzwischen zu viel Böses sehen müssen.«

Tom legte freundschaftlich den Arm um mich. »Armes Mädchen, ich kann mir denken, wie furchtbar es für dich gewesen sein muss.«

»Für mich?«, fragte ich bitter. »Ich bin ja noch am Leben; auch wenn ich damals glaubte den Verstand zu verlieren. Es war die Hölle. Monatelang konnte ich keine Uniform mehr sehen, ohne in Panik zu geraten, und vielen von uns geht es noch heute so.«

»Ja«, bestätigte Tom mit einem Seufzer, »es war fürchterlich. Die Offiziere, die gegen diesen Angriff waren, versuchten zwar das Schlimmste zu verhindern, aber es war zwecklos. Willst du denn für immer bei den Indianern bleiben oder kommst du irgendwann wieder zurück?«

»Ach Tom«, sagte ich lächelnd und schüttelte den Kopf, »du bist ein lieber, lieber Narr. Du weißt doch, wie die Weißen die Frauen behandeln, die bei Indianern gelebt haben, sogar wenn es unfreiwillig geschah. Und ich bin sehr glücklich bei den Cheyenne, ich liebe meinen Mann über alles. Sein Volk ist jetzt mein Volk, und wenn es so sein soll, werde ich mit ihm untergehen. Mit den Weißen will ich nichts mehr zu tun haben, mit ihnen verbindet mich höchstens noch die Hautfarbe. Mein Herz gehört den Indianern und das wird immer so sein!«

Ich schwieg. Nachdenklich sah ich ihn an und plötzlich wurde mir bewusst, wie sehr ich mich bereits innerlich von ihm und allen anderen Weißen entfernt hatte.

»Leb wohl, Tom, und alles Gute für dich. Wenn du kannst, versuch das Leben der Indianer, denen du begegnest, zu schonen. Das Herz des roten Volkes wird nicht mehr lange schlagen.«

»Adieu, Barbara«, sagte Tom mit einem mühsamen Lächeln. »Ich werde dich nicht vergessen. Wer weiß, vielleicht sehen wir uns einmal wieder, irgendwann!«

Er winkte mit der Hand, als ich zu meiner Stute ging. Dann drehte er sich abrupt um und begab sich zu seinen Kameraden. Ich wendete Präriefeuer und ritt rasch davon. Die aufkommende Wehmut hatte ich bald überwunden, als ich an Schwarzes Pferd dachte und daran, dass er vielleicht schon ins Lager zurückgekehrt war.

Trotz meiner augenblicklichen Stimmung war mir klar, dass ich den Soldaten nicht trauen durfte. Deshalb kehrte ich in einem großen Bogen an den Little Beaver Creek zurück und ritt dann auf dem steinigen Untergrund etwa eine Meile flussaufwärts, bis ich auf der anderen Seite das Flüsschen wieder verließ.

Ungefähr eineinhalb Meilen vor unserem Lager kam mir mit donnernden Hufen eine Gruppe Indianer entgegen. Als sie näher herangekommen waren, erkannte ich Schwarzes Pferd und einige unserer Krieger.

»Weißer Vogel freut sich sehr, dass Schwarzes Pferd zurück ist«, begrüßte ich ihn.

Sein Gesicht sah weniger erfreut aus, eher zornig. Mühsam beherrscht fragte er: »Warum ist Weißer Vogel allein fortgeritten? Sie weiß, dass es gefährlich ist. Unsere Späher waren in der Nähe, als sie auf die Soldaten traf. Zwei von ihnen ritten ins Lager zurück, um Hilfe zu holen.«

»Weißer Vogel ist gern allein und sie kann sich wehren, wenn Gefahr droht. Es tut ihr Leid, dass sie Schwarzes Pferd und ihren roten Brüdern Sorge gemacht hat. Aber es ist ja nichts passiert!«

»Weißer Vogel weiß, dass sehr leicht etwas hätte geschehen können«, sagte mein Mann grimmig.

Ich verschwieg, dass ich vor gar nicht langer Zeit die gleiche Befürchtung gehegt hatte.

Dann erzählte ich, dass ich Tom wieder gesehen hatte.

Sehr zu gefallen schien ihm diese Nachricht nicht, denn er musterte mich mit zusammengezogenen Brauen, als er ungläubig wiederholte: »Ah, ein guter Freund aus Fort Lyon. Die Squaw von Schwarzem Pferd hat einen Freund bei den Soldaten!«

Jetzt wurde ich wütend: »Was soll das heißen? Schwarzes Pferd weiß sehr gut, wie sehr Weißer Vogel die Blauröcke hasst. Aber er weiß ebenso gut, dass es unter ihnen auch viele gute Männer gibt, und Tom Jefferson ist so einer. Außerdem kann man eine Freundschaft, die so alt ist wie die unsere, nicht einfach löschen wie ein Lagerfeuer.«

Eine Weile blieb es still. Wir hatten schon fast das Lager erreicht, als mein Mann leise sagte: »Weißer Vogel möge verzeihen, Schwarzes Pferd wollte sie nicht kränken. Er hat sich Sorgen gemacht, deshalb war er unhöflich.«

Und ein wenig eifersüchtig bist du gewesen, dachte ich belustigt. Aber das würde er nie zugeben, denn Eifersucht würde ihn in den Augen seiner indianischen Schwestern und Brüder lächerlich machen.

Die übrigen Späher, die in der Nähe geblieben waren, um mich und die Soldaten zu beobachten, trafen bei Einbruch der Dämmerung wieder im Lager ein. Sie berichteten, die

Patrouille sei ohne Verzögerung in nordwestlicher Richtung weitergeritten.

5. Juni 1868

Noch immer sind wir mit der Zubereitung von Trockenfleisch und mit dem Gerben der Büffelhäute beschäftigt. Die Jäger haben fünf dieser stattlichen Tiere erlegt und jetzt ist es Sache der Frauen, sie möglichst vollständig zu verwerten. Aus den Hüftknochen und einigen weiteren Knochen fertigen die Männer sehr zweckmäßige Sättel mit kurzen Steigbügeln an, da die Indianer ja nicht wie Weiße mit gestreckten Beinen, sondern mit angezogenen Knien reiten.

Aus Sehnen und Muskelsträngen kann man sehr haltbare Schnüre herstellen und, wenn sie fein gespalten werden, auch Fäden zum Nähen der Kleidung und der Zeltbahnen. Es ist erstaunlich, was man außer dem Fleisch von einem Büffel noch alles verwerten kann. Die Felle werden meist nur für Decken, Umhänge und Mützen verwendet. Aus den Häuten macht man die Tipis.

Aber auch von den anderen erlegten Tieren wird so viel wie möglich verwertet. So benutzt man die feinen, spitzen Knochen der Wasservögel als Nähnadeln und ihre Federn zum Schmücken aller möglichen Kleidungsstücke.

Die Haut der verschiedenen Hirscharten, des Whitetail, Blacktail und Muledeer, benutzt man für Kleider, Mokassins und Riemen, die Schwanzhaare für Verzierungen und Stickereien und die Knochen für allerlei Zierrat. Das Geweih dient zur Herstellung von Werkzeugstielen und Pfeilspitzen; aus den Hufen macht man Leim oder Rasseln, und die Sehnen werden zur Anfertigung von Nähmaterial, Bogensehnen und

Fangschlingen benutzt. Aus dem Magen und der Blase fertigt man Taschen und andere Behälter an.

Kleidungsstücke aus Hirschleder sind übrigens viel haltbarer und können weitaus stärker beansprucht werden als solche aus Stoff. Außerdem sind die Indianer in der Lage die Hirschhäute so zu gerben, dass die Kleider und Mokassins, sind sie einmal durch ein unfreiwilliges Bad im Fluss oder einen überraschenden Regen nass geworden, auch nach dem Trocknen weich bleiben.

29. Juni 1868

Bald hat der Sommer seinen Höhepunkt erreicht; schon beginnen die Medizinmänner wieder mit den Vorbereitungen für die Reinigungszeremonien und den Sonnentanz. Das Gerüst aus jungen Weidenruten für die Reinigungshütte wird errichtet und einige Männer und Frauen ziehen los, um nach einem Baumwollbaum zu suchen, dessen Stamm als Mittelpunkt beim Bau der Sonnentanzhütte dienen soll. Haben sie einen solchen Baum gefunden, wird er unter feierlichen Gesängen ins Dorf getragen und mit seinem Fuß im Boden eingegraben. In genau festgelegtem Abstand werden dann achtundzwanzig schlanke junge Stämme um diesen Mittelbaum herum in die Erde eingelassen. Nun legt man in die Astgabel der äußeren Stämme eine Stange, die in der Mitte von der Gabelung des Baumwollbaums gehalten wird.

Auf meine Frage, warum gerade achtundzwanzig Stämme und Stangen benötigt würden, erklärte mir Schwarzes Pferd, dass bei seinem Volk die Zahlen Vier und Sieben eine heilige Bedeutung hätten und vier mal die Sieben gebe achtundzwanzig. Aus demselben Grund wurden auch für das Gerüst der Reinigungshütte immer zwölf oder sechzehn Weiden genommen.

In acht Tagen sollen die eine Woche dauernden Tänze beginnen und es ist noch viel vorzubereiten.

18. Juli 1868

Eine frohe Nachricht! Little Cloud erwartet ein Baby!

Gestern besuchte mich meine Schwägerin im Tipi, nahm Kleinen Bär in die Arme und küsste ihn, was diesem gar nicht mehr sonderlich behagt. Dann strich sie durch das Zelt wie eine Katze, die nicht weiß, ob sie bleiben oder wieder gehen soll. Ich sah ihr eine Weile zu, dann fragte ich sie: »Hat Little Cloud Ameisen in den Mokassins? Weshalb läuft sie dauernd hin und her?«

Da blieb sie endlich stehen und strahlte mich an: »Flying Lance wird bald Vater eines kleinen Kriegers sein!« Ich freute mich mit ihr und wünschte ihr und dem Kind alles Gute.

Wie glücklich sie ist! Warum hatte ich mich auf unser Kind nicht auch so freuen können? Ich nehme immer alles viel zu schwer! Ich sollte versuchen von dem stoischen Gleichmut der Indianer gegenüber dem Schicksal, ihrer Freude am Heute, die nur selten nach dem Morgen oder gar Übermorgen fragt, zu lernen.

10. August 1868

Wir sind etwa hundert Meilen nordwestwärts gezogen, an den Arikaree, ebenfalls ein Nebenfluss des Republican.

In der Nähe lagern auch einige Arapahoes und Sioux von Pawnee Killers Stamm und am Salomon kampiert Bull Bear – Büffelbär – mit seiner Gruppe. Schon bald herrschte reger Verkehr zwischen den einzelnen Lagern, da es immer Neuigkeiten gibt, die man austauschen kann. So geht auch das Gerücht um, dass eine Kompanie Scouts unterwegs sei, um Indianerlager aufzuspüren.

2. September 1868

Das Gerücht, dass weiße Kundschafter im Auftrag General Sheridans unterwegs sind, hält sich noch immer. Vielleicht ist doch etwas Wahres daran. Auf jeden Fall sollten wir vorsichtiger sein, vor allem die Männer, die in der weiteren Umgebung jagen.

Ich muss mit Schwarzem Pferd besprechen, ob wir nicht besser wieder Wachen um die Lager verteilen. Die Männer sind so mit der Jagd beschäftigt, dass sie für andere Dinge kaum noch einen Gedanken haben.

16. September 1868

Jetzt haben wir Gewissheit! Pawnee Killer schickte uns einige Boten mit der Nachricht, dass vierzig Meilen weiter südlich etwa fünfzig Weiße am Arikaree ein Camp errichten. Sie tragen keine blauen Uniformen, sind aber auch nicht wie Zivilisten gekleidet, sodass die Vermutung nahe liegt, es handle sich um die angekündigten Scouts.

Die Häuptlinge schickten Ausrufer durch das Lager und befahlen den Kriegern sich bereitzuhalten, um die weißen Kundschafter, die in die Jagdgründe der Indianer eingedrungen seien, anzugreifen. Sie selbst gingen zu Roman Nose, um ihn zu fragen, ob er ihr Anführer sein wolle.

Da das Lager der Scouts heute nicht mehr vor Dunkelheit erreicht werden kann, wird der Aufbruch auf den nächsten Morgen verschoben.

25. September 1868

In der Nacht vor dem Angriff schlief ich ausgesprochen schlecht; wenn ich wirklich einmal einnickte, peinigten mich sofort böse Träume. Ich erlebte bereits wildes Kampfgetümmel, hörte die Schreie der Verwundeten und das Krachen der Schüsse. Das Furchtbarste aber war, dass ich immer wieder träumte, Roman Nose würde die Kämpfe nicht überleben. Jedes Mal, wenn mein Traum einen bestimmten Punkt erreicht hatte, sah ich ihn bleich und regungslos vor mir liegen und seine weit offenen Augen starrten mich an.

Am Morgen, als ich völlig übernächtigt aufstand, bat ich Schwarzes Pferd, Roman Nose aufzusuchen und ihn zu warnen. Ich erzählte ihm von meinem Traum. Schwarzes Pferd weigerte sich, irgendetwas zu unternehmen, denn kein Indianer würde aus Furcht vor dem Tod einem Kampf ausweichen.

Daraufhin entschloss ich mich selbst zu ihm zu gehen – auf die Gefahr hin, mich in den Augen meiner roten Schwestern und Brüder unmöglich zu machen.

Roman Nose war noch mit der Durchführung eines Reinigungsritus beschäftigt. Wie man mir sagte, wollte er nach Beendigung der Zeremonie den Kriegern nachreiten, um sie bei dem Angriff auf die Scouts anzuführen. Unruhig lief ich auf und ab und wartete auf die Nachricht, dass die heilige Handlung beendet sei. Endlich war es so weit, ich konnte eintreten.

Roman Nose saß in Gedanken versunken da und schien mich gar nicht zu bemerken. Ich ließ mich langsam ihm gegenüber nieder und wartete, bis er nach der vorgeschriebenen Zeit das Wort an mich richtete. Doch nichts geschah. Da fasste ich mir ein Herz und sagte: »Weißer Vogel ist gekommen, um den großen Kriegshäuptling Roman Nose zu sprechen.« Erst jetzt blickte er auf, sein Blick schien aus weiter Ferne zu kommen.

»Was wünscht die weiße Frau zu sagen?«

Ich wusste nicht recht, wie ich beginnen sollte. Wie würde der Indianer auf die typischen Empfindungen eines Bleichgesichts, das noch dazu eine Frau war, reagieren? Er sah mich noch immer abwartend an. Da holte ich tief Luft: »Weißer Vogel bittet Roman Nose ihr nicht zu zürnen auch wenn er vielleicht nicht versteht, warum sie so zu ihm spricht. Der Große Geist schickte Weißem Vogel in der vergangenen Nacht einen Traum. Sie sah kämpfende rote und weiße Menschen und sie sah auch, dass Roman Nose unter den Kugeln der weißen Kundschafter fiel.«

Der Kriegshäuptling antwortete nicht. Wie eine Statue saß er da und blickte vor sich nieder. Dann hob er plötzlich den Kopf und sah mich an. Er lächelte, doch die dumpfe Trauer in seinen schwarzen Augen strafte sein Lächeln Lügen. Noch immer lächelnd sagte er: »Roman Nose weiß, dass er heute sterben wird!«

Ich glaube, ich starrte ihn an wie einen Geist. »Aber warum?«, fragte ich. »Vielleicht ist es dumm von Weißem Vogel – aber muss es denn sein, dass Roman Nose die Krieger anführt, wenn er doch weiß, dass dies seinen Tod bedeuten wird?«

»So kann nur ein Bleichgesicht fragen«, entgegnete der Häuptling und erhob sich. Auch ich stand auf.

Erregt antwortete ich: »Aber Roman Nose müsste doch etwas tun können!«

Obwohl nicht sehr groß von Gestalt, wirkte er richtig imponierend, als er jetzt hoch aufgerichtet vor mir stand. »Weißer

Vogel sollte nicht traurig sein. Es ist ein ehrenvoller Tod, wenn ein Indianer im Kampf gegen seine Feinde fällt. Er wird dann in die Ewigen Jagdgründe eingehen und alle werden sich seines Namens erinnern. Kein tapferer Krieger wird vor dem Tod fliehen.«

In diesem Augenblick wusste ich, es würde sinnlos sein, ihn zurückhalten zu wollen. Die Ausweglosigkeit seiner Lage erfüllte mich mit Verzweiflung. Ich konnte in seinem Tod nichts Ehrenvolles sehen. Vor Tränen fast blind, lief ich zu unserem Tipi. Schwarzes Pferd hatte schon auf mich gewartet. Schluchzend warf ich mich in seine Arme.

Er musste meine Verzweiflung spüren, wenn er sie auch nicht verstand. »Weißer Vogel hätte nicht gehen sollen! Es wäre besser gewesen, sie hätte den Worten von Schwarzem Pferd geglaubt.«

»Aber warum, warum nur? Es ist doch so sinnlos«, klagte ich. »Niemandem wird sein Tod etwas nützen und die Cheyenne werden einen großen Kriegshäuptling verlieren.«

»So kann nur ein Bleichgesicht sprechen«, meinte mein Mann nur. »Eines Tages wird Weißer Vogel vielleicht erkennen, dass es nicht sinnlos ist, für sein Volk zu sterben.« Dann schwieg er, bis ich mich beruhigt hatte.

Unsere Pferde waren bereits gesattelt, den nötigen Proviant sowie Verbandsmaterial zum Versorgen der Verwundeten hatte er in den dafür vorgesehenen Taschen und Beuteln verstaut. Und dann brachen wir mit der zweiten Gruppe Krieger auf, an der Spitze Roman Nose. Außer mir ritten noch einige Cheyenne- und Sioux-Frauen mit, die sich um die Verletzten kümmern wollten.

Als wir am frühen Nachmittag eintrafen, hörten wir schon von weitem, dass der Kampf in vollem Gange war. Offenbar verlief der Angriff nicht wie geplant. Trotz strengen Befehls, keine Aktion auf eigene Faust zu unternehmen, waren einige ganz junge Krieger heimlich aufgebrochen, um die Pferde der Scouts zu erbeuten. Der Lärm hatte jedoch die Weißen gewarnt, und als der eigentliche Angriff erfolgte, flüchteten sie auf eine Insel im ausgetrockneten Flussbett, wo ihnen Gras und Weidengebüsch ausgezeichnete Deckung boten. Ein Kugelhagel aus den Gewehren der Kundschafter empfing die angreifenden Sioux und Cheyenne. Daraufhin umrundeten sie die Insel in zwei Gruppen und einige versuchten, auf dem Boden kriechend, durch das Gebüsch zu den Weißen vorzudringen. Doch das fast pausenlose Gewehrfeuer trieb sie wieder zurück.

Als wir ankamen, waren bereits elf Krieger gefallen und über dreißig zum Teil schwer verwundet. Sofort begannen wir mit dem Verbinden der Verletzten. Die toten Krieger waren von den Männern etwas abseits in eine leichte Bodensenke gebettet worden. Die Hälfte von ihnen war noch nicht einmal zwanzig Jahre alt.

Verzweifelt fragte ich mich wohl zum hundertsten Mal nach dem Sinn im Leben dieser Menschen. Niedergeschlagen dachte ich immer wieder: Sie werden nur geboren, um irgendwann im aussichtslosen Kampf gegen die Weißen unterzugehen. Warum also? Warum? Aber die Natur hält sich nicht mit Fragen nach dem Warum und Wieso auf, sie zeugt weiter Leben für Leben, ohne zu fragen, ob es sinnvoll ist oder nicht.

Die Krieger, die mit uns nachgekommen waren, bereiteten sich ebenfalls auf den Kampf vor. Sie bemalten ihre Gesichter und schmückten sich je nach Alter, Würde und Ansehen, das sie bisher im Kampf erworben hatten, mit Stirnband, einzelnen Federn oder der Kriegshaube aus Adlerfedern. Die Haube unseres Häuptlings Roman Nose war die imposanteste von allen. Sie zeugte von dem großen Mut und der Tapferkeit ihres Besitzers. Aufgesetzt, hingen die unteren Federn fast bis auf den Boden hinab.

Als alle bereit waren, lief ich hinüber zu Schwarzem Pferd, ergriff seine Hände und wollte etwas sagen. Aber ich brachte keinen Ton heraus.

»Weißer Vogel muss nicht sprechen, ihre Augen sagen viele Worte«, beschwichtigte er mich.

Dann ritten sie los zu den bereits am Flussufer versammelten anderen Kriegern; zusammen waren es jetzt etwa fünfhundert. Ich sah ihnen traurig mit den anderen Frauen nach.

Plötzlich durchzuckte es mich: Ich musste noch einmal zu Roman Nose und versuchen ihn umzustimmen. Ich eilte zu meiner Stute, sprang in den Sattel und schlug ihr mit der flachen Hand aufs Hinterteil. Eine solche Behandlung nicht gewohnt, schnellte sie los wie ein Pfeil. Auf halbem Weg holte ich die Krieger ein; einige sahen sich erstaunt um und hielten an. Auch Roman Nose zügelte sein Pferd und blickte mir entgegen. Sekundenlang sah ich in seine dunkel umschatteten Augen, bat ihn noch einmal stumm, doch er schüttelte lächelnd den Kopf. Da reichte ich ihm die Hand, er nahm sie mit hartem Griff.

»Leb wohl, Roman Nose«, sagte ich leise, »möge MA-HI-YA dich in seinen Ewigen Jagdgründen mit allen Ehren empfangen.«

Er antwortete nicht, obwohl ich in seinen Augen sah, dass er mich verstanden hatte. Die Krieger blickten uns unsicher und ein wenig beunruhigt an; da wendete Roman Nose sein Pferd und sprengte mit dem schrillen Kriegsruf der Cheyenne, in den alle einfielen, davon in das ausgetrocknete Flussbett. Etwa dreihundert Männer wirbelten mit ihren Ponys den pulvertrockenen Sand auf; die übrigen ritten mit Schwarzem Pferd um die Insel herum, um die Kundschafter auch von der anderen Seite her anzugreifen.

Langsam lenkte ich Präriefeuer wieder den Hügel hinauf, dann drehte ich mich um. Immer noch hoffte ich, mein Traum hätte gelogen. Ich sah, wie die Krieger mit Roman Nose die uns zugewandte Seite der Insel stürmten. Eine Gewehrsalve empfing sie und ich hörte die Schreie der Getroffenen bis hier herauf. Jetzt kehrten sie wieder um und ein neuer Vorstoß erfolgte, sinnlos wie der erste. Nur die Pferde der Sioux wurden getroffen, da diese nicht von dem hohen Gras verdeckt wurden. Unseren Kriegshäuptling mit dem weithin sichtbaren Federschmuck konnte ich nicht mehr entdecken.

Die Krieger brachten immer neue Tote und Verwundete auf den Hügel. Ich musste hinauf, um zu helfen. Als es dämmerte, wusste noch immer niemand etwas über den Verbleib von Roman Nose.

Es war schon dunkel und nur noch vereinzelt fielen Schüsse, als sie den Häuptling brachten. Vorsichtig ließen sie ihn nieder, er war sehr schwer verletzt. Eine Kugel hatte sein Rückgrat durchschlagen.

Als er die Augen öffnete, brachte ich ihm etwas zu trinken. Er lag ganz still und blickte zum Sternenhimmel hinauf; dann bat er mich, ihm seine Heilige Pfeife zu geben. Ich kniete neben ihm nieder und entzündete den »kinnikinik« – Heiliger Tabak – mit einem glimmenden Holzstück. Er sprach nicht mehr, rauchte nur und sah zu den Sternen. Viele Krieger und auch einige Frauen saßen in respektvollem Abstand um ihn herum. Keiner sagte etwas, alle hofften auf ein Wunder. Aber es würde kein Wunder geben, ich wusste es!

Plötzlich ließ Roman Nose die Heilige Pfeife sinken und drehte langsam den Kopf zu mir. Ich beugte mich über ihn, um ihn verstehen zu können, falls er etwas sagte. Aber er sprach nicht, wahrscheinlich fehlte ihm die Kraft dazu. Nur in seinen Augen war noch Leben; im Schein des Lagerfeuers blickten sie mich an und nahmen Abschied. Und sie sahen mich noch immer an, als sein Geist schon auf der Reise in die Ewigen Jagdgründe war. Das nicht einmal vierzig Sommer und Winter währende Leben eines großen Kriegshäuptlings der Cheyenne war verlöscht.

Die Frauen um mich her begannen ein leises Wehklagen, auch mit meiner mühsamen Beherrschung war es vorbei. Da nahm jemand meinen Arm, zog mich sachte hoch und führte mich weg. »Dort, wo sich der Geist von Roman Nose jetzt befindet, ist er sehr glücklich«, hörte ich die leise Stimme von Schwarzem Pferd.

Wenn ich doch nur ein klein wenig von dem unerschütterlichen Glauben dieser Menschen besäße! Ich sah Schwarzes Pferd an und die große Liebe, die ich für ihn empfand, milderte ein wenig die Trauer in meinem Herzen.

»Ein großer Häuptling hat sein Volk verlassen«, hörte ich meinen Mann leise sagen.

Meine Tränen versiegten nach und nach, aber dafür begann sich eine trostlose Leere, eine tödliche Kälte in meinem Innern auszubreiten. Ich fühlte nichts mehr, mein Körper schien nur noch eine Hülle zu sein. So stand ich und starrte in die Dunkelheit.

Wie aus weiter Ferne hörte ich die Stimme von Schwarzem Pferd: »Weißer Vogel, was ist?« Dann eindringlich und beschwörend: »Weißer Vogel muss jetzt schlafen, sie wird sehr müde sein. Schwarzes Pferd holt ihr eine Büffeldecke.«

Ich hörte seltsamerweise genau, was er sagte, aber ich hatte nicht das Gefühl, dass er zu mir sprach. Wie im Traum ging ich zurück zu der Stelle, wo Roman Nose lag. Er war noch nicht tot, ich hörte ihn deutlich meinen Namen rufen. Ich ließ mich auf die Knie nieder und nahm seine Hand. »Roman Nose hat Weißen Vogel gerufen! Was hat er ihr zu sagen?«

Als der Morgen dämmerte, erwachte ich. Schwarzes Pferd lag dicht neben mir und ich spürte die Wärme seines Körpers unter der Büffeldecke. Meine leichte Bewegung weckte ihn augenblicklich und er lächelte mich erleichtert an. »Dem Großen Geist sei Dank, Weißer Vogel ist wieder lebendig!« Ich sah ihn erstaunt an. Da erzählte er, dass er mich, als er mit der Decke zurückkam, völlig leblos und am ganzen Körper eiskalt neben dem Leichnam von Roman Nose gefunden habe. Mein Herzschlag sei kaum noch zu hören gewesen. Die Indianer berichteten ihm entsetzt, dass ich mit dem Toten gesprochen hätte. Er habe mich fortgebracht und in die warme Büffeldecke eingewickelt. Doch nach einer Stunde sei mein Körper so kalt wie zuvor gewesen. Da hätten er und eine Squaw mich ausgezogen und meine Arme und Beine zwischen den Händen gerieben, bis langsam wieder Wärme zu spüren war. Dann hatte er sich dicht neben mich gelegt, um mich mit seinem Körper zu wärmen.

Während er sprach, war die Erinnerung langsam zurückgekommen. Ich suchte die Worte, die schon im Vergessen zu versinken drohten. Es war wichtig, ungeheuer wichtig, dass ich mich besann. Ich schloss die Augen, suchte, horchte in mich hinein, und dann war plötzlich alles wieder da. Meine Stimme erschien mir selbst fremd: »Krieger sollen nicht mehr kämpfen, keiner sein Leben opfern. Insel einkreisen, Tag und Nacht bewachen, Hunger und Durst wird die Weißen töten . . .«

Als ich die Augen öffnete, begegnete ich dem verstörten Blick meines Mannes. »Wer hat Weißem Vogel das gesagt?«, fragte er, obwohl er die Antwort offenbar ahnte. Ich drehte den Kopf zur Seite, sah, wie im Osten die aufgehende Sonne den Himmel in Brand setzte, und sagte leise: »Roman Nose hat gesprochen, als sein Geist schon auf der Reise war. Sein Tod ist der Anfang vom Untergang der Cheyenne!«

Als Schwarzes Pferd den Häuptlingen und Kriegern die Botschaft von Roman Nose weitergab, waren alle mit dem Plan einverstanden. Nachdem ihr großer Anführer in den Ewigen Jagdgründen weilte, wollte keiner mehr kämpfen. Auch die weißen Scouts auf der Insel verhielten sich ruhig.

Dreihundert Krieger blieben bei der Insel, um sie abwechselnd zu bewachen, wir anderen zogen mit den Verwundeten und dreißig Toten wieder ins Lager zurück.

Die Gefallenen wurden in Tierhäute gehüllt und auf hohen Gerüsten in der Nähe des Dorfes zur letzten Ruhe gebettet. Drei Tage und drei Nächte hielten die Krieger bei ihnen Wache – die Zeit, die die Seele nach dem Glauben der Indianer braucht, um den Körper zu verlassen und in die Ewigen Jagdgründe einzugehen.

Am achten Tag kurz vor Einbruch der Dämmerung kamen die Krieger von der Insel zurück. Soldaten waren gekommen, um die eingeschlossenen Scouts herauszuholen, und die Indianer hatten schweigend ihre Ponys bestiegen und die vom Gestank verwesender Pferdekadaver verpestete Insel den Blauröcken überlassen.

10. Oktober 1868

Nachdem wir uns von den Anstrengungen der letzten Wochen erholt haben, wollen wir nun doch in den Süden ziehen, da bald Scharen von Soldaten nach uns suchen werden.

Obwohl inzwischen ein alter, resignierender Mann, ist Black Kettle immer noch Häuptling der Cheyenne. Sicher wird er nicht erfreut sein, wen wir wieder zurückkehren. Für ihn sind wir Rebellen. Aber fortschicken wird er uns bestimmt nicht, da er trotz seiner Friedfertigkeit den Weißen gegenüber genug Indianer ist, um die Gefühle unserer Männer zu verstehen.

2. November 1868 – Washita River

Aus Furcht, vom Einbruch des Winters überrascht zu werden, brachen wir bereits am 14. Oktober auf, um zu Black Kettles Lager zu kommen.

Es war ein weiter Weg bis zum Washita River, wo das Dorf errichtet worden war; über vierhundert Meilen über Berge und durch Täler, durch reißende Flüsse und endlose Strecken Prärie. Und das mit über fünfzig noch immer schwer Verwundeten. Aber wir kamen, wenn auch aufs Äußerste erschöpft, in Black Kettles Dorf an.

18. November 1868

Vor zwei Tagen erfuhren wir durch einige Späher, dass auch hier Soldaten auf der Suche nach Indianerdörfern sind. Dabei haben unterhalb des Arkansas nur friedliche Stämme ihre Tipis aufgeschlagen. Jetzt können wir nur hoffen, dass sie uns nicht finden!

26. November 1868

Da Black Kettle nach der schlechten Nachricht keinen anderen Ausweg sah, unternahm er mit drei weiteren Häuptlingen die fast hundert Meilen weite Reise nach Fort Cobb, um mit dem dortigen Kommandanten zu sprechen. Er will ihn um Erlaubnis bitten, dass die Arapahoes und wir unsere Tipis aus Sicherheitsgründen in der Nähe des Forts aufschlagen dürfen.

Heute kamen sie unverrichteter Dinge müde und deprimiert zurück. Der Kommandant hat ihnen versichert, dass niemand uns angreifen wird, solange wir uns friedlich verhalten. Aber er hat nicht gestattet, dass die Tipis nach Fort Cobb verlegt werden.

Mir kommt der Klang dieser Worte seltsam bekannt vor; fast die gleichen oder doch ganz ähnliche Zusicherungen hatte Major A. Black Kettle vor vier Jahren in Fort Lyon gemacht. Und dann hatten seine Soldaten die ahnungslosen Indianer am Sand Creek massakriert.

Unser Häuptling wird offenbar von den gleichen Befürchtungen geplagt, denn mein Mann erzählte mir, dass er die Absicht habe, den Soldaten mit einer Abordnung entgegenzureiten, um ihnen zu erklären, dass wir Frieden wollen. Sobald der Schneesturm nachlässt, wollen sie aufbrechen, damit sie auf die Soldaten treffen, bevor diese das Lager erreicht haben.

Diesmal soll es kein zweites Sand Creek geben!

30. November 1868

Wir konnten dem Verhängnis nicht mehr entrinnen. Es war zu spät!

Das Schneetreiben hatte zwar am Morgen aufgehört, aber bevor wir auf den Beinen waren, kamen schon die Soldaten. Von allen Seiten tauchten sie aus dem dichten Nebel auf, schreiend und alles niederschießend, was sich ihnen in den Weg stellte. Es war grauenvoll, ein Alptraum! Es schien, als ob sich alles wiederhole. An eine Gegenwehr war bei dieser Übermacht nicht zu denken. Wer sein Leben retten wollte, versuchte sein Heil in der Flucht.

Als die ersten Schüsse fielen, ergriff ich mein Gewehr und das von Schwarzem Pferd, einen Beutel mit den notwendigsten Sachen und so viel Munition, wie ich in der Eile einstecken konnte. Mein Mann nahm Kleinen Bär auf den Arm und wir schlichen im Schutz des Nebels außerhalb der Tipis zu unseren Pferden. Unterwegs versuchten wir Little Cloud zu finden, aber in dem Tumult war das ein sinnloses Unterfangen. Wir konnten nur hoffen, dass Flying Lance sie in Sicherheit bringen konnte. Auch Red Star, meine Schwiegermutter, konnten wir nirgends entdecken.

Immer wieder peitschten in allernächsten Nähe Gewehrschüsse, und Kugeln pfiffen an unseren Köpfen vorbei. Auf unserem Weg trafen wir weitere Cheyenne, die ebenfalls zu den Felsen in etwa einer Meile Entfernung vom Lager flüchten wollten. Inzwischen hatte sich der Nebel gelichtet und bot keinen Schutz mehr, ich begreife immer noch nicht, wie es möglich war, dass wir unverletzt die schützenden Felsen erreichten. Dort versteckten wir uns und von hier aus sahen wir, wie die Soldaten unsere Tipis mit allem, was wir besaßen, in Brand steckten. Verzweifelt schloss ich die Augen, ich wollte nichts mehr sehen. Aber ich musste noch zuhören, denn das Schießen nahm kein Ende.

Plötzlich begannen die Ponys zu wiehern, in schriller Panik drangen ihre Schreie zu uns herüber. Meine Stute rollte mit den Augen und auch das Kriegspony von Schwarzem Pferd drohte durchzugehen.

Kleiner Bär weinte leise vor sich hin, sein Schluchzen zerriss mir fast das Herz.

Und dann war Stille, tödliche Stille. Aus unserem Versteck sahen wir, wie die Soldaten abzogen. Sofort machten wir uns auf den Rückweg, um noch zu retten, was zu retten war. Aus allen Schlupfwinkeln tauchten Cheyenne auf. Wir sprangen auf die Pferde, Schwarzes Pferd hielt Kleinen Bär vor sich im Sattel fest, so galoppierten wir auf das brennende Dorf zu.

Der Gestank, der uns entgegenwehte, war schon fürchterlich, doch was sich unseren Augen darbot, war eine Ausgeburt der Hölle. Die Erde war bedeckt mit toten und skalpierten Männern, Frauen und Kindern. Mehrere hundert Ponys lagen von Gewehrschüssen niedergestreckt auf der Weide, ihr Blut dampfte in der kalten Luft. Als wir zu unseren Tipis kamen, fanden wir nur noch rauchende Lederfetzen und verkohlte Zeltstangen.

In einiger Entfernung entdeckte ich die Leiche einer Indianerin und ich erkannte das Kleid, das ich meiner Schwiegermutter geschenkt hatte. Auch ihr hatte man den Skalp genommen, es war ein schrecklicher Anblick.

Als ich zu ihr gehen wollte, hielt mein Mann mich zurück und schüttelte den Kopf: »Weißer Vogel kann nichts mehr tun!« Er wies in eine andere Richtung, wir gingen hin und fanden Flying Lance. Eine Gewehrkugel hatte seinen Kopf zerschmettert.

Um uns herum liefen jammernde Indianer, es war ein unbeschreibliches Chaos. Ich war wie erstarrt, meine Augen sahen und die Ohren hörten, aber das Gehirn weigerte sich das Geschehene zu verarbeiten. Empfindungslos wie eine Holzpuppe lief ich wie durch das Lager, stolperte über brennende Zeltstangen und Leichen und suchte Little Cloud. Ich fand sie nicht!

Erschöpft blieb ich stehen, betäubt und unfähig irgendetwas zu denken. Mein Blick fiel auf ein Kind, das unmittelbar vor mir lag. Es hatte die dunkelbraunen Augen weit aufgerissen, den Mund halb geöffnet, als ob es gleich schreien würde. Zwei Schusswunden trug der kleine Körper, ein Beinchen war zur Hälfte abgehackt. Ich starrte das Kind an und hatte plötzlich das Gefühl, ich müsste ersticken an dem mörderischen Hass, der in mir aufstieg. Rasende Wut schüttelte mich, sodass ich wie im Fieber bebte.

Schwarzes Pferd kam auf mich zu, aber ich sah seine Gestalt nur wie durch einen roten Nebel. Wie von Sinnen schlug ich mit den Fäusten gegen seine Brust. Er packte mich an den Schultern und schüttelte mich unsanft. »Weißer Vogel! Komm zu dir!« Seine dunklen Augen waren ganz nah und ich fühlte die Wärme seiner Hände auf meinem Rücken. Langsam ließ das Zittern in meinem Innern nach.

Plötzlich sprengte eine Gruppe Arapahoes auf ihren Pferden heran. Ihr Dorf lag ganz in der Nähe und sie hatten die Schüsse gehört. Ihre Gesichter wurden grau vor Entsetzen, als sie sahen, was geschehen war.

Schwarzes Pferd holte die Pferde, die anderen Cheyenne liefen zu den wenigen Ponys, die die Schlächterei überstanden hatten. Gemeinsam mit den Arapahoes jagten wir hinter den Soldaten her und verlangten den Tieren das Äußerste ab. Bald sahen wir die Mörder unserer Schwestern und Brüder vor uns. Geschickt teilten wir uns, schnitten einen Trupp von etwa zwanzig Mann von den übrigen ab und kreisten sie ein. Eiskalter, tödlicher Hass erfüllte jeden von uns. Ein Gefühl, das ich nie in mir vermutet hätte, vernichtete jegliches Mitleid, jede Spur von Erbarmen. Ich hob das Gewehr und schoss sorgfältig zielend und gefühllos, bis Schwarzes Pferd sein Pferd an meine Seite lenkte und mir die Waffe aus der Hand nahm.

Wie erwachend sah ich sein von Trauer überschattetes Gesicht, die mühsame Beherrschung, die seine Wangenknochen hervortreten ließ, und der Hass und die mörderische Wut in meinem Herzen lösten sich. Doch mit den Tränen kamen Verzweiflung und Trauer und das war fast noch schlimmer. Als die Arapahoes und Cheyenne mit wildem Geschrei über die Toten herfielen, um sich ihre Skalps zu holen, wendete ich meine Stute und ritt zu dem Platz zurück, wo unser Dorf gestanden hatte.

Schwarzes Pferd folgte mir, er beteiligte sich schon lange nicht mehr an diesem blutigen Geschäft.

Am Anfang unserer Ehe hatte er einmal einen Skalp von einem Kriegszug mitgebracht, um ihn den schon erbeuteten hinzuzufügen. Als ich den blutigen Haarfetzen sah, war mir schlecht geworden. Anschließend hatte ich sogar einen Weinkrampf bekommen. Schwarzes Pferd verlor damals kein Wort über die Angelegenheit, aber er brachte nie wieder einen Skalp mit.

Gegen Nachmittag trafen weitere Indianer, Kiowas und Comanchen, bei uns ein. Sie berichteten, dass die Soldaten mit etwa fünfzig Gefangenen in höchster Eile in nördlicher Richtung marschierten. Da wir Little Cloud nicht unter den Toten gefunden hatten, vermuteten wir, dass sie sich bei ihnen befand. Ob wir sie je wieder sehen?

Arapahoes, Kiowas und Comanchen aus den umliegenden Dörfern kamen und brachten uns, was sie entbehren konnten.

Sie halfen unsere Toten zu bestatten und überließen uns Nahrungsmittel, Kleidungsstücke und Büffeldecken und halfen beim Bau einiger Tipis, damit wenigstens die Alten, Frauen und Kinder ein wenig vor der Kälte geschützt waren. Die Soldaten haben über hundert Cheyenne umgebracht. Nur elf von ihnen waren Krieger, die anderen alte Männer, Frauen und Kinder.

Unseren alten Häuptling Black Kettle und seine Squaw fanden wir dreckbespritzt und skalpiert am Ufer des Washita. Sie waren von mehreren Kugeln in Bauch und Rücken getroffen worden.

Nach Roman Nose ist nun auch Black Kettle tot, ein Indianerhäuptling, der immer nur den Frieden mit den Weißen gewollt hatte!

9. Dezember 1868

Wir haben die übrig gebliebenen Tipis und notdürftigen Behausungen unseres Lagers zu den Arapahoes verlegt, da wir zu wenige sind, um uns noch allein verteidigen zu können.

Vor einigen Tagen erschienen Boten aus Fort Cobb, die alle Indianer hier und in den umliegenden Dörfern aufforderten sich im Fort einzufinden, andernfalls zweifle man an ihrem Friedenswillen.

Gestern tauchte dann noch »Hard Backside« – Hartes Hinterteil, wie er genannt wurde – Custer, der mit seinen Kavalleristen unser Cheyenne-Dorf niedergemacht hatte, mit mehreren Soldaten und einer weißen Fahne in unserem Lager auf. Zu seiner Linken ritt Moonasetah, eine Nichte Black Kettles, die er offenbar unter den Gefangenen entdeckt hatte. Warum er sie mitbrachte, weiß niemand, denn als Dolmetscherin ist sie nicht zu gebrauchen, da sie kein Wort Englisch spricht.

An der anderen Seite Custers ritt eine zierliche weiße Frau mit einem kostbaren Pelzmantel und dazu passender Mütze. Sie machte ein ausgesprochenes arrogantes Gesicht und schürzte ihr Mündchen angewidert, als sie die zum Teil ziemlich heruntergekommenen Indianer sah. Zwischendurch beobachtete sie misstrauisch die schöne Cheyenne-Squaw und ihren Mann, wobei sie der Indianerin ausgesprochen böse Blicke zuwarf.

Custer und seine Begleitung schienen trotz der geringen Anzahl von Soldaten, die sie zu ihrem Schutz mitgebracht hatten, keine große Furcht vor uns zu haben. Aber das war nicht weiter verwunderlich. Wenn sie diese frierenden, hungernden Menschen betrachteten, mussten sie sich ihnen sehr überlegen vorkommen. Außerdem rechneten sie wahrscheinlich damit, dass wir das Leben der gefangenen Frauen und Kinder nicht durch einen sinnlosen Überfall aufs Spiel setzen würden.

Die Soldaten bauten ein provisorisches Zelt auf, breiteten eine Zeltplane auf dem Boden aus und stellten Tisch und Stühle darauf. Dann trug Mister Custer seine Gattin hinüber, damit ihre blanken Stiefelchen nicht beschmutzt würden. Sogar einen schwarzen Diener hatten die vornehmen Herrschaften mitgebracht. Als alle Platz genommen hatten, begann »Hard Backside« Custer seine Ansprache. Er trug im Grund das Gleiche vor, was uns die Boten aus dem Fort schon gesagt hatten: Bedingungslose Kapitulation oder Vernichtung sämtlicher Indianer.

Ich hatte mich bisher im Hintergrund gehalten, aber als Custer endete und der Dolmetscher den anwesenden Indianern das Gesprochene mühselig zu übersetzen begann, ging ich nach vorn.

Die Reaktion der Weißen auf mein Erscheinen war bemerkenswert. Ich sah, dass Schwarzes Pferd spöttisch lächelte. Custer kniff überrascht die Augen zusammen, dann fixierte sein Blick mich von oben bis unten und unbewusst fuhr er sich mit der Zunge über die weichen Lippen unter seinem martialischen Schnurrbart. Es war das erste Mal, dass ich ihn aus der Nähe sah, und er wirkte auf mich wie ein farbloser, aufgeblasener Jüngling. Ein Mensch, der sein unscheinbares Äußeres offenbar durch herrisches Auftreten und Gewalttätigkeiten wettmachen wollte.

Mein Gesichtsausdruck verriet wohl meine Gedanken, denn Röte stieg ihm ins Gesicht. Seine Frau musterte mich geringschätzig, kalte Verachtung in den Augen, und Moonasetah senkte den Blick vor dem meinem.

»Wir brauchen euren Dolmetscher nicht«, begann ich. »Viele von uns können genügend Englisch, um zu verstehen, was ihr von uns verlangt. Ich antworte euch darauf im Auftrag meiner roten Schwestern und Brüder. Es sind nicht mehr viele, für die ich sprechen kann; und diese klagen euch und eure Soldaten als Mörder an. Ich sehe, meine Sprache scheint euch nicht zu gefallen, aber ihr werdet mir bis zum Ende zuhören. Die um euch versammelten Krieger werden dafür sorgen, dass ihr nicht vor der Zeit den Wunsch verspürt zu gehen. Solltet ihr die Absicht haben, euch mit Gewalt von hier zu entfernen, bevor ich es für richtig halte, werden sie euch mit Freuden ins Jenseits befördern. Und wenn es unsere letzten Kugeln wären, ich verspreche, für euch werden es genug sein. Sorge also dafür, dass die Soldaten ihre Finger von den Waffen lassen, oder du bist der erste, der stirbt.«

Schwarzes Pferd wusste nicht, was ich vorgehabt hatte; aber er reagierte mit hellseherischer Schnelligkeit, noch während ich sprach. Ein, zwei Blicke, ein Wink mit der Hand, und schon waren unsere Gäste eingekreist. Auch ich trug mein Gewehr entsichert in der Hand.

Lady Custer war ein wenig blass um die Nase, auch einige der Offiziere. Custer dagegen sah aus, als würde er gleich einen Wutanfall bekommen. Bevor er losbrüllen konnte, sprach ich weiter.

»Ich sehe, ihr seid über unseren freundlichen Empfang überrascht. Ja, habt ihr denn geglaubt, ihr könnt ein ganzes Dorf dem Erdboden gleichmachen, fast alle Bewohner ermorden und verstümmeln und dann noch erwarten, wir hätten keinen anderen Wunsch, als mit den Mördern unserer Brüder und Schwestern Frieden zu schließen? Ja, denkt ihr denn, die Indianer sind kleine Kinder, die heute nicht mehr wissen, was gestern geschehen ist? Wenn wir euch nicht auf der Stelle umbringen, dann nur, weil eure weißen Brüder mit unseren gefangenen Cheyenne umgehend das Gleiche täten.

Immer wieder versprechen die Weißen Frieden und halten ihn nie. Die Herzen der Indianer weinen bei dem Gedanken an all die schönen Worte, die gesprochen, und die unzähligen Versprechen, die nicht gehalten wurden. Grundlos überfallen eure Soldaten friedliche Indianerdörfer und bringen wehrlose Alte, Frauen und Kinder um. Auch unsere Krieger sind zum Sterben verurteilt, denn was kann der Indianer mit Pfeil und Bogen gegen Repetiergewehre ausrichten? Wie kann er mit dem Kriegsbeil in der Hand gegen Kanonen überleben? In diesem aussichtslosen Kampf werden die roten Völker unterliegen, nicht nur weil sie die schwächeren Waffen haben, sondern weil ihr Leben von einem Geist erfüllt ist, der sich nie mit eurem kleinlichen, unchristlichen Pharisäertum verbinden lässt.

Ihr bezeichnet die Indianer als gottlose Wilde! Wie könnt ihr so anmaßend sein. Diese so genannten Wilden leben mehr nach euren religiösen Geboten als die meisten von euch. Sie haben Achtung vor dem Leben, glauben an eine höhere Macht und an Grundsätze wie Gleichheit, Brüderlichkeit, Großmut, Aufrichtigkeit und Ehrlichkeit; etwas, das ihr schon lange nicht mehr kennt. Aus ihrem Glauben schöpfen sie ihr Gefühl für Freiheit und ihre starke, überwältigende Liebe zur Natur.

Wenn es wirklich einen gütigen, hilfreichen Gott gibt, von dem ihr so viel redet, dann wäre er für alle da. Dieser Gott würde keinen Unterschied darin sehen, ob der Mensch rot, weiß, schwarz oder gelb ist und ob er ihn Großer Geist, Gott, Manitu, Buddha oder Allah nennt.

Ihr sprecht von den Zehn Geboten und mordet, raubt, lügt und betrügt. Ihr führt den Namen Gottes im Mund und meint Gold, ihr sprecht von der Liebe Gottes und meint Land!

Ihr habt das Wort Gottes sehr wörtlich genommen, als er sagte: Liebet und mehret euch! Ihr habt euch wahrlich vermehrt, so vermehrt, dass euer Land und das Land jenseits des Großen Wassers nicht mehr ausreichen, um alle aufzunehmen und zu ernähren. Wer gibt euch das Recht, jetzt in das Land der roten Völker einzubrechen und dort alles an euch zu reißen, ohne zu fragen, wem es gehört?

Was würdet ihr tun, wenn die Indianer in euer Land gekommen wären, sich dort breit gemacht und euch, eure Frauen und Kinder verjagt, ermordet und gefangen genommen hättet? Ihr hättet euch mit allen euch zu Gebote stehenden Waffen verteidigt.

Wenn dort, wo ihr hinkommt, kein Platz mehr ist, vertreibt ihr die Menschen, die dort seit Generationen glücklich lebten. Gehen sie nicht freiwillig, so holt ihr Soldaten und lasst sie gleich Tieren zusammenschießen. Sogar eine Prämie ist für jeden Indianerskalp ausgesetzt worden, das Startzeichen für einen legalen Massenmord an den roten Völkern. Eure Spuren, die sich durch dieses Land ziehen, füllen sich mit Blut und Tränen, aber das hält euch nicht zurück. Wann hört ihr endlich auf unschuldige Menschen zu töten, sinnlos ganze Büffelherden abzuschießen und alles, was die Indianer zum Leben brauchen, zu vernichten? Wann seid ihr endlich satt in eurem unermesslichen Land- und Goldhunger? Wollt ihr wirklich erst aufhören, wenn kein Indianer mehr lebt? Wie wollt ihr dieses Morden vor eurem Gott verantworten, der sagt: Du sollst nicht töten?

Aber ihr könnt euch noch so sehr anstrengen, ihr werdet dieses Land nie wirklich besitzen, auch wenn ihr glaubt alle roten Menschen ausgerottet zu haben. Dieses schöne, wilde Land wird immer dem Indianer gehören, weil er dieses Land selber ist. Weil sein Herz und sein Geist und das Herz und der Geist seiner Vorväter in ihm sind, im Wasser der Flüsse und Seen, dem Fels der Berge, in den dunklen Tiefen der Wälder und den weiten Ebenen der Prärie.

Eines Tages wird allein dieser gewaltigen Natur der Sieg gehören und mit ihr den Indianern, die die Natur immer als das verehrten, was sie ist: als das größte Wunder des Großen Geistes.

So, und jetzt dürft ihr gehen. Berichtet General Sheridan, dass wir keinen Friedensvertrag mehr unterschreiben, denn Verträge, die mit den Weißen geschlossen werden, sind so dauerhaft wie der Schnee, der im Frühling fällt. Ihr macht heute mit uns Frieden und morgen kommt ihr, um uns umzubringen.

Und sagt eurem General weiter, dass wir zwar von uns aus keinen Weißen angreifen. Aber wir werden uns auch nicht ohne Gegenwehr bestehlen und vernichten lassen. Bevor wir in die Ewigen Jagdgründe eingehen, werden wir so viele Weiße wie nur irgend möglich mit uns nehmen.

Wir sehen nicht ein, welche Macht der Welt uns zwingen könnte uns in Reservate einsperren zu lassen und von der Gnade und den Almosen der Weißen zu leben.

Wer von den hier anwesenden Indianern zu den Bleichgesichtern gehen will, der mag gehen. Wir halten niemanden und nehmen es keinem übel, wenn er glaubt damit sein Leben retten zu können.

Ich weiß, wir werden sterben, aber mit der Waffe in der Hand. Freiwillig werden wir unsere Freiheit nicht aufgeben. Niemals!«

Ich habe diese Ansprache so genau wie möglich niedergeschrieben, wie sie mir im Gedächtnis haften geblieben ist. Manches habe ich vielleicht vergessen und anderes notiert, was ich nur gedacht habe.

Ich erinnere mich nicht mehr so genau an meine Worte, denn ich war sehr erregt.

Als ich endete, herrschte sekundenlang betretenes Schweigen. Custer hatte eine übertrieben gelangweilte Miene aufgesetzt, drehte an seinem Schnurrbart und betrachtete seine Stiefelspitzen. Seine Frau zog geringschätzig die Brauen hoch und puderte sich die Nase. Moonasetah blickte schuldbewusst und die Weißen und die Soldaten machten einen nachdenklichen Eindruck.

Schwarzes Pferd sah mich mit einem seltsamen Gesichtsausdruck an. Grübelnd und unsicher schien er nach einer Antwort zu suchen, dann musste er sie plötzlich gefunden haben.

Mir wurde erst einige Sekunden später klar, welche Erkenntnis ihm gekommen war: Ich bin nur noch der Hautfarbe nach eine Weiße! Unmerklich ist die Metamorphose vor sich gegangen: Mein ganzes Fühlen, Denken und Handeln ist das einer Indianerin geworden. Ohne mir dessen bewusst zu sein, hatten meine Worte eine Intensität erreicht, dass sie nur noch ein einziger anklagender und verzweifelter Aufschrei der Indianerin in mir waren.

Ich sah, wie mein Mann einen Schritt in meine Richtung tat. Dann stockte er, denn plötzlich brach ein unbeschreiblicher Lärm aus. Jeder reagierte auf meine Worte auf seine Weise; einige Indianer schrien wild durcheinander, andere klatschten Beifall. Einen Augenblick lang sah es so aus, als wollten sie über die schreckensbleichen Weißen herfallen. Doch da sprang Schwarzes Pferd auf den Tisch und brachte sie mit einem kurzen Ausruf und einem Achtung gebietenden Schwenken seiner Arme zum Schweigen.

»Schwarzes Pferd und die anderen Häuptlinge der Cheyenne und Arapahoes haben diesen Bleichgesichtern ihr Leben versprochen und die Indianer halten, was sie versprechen. Lasst sie gehen. Wenn ihr sie tötet, werden andere Bleichgesichter unsere Frauen und Kinder töten, die sie noch gefangen halten.«

Und zu den Weißen gewandt, fügte er hinzu: »Jetzt lassen wir den Bleichgesichtern ihr Leben, doch wenn wir ihnen wieder begegnen, wird es ihr Tod sein.«

Ich stand daneben, ausgebrannt und erschöpft wie nach einem meilenweiten Marsch.

Während die Weißen nun ungehindert aufbrachen, kam Schwarzes Pferd zu mir. Er mochte meinem Gesicht ansehen, wie ich mich fühlte. Er legte mir die eine Hand auf die

Schulter, mit der anderen hob er mein Gesicht zu sich empor: »Warum ist Weißer Vogel traurig? Sie hat sehr gut gesprochen. Kein Indianer hätte besser sagen können, was wir fühlen.«

Ich sah in seine schwarzen Augen, aus denen mir Stolz und Zärtlichkeit entgegenblickten. »Weißer Vogel ist nicht traurig, nur mutlos. Ihre Worte werden wie Blätter im Wind sein; bevor die Weißen auch nur eine Meile fort sind, werden sie alles vergessen haben, was sie ihnen sagte.«

Während er einen Arm um mich legte, meinte er tröstend: »Weißer Vogel hat getan, was sie konnte. Die Indianer sind vom Unglück verfolgt. Wie soll man das leise Lied von Brüderlichkeit und Verständnis hören bei dem donnernden Hass, mit dem Kanonen und Gewehre sprechen?«

Custer lenkte sein Pferd noch einmal zu uns. Herablassend, mit böse zusammengekniffenen Augen, wiederholte er die Drohung, dass alle Indianer, die sich nicht in Fort Cobb einfänden, als kriegerisch betrachtet und vernichtet würden. Schwarzes Pferd antwortete nicht und auch ich schwieg. Es war genug geredet worden.

15. Dezember 1868 – Im Norden

Nachdem einige Cheyenne- und Arapaho-Häuptlinge mit ihren Gruppen aufbrachen, um sich tatsächlich nach Fort Cobb zu begeben, haben auch wir den Washita verlassen. Custer würde seine Drohungen wahr machen, und in unserem jetzigen Zustand würden seine Soldaten leichtes Spiel mit uns haben. Wir müssen uns vorläufig zurückziehen, um in Ruhe neue Kräfte zu sammeln.

Wir sind wieder nach Norden in unsere alten Jagdgründe gezogen. Am Republican gibt es noch genug Büffel und anderes Wild, sodass wir nicht hungern müssen. Wir werden uns wieder auf die Jagd mit Pfeil und Bogen verlegen, um Munition zu sparen.

Obwohl keiner es aussprach, wissen wir alle, dass unsere Wanderung um diese Jahreszeit mehr einer Flucht als einem freiwilligen Weiterziehen gleicht.

2. Februar 1869

Lange bin ich nicht mehr zum Schreiben gekommen. Wieder ist ein altes Jahr vergangen und ein neues ist angebrochen. Soldaten haben wir bisher noch nicht wieder gesehen.

Unsere Zeit ist ausgefüllt mit Arbeit. Viele Tipis müssen wiederhergestellt werden. Dazu benötigen wir eine Menge Häute und die Männer sind oft tagelang auf der Jagd. Neue Kleidung muss genäht, Haushaltsgeräte müssen angefertigt werden. Eine Unmenge ist zu tun und die Tage sind kurz. Schnell bricht die Nacht herein, dann lockt das Feuer, das flackernde Behaglichkeit verbreitet, zum Träumen und Erzählen.

Die Indianer kennen wunderbare Märchen, voller Fabeltiere und mystischer Phantasie. Ich könnte ihnen stundenlang zuhören, wenn sie mit glänzenden Augen und Ehrfurcht in der Stimme von ihren märchenhaften Helden berichten.

Diese Abende in den warmen Tipis sind von einer Geborgenheit und einem Frieden erfüllt, die sich mir unauslöschlich einprägen. Nur manchmal wandern die Gedanken zurück. Dann kann es sein, dass man plötzlich voller Schmerz nach einem Gesicht sucht, das nicht mehr da ist. Wo mag Little Cloud jetzt sein? Ob mit der Geburt alles gut gegangen ist – wenn sie überhaupt noch lebt? Bei solchen Überlegungen geschieht es oft, dass unsere Blicke sich plötzlich treffen und Schwarzes Pferd das ausspricht, was ich nur dachte.

Kleiner Bär hat eine schwere Halsentzündung hinter sich, sein kleines Gesicht mit den großen schwarzen Augen ist ganz spitz geworden. Er fragt oft nach seiner Großmutter und ich muss ihm jedes Mal erklären, dass der Große Geist sie zu sich geholt hat, doch er kann sich noch nicht viel darunter vorstellen. Dass seine Tante wahrscheinlich von den Soldaten gefangengehalten wird, hat er schneller begriffen. »Wenn Kleiner Bär ein großer tapferer Krieger ist, wird er sie befreien!«, verkündete er stolz.

Wenn es nur bald wärmer würde, damit er sich schneller erholt. Wir sehnen uns nach den wärmenden Sonnenstrahlen, nach dem ersten Grün auf der Prärie.

28. März 1869

Seit zwei Wochen schmilzt der Schnee jeden Tag ein wenig mehr und heute Morgen schien die Sonne so herrlich warm, dass ich unbedingt die Jäger einmal begleiten wollte. Die Prärie dampfte, es roch feucht nach frischem Gras und die Vögel sangen um die Wette.

Wir hatten großen Erfolg: Einige Wildenten, drei Kaninchen, ein Whitetail und eine Antilope zählten zu unserer Jagdbeute. Auf dem Rückweg ins Lager mussten wir die Straße am Republican überqueren und trafen dort auf eine kleine Wagenkolonne mit weißen Siedlern. Sie hatten Halt gemacht, weil ihre Zugpferde völlig erschöpft waren. Wir fragten uns, warum die Leute zu dieser Jahreszeit schon unterwegs waren.

Eine der Frauen begann hysterisch zu schreien, als sie uns sah. Als wären wir fünfzig und nicht nur fünf gewesen. Zwei der Männer wollten sofort nach ihren Gewehren greifen, aber Schwarzes Pferd verhinderte es.

»Lasst eure Gewehre, wo sie sind, wir wollen nichts von euch! Ihr scheint noch nicht lange in dieser Gegend zu sein, sonst wüsstet ihr, dass Indianer, die angreifen wollen, ihre Kriegsfarben tragen.«

Ein Mann, der sich in meiner Nähe aufhielt, sagte leise zu einer der Frauen: »Bei diesem hinterhältigen Gesindel weiß man nie, woran man ist. Besser ich schieße, bevor die schießen.«

Damit wollte er nach dem Gewehr greifen, das seitlich von ihm am Rad eines Wagens lehnte.

Da ritt ich zu ihm, schob ihn mit dem Fuß zur Seite, beugte mich hinunter und nahm die Waffe an mich. Überrascht blickte er auf, als ich ruhig auf Englisch zu ihm sagte: »Der weiße Mann sollte vorsichtiger sein mit seinen Worten und im Umgang mit Waffen. Weshalb seid ihr bei dieser unsicheren Jahreszeit schon unterwegs?«

»Ich wüsste nicht, was euch das angeht«, meinte eine der Frauen gereizt.

»Das geht uns sehr wohl etwas an«, antwortete ich kalt. »Denn ihr befindet euch in den Jagdgründen der Cheyenne und ich kann mich nicht erinnern, dass die Indianer euch die Erlaubnis zum Betreten ihres Landes gegeben haben.«

Ich übertrieb natürlich etwas, aber ich wollte ihnen klarmachen, wem das Land gehört. Eine Frau sagte leise zu einer anderen: »Das ist doch eine Weiße, wieso glaubt die, so mit uns reden zu dürfen. Aber man weiß ja, was man von dieser Art Weiber zu halten hat.«

Ich lächelte spöttisch auf sie herab und ihr wurde offenbar klar, dass sie für mein scharfes Gehör nicht leise genug gesprochen hatte. Immer noch lächelnd antwortete ich: »Wenn man einem Bleichgesicht sagt, dass es Unrecht begeht, dann entschuldigt es sich nicht, sondern wird unverschämt! Ich bin die Squaw des Cheyennehäuptlings, und da ich die Sprache der Weißen spreche, ist es verständlich, dass ich mich auch für die Interessen meiner roten Schwestern und Brüder einsetze. Außerdem seht ihr nicht so aus, als ob es euch besonders gut ginge, und ihr tätet wahrhaftig besser daran, etwas freundlicher zu sein.«

Ein junger Mann unterbrach das betretene Schweigen und meinte entschuldigend: »Wir wollten euch nicht verärgern. Es ist nur so, dass wir schon seit Tagen nichts Ordentliches mehr gegessen haben. Unsere Vorräte gehen zur Neige und Wild haben wir auch keines zu sehen bekommen. Wir konnten während des Winters auf einer kleinen Farm unterkommen. Aber jetzt hat der Farmer nicht mehr genug Nahrung für so viele Menschen. Wir wollen nach Fort Morgan und von dort nach Denver. Wir haben ganz einfach Angst vor euch; es heißt, die Indianer hassen die Weißen und bringen alle um, die sie treffen.«

Schwarzes Pferd lachte spöttisch und ich sagte bitter: »Leider ist es genau umgekehrt! Wir wollen nur in Ruhe gelassen werden und durch unsere Jagdgründe streifen, wann und wo es uns gefällt. Und wir wollen keine Eisenbahn und keine lärmenden Wagenkolonnen durch unser Land ziehen lassen, weil sie das Wild verscheuchen und uns damit die Nahrung nehmen.

Doch die Weißen wollen die Indianer in Reservate sperren, um sich in aller Ruhe das fruchtbare Land aneignen zu können. In den Reservaten lässt die Regierung sie dann halb verhungern und wundert sich, dass sie immer wieder in ihre

Jagdgründe zurückflüchten. Wenn dann die Indianer aus Hunger eine Farm überfallen und dabei auch nur ein einziger Weißer getötet wird, kommen die Soldaten, massakrieren irgendein friedliches Indianerdorf und töten gleich hundert Indianer. Und es ist ihnen völlig gleichgültig, ob dabei auch Frauen und Kinder sind.

Oft sind auch nur ein paar gestohlene Rinder die Ursache für eine Strafexpedition oder es gibt überhaupt keinen Grund.

Ja, wir hassen die Weißen, weil fast alle den Tod der roten Menschen wollen!«

»Das haben wir nicht gewusst«, sagte einer der älteren Männer.

»Ihr seid unwissend, weil ihr uns gar nicht die Möglichkeit gebt, mit euch zu sprechen. Eure Sprache sind pfeifende Kugeln und donnernde Kanonen.«

Schwarzes Pferd wechselte mit den anderen einen kurzen Blick, dann gab er ein paar kurze Anweisungen. Zwei Jäger stiegen von ihren Pferden und trugen die Hälfte der schon zerlegten Antilope, zwei Kaninchen und ein paar Wildenten von unserer Jagdbeute zu den erstaunten Weißen und legten sie ihnen vor die Füße. Dann drehten sie sich, ohne eine Miene zu verziehen, um und schwangen sich wieder auf ihre Ponys.

Die Männer und Frauen starrten uns sprachlos an. Als sich einer von ihnen, verlegen nach Worten suchend, bedanken wollte, schnitt mein Mann ihm mit der grüßend erhobenen Hand das Wort ab. Wortlos wendeten wir unsere Pferde und ritten davon.

Bevor wir das Lager erreichten, trafen wir noch auf ein Rudel Stachelschweine und konnten so unsere Jagdbeute wieder ergänzen.

17. April 1869

Heute brachten Boten Nachricht von Tall Bull – Großer Büffel –, einem der Cheyennehäuptlinge, die sich mit ihrer Gruppe nach Fort Cobb begeben hatten.

Offenbar hat man die Cheyenne aufgefordert sich in ein winziges, unfruchtbares Reservat in der Nähe von Fort Supply zu begeben. Damit ist jedoch ein großer Teil des Stammes nicht einverstanden. Deshalb will Tall Bull versuchen in den nächsten Wochen mit seinen Kriegern zu uns zu stoßen.

Kleiner Bär hat sich inzwischen erholt und sein schmales Gesicht ist wieder voller geworden. Nach seiner Großmutter fragt er nicht mehr. Seine Lebensgeister sind wieder erwacht und er widmet sein Interesse jetzt ausschließlich irdischen Dingen wie kleinen Eidechsen oder Erdhörnchen, dem Erklettern von möglichst hohen Bäumen, dem Sammeln und Tauschen von besonders schönen Kieselsteinen und Ähnlichem. Wir sind alle sehr erleichtert, denn eine Zeit lang hat uns der kleine Krieger wirklich Sorgen bereitet.

11. Mai 1869

Nachdem Boten vor einigen Tagen die baldige Ankunft Tall Bulls und seiner zweihundert Krieger mit ihren Familien meldeten, trafen diese gestern erschöpft, aber glücklich bei uns ein.

Wer beschreibt unsere Freude, als wir unter den Ankommenden auch Little Cloud wieder fanden. Wir fielen uns in die Arme und weinten vor Glück. Schwarzes Pferd schloss seine Schwester wortlos und gerührt in die Arme.

Als sich die erste Aufregung gelegt hatte, merkten wir, dass sich Little Cloud sehr verändert hatte. Früher war sie von ansteckendem Optimismus und überschäumender Fröhlichkeit gewesen, jetzt spürte man nur noch dumpfe Resignation und Trauer. Nach ihrem Kind gefragt, brach sie in Tränen aus. Die Geburt war durch die Aufregungen und den anstrengenden Marsch in die Gefangenschaft zu früh erfolgt. Trotzdem hätte das Kleine mit dem Leben davonkommen können, wenn die Versorgung von Mutter und Kind besser gewesen wäre. Sie hatten alle kaum das Nötigste zum Essen und die Unterkünfte waren äußerst primitiv. Nach ein paar Tagen hatte Little Cloud keine Milch mehr für das Kind und das Kleine wurde von Tag zu Tag schwächer. Eines Morgens wachte sie auf und der kleine Junge an ihrer Brust atmete nicht mehr.

»Es war das Letzte, was Little Cloud noch geblieben war, nachdem die Soldaten Flying Lance vor ihren Augen erschossen hatten«, sagte sie tonlos. »All die trostlosen Tage hatte Little Cloud sich an den Gedanken geklammert, sie hat ja noch das Kind, das Kind von Flying Lance. Vielleicht wird es eines Tages aussehen wie sein Vater, dachte sie. Dann hätte sie wenigstens ein Andenken an ihn, denn die Zeit war so kurz . . .«

Später erlaubte man den Gefangenen aus Platzmangel, sich wieder ihren beim Fort eintreffenden Stammesangehörigen anzuschließen. So war sie zu Tall Bulls Gruppe gekommen. Dass ihre Mutter tot ist, weiß sie noch nicht, und ich bringe es nicht übers Herz, es ihr zu sagen. Vielleicht merkt sie es selbst und niemand muss die traurigen Worte aussprechen.

Großer Geist, wo bist du nur, dass du nicht siehst, wie viel Leid und Unglück diese deine Geschöpfe ertragen müssen?

Wie lange willst du noch warten, bis du die Schuldigen strafst und die Mörder zur Verantwortung ziehst?

7. Juni 1869
Little Cloud hat sich wieder bei uns eingelebt. Ihre Haltung ist nicht mehr ganz so mutlos, ihr Gesicht nicht mehr ganz so traurig wie am Anfang. Manchmal, ganz selten, huscht ein schwaches Lächeln über ihre Lippen, wenn sie dem Geplapper von Kleinem Bär zuhört. Dann kann es sein, dass sie ihn plötzlich an sich zieht und mit einer Heftigkeit liebkost, die etwas Erschreckendes hat. Erstaunt schaut mich der Kleine dann an; aber seit ich ihm von dem Baby seiner Tante erzählt habe, scheint er ein wenig zu begreifen.
Ich lasse ihn so oft wie möglich zu ihr, weil ich weiß, wie sehr sie den kleinen Kerl und sein lebhaftes Wesen jetzt braucht. Und Kleiner Bär freut sich, dass er jemanden gefunden hat, der Interesse für seine oft recht absonderlichen Fundobjekte zeigt, und er schleppt immer neue Kostbarkeiten herbei.

10. Juni 1869
Die Häuptlinge haben eine Beratung abgehalten und sind zu dem Schluss gekommen, dass die Cheyenne, die hier am Republican leben, zahlenmäßig zu schwach sind, um lange gegen die Truppen ankämpfen zu können. Nach endlosem Palaver wurde beschlossen, dass wir weiter nach Norden an den Powder ziehen, um uns unseren Verwandten, den Northern-Cheyenne, anzuschließen.
Dort oben hoffen wir endlich vor den Soldaten Ruhe zu haben, denn Red Cloud hatte mit seinen Sioux und den verbündeten Cheyenne alle Weißen aus dem Land vertrieben.

Die Vorbereitungen für diese lange und gefährliche Reise haben schon begonnen und sie werden mit äußerster Eile vorangetrieben. Viel Zeit bleibt uns sicher nicht mehr.

21. Juni 1869

Die Soldaten haben uns gefunden, bevor wir zum Powder aufbrechen konnten. Erbarmungslos fielen sie über unser Lager her, wieder Schüsse, Schreie, Pulverdampf und Staub, wieder Entsetzen und Panik. Es war alles wie schon am Sand Creek, wie am Washita.

Schwarzes Pferd und Tall Bull führten eine Gruppe von etwas hundert Kriegern an, die die Soldaten eine Weile aufhalten sollten, um uns die Flucht zu ermöglichen. Von den hundert fielen dreiundvierzig im Kampf, die Überlebenden kamen uns in kleinen zerstreuten Gruppen nach, und wir versteckten uns, so gut es ging.

Schwarzes Pferd wurde von zwei Kugeln getroffen, aber glücklicherweise nicht lebensgefährlich verletzt. Eine Kugel streifte seinen Hals, die zweite traf ihn in die rechte Schulter. Als er erschöpft und blutend bei uns ankam, wurde mir noch nachträglich vor Schreck eiskalt. Doch ich musste mich zusammennehmen, denn er brauchte meine Hilfe.

Als die Kugel endlich entfernt war und ich ihn notdürftig verbunden hatte, war es mit meiner Beherrschung vorbei und ich brach in Tränen aus. Schwarzes Pferd ließ mich weinen, strich nur hilflos über meinen Rücken. Little Cloud hockte bleich und verstört in der Nähe auf einem Felsblock und hielt unseren Sohn umklammert, der mit tränenverschmiertem Gesicht eingeschlafen war.

Unsere Tipis sind wieder einmal verloren, die Arbeit von vielen Wochen zu Asche zerfallen. Aber durch den geplanten Aufbruch zum Powder haben wir wenigstens einiges an Kleidung und Büffeldecken retten können. Da wir in den letzten Tagen ständig in der Furcht vor den Soldaten lebten, hatten viele von uns ihre Ponys gar nicht mehr abgesattelt, sondern alles Notwendige in den Beuteln am Sattel gelassen.

1. Juli 1869
Nach dem heimtückischen Angriff der Soldaten überfallen Tall Bull und ein großer Teil der Krieger jetzt ihrerseits wutentbrannt Siedlungen, die auf unserem Weg liegen. Ich bin froh, dass Schwarzes Pferd durch seine Verwundung bei diesen Vergeltungsaktionen nicht mitmachen kann, denn die Indianer bringen rücksichtslos alle Weißen um. Wir suchen jeden Tag einen neuen, möglichst geschützten Lagerplatz, damit die Soldaten uns nicht finden. Trotz aufgestellter Wachen schläft niemand wirklich fest, schon der Schrei eines Nachtvogels reicht aus, um alle zu wecken.
Das ganze Lager lebt in ständiger Alarmbereitschaft.

10. Juli 1869
Wir kommen nur langsam vorwärts, da wir, von vorausreitenden Spähern gewarnt, immer wieder den Blauröcken aus dem Weg gehen müssen.
Tall Bull hat von einem seiner Überfälle zwei weiße Frauen als Gefangene mitgebracht. Sie sprechen kein Englisch, ich kann nicht verstehen, was sie sagen.

21. Juli 1869
Haben heute den Platte erreicht. Es ist unerträglich heiß und bis auf einige Leute, die wegen des Hochwassers im Fluss eine

Furt abstecken müssen, liegen wir alle erschöpft im Schatten der wenigen Tipis, die wir in der Eile aufstellen konnten.

25. Juli 1869

Jetzt ist auch Tall Bull tot! Bevor wir den Platte überschreiten konnten, griffen uns wieder Soldaten an, unterstützt von einer Gruppe Indianer-Söldner.

Von zwei Seiten fielen sie über uns her und wir konnten nur noch in südlicher Richtung fliehen. Während wir über die Prärie weiterjagten, suchte Tall Bull mit seiner Familie, den beiden weißen Frauen und noch einigen weiteren Cheyenne Schutz im Felseneinschnitt.

Eine Weile hörten wir die Schüsse auf beiden Seiten, dann gab es nur noch die Gewehre der Soldaten. Schließlich herrschte Totenstille.

Bei uns befanden sich noch etwa fünfzig Krieger mit ihren Familien. Wir flohen zuerst nach Süden, um dann in einem großen Bogen wieder an den Platte zurückzukehren. Der Fluss liegt inzwischen zwar hinter uns, aber in Sicherheit sind wir noch lange nicht.

15. August 1869

Endlich können wir wieder aufatmen, auch der North Platte liegt hinter uns.

Da wir nicht genug Pferde hatten, mussten wir uns beim Reiten ablösen. Wir sind zu Tode erschöpft und brauchen unbedingt einige Tage Rast. Wenn wir uns etwas ausgeruht haben, muss frisches Fleisch beschafft werden, damit vor allem die Verwundeten wieder zu Kräften kommen.

Schwarzes Pferd ist ziemlich geschwächt, obwohl er es nicht wahrhaben will. Wenn seine Verwundung auch nicht lebensgefährlich war, so hätte er doch unbedingt mehr Ruhe gebraucht, als er sich gönnen konnte.

Es gibt so viel zu tun, dass ich kaum zum Nachdenken komme, denn sonst würde ich vermutlich vor unserer hoffnungslosen Lage kapitulieren.

25. August 1869

Drei Tage ruhten wir uns aus, dann begaben sich die Kräftigsten auf die Jagd. Viele unserer Männer waren zu schwer verwundet worden und noch nicht wieder genügend hergestellt, um die Anstrengungen einer Jagd durchzustehen. Stattdessen boten sich einige Frauen an mitzukommen, von denen ich wusste, dass sie gut mit Pfeil und Bogen umgehen konnten. Nur zwei Krieger und ich hatten Gewehre.

Unser Lager befand sich an einem Seitenarm des Cheyenne-Creek und ich machte den Vorschlag, dass wir einzeln oder zu zweit reiten und uns auffächern sollten, damit wir mehr Gelände nach Wild absuchen konnten. Zwei oder drei Reiter wollten den Fluss entlang und auf Wasservögel Jagd machen. Wir anderen trennten uns nach einer Weile und jeder ritt in eine andere Richtung.

Etwa eine Stunde war ich schon unterwegs, da tauchte am Horizont ein Laubwäldchen auf. Ich ritt darauf zu, in der Hoffnung, dort Wild aufzuspüren. Während ich auf die Bäume zuritt, bemerkte ich, von Westen kommend, die Fährte eines Reiters im hohen Gras.

Sicher ein Cheyenne, der den gleichen Gedanken gehabt hat, dachte ich. Dass ich mich getäuscht hatte, merkte ich erst, als es zu spät war.

Nichts ahnend stieg ich bei den ersten Bäumen von meiner Stute. Ich hatte den Zügel noch in der Hand, als Präriefeuer unruhig den Kopf hochwarf. Unsicher blieb ich stehen, überlegte, ob ich nach dem Gewehr am Sattel oder nach dem Messer greifen sollte. Da hörte ich in unmittelbarer Nähe das typische Geräusch eines von der Sehne schnellenden Pfeils und warf mich zur Seite. Ich spürte, wie sich die Spitze des Geschosses über meiner Hüfte ins Fleisch bohrte. Mich an Präriefeuer haltend, drehte ich mich um und sah einen bärenstarken, untersetzten Indianer vor mir. Er trug keine Kriegsfarben, war also auf der Jagd wie ich. Ich vermutete einen Sioux in ihm. Da ich aber seine Sprache nicht beherrschte, redete ich ihn auf Cheyenne an.

»Seit wann schießt ein roter Jäger auf einen Menschen wie auf eine Hirschkuh?«

Er verstand mich nicht, sondern sah nur hasserfüllt meine weiße Haut. Das Stirnband mit dem Stammesabzeichen der Cheyenne, das mir in dieser Situation hätte von Nutzen sein können, trug ich nicht mehr. Es war bei der Hetze der letzten Wochen verloren gegangen. Mit dem drohend erhobenen Messer in der Faust kam er auf mich zu.

Aber er muss doch merken, dass ich Indianisch gesprochen habe, dachte ich. Fieberhaft suchte ich nach Siouxwörtern, mit denen ich ihm sagen konnte, wer ich war. Mir fiel nichts ein! Als er auf mich zusprang, versuchte ich zur Seite auszuweichen und rief, die Zeichensprache zu Hilfe nehmend: »Ich Cheyenne, Squaw von Tashunka Ssapa« – der Name meines Mannes in ihrer Sprache!

Den Bruchteil einer Sekunde schien er zu stutzen, aber er war nicht mehr zu bremsen. Der Anprall seines schweren Körpers warf mich trotz meiner leichten Seitwärtsdrehung zu Boden. Der rasende Schmerz, als sich der Pfeil in der Wunde drehte, bevor er abbrach, nahm mir die Besinnung.

Ich kam wieder zu mir, als der Geruch von frisch Gebrate-
nem in meine Nase stieg. Ich war also noch am Leben, offenbar hatte sich der Sioux doch anders besonnen.

Mit dem Bewusstsein kam auch der Schmerz zurück und ich
biss leise stöhnend die Zähne zusammen. Jemand rief ein
paar Worte und gleich darauf spürte ich, wie sich jemand
über mich beugte. Ich entschloss mich die Augen zu öffnen.
Über mir sah ich das Gesicht meines Angreifers. Er fragte
mich etwas, aber ich verstand ihn nicht. Da verschwand er,
um gleich darauf mit der gebratenen Keule einer Wildente
zurückzukommen, die er mir hinhielt.

Ich muss gestehen, dass ich ausgesprochen heißhungrig
danach griff und sie verschlang. Als mein erster Hunger
gestillt war, fiel mir plötzlich auf, dass es schon dunkel
war. Erschrocken malte ich mir aus, welche Sorgen sich
Schwarzes Pferd machen musste, und ich wollte zu meiner
Stute, die in der Nähe angebunden war. Aber ich kam nicht
hoch, der Schmerz in meiner Seite war unerträglich. Vorsichtig drehte ich mich auf den Bauch, um mich auf den
Knien liegend aufzurichten. Mit einem kaum zu unterdrü-
ckenden Stöhnen ging ich wieder zu Boden. Da wurden einige der Sioux auf mich aufmerksam. Ich befand mich offenbar in einem Jagdlager, das sich aus etwa dreißig meist
jüngeren Männern zusammensetzte. Zwei kamen herbei-
gelaufen und drehten mich ziemlich unsanft wieder auf
den Rücken.

Vor Schmerzen und Zorn über meine Hilflosigkeit kamen mir
die Tränen und ich spürte, wie sich lähmende Erschöpfung in
mir ausbreitete: die seelische und körperliche Reaktion auf die
überstandenen letzten Wochen. Ich hatte nur noch den
Wunsch, zu schlafen, tief und fest und ohne Angst zu schlafen.

Da riss mich eine befehlende Stimme aus der halben Bewusstlosigkeit. Der Anführer der Jäger war offenbar erst jetzt zu seiner Gruppe zurückgestoßen und ließ sich berichten, was geschehen war. Daraufhin ging er zu meiner Stute, besah sich den indianischen Sattel, den Bogen und die Pfeile und kam dann zu mir herüber. Er betrachtete mich, als versuchte er sich zu erinnern.

Auch mir kam es so vor, als hätte ich ihn schon irgendwo gesehen. Es war ein schlanker, hoch gewachsener Sioux, mit scharfen dunklen Augen, einer gebogenen, ziemlich kräftigen Nase und einem breiten, aber schön geformten Mund. Ich suchte krampfhaft in meiner Erinnerung und kämpfte dabei gegen die wieder aufkommende Erschöpfung. Auch der Sioux konnte sich anscheinend nicht erinnern, denn er beugte sich über mich und fragte etwas, von dem ich nur das Wort »Cheyenne« verstand.

Ich nickte und fügte noch hinzu: »Weißer Vogel, Squaw von Schwarzem Pferd.« Da ich nicht sicher war, ob er die englischen Namen verstand, wiederholte ich den Namen meines Mannes in seiner Sprache. Mehr mit den Händen als mit Worten erklärte ich ihm, dass noch mehr Cheyenne in der Nähe lagerten und dass ich wieder zu ihnen müsste. Langsam verarbeitete er meine Worte und Handzeichen und dann sah ich, schon mit halb geschlossenen Augen, wie er lächelte. Ich spürte noch, dass er meine Wunde untersuchte und vorsichtig den abgebrochenen Pfeil hin und her drehte. Mit einem Ruck zog er ihn dann heraus. Ich riss die Augen auf und wollte schreien. Doch die Bewusstlosigkeit war schneller und ich fiel langsam in ein tiefes schwarzes Loch.

Als ich wieder aufwachte, war es noch immer dunkel. Oder

schon wieder? Wie lange mochte ich hier gelegen haben? Schwarzes Pferd und die anderen kamen mir in den Sinn. Vorsichtig drehte ich mich auf die Seite: Es ging besser, als ich erwartet hatte. Trotzdem musste ich die Zähne zusammenbeißen, als ich mich leise aufrichtete. Gegen einen leichten Schwindel ankämpfend, sah ich mich flüchtig um. Viel war in der Dunkelheit nicht zu erkennen. Das Lager schien größer zu sein, als ich geglaubt hatte.

Ich rief Präriefeuer leise beim Namen und ihr Schnauben verriet mir die Richtung. Der Weg zu ihr kam mir ungeheuer weit vor. Dabei waren es sicher nur neun oder zehn Yards. Als ich die Stute endlich erreichte, hatte ich so weiche Knie, dass ich mich an ihrem Hals festhalten musste. Sie drehte den Kopf, gab aber keinen Laut von sich. Dann stellte ich fest, dass man sie abgesattelt hatte. Mehrmals versuchte ich auf den Rücken meines Pferdes zu kommen. Die Stute tänzelte unruhig und schnaubte leise. Meine verletzte Seite schmerzte höllisch, aber ich machte einen neuen Versuch und dann war ich oben.

Aber das war auch alles. Ich hatte meine Schwäche unterschätzt. Um mich auf dem Pferderücken zu halten, musste ich Muskeln und Sehnen derart anspannen, dass mir der Schmerz den Schweiß aus den Poren trieb. Nach ein paar Schritten meiner Stute rutschte ich hilflos von ihrem Rücken und landete neben ihren Hufen.

Erschreckt wiehernd ging Präriefeuer hoch. Halb besinnungslos vor Schmerz, hörte ich die aufgeregten Stimmen der aus dem Schlaf gerissenen Sioux. Um mehr Licht zu haben, fachte einer das Lagerfeuer wieder an.

Und dann hörte ich plötzlich eine bekannte Stimme und sah das Gesicht von Schwarzem Pferd, seinen besorgten Blick.

»Weißer Vogel wollte fort, warum?«

»Sie musste doch zurück zum Lager«, antwortete ich.

»Weiß Weißer Vogel denn, wie weit das gewesen wäre?«, fragte er erstaunt.

Ich wusste es nicht, jedenfalls nicht genau. Ungläubig schüttelte er den Kopf. Dann meinte er mit zärtlichem Spott in der Stimme: »Das nächste Mal wird Schwarzes Pferd seine Squaw anbinden, damit sie nicht auf dumme Gedanken kommt.«

Er erzählte, dass am Morgen ein Bote der Sioux in das Cheyenne-Lager gekommen sei. Er berichtete ihm von dem Missverständnis zwischen dem Sioux und mir und meiner Verwundung. Ich befände mich in ihrem Jagdlager und ihr Anführer ließe den Cheyenne ausrichten, dass sie bei den Sioux willkommen seien. Man habe von ihrem Unglück und ihren Kämpfen mit den Truppen jenseits des Platte gehört und die Herzen der Sioux seien voll Trauer. Der Anführer war übrigens einer der Oglala, der während unseres Zusammenlebens mit den Sioux am Tongue ein- oder zweimal als Gast in unserem Tipi weilte. Das Gefühl, einander schon gesehen zu haben, hatte uns also nicht getäuscht.

Jetzt wollen die Männer einige Tage gemeinsam jagen, bis wir uns genug erholt haben. Dann kehren wir wieder zu den Dörfern am Powder zurück. Dort werden wir auch unsere Verwandten wieder sehen.

2. Oktober 1869

Endlich sind wir wieder zur Ruhe gekommen. Mit Freude in den Augen, aber Trauer in den Herzen wurde unsere kleine Gruppe von den Northern-Cheyenne und den Oglala-Sioux willkommen geheißen.

Das Dorf, diese riesige Ansammlung von Tipis, liegt zwischen dem Powder und einem Seitenarm, dem Crazy Woman. Bei klarem Wetter können wir von hier aus im Westen die dunklen Erhebungen der Bighorn Mountains sehen. Hier ist alles friedlich und ruhig, ein Zustand, den wir schon fast vergessen haben. Falls die Witterung es erlaubt, sind die Männer auf der Jagd, um noch Fleisch für den Winter zu beschaffen.

Befreundete weiße Händler, die gelegentlich zu uns kommen und mit denen wir Tauschgeschäfte abwickeln, bringen Neuigkeiten. Sie berichten, dass in Washington ein neuer Großer Vater gewählt worden sei und dieser einen Indianer zum Sprecher der roten Völker ernannt habe. Die Sioux und Cheyenne fanden diese Nachricht so unglaubhaft, dass sie die Händler auslachten.

Bei einem der Händler entdeckte ich heute eine kleine Kostbarkeit, ein abgegriffenes Buch mit einem fleckigen Ledereinband. Das erste Buch, das ist seit Fort Lyon in der Hand hielt. Es war ein Königsdrama von Shakespeare: König Richard III.

Schwarzes Pferd sah mir an, wie entzückt ich von meinem Fund war, und fragte den Händler, was er dafür wolle. Der sah erst mich an, dann das kleine Buch und meinte: »Der Himmel mag wissen, wie die speckige Schwarte zwischen meine Waren gekommen ist. Wenn sie Euch so viel Freude macht, behaltet sie nur.«

Voll Freude lief ich fort, suchte mir ein ruhiges Plätzchen und vertiefte mich in die gedruckten Worte. Die Prärie versank, im Geist befand ich mich bei Shakespeares Gestalten: im Palast König Richards, bei Bolingbroke und York im Lager zu Bristol, bei Richard und Aumerle in einem Schloss an der Küste von Wales . . .

Ich las und las, bis ich plötzlich spürte, dass ich den Sinn des Gelesenen nicht mehr erfasste. Die kraftvollen Dichterworte sagten mir nichts mehr. Was ich früher mit Begeisterung in mir aufgenommen hatte, waren nur noch schwarze Zeichen auf vergilbtem Papier. »For God's sake, let us sit upon the ground and tell sad stories of the death of kings«, las ich und dachte: Auch hier Tod und Mord, Lüge und Betrug, und das war vor vielen hundert Jahren. Es wiederholt sich alles, immer wieder. Enttäuscht und traurig ließ ich das Buch sinken.

Als ich aufsah, stand Schwarzes Pferd vor mir. Sein Blick wanderte zu dem Buch in meiner Hand und er fragte in einem Ton, als ob er die Antwort schon wisse: »Weißer Vogel war so glücklich über das kleine Buch. Jetzt ist sie es nicht mehr?«

Ich zuckte hilflos mit den Achseln. »Ich verstehe es nicht, die Worte sagen mir nichts mehr . . . Sie sind auf einmal so tot und die Gestalten ohne Leben.«

Ich kam mir vor wie ein Kind, dem man ein Geschenk wieder fortgenommen hat.

Da sah ich, wie ein leises Lächeln in seinen schwarzen Augen aufleuchtete. »Weißer Vogel hat das wahre Leben kennen gelernt. Sie hatte vergessen, dass sie eine Indianerin geworden ist. Für den Indianer sind Mutter Erde und die Natur mit ihrem ewigen Kreislauf das Wichtigste, das er zum Leben braucht.

Das Singen eines Vogels, die ersten Sonnenstrahlen, die wie goldene Finger am Morgen über die Prärie und Berge gleiten, das kleine Kunstwerk eines grünen Blattes, der stolze Flug des Adlers, die Gewitter im Sommer und der Schnee im Winter, der Geruch der Erde nach dem Regen, die Süße der wilden Beeren im Wald – das alles kann man sehen, hören, fühlen, schmecken und lieben. All das ist wirklich! Wer einmal die Natur mit den Augen des Indianers gesehen hat, der kann nicht mehr zurück, für ihn ist alles andere bedeutungslos geworden.«

Er hatte langsam und tastend gesprochen, als ob er nach besonders überzeugenden Beispielen suchte. Ich war überrascht über meinen sonst mit Worten so sparsamen Mann. Ich wusste, dass er Recht hatte. Als ich in seine Arme lief, fiel das kleine Buch unbeachtet ins Gras.

5. November 1869

Gestern hat es zum ersten Mal ein wenig geschneit. Doch nur den hohen Bergen in der blaugrauen Ferne hat der nahende Winter weiße Mützen aufgesetzt. Es ist kalt und die Luft riecht nach mehr Schnee. Bald wird sich auch die Prärie wieder unter der weißen, weichen Decke verkriechen.

So oft wie möglich reite ich noch mit Präriefeuer aus, denn der Winter ist lang und häufig liegt der Schnee dann so hoch, dass die Pferde bis zum Bauch einsinken. Wenn Schwarzes Pferd nichts Wichtiges zu tun hat, begleitet er mich. Dann jagen wir gemeinsam durch das neblige Tal und unser Atem und der der Tiere vermischt sich mit den grauen Schwaden um uns her.

Als wir heute zurückkamen, begegnete uns Little Cloud mit unserem Sohn an der Hand. Seit seiner schweren Halsentzündung darf Kleiner Bär bei diesem feuchten Herbstwetter nicht mit uns reiten. Er ist noch etwas anfällig.

Meine Schwägerin lächelte uns grüßend zu und verschwand dann in ihrem Tipi. Während ich Präriefeuer absattelte, überlegte ich, dass ich mit ihr sprechen müsste. Es geht einfach nicht, dass sie fast unseren ganzen gemeinsamen Haushalt übernimmt.

Das Zelt von Little Cloud liegt direkt neben unserem, so ging ich nach dem Abendessen zu ihr. Sie war gerade damit beschäftigt, kleine Maiskuchen zu backen. Ihr Gesicht glühte von der Hitze, die die Steine ausstrahlten.

»Little Cloud freut sich über den Besuch ihrer weißen Schwester«, sagte sie einfach, während sie sich wieder umwandte, um rasch noch die letzten Fladen zwischen die heißen Steine zu schieben.

»Weißer Vogel muss mit ihrer roten Schwester sprechen«, sagte ich, und als sie mich fragend ansah, fuhr ich fort: »Das schlechte Gewissen plagt sie, wenn sie sieht, dass Little Cloud fast die ganze Hausarbeit erledigt. Sie sollte ihr auch noch etwas übrig lassen.«

Sie sah mich erschrocken an. »Ist Weißer Vogel deshalb böse?«

»Aber nein, Little Cloud, natürlich ist sie dir nicht böse. Weißer Vogel hat nur ein schlechtes Gewissen.«

»Was ist das, ein schlechtes Gewissen?«, fragte sie mich treuherzig.

Ich sah sie erstaunt an und versuchte ihr zu erklären: »Ein schlechtes Gewissen ist, wenn Weißer Vogel sieht, dass Little Cloud hier arbeitet, während sie mit Schwarzem Pferd auf die Jagd geht oder ausreitet, wenn sie sieht, wie ihre rote Schwester sich um Kleinen Bär kümmert, obwohl sie sich um ihn kümmern sollte. Das ist ein schlechtes Gewissen!«

Jetzt lächelte sie. »Aber auf die Jagd gehen ist doch auch Arbeit, sogar schwere und manchmal gefährliche Arbeit. Und das Pferd von Weißer Vogel muss bewegt werden, sonst wird es krank. Nur Indianerponys können den ganzen Winter auf der Weide stehen.« Sie machte eine kleine Pause und blickte zu Boden. Als sie wieder aufsah, waren ihre dunklen Augen ernst und traurig. »Meine weiße Schwester mag alles so lassen, wie es ist, denn Little Cloud will es so. Sie hat nur noch Weißen Vogel, den Bruder und Kleinen Bär, und es macht ihr Freude und nimmt die bösen Gedanken, wenn sie jemand hat, für den sie sorgen kann. An den trüben Wintertagen, wenn Weißer Vogel nicht fortkann, hat sie noch genug zu tun. Wir können dann gemeinsam am Feuer sitzen und nähen und sticken.«

Sie stockte einen Augenblick und fuhr dann fort: »Das Herz von Little Cloud ist froh, wenn sie das Glück auf dem Gesicht ihrer weißen Schwester und dem ihres Bruders sieht. Weißer Vogel und Schwarzes Pferd sollen jede Stunde nutzen, die sie beieinander sein können, denn sie werden nicht miteinander alt werden. Flying Lance und Little Cloud hatten keine Zeit. Deshalb sollen Weißer Vogel und Schwarzes Pferd jeden Tag nutzen, der ihnen noch bleibt, bevor es zu spät ist.«

Ich fühlte einen würgenden Kloß im Hals, als ich den hoffnungslosen Ausdruck in ihrem Gesicht sah.

Ich nahm ihre Hände in die meinen und sagte niedergeschlagen: »Wenn Weißer Vogel nur wüsste, wie sie ihrer roten Schwester helfen könnte.«

Little Cloud schüttelte leicht den Kopf und antwortete: »Weißer Vogel soll nicht traurig sein, Flying Lance ist jetzt in den Ewigen Jagdgründen, wo es immer Wild gibt und die Winter nie kalt sind. Little Cloud ist nicht mehr einsam, seit der kleine Sohn ihrer weißen Schwester viel bei ihr ist und sie zu ihr und dem Bruder kommen kann, wenn sie sprechen möchte. Es ist alles gut, so wie es ist!«

28. Dezember 1869

Wieder ist es Winter geworden. Drei Tage und drei Nächte ist der Schnee in dicken wirbelnden Flocken vom Himmel gefallen und hat alles um uns her mit einem dichten, weißen Teppich zugedeckt. Es ist bitterkalt und die klare Wintersonne lässt die Schneekristalle wie Edelsteine glitzern. Die Zweige der Bäume sehen aus, als wären sie mit Zucker überzogen, und die breiten Wedel der Tannen hängen tief herab unter dem weißen Gewicht, das auf ihnen lastet.

Friedlich gehen Tage und Wochen dahin. Es scheint, als hätte der Große Geist endlich alle Soldaten und Siedler aus dem Land am Powder River vertrieben.

Was hätten sie hier auch noch zu suchen, nachdem die Regierung im Vertrag vom 6. November 1869 in Fort Laramie erklärt hat, dass das Powderland wieder den Indianern gehört und von keinem Weißen mehr ohne ihre Erlaubnis betreten werden darf.

Jetzt können die Sioux und die Cheyenne, die Arapahoes und die vielen anderen Stämme wieder ungehindert zwischen Yellowstone und North Platte, zwischen Bighorn und Little Missouri umherziehen. In die Paha Ssapa, wie die Sioux die Black Hills nennen, in ihre heiligen Berge, wo die Götter wohnen, soll nie wieder ein Bleichgesicht den Fuß setzen dürfen.

Endlich ist Frieden! Ich lebe direkt auf und ich glaube, den anderen geht es ebenso. Keine Angst mehr haben zu müssen, nachts endlich wieder ohne Furcht schlafen zu können, es ist ein Gefühl, an das man sich erst wieder gewöhnen muss.

Kinder und Erwachsene balgen sich im Schnee und bewerfen sich mit dicken weißen Bällen. Das Lachen der Indianer schallt weit hinaus in die kalte Winterluft und nichts dämpft ihre Lebensfreude.

In drei Tagen ist wieder ein Jahr vorbei, ein Jahr, das den Cheyenne viel Unglück gebracht hat. Wird uns das nächste endlich den ersehnten Frieden bringen?

Epilog

Nur drei Jahre währte der Frieden, bis man zur systematischen Vernichtung auch der Stämme im Powderland schritt.

Diese drei Jahre sollten die einzigen sein, in denen Schwarzes Pferd und Weißer Vogel mit den Cheyenne frei und ohne Angst durch das Land ziehen konnten, denn die Blauröcke waren mit der »Befriedung« anderer Stämme beschäftigt.

Doch als die Kunde von Goldfunden in den Black Hills, den heiligen Bergen der Prärie-Indianer, zu den Weißen drang und General Custers Soldaten nach einer Erkundungsexpedition die Nachricht bestätigten, war es vorbei mit der Ruhe in diesem den Indianern »für alle Zeiten« zugesprochenen Land.

Wie ein Schwarm gieriger Krähen fielen Goldgräber, Glücksritter, Räuber und Mörder in das Indianerland ein, das nie wieder von einem Weißen ohne Einwilligung der Indianer hätte betreten werden dürfen. Die Angst begann wieder Einzug in den Tipis zu halten. Raub und Mord, Lüge und Betrug gehörten erneut zum täglichen Leben der roten Menschen, die verzweifelt versuchten sich der Invasion entgegenzustellen und ihrem Volk das letzte Stück Heimat zu erhalten.

Aber es war hoffnungsloser Widerstand; besonders als die Goldsucher, Siedler und Landräuber begannen ihren Forderungen mit Hilfe der Armee Nachdruck zu verleihen. Die Indianer mussten verschwinden, und wo sie nicht freiwillig gingen, wurden sie von den Truppen gnadenlos aufgerieben oder gefangen genommen und in winzige, unfruchtbare Reservate gesperrt.

Schwarzes Pferd und Weißer Vogel ahnten wohl, dass diese

drei Jahre nur eine Atempause waren. Sie konnten nicht glauben, dass sich die Weißen, die Jahr für Jahr weiter in ihr Land vorgedrungen waren, jemals würden aufhalten lassen. Der Gedanke an den Untergang und das Wissen um diese Unabwendbarkeit ihres Schicksals und das ihres Stammes waren zu einem allgegenwärtigen Bestandteil ihres Lebens geworden.

Aber noch lebten sie, waren frei und glücklich und dankten dem Großen Geist für jeden neuen Tag.

Nichts sagte ihnen, dass nur noch wenige dem Tod abgetrotzte Jahre vor ihnen lagen. Jahre, angefüllt mit Angst, Entsetzen und Verzweiflung, aber auch voller Liebe und dem Glück des Beieinanderseins, bis zu dem letzten Tag ihres Lebens, als sie sich gemeinsam mit ihren Kriegern zum letzten großen Gefecht stellten.

Kleiner Bär
und
Weißer Vogel

7. Januar 1873

Wieder hat ein neues Jahr begonnen, das neunte, seit ich zu den Cheyenne gekommen bin. Was wird es uns bringen? Drei wunderschöne Jahre des Friedens liegen hinter uns. Zum ersten Mal konnten wir durchs Land ziehen, Verwandte und Freunde besuchen, mit ihnen auf die Jagd gehen und Feste feiern, ohne Angst vor den Soldaten haben zu müssen.

Bis jetzt haben sich die Weißen an die Bedingungen des Laramie-Vertrages vom November 1868 gehalten. Keiner darf ohne Erlaubnis der Indianer dieses Land passieren oder auf ihm siedeln.

Aber ich traue diesem Frieden nicht. Seit dem Tag, als die Weißen das Land betreten haben, sind sie weiter und weiter nach Westen vorgedrungen und sie haben sich dabei nie von irgendeiner vertraglich festgelegten Grenze aufhalten lassen. Sie werden es auch dieses Mal nicht tun, es wird nur eine Frage der Zeit sein.

Aber die meisten meiner roten Schwestern und Brüder machen sich darüber keine Gedanken. Sie sind glücklich und zufrieden. Was MA-HI-YA, der Große Geist, später für sie bereithält, das wird man sehen. Trotz der vielen Jahre des Zusammenlebens mit ihnen, in denen ich selbst zur Indianerin geworden bin, habe ich von ihrem stoischen Gleichmut noch nichts gelernt.

29. Januar 1873

Noch immer liegt der Schnee so hoch, dass man das Dorf nicht verlassen kann. Wir sehnen uns danach, wieder in die Prärie hinausjagen und die Wälder durchstreifen zu können. Der Winter hat so früh mit Eis und Schnee begonnen, dass wir kaum den Frühling erwarten können.

Auch unser Magen könnte wieder etwas Abwechslung vertragen. Wir wissen schon gar nicht mehr, wie ein frisch gebratenes, saftiges Stück Büffelfleisch schmeckt.

18. Februar 1873

Endlich beginnt es zu tauen. Ein warmer Wind, der schon den Frühling ahnen lässt, bläst aus Südwest. Die Luft riecht nach Frische und Regen, um uns herum Schneematsch und spiegelnde Wasserlachen. Alles sieht trübe und grau aus, weiß und schwarz, und noch nichts deutet die kommende Farbenpracht des Frühlings an.

13. März 1873

Es ist so weit, es geht auf die Jagd! Es ist herrlich draußen. Man möchte die Arme ausbreiten und den herannahenden Frühling einatmen, bis das Blut in den Adern zu kribbeln beginnt.

Schon am Nachmittag hatten wir eine ansehnliche Jagdbeute beisammen, aber meist nur kleines Wild. Die Jäger wollten daher an Ort und Stelle lagern und am nächsten Morgen versuchen noch einige Büffel zur Strecke zu bringen.

Am prasselnden Lagerfeuer werden schon einige der erlegten Tiere ausgenommen und in der flimmernden Hitze als Nachtmahl zubereitet. Das Essen verzehrt man schweigend, auch danach wird nicht viel gesprochen. Die meisten blicken träumend in die jetzt nur noch leise knisternden Flammen.

Das Feuer brennt rauchlos, da wir das Holz dafür noch aus dem Lager mitnahmen. Brennholz, das man jetzt im Wald findet, ist sehr feucht. Es würde nur unter großer Rauchentwicklung brennen und unseren Lagerplatz meilenweit verraten. Auch wenn wir hier keine Feinde zu erwarten haben, ist in der Wildnis doch immer Vorsicht geboten.

Schwarzes Pferd sitzt in typischer Indianerhaltung am Feuer und beobachtet mich aus halb geschlossenen Augen. Als er meinen Blick sieht, lächelt er leicht und meint: »Weißer Vogel macht ein Gesicht wie ein grauer Bär, der gerade eine Antilope gefressen hat.«

Ich muss lachen. »Schwarzes Pferd hat manchmal ausgesprochen ungalante Vergleiche, wenn Weißer Vogel auch nicht leugnen kann, dass sie meist zutreffen. Sie sieht so zufrieden aus, weil sie glücklich ist wieder mit ihrem Mann zusammen auf der Jagd zu sein und jetzt am wärmenden Lagerfeuer sitzen zu können.«

»Das ist gut. Schwarzes Pferd ist glücklich, wenn seine Squaw bei ihm ist«, erwidert er mit einem zärtlichen Aufleuchten in seinen schwarzen Augen. »Aber jetzt sollte Weißer Vogel schlafen, wir werden schon in der Dämmerung aufbrechen.«

14. März 1873

Gegen Mittag bemerken die Jäger in der Ferne die dunklen, massigen Silhouetten der gesuchten Tiere. Es handelte sich um eine ziemlich große Herde, die von einem riesigen alten Leitbullen angeführt wurde.

Schwarzes Pferd und auch einige andere waren der Meinung, dass ich an der Jagd auf diese unberechenbaren Tiere besser nicht teilnehmen sollte. Ich bekam den Auftrag, mit den schon mit Jagdbeute bepackten Ponys nach einem geeigneten Lagerplatz zu suchen.

Also machte ich mich mit den vier Packpferden auf den Weg, während sich die Jäger vorsichtig der Büffelherde näherten.

Als sie dicht genug an die Tiere herangekommen waren, jagte sie laut schreiend vorwärts. Durch eine Wegbiegung verschwanden sie aus meinem Blickfeld und ich hörte nur noch ihre hellen Jagdrufe. Die beladenen Ponys hinter mir herziehend, hielt ich Ausschau nach einem Lagerplatz für die kommende Nacht. Nach etwa einer Stunde hatte ich gefunden, was ich suchte: einen geräumigen Platz, von hohen Felsen umgeben, der nur von Westen einzusehen und zu betreten war.

Ich band den Ponys die Vorderbeine lose zusammen, sodass sie zwar grasten, aber nicht fortlaufen konnten, und befreite sie von ihrer Last. Dann ritt ich wieder los, um die Umgebung zu erkunden. In einem weiten, halbkreisförmigen Bogen umrundete ich die Stelle, wo ich die Ponys zurückgelassen hatte.

Aus der entgegengesetzten Richtung wollte ich eben beruhigt zum Lagerplatz zurückkehren, als ich in etwa einer Meile Entfernung in dem leicht abfallenden Gelände einen Trupp Reiter bemerkte, der sich, von Süden kommend, langsam an mir vorbeibewegte. Zuerst dachte ich, es seien unsere Leute, bis ich an der Kleidung erkannte, dass es Weiße waren. Sie ritten genau in die Richtung, in der unsere Jäger jetzt sein mussten.

Unschlüssig überlegte ich, was ich tun sollte. Um die Cheyenne zu warnen, war ich zu weit entfernt. Die Weißen wären schon mit ihnen zusammengetroffen, bevor ich bei ihnen sein konnte. Aber zusammentreffen durften sie nicht. Wer weiß, wie meine roten Brüder reagieren, wenn sie wieder Weiße im Indianerland sehen.

Jede Deckung ausnutzend, ritt ich langsam den Abhang hinab. Meine Gedanken überschlugen sich. Angestrengt zwang ich mich zu ruhiger Überlegung. Ich musste die Leute in eine andere Richtung locken. Doch wie? Es sah so aus, als ob sie einem ganz bestimmten Ziel zuritten.

Auf jeden Fall musste ich sie aufhalten, bis die Jäger auf dem Weg zum Lagerplatz waren. Das war die einzige Möglichkeit. Vermutlich würden die Weißen bei Einbruch der Dunkelheit sowieso nicht mehr weiterreiten und die Gefahr eines Zusammentreffens wäre damit beseitigt.

Ich musste versuchen von der gegenüberliegenden Seite an sie heranzukommen. Behielt ich die bisherige Richtung bei, konnten sie später zu leicht unseren Lagerplatz ausfindig machen. Die Beschaffenheit des Geländes kam meinem Plan sehr zustatten: Linker Hand erstreckte sich auf etwa eine Meile ein schmaler Streifen Wald. Wenn ich in seiner Deckung nach Osten ritt, konnte ich sie abfangen.

Ich gab meiner Stute die Zügel frei und sie schoss im Schatten der Bäume dahin. Nachdem ich den Waldstreifen umrundet hatte und nun aus östlicher Richtung kam, zeigte ich mich den Weißen. Vorsichtshalber entsicherte ich das Gewehr und nahm es in die rechte Hand, während ich langsam auf die Männer zuritt, die ihre Pferde angehalten hatten. Ich verspürte ein ungutes Gefühl in der Magengegend und sekundenlang stellte ich mir vor, was Schwarzes Pferd wohl zu alldem sagen würde. Doch dann konzentrierte ich meine Aufmerksamkeit auf die neun Männer vor mir.

»Was willst du, Rothaut?«, fuhr mich, durch meinen indianischen Aufzug verwirrt, einer der bärtigen und ziemlich schmutzigen Gesellen barsch an. Die anderen beobachteten nervös das Gelände hinter mir.

»Das möchte ich euch fragen, Gentlemen«, sagte ich so höflich, dass es schon wie eine Beleidigung klang.

»Das geht dich einen Dreck an«, meinte einer der Männer. »Wir fragen dich ja auch nicht, wie du mit deiner weißen Larve in die Klamotten einer dreckigen Rothaut kommst, oder?«

»Wer von uns hier dreckiger ist, wollen wir lieber nicht feststellen. Und was meine Hautfarbe betrifft, die ihr nicht mit meiner Kleidung in Einklang bringen könnt, so helfe ich euch gerne. Ich bin die Frau des Cheyenne-Häuptlings Schwarzes Pferd und ich bin stolz darauf. Und nun zu euch. Was habt ihr hier im Indianerland zu suchen? Ist euch nicht bekannt, dass der Große Vater in Washington schon vor fünf Jahren einen Vertrag unterschrieben hat, wonach kein Weißer ohne Erlaubnis der Indianer das Powderland betreten darf? Was wollt ihr also hier?«

»Es interessiert uns nicht, was ihr mit dem Präsidenten abhandelt. Man hat in den Black Hills Gold gefunden und davon werden wir uns holen, so viel wir können. Daran wird uns bestimmt keine von deinen stinkenden Rothäuten hindern.«

»Ihr nehmt den Mund sehr voll«, sagte ich wütend. »Aber vielleicht werdet ihr anders sprechen, wenn erst einmal ein Pfeil in eurem Bauch steckt. Wenn ihr dann noch reden könnt!«

Aufgebracht wollte der Mann nach dem Revolver greifen, doch ein anderer, wohl der Anführer, hielt seinen Arm fest.

»Lass den Quatsch«, fuhr er ihn an. »Willst du uns die ganze Meute auf den Hals hetzen? Glaubst du etwa, die wäre allein hier? Außerdem hättest du 'ne Kugel im Bauch, bevor du überhaupt zum Abdrücken kämst. Die Indianer schießen mit dem Gewehr wie wir mit dem Colt und die da wird keine Ausnahme sein.«

Obwohl es mir zwecklos erschien, warnte ich die Weißen

noch einmal: »Ihr solltet es euch gut überlegen, ob ihr weiterreitet oder besser wieder umkehrt. Das Gold, das euch so begehrenswert erscheint, interessiert die Indianer nicht. Sie wollen nur keine Weißen mehr in ihrem Land und schon gar nicht in ihren heilige Bergen sehen. Sie werden euch töten, wenn ihr nicht verschwindet.«

Damit wendete ich Präriefeuer und ließ sie stehen. Als ich weit genug von ihnen entfernt war, um nicht mehr gesehen zu werden, bog ich nach rechts ab, um in einem großen Bogen hinter ihnen vorbei zu unserem Lagerplatz zu gelangen. Da es bereits stark dämmerte und die Bäume und Sträucher in der Senke mich ausgezeichnet deckten, konnte ich feststellen, dass sie am Waldrand ihr Lager aufschlugen.

Es war schon dunkel, als ich an die Stelle kam, wo ich die Ponys zurückgelassen hatte. Kein Lichtschein eines Feuers war zusehen. Sollten die Jäger noch nicht da sein? Oder hatten sie den Platz nicht gefunden? Aber das konnte nicht sein. Meine Spur mit den vier Ponys war doch deutlich genug.

Da hörte ich plötzlich vor mir ein schwaches Geräusch und dann den leisen Ruf einer Eule. Also doch! Offenbar hatten sie wegen meiner ungewöhnlichen Abwesenheit vorsichtshalber einen Wachtposten aufgestellt. Ich antwortete mit dem gleichen Laut. Näher kommend, erkannte mich der Wächter und ließ mich passieren.

Als ich bei den Männern vom Pferd stieg, merkte ich, wie müde ich war. Ich nahm Präriefeuer den Sattel ab und ließ sie laufen. Schweigend erwarteten mich die Jäger, auch Schwarzes Pferd sagte nichts.

»Man mag ein Feuer anzünden«, brach ich das Schweigen. »Aber die Flamme darf nicht hoch sein. Weißer Vogel hat Bleichgesichter getroffen, neun bis an die Zähne bewaffnete

Männer. Sie lagern unten in der Ebene bei dem langen Wald. Ihre Augen und Ohren werden uns im Osten suchen, aber es ist besser, sie bemerken auch im Westen nichts.«

Keiner fragte wieso und warum. Sie wussten, dass ich einen Grund hatte, wenn ich so etwas behauptete. Mit gleichgültigen Gesichtern, aber aufmerksamem Blick warteten sie darauf, dass ich weitersprach. Ich überlegte meine Worte sorgfältig, um sie nicht noch wütender zu machen, als sie ohnedies sicher schon waren.

»Weißer Vogel hat die Bleichgesichter gefragt, was sie im Indianerland wollen, und sie sagten ihr, andere Bleichgesichter hätten das gelbe Metall in der Paha Ssapa gefunden und davon wollten sie sich holen. Weißer Vogel warnte die Männer und forderte sie auf zurückzugehen. Aber sie glaubt, dass der Weg von den Ohren der Weißen bis zu ihrem Verstand zu weit ist.«

Mehr sagte ich nicht. Warum sollte ich die Beleidigungen auch noch wiedergeben. Sie wissen alle, wie die Weißen mit Indianern zu reden pflegen.

Zorniges Gemurmel erhob sich, als ich schwieg. Schwarzes Pferd gebot mit einer Handbewegung Ruhe.

»Die Bleichgesichter sind also wieder da. Sie wollen unsere heiligen Berge ausrauben! Wir werden sie verjagen, und wenn sie nicht gehen, werden wir sie töten! Morgen werden wir sehen, ob sie der Warnung von Weißem Vogel gefolgt sind.«

Die gedämpften, aber erregten Stimmen der Indianer begleiteten mich, als ich aufstand, um mir etwas von dem kalten Fleisch zu holen. Jetzt ist es also wieder so weit, dachte ich. Ob Vertrag oder nicht Vertrag, das ist den Weißen gleichgültig. Wenn sie irgendeinen Gewinn erwarten können, verkaufen sie ihre eigene Mutter.

Mein Mann war mir nachgekommen und hielt mich am Arm fest. »Schwarzes Pferd weiß, dass Weißer Vogel nicht anders handeln konnte, sie wollte die Weißen aufhalten. Er ist sehr froh, dass ihr nichts passiert ist!«

»Mir geht es ebenso«, gab ich erleichtert zu und wir lächelten beide in stillem Einvernehmen.

Am nächsten Morgen, während wir die Pferde sattelten, die Jagdbeute aufluden und die am Vortag erlegten Büffel ins Schlepp nahmen, ritten einige Jäger zum Lagerplatz der Weißen. Die Kundschafter stießen unterwegs wieder zu uns und berichteten, dass die Weißen nicht umgekehrt seien.

»Diese Bleichgesichter müssen verrückt sein«, meinte einer der Cheyenne verständnislos. »Der Tod droht ihnen und sie ziehen trotzdem weiter. Das gelbe Metall erscheint ihnen mehr wert als ihr Leben.«

»Die Gier nach dem, was die Weißen Gold nennen, ist so groß, dass ihre Augen blind und ihre Ohren taub für alle Warnungen werden. Um in den Besitz des gelben Metalls zu kommen, bringen sie sich sogar gegenseitig um«, versuchte ich zu erklären.

Meine roten Brüder schüttelten ungläubig den Kopf.

Auf unserem Heimweg sonderten sich immer wieder einige der Männer ab, um den Weg der Weißen zu verfolgen. Später würde man im Dorf mit den anderen Häuptlingen der Sioux und Cheyenne beraten, was mit den gierigen Bleichgesichtern geschehen sollte.

5. April 1873
Zorn erfüllte die Sioux und Cheyenne, als sie von dem Eindringen der Weißen erfuhren. Auf einer Beratung aller Häuptlinge und Ältesten wurde beschlossen, dass eine Grup-

pe Krieger die Männer verfolgen und töten soll. Die wenigen besonneneren Stimmen brachte man wütend zum Schweigen.

»Die Weißen haben den Vertrag gebrochen, in dem steht, dass keiner von ihnen in unser Land gehen darf. Sie wurden aufgefordert umzukehren, doch sie ziehen weiter, obwohl sie wissen, dass es ihr Tod sein wird. Wenn wir diese Weißen in die Paha Ssapa lassen, werden immer mehr von ihnen kommen. Sie werden denken, die Indianer sind alte, schwache Weiber, die nicht mehr um ihr Land kämpfen können. Aber wir werden ihnen zeigen, wie tödlich unsere Pfeile und wie scharf unsere Kriegsbeile sind. Wir werden ihnen zeigen, dass die Indianer keine kleinen Kinder sind, die sich nicht wehren können.«

Nach fünf Tagen kam die Gruppe, die aus zehn Sioux- und zehn Cheyenne-Kriegern bestand, wieder zurück und an ihren Lanzen hingen die Skalplocken ihrer Feinde.

1. Mai 1873

Heute hatte ich ein ziemlich langes, ernstes Gespräch mit Schwarzem Pferd. Wir waren am Nachmittag zum Crazy Woman geritten. Am Fluss angekommen, fragte er mich plötzlich: »Glaubt Weißer Vogel eigentlich an den Großen Geist, den die Weißen Gott nennen?«

Während ich absaß, dachte ich über diese überraschende Frage nach.

»Nein, ich glaube nicht an einen Gott, wie ihn sich manche Christen vorstellen, ich kann nicht mehr glauben. Die Christen sagen, er sei gütig und barmherzig, er strafe die Bösen und belohne die Guten. Wenn das wahr wäre, dann begreife ich nicht, warum er nicht schon längst dem Tun der Bleichgesichter Einhalt geboten, warum er nicht schon längst seinen roten Kindern geholfen hat. Stattdessen sieht er zu, wie diese so genannten Christen unter den Indianern ein Blutbad nach dem anderen anrichten, wie sie selbstgefällig und besitzergreifend die Erde der roten Völker an sich reißen, wie sie gedankenlos bis zur Bösartigkeit die Natur und ihre Meisterwerke zerstören.

Nein, Schwarzes Pferd, an einen solchen Gott kann ich nicht glauben, der seine Christen Nächstenliebe predigen lässt und dann zusieht, wie diese Christen ihren Nächsten belügen und betrügen, berauben und ermorden.«

Erstaunt über meinen Ausbruch sah mich mein Mann an und meinte: »Aber an irgendeine höhere Macht muss Weißer Vogel doch glauben können!«

»Ja, das tue ich auch. Ich glaube wie ihr an einen Großen Geist als Inbegriff der Natur. Ihr betet zu den Sternen, weil sie für euch ein Ort sind, an dem der Große Geist auf seiner Wanderung durch die Welt ausruht. Ihr steht mit ausgebreiteten Händen vor einem tosenden Wasserfall, vor einem gewaltigen Berggipfel oder einem stillen See, in dem sich der Himmel spiegelt. All das ist für euch der Große Geist, der diese wunderschönen Dinge geschaffen hat, um seine Kinder zu erfreuen. Ihr versucht nicht euch ein Abbild eures Gottes zu schaffen, denn für euch lebt er in jedem Tier, in jeder Pflanze, im Regentropfen, der vom Himmel fällt, in den Sonnenstrahlen, die die Erde wärmen. Dieser Glaube an den Großen Geist als Schöpfer und Verkörperung der Natur steht mir näher als der Gott der Christen.«

Mein Mann sah mir, während er einen Grashalm zwischen den Fingern drehte, lächelnd in die Augen. »Wenn Schwarzes Pferd es nicht besser wüsste, würde er glauben, dass irgendwo unter den Vorfahren von Weißem Vogel ein Indianer sein muss. Sie spricht von unserem Glauben, als ob sie mit ihm geboren und aufgewachsen wäre, als wäre die Seele einer Indianerin auf ihrer Wanderung ins Geisterland in den Körper einer Weißen geschlüpft.«

Während ich in die Sonne sah, die langsam hinter den dunklen Hügeln im Westen versank, meinte ich nachdenklich: »Vielleicht ist es aber auch nur die große Liebe zu dir und deinem Volk, die mich so empfinden lässt.«

Schwarzes Pferd griff nach meinen Händen und zog mich hoch. In die an Metaphern so reiche Redeweise der Indianer verfallend, sprach er in seiner Muttersprache: »Die Liebe von Weißem Vogel ist wie ein wärmendes Lagerfeuer für die Cheyenne. Für Schwarzes Pferd ist sie das Schlagen seines Herzens, das Atmen seiner Brust. Ihre Augen sind wie die Sonne an einem Sommertag, und wenn Weißer Vogel traurig ist, werden sie dunkel wie ein See, bevor der Regen kommt. Meine Seele ist leer wie ein Schlaf ohne Traum, wenn ich nicht bei ihr bin. Doch vor Glück lächelt mein Blick, wenn mein Ohr ihren Schritt vernimmt, und Freude erfüllt mein Herz, wenn ich sie sehe.«

Als er die Röte sah, die mir ins Gesicht stieg, sagte er leise: »Das sind Worte aus einem alten indianischen Liebeslied. Früher hat Schwarzes Pferd über dieses Lied immer ein wenig gelächelt. Er wusste nicht, dass sein Herz eines Tages selbst diese Worte sprechen würde.«

Seit dem Tag, als wir in Fort Lyon mitten auf dem Aufmarschplatz zusammenprallten und einander zum ersten Mal in die Augen sahen, waren mehr als acht Jahre vergangen. Aber die Zeit hatte unsere Liebe nicht vermindert, sondern sie mit jedem Tag größer und stärker werden lassen.

Wir dachten beide in diesem Augenblick an das furchtbare Massaker am Sand Creek, das uns für immer zueinander geführt hatte. Was war seit dieser Zeit alles geschehen an Schönem und Bösem, wie viel gnadenlose Verfolgungsjagden und Überfälle durch die Blauröcke hatten wir danach noch hinnehmen müssen und wie viele unserer tapferen Krieger, Frauen und Kinder hatten es nicht überlebt? Aber die Liebe, die wir füreinander empfanden, richtete uns immer wieder auf und Verzweiflung, Trauer und Angst konnten keine Macht über uns gewinnen, solange wir beieinander waren.

28. Mai 1873
Meine Hand zittert noch immer, während sie das, was vor drei Tagen geschah, niederschreibt.

Da Präriefeuer sich vor zwei Wochen in einem Erdhörnchenloch den rechten Vorderlauf gestaucht hatte, mussten wir beide für einige Tage auf unsere regelmäßigen Ausflüge verzichten. Als Schwarzes Pferd sich ihr Bein ansah, meinte er, dass es besser wäre, wenn sie jetzt wieder Bewegung bekäme.

»Reite aber nicht so weit vom Lager fort«, ermahnte er mich vorsorglich.

Präriefeuer tänzelte ungeduldig und konnte kaum abwarten, bis ich den Sattel festzurrte. Mit fliegender Mähne und gestrecktem Schweif galoppierte sie in die Prärie hinaus, auf die Berge zu, die etwa fünf Meilen entfernt ihre Ausläufer in die grasbedeckte Ebene schieben. Als wir die ersten bewaldeten Erhebungen erreicht hatten, wollte ich eigentlich wieder umkehren. Doch da noch lange Zeit bis zum Einbruch der Dunkelheit war, kletterten wir noch ein wenig in den Wald hinauf. Vielleicht gab es hier die süßen blauen Beeren, die mir Schwarzes Pferd einmal gezeigt hatte.

Der Weg war nicht steil, sodass ich nicht absitzen brauchte. Die Beerensträucher konnte ich aber nicht entdecken. Als wir oben aus dem Schatten der Bäume wieder in die volle Sonne kamen, musste ich einen Augenblick geblendet die Augen schließen. Der Anblick, der sich mir bot, war wunderschön. Vor mir breiteten sich grünblau bewaldete Berge und Hügel aus, dazwischen immer wieder schroffe Felsklippen, die grell in der Nachmittagssonne leuchteten bis hin zu den im Dunst verschwimmenden Erhebungen der Bighorn Mountains.

Tief atmete ich die leichte Brise ein, die über mein Gesicht strich. Doch plötzlich schnupperte ich misstrauisch. In der Luft war ein Geruch von Rauch, ganz schwach nur, doch unverkennbar. Irgendwo, vermutlich unterhalb von mir, musste ein Lagerfeuer brennen. Jetzt hörte ich auch leise Stimmen. Lautlos glitt ich vom Pferd. Auf dem Bauch schob ich mich vorsichtig bis an den Rand des felsigen Vorsprungs und sah hinunter. Etwa neun oder zehn Yards unter mir hockte eine Gruppe von vier Männern um ein Feuer, an dem sie offenbar Fleisch für ihre Mahlzeit gebraten hatten. Ein fünfter war dabei, etwas aus einer der Satteltaschen bei den Pferden zu holen. Sie hatten Geräte bei sich, wie sie die Goldsucher verwenden. Schon wieder diese verrückten Bleichgesichter, dachte ich. Doch diesmal sollten sich allein die Cheyenne um sie kümmern.

Um im Lager genaue Angaben machen zu können, besah ich mir das Gelände und die Leute unter mir noch einmal. Schon wollte ich mich zurückziehen, als ich stutzte. Irgendetwas stimmte da nicht, aber was? Nervös versuchte ich festzustellen, was mich so verwirrte: Fünf Männer befanden sich dort unten, aber ich hatte sechs gesattelte Pferde gesehen. Da ich die Senke und auch die Felsen vor mir recht gut überblicken, aber den fehlenden sechsten Mann nicht entdecken konnte, musste er bereits hier oben sein. Ich beschloss mich augenblicklich davonzumachen.

Vorsichtig schob ich mich zurück, als ich ein leises Geräusch hinter mir hörte. Ich rollte mich zur Seite und sah, wie sich ein ziemlich kräftiger Mann mit einem Messer in der Hand auf mich stürzte. Durch meine rasche Reaktion traf mich das Messer nicht in den Rücken, wie es der Kerl vorgehabt hatte, sondern streifte mit einem seltsam knirschenden Geräusch an meinen Rippen entlang. »Hoppla«, keuchte er, »was haben wir denn da? Ich denk, ich stech 'ne Rothaut ab, und was seh ich: ein weißes Weib. Und was für eins!«

Ich wehrte mich mit Händen und Füßen, kratzte und biss, um mich aus den kräftigen Händen zu befreien. Der Mann atmete schwer. Die Erregung in seinen Augen war widerlich und mir wurde vor Angst übel. Von unten riefen die Stimmen seiner Gefährten: »Was ist los, kämpfst du da oben mit einem Grizzly?«

Angestrengt atmend rief er zurück: »Kommt rauf und helft mir, ich werde mit diesem verdammten Miststück allein nicht fertig.«

Mit den Knien versuchte er meine Beine zu trennen und hielt mich durch sein Körpergewicht am Boden. Panik ergriff mich. Doch das Geräusch von zerreißendem Stoff, als er wütend an meinen Kleidern zerrte, ließ mich wieder klar denken. Ich musste unbedingt versuchen so viel Luft zu bekommen, dass ich an mein Messer herankam, und zwar so schnell wie möglich.

Während ich meine verbissene Gegenwehr fortsetzte, fiel mir plötzlich ein Trick ein, mit dem Schwarzes Pferd mich einmal während meiner Ausbildung zum Narren gehalten hatte.

Die Stimmen der anderen Männer kamen näher, viel Zeit blieb mir nicht.

Ich schloss mit einem Seufzer die Augen und machte mich ganz schlaff, tat, als sei ich ohnmächtig geworden. Überrascht ließ der Kerl einen Augenblick lang von mir ab und richtete sich etwas auf. Diesen kurzen Augenblick benutzte ich, um nach meinem Messer zu greifen und mit aller Kraft zuzustoßen. Der Mann brach mit einem Röcheln zusammen.

Schnell drehte ich mich auf die Seite, um nicht unter ihn zu geraten, dann erhob ich mich und wollte zu den Bäumen laufen, wo Präriefeuer aufgeregt schnaubend wartete. Aber schon nach zwei oder drei Schritten stürzte ich zu Boden, da mich meine zerrissenen Beinkleider am Laufen hinderten. Mit bebenden Händen riss ich sie herunter und lief weiter. Die Messerwunde über meinen Rücken brannte wie Feuer. Als ich mich mühsam in den Sattel hinaufschwang, tauchte auch schon der erste der Männer hinter dem Felsvorsprung auf.

Mich dicht an ihren Rücken pressend, trieb ich Präriefeuer zwischen die Bäume und den leichten Hang hinunter. Ich klammerte mich an ihrer Mähne fest und überließ es ihr, wohin sie die Hufe setzen wollte. Von oben hörte ich die wütenden Stimmen der Männer, die den Mann offenbar inzwischen gefunden hatten und nun begannen aufs Geratewohl mit ihren Pistolen auf mich zu schießen. Aber sie verfehlten mich, denn während ich zwischen den Bäumen hindurchritt, bot ich nur ein schwer zu treffendes Ziel.

Meine Stute bewegte sich, so schnell sie konnte, abwärts. Die

Zweige der Bäume schlugen mir ins Gesicht und die Sträucher zerkratzten meine nackten Beine. Ein paar Mal dachte ich, sie strauchelte, wenn wir durch eine Geröllschneise oder über einige vom Regen glatt gewaschene Felsplatten traben mussten. Aber sie brachte uns beide heil hinunter.

In der offenen Prärie feuerte ich sie durch Zurufe an und sie jagte wie von Furien gehetzt davon. Ich hatte Mühe mich festzuhalten; die ganze linke Seite war ein einziger Schmerz und über mein Bein lief das Blut in dunklen Streifen. Nach der Wunde tastend, griff ich in klebrig warme Nässe, das Kleid war an der ganzen Seite durchtränkt und meine Hand blutverschmiert, als ich sie zurückzog. Kein Wunder, dass ich mich kaum noch im Sattel halten konnte.

Nur jetzt nicht schlappmachen, dachte ich.

Während Präriefeuer über die Ebene galoppierte, begann sich bleierne Müdigkeit von den Beinen her in meinem Körper auszubreiten. Nicht loslassen, nur nicht loslassen, war mein einziger Gedanke.

Mit geschlossenen Augen klammerte ich mich am Hals meiner Stute fest und so hing ich noch auf dem Pferd, als einige Männer das erregte Tier in unserem Lager zum Stehen brachten. Aufgeregtes Stimmengemurmel brachte mich wieder zur Besinnung. Man holte mich vom Pferd und stellte mich auf die Füße, aber nach ein, zwei Schritten kam mir die Erde mit rasender Schnelligkeit entgegen.

Dann war Schwarzes Pferd da; er hob mich auf und trug mich fort. Als ich seine Arme fühlte und die Sicherheit, die von ihnen ausging, begann ich zu weinen.

»Es ist gut, ganz ruhig«, murmelte er tröstend.

In unserem Zelt angekommen, untersuchte er die Wunde und rief seine Schwester, damit sie sich um mich kümmerte. Er ließ mich weinen, bis ich mich beruhigt hatte, dann fragte er, was passiert sei.

Während ich gegen die seltsame Mattigkeit ankämpfte, die von mir Besitz ergriff, berichtete ich stockend. Und was ich nicht aussprach, sagten ihm meine zerrissenen Kleider. Er hörte mir mit ausdruckslosem Gesicht zu, nur seine Augen wurden immer kälter. Als ich geendet hatte, erhob er sich. Ich hatte ihn noch nie voll solch eiskalter Wut gesehen.

»Die Krieger der Cheyenne und ihr Häuptling werden Weißem Vogel die Skalplocken der Bleichgesichter bringen.«

25. Juni 1873

Vor beinah zwei Wochen brachten uns Boten von den in der Nähe lagernden Sioux die Einladung, an ihrem alljährlichen Sonnentanz-Ritual teilzunehmen. Sobald der Mond voll sei, sollten wir aufbrechen.

Als wir im Lager der Oglala eintrafen, waren schon alle Vorbereitungen, wie das Errichten der Schwitzbadhütte und des großen Sonnentanzhauses, getroffen.

Während der acht Tage dauernden Tänze und selbstzerfleischenden Opferzeremonien, mit denen die Indianer dem Großen Geist ihre Verehrung darbieten, wurden in den Tipis ausgiebige Feste gefeiert. Fast jeden Tag lud uns eine andere Familie ein. Die Festlichkeiten bestanden in der Regel aus umfangreichem Essen, von dem einem meist liebevoll und nachdrücklich erheblich mehr aufgenötigt wurde, als man beim besten Willen essen konnte.

Das Schönheitsideal der Indianerin ist eine gut genährte pralle Figur und daher kommt es, dass die Frauen glauben, ich bekäme nicht genug zu essen. Ich bin ihnen zu schmal und sie sind stets der Meinung, mich füttern zu müssen. Es ist oft gar nicht so einfach, ihren gut gemeinten Einladungen früh genug auszuweichen, ohne die Gastgeberin zu beleidigen.

Schwarzes Pferd amüsiert es sehr, wenn ich wieder einmal auf der Flucht vor einer dieser Verfechterinnen der rundlichen Linie bin.

Bei den vielen Gesprächen, die in diesen Tagen um die Lagerfeuer geführt wurden, erfuhren wir auch, dass die Indianeragentur wegen der großen Zahl weißer Einwanderer nach Nebraska in das White-River-Quellgebiet verlegt wurde. Wollen die Stämme im Powderland jetzt also Tauschgeschäfte abwickeln, müssen sie fast zweihundert Meilen durch das Land ziehen.

Spotted Tail – Gefleckter Schweif –, der Blutsbruder meines Mannes, lagert mit seinen Brulé-Tetons in der Nähe der neuen Agentur. Die Regierung hat ihm erlaubt das Reservat am Missouri zu verlassen, da viele seiner Leute dort krank wurden und starben.

Auch über die immer häufiger im Powderland und in der Paha Ssapa auftauchenden Weißen wurde gesprochen und manch erhitztes Palaver geführt. Die Sioux sind wie wir fest entschlossen die Eindringlinge davonzujagen oder zu töten.

17. Juli 1873

Kurz vor Einbruch der Dämmerung kam Schwarzes Pferd heute mit einigen Kriegern von einem Kundschafterritt zurück.

Sie berichteten zornig, dass schon wieder Weiße in das Land eingedrungen seien. Dieses Mal ist es sogar ein ganzer Treck, achtzehn Wagen mit über fünfzig Männern, Frauen und Kindern. Sogar eine kleine Rinderherde führen die Weißen mit. Einer der Häuptlinge, Slow Bull – Langsamer Büffel –, schickte einen Ausrufer durch das Lager und forderte die Krieger auf sich an einem Überfall auf die weißen Eindringlinge zu beteiligen.

Aufgeregt lief alles durcheinander. Ich saß vor unserem Tipi und sah dem Treiben zu, bis ich bemerkte, dass Schwarzes Pferd auf seinem Pferd neben mir hielt und mich beobachtete. Ich hatte den Eindruck, als wolle er etwas fragen. Unsicher lächelte ich ihn an und blickte dann schnell in eine andere Richtung.

Aber er ließ sich von meinem Lächeln nicht täuschen. »Weißer Vogel macht ein Gesicht, als ob sie der Überfall auf die Weißen nichts anginge. Die Krieger sind sehr wütend, sie werden alle umbringen.«

Ich biss die Zähne zusammen und antwortete nicht.

Schwarzes Pferd stieg ab, kam zu mir und packte mich bei den Schultern. »Weißer Vogel sollte nicht so tun, als ob es ihr gleichgültig sei. Ihre Augen können nicht lügen.«

Aufgebracht fragte ich ihn: »Warum erwartet Schwarzes Pferd, dass ich mitkomme? Um wieder Beleidigungen anzuhören und mich beschimpfen zu lassen? Ich habe genug von den Weißen, ich will nichts mehr mit ihnen zu tun haben.«

Eindringlich kam seine Stimme. »Aber es sind Frauen und Kinder dabei. Vielleicht kann Weißer Vogel sie überreden umzukehren.«

»Es ist sinnlos, sie werden genauso wenig auf mich hören wie die anderen«, antwortete ich in dem schwachen Versuch, mich selbst zu überzeugen.

Um die Mundwinkel meines Mannes huschte ein leises Lächeln. »Schwarzes Pferd wusste, dass Weißer Vogel mitkommen wird.«

23. Juli 1873

Am Morgen des 18. Juli brachen wir zeitig auf. Schon seit
Wochen war es unerträglich heiß und die vergangene Nacht
hatte kaum Abkühlung gebracht. Auch dieser Tag versprach
große Hitze. Kein Wölkchen war am Himmel und die Hügel
und Berge in der Ferne waren mit einem leichten Dunstschleier überzogen.

Unser Weg führte uns in nordwestlicher Richtung über den
Crazy Woman an den Ausläufern der Bighorn Mountains
entlang. Gegen Mittag hatten wir die Stelle erreicht, an der
die Weißen in der Nacht gelagert hatten. Ihre Spur führte
jetzt fast genau nach Norden, ins Quellgebiet des Tongue River. Mit den schweren Wagen mussten sie in der leichter be-
fahrbaren Ebene bleiben, während wir mit unseren Pferden
Abkürzungen durch die Berge ausnutzen konnten. Sie kamen
nur sehr langsam vorwärts, denn kurz nachdem die Sonne ihren höchsten Stand erreicht hatte, sahen wir rechter Hand in
einer Talsohle die ersten Wagen zwischen den verstreut liegenden Hügeln auftauchen.

Da wir uns in einer Entfernung von nur etwa einer Meile neben ihnen bewegten, hatten sie uns bald bemerkt. Der Reiter
an der Spitze des Zuges wendete sein Pferd und galoppierte,
mit einer Hand zu uns heraufzeigend, an den Wagen entlang,
worauf alle anhielten.

Auch die Indianer brachten ihre Pferde zum Stehen. Nur ich
ritt nach vorn zu den Häuptlingen. Ich wandte mich an
Schwarzes Pferd und fragte: »Was haben die weisen Führer
der Cheyenne beschlossen?«

Er lächelte leicht, als er antwortete: »Bevor die Häuptlinge
eine Entscheidung fällen, wünschen sie erst noch die Worte
von Weißem Vogel zu vernehmen.«

Erstaunt sah ich die stolzen Krieger an, sie blickten mit unbeweglichen Gesichtern in die Ferne. Nie würden sie zugeben, dass sie Wert auf die Meinung einer Frau legten. Vielleicht hatte Schwarzes Pferd ihnen klargemacht, dass es besser wäre, mich anzuhören, bevor etwas geschah, was unweigerlich eine militärische Strafexpedition nach sich ziehen würde. Jedenfalls musste ich mir meine Worte genau überlegen, um zu vermeiden als Fürsprecher der Weißen angesehen zu werden. Ich hatte nur den Wunsch, die Cheyenne davor zu bewahren, etwas zu tun, was fürchterliche Folgen für uns alle haben musste.

»Die weisen Häuptlinge der Cheyenne haben Weißem Vogel die Erlaubnis gegeben, zu sprechen. Als gestern unsere Kundschafter mit der Nachricht ins Lager kamen, dass wieder Bleichgesichter in unser Land eingedrungen wären, erwachte großer Zorn in euren Herzen. Voller Wut seid ihr aufgebrochen, um die Eindringlinge zu töten. Weißer Vogel versteht euch, denn auch ihr Herz ist voll Zorn. Im Vertrag von 1868 steht geschrieben, dass kein Weißer dieses Land ohne Erlaubnis der Indianer betreten darf. Doch vielleicht wissen es die Leute dort unten nicht. Vielleicht hat es ihnen niemand gesagt. Wollen die Cheyenne Menschen mit dem Tod bestrafen, die gar nicht wissen, dass sie Unrecht tun?« Einige der jungen Krieger murrten ungeduldig. Sie wollten kämpfen, nicht reden. Die gebieterische Handbewegung eines Häuptlings brachte sie zum Schweigen und ich fuhr fort: »Die Cheyenne sind ein stolzes Volk und ihre Männer wagemutige und tapfere Krieger. Die Cheyenne sind keine Mörder, die wehrlose Frauen und Kinder töten! Wenn die Häuptlinge einverstanden sind, werden wir den Treck bis zum Einbruch der Dunkelheit begleiten. Die Bleichgesichter sollen sehen, dass wir in der Nähe bleiben. Sie werden Angst bekommen, weil sie nicht wissen, was wir vorhaben. Wenn sie Halt machen, werden wir zu ihnen reiten und ihnen sagen, dass sie umkehren müssen. Wir werden hören, was sie dazu meinen und ob ihre Einsicht groß genug ist, um zu gehorchen.«

Ich schwieg und lenkte Präriefeuer ein wenig zur Seite, damit die Männer über den Vorschlag sprechen konnten. Die Wagenkolonne machte sich zur Weiterfahrt bereit, denn man hörte laute Rufe und das Peitschenknallen, mit dem die Leute die Pferde anfeuerten. Die Zugtiere machten einen erschöpften Eindruck, und die Rinder, die dem Treck folgten, waren zum größten Teil nur noch Haut und Knochen.

Die kurze Beratung der Häuptlinge war zu Ende und der Anführer gab mit der Hand das Zeichen zum Weiterreiten. Während sich die Gruppe in Bewegung setzte, kam Schwarzes Pferd zu mir, um mir zu sagen, was beschlossen worden war.

»Die Häuptlinge haben sich bereit erklärt abzuwarten, ob sich die Weißen zu einer friedlichen Umkehr bewegen lassen. Weißer Vogel soll, begleitet von einigen Kriegern, zu den Bleichgesichtern reiten und mit ihnen sprechen. Sollten sie sich weigern auf dem schnellsten Weg das Powderland zu verlassen, werden wir sie töten.«

Die Kolonne der Planwagen wand sich langsam durch das Tal, von den schweigenden Cheyenne auf ihren Ponys begleitet.

Ich konnte mir vorstellen, was die Menschen dort unten jetzt dachten: Wenn man nur wüsste, was die roten Kerle da oben vorhaben, ob sie wohl angreifen werden und wann . . .

Sicher warteten sie voller Furcht auf den schrillen Kriegsruf der heranstürmenden Indianer. Sollten sie sich ruhig noch eine Weile ängstigen. Vielleicht waren sie nachher um so einsichtiger.

Etwa eine Stunde vor Beginn der Dämmerung hielt der Treck an. Der Platz, den sich die Weißen für das Nachtlager ausgesucht hatten, war für ihre Zwecke denkbar gut gewählt, bot er doch auf mindestens zweihundert Yards im Umkreis keinem Indianer genügend Deckung, um sich für einen überraschenden Angriff anzuschleichen.

Auch wir ritten nicht weiter. Dem Anführer folgend, begannen wir an einem weniger steilen Hang mit dem Abstieg ins Tal. Kleine Steine und Geröll, durch die Huftritte der Ponys gelöst, polterten rechts von uns in die Tiefe.

Die Weißen begannen in aller Eile ihre Wagen zu einem Kreis zusammenzuschließen, um sich bei einem von ihnen offenbar erwarteten Angriff besser verteidigen zu können.

Etwa eine halbe Meile vom Wagenring der Weißen entfernt saßen die Indianer ab und richteten sich für die Nacht ein. Schwarzes Pferd sowie einige Krieger, die er aussuchte, und ich machten uns auf den Weg zum Lager der Bleichgesichter.

Als wir noch etwa zweihundert Yards zurückzulegen hatten, peitschte ein Schuss auf. Zum Glück traf die Kugel nicht, sonst wären meine ganzen Bemühungen hinfällig geworden. Wir hielten an und ich sagte: »Weißer Vogel reitet allein weiter, damit die Bleichgesichter sehen, dass wir vorläufig noch Frieden wollen.« Ich übergab, für die Weißen deutlich sichtbar, mein Gewehr meinem Mann und hob, während ich langsam weiterritt, die linke Hand zum Friedenszeichen. Als ich bei dem ersten Wagen ankam, streckten sie mir drei Gewehrläufe entgegen.

»Die Bleichgesichter sind sehr unvorsichtig. Wenn der

Schuss einen von uns verletzt hätte, kämen jetzt hundertfünfzig wütende Cheyenne über euch und es wäre zwecklos, wollte ich dann noch versuchen den Frieden zu erhalten.«

»Was wollt ihr von uns«, fragte eine Männerstimme hinter einem der Wagen. »Und was macht Ihr, eine Weiße, bei diesen Rothäuten?«

»Nehmt erst einmal die Gewehre beiseite«, entgegnete ich. »Und nun zu eurer Frage. Ich bin die Squaw eines ihrer Häuptlinge. Die Cheyenne sind wütend über eure Eindringen in ihr Land. Dieses Land wurde 1868 vertraglich den Indianer wieder zugesprochen und den Weißen ist es untersagt, das Gebiet ohne ihre Erlaubnis zu betreten oder auch nur zu passieren. Als unsere Kundschafter euch bemerkten, wollten die Krieger sofort aufbrechen, um die Eindringlinge zu töten. Nur weil viele Frauen und Kinder bei euch sind, erklärten sich die Häuptlinge bereit mich erst mit euch sprechen zu lassen. Ich hoffe, ihr könnt einen guten Grund für das Betreten des Indianerlandes nennen. Doch bevor wir weiter miteinander sprechen, schlage ich vor, dass wir uns erst einmal zusammensetzen, wie es üblich ist.«

Die drei Gewehre waren, während ich sprach, verschwunden und ihre Besitzer tauchten auf.

»Gut«, sagte einer der drei, »aber wir machen zur Bedingung, dass Ihr allein kommt.«

Ich musste lachen. »Ja, glaubt ihr denn im Ernst, ihr seid in der Lage noch Bedingungen zu stellen? Wenn hier einer dazu das Recht hat, dann sind wir es! Die zehn Cheyenne, die dort hinten warten, werden an der Verhandlung teilnehmen. Nicht dass ich Angst vor euch hätte, aber ich darf ohne ihre Zustimmung keine Entscheidung treffen.«

Sie sahen sich unschlüssig an, deshalb wendete ich meine

Stute halb zur Seite und sagte: »Ich kann auch wieder umkehren, aber dann kommen an meiner Stelle die Cheyenne und die werden ganz bestimmt nicht mehr reden.«

»Also gut«, sagte der Mann. »Wir sind einverstanden.«

Ich gab Schwarzem Pferd und den anderen ein Zeichen. Sie feuerten ihre Ponys an und kamen im vollen Galopp auf uns zu. Kurz vor den erschrockenen Männern brachten sie die Tiere zum Stehen.

Dann ritten wir, nachdem die Leute einen der Wagen zur Seite gezogen hatten, gemeinsam zu den dicht gedrängt stehenden Weißen.

Die Sprecher der Siedler und wir nahmen im Kreis Platz – schweigend und hochmütig die Indianer, nervös und mit trotzigem Gehabe die Bleichgesichter.

Keiner sprach, sodass ich nach einer Weile die spannungsgeladene Stille unterbrach: »Was habt ihr zu den Vorwürfen der Cheyenne zu sagen?«

Einer der Männer räusperte sich umständlich. Dann begann er: »Wir sind auf dem Weg nach Norden zum Yellowstone. Dort hat man uns in der Nähe einer kleinen Stadt Land zum Siedeln zugesagt.

Wir wissen, dass es einen Vertrag mit den Indianern gibt, aber wir kennen den genauen Wortlaut nicht. Außerdem wurde uns von einem ehemaligen Offizier und mehreren wichtigen Leuten in der Stadt versichert, dass wir unseren Weg durch das Powderland nehmen könnten, da man sich mit den Indianern entsprechend geeinigt hätte.«

Nachdem Schwarzes Pferd den anderen Häuptlingen und Kriegern die Erklärung übersetzt hatte, zeigten sich diese äußerst aufgebracht. Auch ich war wütend, aber ich entgegnete so ruhig wie möglich, dass dies nicht stimme. Man hätte ihnen aus mir vorläufig noch unverständlichen Gründen nicht die Wahrheit gesagt.

»Keiner der Stämme hier im Powderland hat mit den Weißen irgendein Abkommen getroffen. Im Gegenteil. Da seit einigen Monaten immer wieder Bleichgesichter auf der Suche nach Gold hier auftauchten, sind die Sioux und Cheyenne ausgesprochen zornig. Jeder, der ihrer Aufforderung umzukehren nicht Folge geleistet hat, befindet sich inzwischen in den ewigen Jagdgründen.«

Die Siedler waren bestürzt. »Aber warum haben uns die Leute gesagt, wir könnten mit unseren Wagen gefahrlos durchs Indianerland ziehen? Wir können doch jetzt nicht mehr umkehren! Zwei Drittel des Weges haben wir schon hinter uns. Viele von uns sind so erschöpft, dass sie kaum noch weiterkönnen. Nur die Aussicht, bald am Ziel zu sein, hält uns noch aufrecht. Seit Tagen haben wir kein Wasser mehr gefunden, und was noch in den Fässern ist, reicht bei strenger Einteilung höchstens bis morgen.

Alles, was wir besaßen, haben wir gegen Rinder, Ackergeräte, Saatgut und andere notwendige Dinge eingehandelt. Wir müssen zum Yellowstone, wir haben gar keine andere Wahl.«

Während mein Mann wieder übersetzte, schwieg ich nachdenklich. Warum waren die ahnungslosen Siedler durch das Powderland geschickt worden, warum hatte man ihnen gesagt, die Indianer würden sich friedlich verhalten, obwohl genau das Gegenteil erwartet werden musste? Warum hatte sich kein kundiger Führer angeboten den Treck zu leiten? Vermutlich doch, weil er ahnte, dass die Leute den Yellowstone nicht lebend erreichen würden! Den Geschäftsleuten des kleinen Städtchens war es wahrscheinlich gleichgültig, was aus den Einwanderern wurde, solange sie ihr gutes Geld in der Stadt ließen.

Aber dieser ehemalige Soldat ging mir nicht aus dem Kopf. Was hatte er davon? Weshalb hatte er die Siedler bewusst getäuscht?

»Wisst ihr den Namen dieses Offiziers?«, fragte ich mein Gegenüber so laut und plötzlich, dass er zusammenschrak. Mir war ein äußerst hässlicher Gedanke gekommen.

»Ja, er ließ sich von den anderen Major Pearson nennen. Aber warum wollt Ihr das wissen?«

Ich hatte den Schlag seltsamerweise vorausgeahnt und doch traf er mich so, dass mir der Atem stillstand. Ich wurde schneeweiß.

Die Vergangenheit, die ich geglaubt hatte vergessen zu haben, war wieder erwacht. Ich sah die unter dem Befehl von General Chivington und Major Anthony angreifenden Blauröcke am Sand Creek und meinen Vater, den angesehenen Major Pearson, an ihrer Spitze; ich hörte wieder die Schüsse und Todesschreie der getroffenen Indianer, das Schreien und Weinen der Kinder; ich fühlte wieder den Schmerz der Gewehrkugel in meiner Schulter und erinnerte mich an den Anblick grausamster und mitleidlosester Zerstörung menschlichen Lebens; an die unzähligen von weißen Soldaten skalpierten und verstümmelten Indianer, von denen die meisten Frauen und Kinder gewesen waren.

Schwarzes Pferd hatte meine Frage gehört und bemerkte die Wirkung der Antwort. Eine Sekunde sah es aus, als wolle er aufspringen und zu mir herüberkommen. Doch dann schüttelte er nur leicht den Kopf. Das hat nichts mit Weißem Vogel zu tun, schien dieses Kopfschütteln sagen zu wollen.

Der Sprecher der Siedler sah mich noch immer fragend an.

Ich riss mich zusammen und holte tief Atem. »Ich fragte nach seinem Namen, weil ich einen ganz bestimmten Verdacht habe. Ich vermute, dass dieser Major« – ich brachte seinen Namen nicht über die Lippen – »und die anderen Weißen euch absichtlich ins Indianerland schickten. Ich sagte ja schon, dass seit einigen Monaten in den Black Hills Gold gefunden wird. Da die Regierung in Washington die Berge und das Powderland für wertlos hielt, überließ sie beides vertraglich den Indianern. Die Bleichgesichter können jetzt nur noch unter Lebensgefahr an das begehrte gelbe Metall herankommen.

Wenn man jedoch den aufgebrachten Indianern eine große Anzahl von Weißen in die Arme triebe, könnte man damit rechnen, dass die Rothäute, wütend über das erneute Auftauchen der verhassten Bleichgesichter, diesen friedlich durch das Land ziehenden Treck überfallen und sämtliche Siedler, Frauen und Kinder massakrieren. Dann könnte man später mit Recht viele Regimenter Blauröcke gegen die mörderischen Wilden zu Hilfe rufen und sie von den Soldaten töten oder vertreiben lassen. So würde das reiche Land für die goldhungrigen Weißen wieder offen stehen.

Ich weiß, es ist eine furchtbare Vermutung. Aber ihr werdet zugeben müssen, dass es die einzig denkbare Erklärung ist.«

Zuerst versuchten sich die Siedler unter großem Stimmaufwand gegenseitig davon zu überzeugen, dass ich mich irren müsste.

Aber bald legte sich die Aufregung und nur vereinzelt hörte man noch Unglauben oder Zweifel.

Die Häuptlinge und Krieger waren aufgesprungen und gestikulierten erregt, nachdem Schwarzes Pferd sie über das Gesagte unterrichtet hatte.

Ich empfand Trauer und Entsetzen, wie weit Menschen doch sinken können! Weshalb hat er das getan, dachte ich. Wollte er sich an den Cheyenne und mir rächen? Oder an allen Indianern? Konnte er mir nicht verzeihen, dass ich lieber bei diesen geschlagenen und verfolgten Menschen bleiben wollte, als mit ihm und den anderen Weißen leben zu müssen? Konnte er diesen »Wilden«, an deren Seite ich so Furchtbares erlebt hatte, nicht verzeihen, dass sie mir mehr bedeuteten als er? Offenbar hatte man auch ihm nach dem Massaker am Sand Creek nahe gelegt die Armee zu verlassen, denn freiwillig hätte er nie seinen Abschied genommen. War deshalb sein Hass so groß? Sosehr ich mir den Kopf zermarterte, ich verstand es nicht.

Schwarzes Pferd war zu mir getreten und legte mir die Hand auf die Schulter. »Weißer Vogel sollte sich nicht quälen. Sie wird keine Antwort auf ihre Frage finden.«

Er hatte Recht, es gab jetzt Wichtigeres zu tun. Als Erstes mussten die Häuptlinge und Krieger beruhigt werden, dann musste man die Verhandlungen fortsetzen, die jetzt unter ganz neuen Voraussetzungen liefen.

Schwarzes Pferd wandte sich an die noch immer aufgeregt palavernden Cheyenne und forderte sie auf wieder Platz zu nehmen, da man die Besprechung mit den Weißen zu Ende führen müsse.

Damit auch die Siedler verstanden, was gesagt wurde, sprach ich auf Englisch zu den Häuptlingen und Kriegern, und Schwarzes Pferd übersetzte langsam.

»Die weißen Männer und Frauen haben offenbar eingesehen, dass sie von Angehörigen ihrer eigenen Rasse ins Verderben geschickt werden sollten. Um einen Grund zum Töten der Indianer zu haben, sollten diese Menschen unter den Kriegsbeilen und Pfeilen der Cheyenne ihr Leben lassen. Unsere Herzen sind traurig, wenn wir sehen, dass die Rücksichtslosigkeit und Habgier der Weißen noch nicht einmal vor den Menschen ihrer eigenen Hautfarbe Halt macht. Die Cheyenne und Sioux sind die Herren dieses Landes und sie mögen es nicht, wenn Bleichgesichter durch ihre Jagdgründe ziehen; zu oft schon sind die Weißen geblieben, und die Indianer mussten weichen, wenn sie nicht von den Blauröcken erschossen werden wollten.

Aber diese weißen Siedler wollen nicht in unserem Land bleiben, sie werden weiterziehen bis zum Yellowstone. Der größte Teil ihres weiten Weges liegt hinter ihnen und sie appellieren an die Ritterlichkeit und Großzügigkeit der Cheyenne ihnen auch den letzten Teil ihrer Reise durch das Powderland zu gestatten. Major Pearson und seine Verbündeten werden umsonst darauf warten, dass die Cheyenne die Herausforderung annehmen.«

Ich schwieg und wartete darauf, dass Schwarzes Pferd den letzten Satz übersetzte. Gespannt beobachtete ich die Gesichter der Häuptlinge. Würden sie zustimmen oder ablehnen? Doch ihre Meinen waren ausdruckslos, während sie leise miteinander sprachen.

Die weißen Männer und Frauen um uns herum tuschelten aufgeregt. Endlich erhob sich Slow Bull und gab bekannt, was er und die anderen Häuptlinge beschlossen hatten. Nachdem er geendet hatte, übersetzte ich den Siedlern die Cheyenneworte: »Die Häuptlinge und Krieger der Cheyenne sind damit einverstanden, dass ihr euren Weg durch das Powderland bis an euer Ziel fortsetzt. Obwohl sie bisher durch die Weißen fast nur Schlechtes erfahren haben, wollen sie euch vertrauen. Sollten sie aber eines Tages feststellen, dass ihr gelogen habt, und noch einen von euch in ihrem Land antreffen, so werden sie ihn töten. Die Cheyenne werden euch die nächsten beiden Tage begleiten und euch den Weg zu einer Wasserstelle, eine halbe Tagesreise von hier, zeigen.«

Erleichtertes Aufatmen oder gedämpfte Freude, je nach Temperament und körperlicher Verfassung, waren die Reaktion auf die Haltung der Indianer.

Mittlerweile begann es zu dämmern und in der Ferne sahen wir das erste Lagerfeuer der zurückgebliebenen Cheyenne aufflackern. Als wir aufsaßen, um zurückzureiten, kamen einige der Weißen heran. »Wir möchten uns bei Euch bedanken«, begann einer von ihnen.

Ich wehrte ab. »Weißer Vogel war nur ein Vermittler zwischen Rot und Weiß. Doch das nächste Mal empfangt eine indianische Abordnung nicht gleich mit einer Kugel, sonst wird euch dieser Schuss wahrscheinlich hundertfach zurückgezahlt.«

»Ihr habt Recht, wir wussten nichts von den Indianern. Man hat sie uns immer nur als mordgierige Wilde geschildert und wir hatten Angst vor ihnen. Bitte sagt ihnen, wie dankbar wir sind.«

Nachdem ich dem Wunsch der Weißen nachgekommen war, was die Häuptlinge und Krieger zu einem befriedigten Kopfnicken veranlasste, wendeten wir die Pferde, um in unser Lager zu reiten.

Die jungen Krieger waren zwar nicht gerade begeistert über den kampflosen Ausgang der Angelegenheit, aber sie sahen ein, dass es das Beste war.

Als wir uns später zum Schlafen niederlegten, kam mir die Bedeutung dessen, was ich heute erfahren hatte, erst richtig zum Bewusstsein. Erst jetzt habe ich meinen Vater wirklich verloren, endgültig und unwiederbringlich.

Ich stand auf und ging in die Dunkelheit, um Schwarzes Pferd meine Scham und Tränen nicht sehen zu lassen. Doch plötzlich stand er neben mir und nahm mich stumm in die Arme.

Wie versprochen, begleiteten wir den Treck noch zwei Tage, sorgten dafür, dass die Leute ihre Wasserfässer wieder auffüllen konnten, und trafen ohne weitere Zwischenfälle gestern, als der glutrote Feuerball der Sonne im Westen unterging, wieder in unserem Dorf am Crazy Woman ein.

15. August 1873

Vor einigen Tagen kam Besuch aus dem Oglala-Lager von Crazy Horse. Auch die Sioux berichteten, dass immer häufiger Weiße ins Powderland und in die heiligen Berge eindringen. Zum Teil konnten die Indianer sie vertreiben, doch die jungen Krieger, die der Ansicht sind, dass die gierigen Bleichgesichter immer wieder zurückkommen werden, töteten einige von ihnen.

Die Unruhe unter den verschiedenen Stämmen wächst. Viele fragten sich, was werden soll, wenn die Weißen nicht Vernunft annehmen. Die Indianer können es sich nicht gefallen lassen, dass die Bestimmungen des Vertrages von 1868 immer öfter missachtet werden. Wenn sie jetzt wieder geduldig stillhalten, wird es eines Tages zum Kämpfen zu spät sein. Die Alten sagen, es wird wieder Krieg geben, wenn die Bleichgesichter nicht aufhören die Paha Ssapa auszurauben. Amerika ist ein so riesiges und reiches Land. Warum können die Indianer nicht in einem winzigen Teil davon in Frieden leben?

5. September 1873

Gestern kehrten fünf unserer Kundschafter, die die Cheyenne seit einiger Zeit regelmäßig aussenden, mit der Nachricht zurück, dass sie schon wieder einen Trupp Goldsucher gesichtet hätten. Ungewöhnlich ist, dass die Goldgräber fünf Frauen bei sich haben.

Die Häuptlinge beschlossen, am nächsten Tag mit einer Gruppe von zwanzig Kriegern die achtundzwanzig Weißen zu verfolgen, die nach Angaben unseres Spähers kurz hinter dem Zusammenfluss von Salt Creek und South Fork am Powder ihr Lager aufgeschlagen haben. Einige der noch bei uns weilenden Oglalas baten darum, unsere Krieger begleiten zu dürfen.

Heute Morgen brachen sie mit Slow Bull und Schwarzem Pferd an der Spitze in südöstlicher Richtung auf.

Da ich mir vor ein paar Tagen beim Sprung von einem Felsbrocken den linken Fuß gestaucht habe, zog ich es vor, diesmal im Lager zu bleiben. Außerdem hatte ich von den letzten Goldsuchern noch genug.

10. September 1873

Wo bleiben unsere Krieger nur? Sie müssten schon lange zurück sein! Wenn ich nicht dabei bin, macht mich schon ein ein- oder zweitägiges Ausbleiben der Männer so unruhig, dass ich hin und her laufe wie ein Raubtier im Käfig. Der größte Teil der Cheyenne befindet sich im Norden zwischen Clear Water Creek und Tongue River auf der Jagd.

Wenn bis morgen von Schwarzem Pferd und den Kriegern keine Nachricht da ist, werde ich versuchen festzustellen, was los ist.

20. September 1873

Nachdem wir am Morgen des 19. September immer noch keine Nachricht bekommen hatten, ritt ich durchs Lager und fragte ein paar zurückgebliebene Cheyenne, ob sie mich auf der Suche begleiten wollten. Sie und auch einige Frauen stimmte sofort zu und wir machten uns noch vor Mittag auf den Weg.

Den Lagerplatz der Goldgräber am Powder fand unser Fährtensucher sehr schnell. Da wir annahmen, dass sich die Bleichgesichter anschließend zu den Black Hills gewandt hatten, bewegten auch wir uns in östlicher Richtung. Als wir am Abend unser Lager aufschlugen, hatten wir etwa die Hälfte der Wegstrecke bis zu den heiligen Bergen hinter uns.

Von Schwarzem Pferd und den anderen fehlte jede Spur. Vielleicht würden wir am kommenden Tag auf ein Zeichen von ihnen stoßen.

Am nächsten Morgen ritten wir, sobald das Gelände es zuließ, in einer breit gezogenen Linie in der bisherigen Richtung weiter. Wir kamen nur langsam vorwärts, da wir die Pferde jetzt im Schritt gehen ließen, um auf keinen Fall irgendein Zeichen zu übersehen. Bis zum Mittag blieb unsere Suche erfolglos. Doch kurz nach der Rast winkte uns einer der Krieger laut rufend zu sich. Endlich hatten wir, wenn auch nur schwach sichtbar, ihre Spur gefunden. Jetzt konnte ein rascheres Tempo vorgelegt werden.

Da stieß plötzlich einer der an der Spitze reitenden Cheyenne einen heiseren Schrei aus und spornte sein Tier an. Etwa hundert Yards vor uns sahen wir eine kleine, aus Steinen zusammengesetzte Erhebung in dem flachen Gelände, ein Gebilde, wie es Indianer auftürmen, um darunter im Kampf gefallene Krieger, vor Raubtieren geschützt, zurückzulassen. Als ich mit den anderen eintraf, waren schon einige Männer dabei, die oberste Schicht zu entfernen, um zu sehen, wer darunter lag.

Es waren die Leichen von Slow Bull, einem Cheyenne, dessen Namen ich nicht kannte, und einem Oglala-Krieger. Sie waren von mehreren Schüssen aus nächster Nähe in Brust und Bauch getroffen worden. Ihre Gesichter waren nicht bemalt.

Einige der Krieger suchten die Umgebung ab, um festzustellen, was sich abgespielt hatte.

Unbändige Wut erfüllte uns alle, als die Spurensucher berichteten, die Cheyenne und Oglalas hätten etwa zwanzig Yards von den Weißen entfernt ihre Ponys angehalten – wahrscheinlich um sie aufzufordern, das Indianerland zu verlassen. Daraufhin hätten die Goldgräber offenbar vollkommen überraschend das Feuer eröffnet. Nach den eingetrockneten Blutspuren zu urteilen, mussten noch weitere Krieger getroffen worden sein. Vermutlich hatten sich unsere Männer zunächst in Sicherheit gebracht, waren aber später zurückgekehrt, um die drei Toten vor fremdem Zugriff zu schützen, bis sie sie auf dem Rückweg mitnehmen konnten. Dann folgten sie den Mördern ihrer Stammesbrüder zu den Black Hills.

Da es bald dunkel wurde, konnten wir heute nicht mehr weiter. In dieser Nacht schliefen die meisten nicht. Die Sorge um die Männer, Zorn und Rachegedanken hielten sie wach. Als die Sonne im Osten aufging, befanden wir uns schon wieder auf dem Weg in die Berge.

Gegen Mittag kamen wir an die Ausläufer der Black Hills. Jetzt hieß es vorsichtig sein. Die Spuren der Cheyenne und Oglalas waren noch ziemlich frisch, die der Weißen etwa einen Tag alt. Da unsere Krieger ihnen nur in großem Abstand folgen konnten und jeden Aufenthalt der Bleichgesichter abwarten mussten, würden wir sie bald eingeholt haben.

Plötzlich peitschten in einiger Entfernung Gewehrschüsse auf, durch die Felswände in mehrfachem Echo zurückgeworfen. So schnell es das zerklüftete Gelände zuließ, trieben wir unsere Pferde in zwei Gruppen zu beiden Seiten eines Wasserlaufs vorwärts. Teilweise mussten die Tiere durch das flache Wasser, da die hohen Felswände oft recht nahe zusammenrückten.

Als das Krachen der Schüsse ein ohrenbetäubendes Ausmaß angenommen hatte, saßen wir ab und überließen den Squaws die Pferde, damit sie bei dem Lärm nicht durchgingen. Dicht an die Felsen gedrückt, bewegten wir uns auf eine leichte Krümmung des Flussbettes zu, dann lag der Schauplatz des Geschehens vor uns.

Etwa hundert Yards weiter hatten die Weißen ihr Lager aufgeschlagen. Jetzt lagen sie, auch die Frauen, jeden kleinen Felsvorsprung als Deckung benutzend, im Sand und verschossen mit ihren mehrschüssigen Gewehren sinnlos Munition; denn die meisten Kugeln prallten mit schrillen Tönen an den Felswänden ab, ohne einen Indianer getroffen zu haben. Die Cheyenne und Oglalas hatten sich in zwei Gruppen geteilt und beschossen die Goldgräber abwechselnd von den höher gelegenen Felsen und der uns gegenüberliegenden Seite, wo das Flüsschen zwischen mannshohen Gesteinsbrocken und kleinerem Geröll seinen weiteren Weg suchte.

Es war den Weißen unmöglich, ihre Deckung zu verlassen. Wahrscheinlich warteten sie auf die Nacht, um sich im Schutz der Dunkelheit davonzuschleichen.

Uns hatten sie noch nicht bemerkt. Da sie aus dieser Richtung keine Gefahr erwarteten, waren sie unserem Angriff fast ohne Deckung ausgeliefert. Beinahe taten sie mir Leid, als unsere Schüsse ihnen verrieten, dass ihre Sorglosigkeit ein Fehler gewesen war. In diesem Augenblick wurde ihnen klar, dass sie verloren waren.

Wenn sie nicht sofort geschossen und drei der Krieger getötet hätten, hätten die Cheyenne und die Sioux wahrscheinlich auch jetzt noch mit sich reden lassen.

Die Weißen wehrten sich verzweifelt, aber es half ihnen nichts. Eine der Frauen kam hinter ihrer Deckung hervor, warf das Repetiergewehr fort und versuchte zu flüchten. Ihre mit bunten Schleifchen verzierten Röcke flatterten im Wind. Mitten im Lauf brach sie zusammen, einen Pfeil im Rücken.

Nach etwa einer Stunde wurde das Schießen aus dem Lager der Bleichgesichter schwächer, um dann ganz zu verstummen. Nichts regte sich mehr.

Die Cheyenne und Oglalas kamen von den Felsen herunter. Einige liefen zu den Toten, um sich deren Skalps und die Pferde zu holen, doch die meisten ritten vorbei, ohne auch nur hinüberzusehen.

Da es bald dunkelte, sammelten wir uns und verließen die erdrückenden Felsen, die den Weißen zur Falle geworden waren, um in der Prärie unser Lager einzurichten.

Schwarzes Pferd ritt an meiner Seite, einen notdürftigen Verband um den Kopf, bei dem das Blut schon wieder durchsickerte. Er wirkte erschöpft und niedergeschlagen. Als er aufsah, bemerkte er die ausgestandene Angst in meinem angespannten Gesicht und ein bitteres Lächeln huschte um seinen Mund.

»Manchmal glaubt Schwarzes Pferd, dass er nur dazu da ist, Weißem Vogel Sorgen zu machen.«

»Das ist nicht die Schuld vom Schwarzem Pferd«, wehrte ich

seine Selbstvorwürfe zornig ab. »Das ist diese Zeit mit all ihrem Hass, mit der Habgier und Verlogenheit der Menschen, wo ein Klumpen Gold mehr zählt als ein Menschenleben und ein Stück Land mehr als ein gegebenes Versprechen.«

An dem Tag, der unserer traurigen Heimkehr folgte, ritten auch die Oglalas mit ihrem toten Krieger wieder in ihr Lager zurück.

17. Oktober 1873

Es ist wieder Herbst geworden. Seit zwei Tagen stürmt ein orkanartiger Wind von den Bergen ins Tal. Er heult und pfeift um die Tipis, wirbelt loses Strauchwerk durch die Luft und treibt Staub und Sand in dichten Wolken vor sich her.

Die Hügel in der Ferne beginnen langsam ihr Aussehen zu verändern; im Sommer schwarzblau mit hellen grünen Flächen, verwandeln sie sich jetzt in eine Farbpalette von goldgelben, roten, bronzenen und braunen Tönen, unterbrochen vom Dunkel der immergrünen Tannen.

Viele Menschen behaupten, dass auch der Herbst eine schöne Jahreszeit sei. Doch mich stimmt er immer wehmütig, ich empfinde ihn als Inbegriff des Abschiednehmens und der Vergänglichkeit.

Für mich klingt durch das Fallen der Blätter schon das Rieseln der Schneeflocken, die der Anfang des langen, kalten Winter sind.

5. November 1873

Solange es die Witterung noch erlaubt, gehen die Männer auf die Jagd, damit genügend Fleischvorräte für den Winter angelegt werden können.

Da Kleiner Bär, unser Sohn, mit seinen acht Jahren schon ein richtiger kleiner Krieger geworden ist, nahm ihn sein Vater das letzte Mal mit.

Strahlend und stolz brachte er sein erstes selbst erlegtes Wild, einen Hasen, mit und Schwarzes Pferd zeigte ihm, wie man ihn abhäutet.

Wenn ich unseren Jungen ansehe, kann ich es kaum glauben, dass schon eine so lange Zeit seit seiner Geburt vergangen ist. Die Jahre sind wie im Flug dahingegangen, sie kommen mir nur wie ein kurzer Augenblick vor. Werde ich nach nochmals neun Jahren immer noch so empfinden?

2. Dezember 1873

Der Winter lässt in diesem Jahr auf sich warten. Vor einigen Tagen waren sogar noch Händler von der Agentur am White River im Cheyenne-Lager, um Decken und Hemden, Zucker, Mehl, Kaffee und Tabak gegen Häute und Felle von der letzten Jagd einzutauschen.

Wie immer haben sie auch eine Menge Neuigkeiten zu erzählen. So wissen sie unter anderem zu berichten, dass die Kiowas und Comanchen unten in Kansas äußerst aufgebracht sind. Sie rebellieren gegen die Bleichgesichter, die sinnlos ihre Büffel abschießen.

Es wird wahrscheinlich nicht mehr lange dauern, bis es zwischen den Indianern und den Büffeljägern zum Krieg kommt.

Weiter erzählten sie, dass weiße Strolche und Banditen, die meist aus Texas heraufkommen, sich darauf verlegt haben, den Kiowas die wertvollsten Pferde zu stehlen. Vergeltungsmaßnahmen lassen natürlich nicht lange auf sich warten.

29. Dezember 1873

Jetzt hat der Winter Ernst gemacht, seit zwei Wochen sind

wir regelrecht eingeschneit. Rund um unser Lager türmt sich der Schnee über drei Fuß hoch. Für viele Wochen wird sich unser Leben nun wieder nur zwischen den Tipis abspielen.

Noch bevor der Winter richtig begonnen hat, sehne ich schon wieder den Frühling herbei, wünsche ich schon wieder auf dem Rücken meines Pferdes in die grüne Prärie hinauszujagen und den warmen Wind auf der Haut zu spüren.

17. Januar 1874

Seit einiger Zeit habe ich den Eindruck, als ob ein ganz bestimmter junger Mann sich für Little Cloud – Kleine Wolke –, die Schwester meines Mannes, interessiert. Er ist so häufig in der Nähe unserer Tipis anzutreffen, dass es kein Zufall mehr sein kann. Entweder tut meine kleine Schwägerin so, als ob sie nichts bemerke oder es ist ihr tatsächlich entgangen.

Ob ich mit ihr sprechen soll? Doch vielleicht ist es besser, wenn ich noch ein wenig warte.

8. Februar 1874

Gestern ist es sogar Schwarzem Pferd aufgefallen.

Deshalb bin ich heute zu Little Cloud gegangen, um mit ihr zu reden. Sie war überrascht und erfreut, als ich ihr Tipi betrat. In der Regel kommt sie zu uns, wenn sie einen kleinen Schwatz halten möchte.

Unser Sohn war auch wieder bei seiner Tante. Er hockte auf dem Boden und schnitt aus dem Horn eines Büffels einen großen Löffel für ihren Haushalt. Er ist darin sehr geschickt. Auch mir hat er schon eine ganze Reihe solcher kleinen Dinge geschnitzt, meist mit kunstvollen Verzierungen versehen.

Wenn die Witterung es nicht erlaubt, dass er draußen herumstreift, kann man ihn fast immer mit solchen Arbeiten beschäftigt finden.

Ich bat ihn seine Tante und mich für eine kleine Weile allein zu lassen, was Little Cloud zu einem erstaunten Blick veranlasste.

Er ging widerspruchslos und ich fragte meine Schwägerin, ob sie die häufige Anwesenheit eines bestimmten jungen Kriegers noch nicht bemerkt hätte. »Er streicht um unsere Tipis wie ein liebeskranker Elch!«

Little Cloud wurde ein wenig rot und senkte die Wimpern. Doch dann sah sie mich an. Ihre Stimme klang seltsam brüchig: »Little Cloud hat es bemerkt, aber sie wird den jungen Mann nicht anhören.«

Sie machte eine kleine Pause, als ob sie ihre Worte genau überlegen wollte, dann fuhr sie fort: »Er ist ein sehr schöner junger Krieger, aber Little Cloud wird nie mehr heiraten. Sie war die Squaw von Flying Lance – Fliegende Lanze – und sie hatte ein Kind von ihm. Die Blauröcke haben ihn am Washita getötet und ihren kleinen Sohn hat der Große Geist aus der Gefangenschaft befreit und zu sich geholt. Das soll nicht noch einmal geschehen. Es ist viel Zeit vergangen und Little Cloud ist zufrieden und ruhig geworden. Alles ist gut, so wie es ist, und so soll es bleiben.«

Am Abend bat ich meinen Mann mit dem jungen Cheyenne zu sprechen. »Schwarzes Pferd möge ihm sagen, Little Cloud wird nie mehr heiraten.«

Er verstand sofort und stellte keine Fragen.

2. März 1874
Endlich kann man das Ende des Winters absehen. Langsam

werden die Tage etwas länger und es ist nicht mehr so bitter kalt.

Präriefeuer ist genauso ungeduldig wie ich und Schwarzes Pferd lacht, wenn er sieht, wie ich fast jeden Morgen nachschaue, ob der Schnee auch heute noch nicht geschmolzen ist.

28. März 1874

Kaum lässt die Witterung es zu, melden unsere Späher schon wieder die ersten weißen Eindringlinge. Man könnte aus der Haut fahren. Begreifen diese Menschen, die selbst so viel Wert auf eigenen Grund und Boden legen, denn nicht, dass die Indianer auch Anspruch auf eine Heimat haben?

Einige unserer Krieger brachen auf, um die Bleichgesichter zur Umkehr aufzufordern. Sie zeigten sich seltsamerweise so gefügig, dass die Cheyenne misstrauisch wurden. Sie folgten den Weißen in einigem Abstand, und tatsächlich, nachdem sie einen Tag lang auf ihrer eigenen Spur zurückgeritten waren, bogen sie im rechten Winkel wieder in Richtung auf die Black Hills auf. Unsere Krieger überfielen sie noch am Abend, und wen sie nicht töteten, der suchte sein Heil in der Flucht.

Wieder schmücken ein paar neue Skalps die Speere und Tipis.

19. April 1874

Heute regnet es in Strömen und dicke graue Wolken werden von einem bösartig um die Tipis heulenden Wind über den Himmel getrieben.

Vor vier Tagen schien die Sonne noch so warm, dass sie mich zu einem ausgedehnten Ritt um das Dorf veranlasste. Wegen der immer zahlreicher auftauchenden Bleichgesichter hatte mir Schwarzes Pferd untersagt weiter fortzureiten.

Wie sich später zeigte, war diese Vorsichtsmaßnahme zwecklos. Ich hatte mich etwa eine Meile vom Lager entfernt und fühlte mich völlig sicher. Präriefeuer galoppierte in einem großen Bogen um das Dorf, das sich meinem Blick vorübergehend durch ein dichtes Wäldchen entzog. Als ich um den südlichen Zipfel bog, um in nordwestlicher Richtung dem Waldrand zu folgen, sah ich mich völlig unerwartet einer Gruppe von mindestens fünfundzwanzig weißen Reitern gegenüber, die alle mit Gewehren und zum Teil auch mit Colts bewaffnet waren. Sie hatten ihre Pferde angehalten und schienen irgendetwas zu besprechen. Zuerst dachte ich, ich könnte mich ungesehen davonmachen. Aber da blickte einer der Männer in meine Richtung und zwei Sekunden später setzten sich alle in Bewegung und kamen mit gezückten Waffen rasch auf mich zu.

Weiße so dicht beim Lager?, dachte ich, das kann nichts Gutes bedeuten!

»Mensch«, rief einer, »guck dir die Stute an. So etwas hat mir gerade noch gefehlt.«

Pferdediebe und Banditen, fuhr es mir entsetzt durch den Kopf.

»Das, was auf dem Gaul draufsitzt, ist auch nicht zu verachten«, unterbrach einer der Männer meine Gedanken und ich verfluchte die Anwandlung, die mich heute zu diesem Ritt verführt hatte. Während ich krampfhaft nach unverfänglichen Worten suchte und einen möglichst harmlosen Gesichtsausdruck aufsetzte, verknotete ich unauffällig die Halteleine am Sattelknauf.

»Runter vom Pferd«, kommandierte der Anführer.

»Aber warum?«, tat ich möglichst dumm.

»Wenn du nicht gleich unten bist, zeige ich dir damit, warum«, fuhr er mich ungeduldig an und hielt mir den Revolver unter die Nase.

Folgsam kletterte ich aus dem Sattel, schimpfte aber empört: »Das ist mein Pferd!«

Schadenfroh lachte einer der Kerle. »Das war deins, jetzt ist es unseres.«

Ihr werdet euch wundern, dachte ich.

Als einer nach dem Halfter greifen wollte, um Präriefeuer festzuhalten, ging sie schrill wiehernd in die Höhe.

Ich stand noch immer dicht neben ihr. Da stieß ich, für sie völlig unerwartet, den grellen Kampfschrei des angreifenden Adlers aus. Wie ein Pfeil schoss sie davon und riss einen der Männer, der ihr im Weg stand, um. Zuerst rannte sie in wilder Flucht davon, doch dann wurde sie ruhiger und besann sich auf ihre indianische Dressur, denn ich sah, wie sie in Richtung auf das Lager abschwenkte. Der am Sattel befestigte Zügel wird Schwarzes Pferd sagen, dass die Rückkehr des Tieres nicht auf einen Unfall zurückzuführen ist. Ich konnte mich eines befriedigten Lächelns nicht erwehren und bekam auch prompt die Antwort in Form einer Ohrfeige zu spüren, die mich zu Boden warf.

»Das hast du für dein Grinsen«, fuhr mich der Mann an, der so scharf auf Präriefeuer gewesen war. »Soll ich das Miststück gleich abknallen oder wollen wir noch ein wenig damit warten?«, fragte er den Anführer.

»Bindet sie an den Baum da drüben. Wir beschäftigen uns später mit ihr. Holen wir erst mal die Pferde der Indianer!«

Wütend und entsprechend fest schnürte mich der Mann an einem Baum am Waldrand fest, während ein anderer mit dem entsicherten Revolver vor mir stand.

Ich machte meinem aufgestauten Zorn durch eine Reihe Schimpfworte und Beleidigungen Luft. Es war leichtsinnig, ihre Wut noch mehr herauszufordern, aber ich konnte nicht anders. Außerdem vertraute ich darauf, dass sie die Indianer nicht durch einen Schuss zu früh auf sich aufmerksam machen würden.

Sie reagierten sich auf eine lautlose, aber schmerzhafte Art ab, indem mich der vor mir stehende Kerl mit aller Kraft links und rechts ohrfeigte. Mit einem Ring, den er an der rechten Hand trug, riss er mir beim Zuschlagen das Gesicht auf. Ich spürte, wie das Blut an meinem Hals herunterlief.

Nachdem sie sich davon überzeugt hatten, dass die Stricke eine Weile halten würden, ritten sie davon. Was würde passieren, wenn sie wiederkamen? Ich hoffte, dass Schwarzes Pferd, durch Präriefeuer gewarnt, die Banditen mit seinen Kriegern abwehren konnte. Vielleicht konnte er sie so in die Flucht schlagen, dass sie nicht mehr daran dachten, sich um mich zu kümmern. Auf jeden Fall musste ich versuchen in der Zwischenzeit von diesem Baum loszukommen. Aber sosehr ich mich auch bemühte, es war zwecklos, ich scheuerte mir nur die Handgelenke wund. Tränen ohnmächtigen Zorns liefen mir über das Gesicht. In dem tiefen Riss auf meiner Wange brannten sie wie Feuer.

Da klangen durch das Wäldchen gedämpft die ersten Gewehrschüsse zu mir herüber und verzweifelt begann ich wieder an meinen Fesseln zu zerren.

Plötzlich hörte ich hinter mir ein schwaches Geräusch. Dann fühlte ich, wie sich ein Messer zwischen meine Hände und die Stricke schob und sie zerschnitt. Das Gleiche geschah mit den Fesseln an meinen Füßen. Ich wollte schon erleichtert meine Hände reiben, als die Stimme meines Mannes leise hinter mir sagte: »Weißer Vogel muss noch stehen bleiben. Schwarzes Pferd hört Reiter. Vielleicht sind einige der Bleichgesichter entkommen.«

Und richtig. Er hatte noch nicht ganz ausgesprochen, da kamen zwei der Pferdediebe in vollem Galopp um die Bäume herum. Bei mir angekommen, sprangen sie von den Pferden und der eine schrie wütend: »Du und dein verdammter Gaul seid schuld, dass fast alle unsere Leute ins Gras beißen mussten. Pass auf, was wir jetzt mit dir machen. Du wirst gewiss deine helle Freude daran haben.«

»Das bezweifle ich«, sagte ich kalt. »Außerdem ist es eure eigene Schuld, oder hattet ihr mit einem freundlichen Empfang gerechnet?«

»Dir wird dein großes Maul gleich gestopft«, meinte der andere und wollte mir die Faust ins Gesicht schlagen. Doch mein Fuß war schneller. Überrascht starrte der Mann mich an, bevor er mit einem dumpfen Krachen ein Stückchen weiter auf der Erde landete. Und dann ging alles ganz schnell. Rasch ging ich hinter dem Baumstamm in Deckung, als auch schon die erste Kugel an meinem Kopf vorbeipfiff.

»Mensch, hör auf. Oder willst du uns den ganzen Stamm auf den Hals hetzen. Die kriegen wir auch so.«

Seltsamerweise kam ihnen in ihrer Wut überhaupt nicht der Gedanke, dass mich jemand befreit haben musste.

Während der eine mich von vorne angriff, machte der andere einen kleinen Bogen, um mir in den Rücken zu fallen. Dadurch lief er Schwarzem Pferd genau in die Arme, der sich im Unterholz verborgen hatte.

Ich hätte besser auf mich selbst geachtet, denn plötzlich hatten mich zwei Hände am Hals und drückten unbarmherzig zu. Wir fielen beide hin, ich wand und drehte mich, zog die

Knie hoch und fuhr dem Mann mit den Fingernägeln durchs Gesicht. Aber der eiserne Griff lockerte sich nicht. Ich glaubte, mein Kopf würde gleich platzen und meine gequälte Lunge müsste zerreißen, dann begannen rote Nebel vor meinen Augen zu kreisen, schnell und immer schneller.

Auf einmal war der Druck um meinen Hals fort und mit einem würgenden Seufzer holte ich tief Luft. Als ich langsam die Augen öffnete, sah ich in das erregte Gesicht meines Mannes. Vorsichtig fuhr er mit einem Finger über meine zerschundene Wange: »Wenn Schwarzes Pferd seine Squaw so sieht, dann bereut er es nicht, die beiden Bleichgesichter in die ewigen Jagdgründe geschickt zu haben.«

So endete mein missglückter Ausflug vor vier Tagen.

Die Wunde auf meiner Wange heilt nur langsam, wahrscheinlich werde ich eine hässliche Narbe davon zurückbehalten. Als ich zu Schwarzem Pferd davon sprach, lächelte er leicht und meinte: »Weißer Vogel ist bald mit Narben bedeckt wie ein alter Krieger.«

10. Mai 1874

Seit dem Auftauchen der Pferdediebe ist alles ruhig geblieben. Aber keiner gibt sich der Illusion hin, dass es so bleiben wird. Nachdem die Weißen wissen, dass es in den Black Hills Gold gibt, werden sie immer wieder kommen.

Gestern trafen Boten im Cheyenne-Dorf ein, die den freundschaftlichen Besuch einiger Oglalas und Brulé-Sioux aus dem Lager von Red Cloud – Rote Wolke – und Spotted Tail ankündigten. Wir freuen uns alle sehr und die Vorbereitungen für ein großes Fest zu Ehren unserer Gäste sind schon in vollem Gang.

28. Mai 1874

Vor etwa zwei Wochen trafen die Sioux bei uns ein, von allen freudig begrüßt. Ihre Rauchzeichen hatten wir schon zwei Tage vorher im Osten bemerkt und die Squaws beeilten sich, um mit dem Zubereiten der Speisen zeitig fertig zu werden.

Die Krieger wurden von mehreren Häuptlingen, darunter auch Spotted Tail, begleitet. Als ich ihn sah, verschwand ich rasch in unserem Tipi, um ihm keine Möglichkeit zu geben, mich wieder zu irgendeiner Unbesonnenheit zu veranlassen. Ich mag diesen freundlichen Indianerhäuptling sehr. Aber seine leicht belustigt wirkenden Augen, wenn er mit mir spricht, reizen mich ständig zu ungeheurem Widerspruch. Man könnte fast glauben, er legte es darauf an, mich aus der Fassung zu bringen. Aber vielleicht ist das nur seine Art, mir seine Sympathie zu zeigen. Auf jeden Fall hielt ich es für klüger, mich unsichtbar zu machen. Doch ich hatte nicht mit meinem Mann gerechnet, der mein Verschwinden bemerkte und mir kurze Zeit später nachkam.

»Warum ist Weißer Vogel fortgelaufen? Spotted Tail möchte die Squaw seines Blutsbruders begrüßen.«

»Das kann ich mir denken«, sagte ich leicht gereizt, »damit er wieder etwas zum Lachen hat, wenn er mich in Wut bringt. Ich kann mich noch zu gut daran erinnern, wie zornig Schwarzes Pferd das letzte Mal auf mich war, als ich vergaß indianische Zurückhaltung zu zeigen.«

»Das ist schon lange her«, antwortete er und nahm mich in die Arme. »Damals glaubte Schwarzes Pferd noch, seine weiße Squaw könne ihre Erziehung ablegen, als ob sie ein Kleid auszieht. Heute weiß er, dass er zu viel erwartet hatte, denn Jahrhunderte indianischer Kultur und Sitte kann man nicht einfach erlernen wie eine Sprache. Trotzdem ist Weißer

Vogel inzwischen so sehr Indianerin, als sei sie in einem Tipi geboren worden.«

Damit zog er mich an der Hand nach draußen, wo der Häuptling der Brulé-Sioux wartete. Er lächelte mir entgegen und begrüßte mich. Dann sagte er betont ernst und würdig, indem er die Hand aufs Herz legte: »Spotted Tail verspricht, Weißen Vogel nicht mehr wütend zu machen.« Dabei zuckte es schon wieder verräterisch um seine Mundwinkel.

»Weißer Vogel begrüßt Spotted Tail, den Blutsbruder ihres Mannes, im Lager der Cheyenne und hofft, er wird sich bei ihnen wohl fühlen.« Doch dann konnte ich es mir nicht versagen, noch hinzuzufügen: »Wenn Weißer Vogel gewusst hätte, dass der Häuptling der Brulé zuhört, wäre kein Wort über ihre Lippen gekommen.«

Jetzt lachte er laut und meinte, während er mich freundschaftlich bei den Armen fasste: »Mein Bruder Schwarzes Pferd hat eine streitbare kleine Squaw. Aber Spotted Tail liebt sie trotzdem wie eine jüngere Schwester.« Er lachte noch immer vor sich hin, als er mit Schwarzem Pferd zu den anderen Häuptlingen ging.

Zwei Tage später waren die Häuptlinge der Sioux in unserem Tipi zu Gast und Little Cloud und ich hatten alle Hände voll zu tun die Männer zu bewirten. Als sie gesättigt waren und zu ihren Pfeifen griffen, kam das Gespräch auf die immer häufiger auftauchenden Bleichgesichter. Ihre Stimmen klangen erregt und die dunklen Augen in den bronzefarbenen Gesichtern funkelten zornig. Das meiste verstand ich nicht, da sie im Sioux-Dialekt sprachen. Nur ihren wütenden Mienen konnte ich entnehmen, wie gereizt sie waren.

Auf einmal drang die Stimme eines jungen Kriegers deutlicher als bisher durch das allgemeine Stimmengewirr und als er geendet hatte, herrschte betretenes Schweigen. Alle sahen Schwarzes Pferd an, der vor Zorn bleich geworden war. Instinktiv fühlte ich, dass von mir die Rede gewesen sein musste und ich fragte Little Cloud leise, was der junge Sioux gesagt hatte.

Stockend übersetzte sie mir: »Er sagt, die Weißen breiten sich wie Ungeziefer aus und müssen wie Ungeziefer behandelt werden. Meine roten Brüder können sie jetzt schon in den Tipis der Indianer finden.«

Meine Schwägerin sprach nicht weiter, aber ich hatte den Blick gesehen, den mir der junge Häuptling zugeworfen hatte. Heiß wallte verletzter Stolz in mir hoch, weil mich der Sioux mit diesem Gesindel auf eine Stufe setzte. Aber gleichzeitig empfand ich auch etwas wie Scham darüber, dass ich die Hautfarbe dieser Menschen trug, die den Indianern fast nur Unglück brachten. In meine trüben Gedanken drang die zornige Stimme von Schwarzem Pferd; er sprach englisch, da er den Sioux-Dialekt nicht ausreichend beherrschte und die meisten Anwesenden Englisch recht gut verstanden.

»Wenn Schwarzes Pferd, der Häuptling der Cheyenne, das sagt, so können seine roten Brüder ihm glauben«, sagte er. Einen Augenblick lang schwieg er und sah mich an. Seine zornigen Augen wurden für einige Sekunden weich und zärtlich. Dann blickte er in die Runde und fuhr fort: »Die Haut von Weißem Vogel ist weiß, aber ihr Blut ist genauso rot wie das unsere und ihr Herz ist das einer Cheyenne. Wenn meine roten Brüder die Narben sehen könnten, so würden sie feststellen, dass Weißer Vogel öfter die mörderische Hand der Bleichgesichter spüren musste als dieser junge, unbeherrscht sprechende Sioux.«

Als Schwarzes Pferd schwieg, ergriff der Brulé-Häuptling das Wort: »Spotted Tail hat in den letzten Tagen häufig Gespräche mit seinem Blutsbruder geführt. Er hat dabei erfahren, dass diese junge Squaw den meisten jungen Kriegern an Tapferkeit und Mut ebenbürtig ist. Sie hat die Niedertracht und Verlogenheit vieler Bleichgesichter kennen gelernt und sie verachtet sie wie wir. Es ist nicht die Art der roten Menschen, einen anderen nach seiner Hautfarbe zu beurteilen, denn wir alle haben auch schon Weiße getroffen, die aufrichtig und anständig waren. Dieser junge Oglala hat verletzende Worte gesprochen und er hat sie in dem Tipi des Häuptlings gesprochen, dessen Gast er ist. Wir alle fühlen großen Zorn, wenn wir sehen, wie der weiße Mann seine Versprechen bricht. Tag für Tag dringen neue Bleichgesichter auf der Suche nach dem gelben Metall in unsere heiligen Berge ein. Alle Krieger, die hier versammelt sind, wissen, dass Spotted Tail immer den Frieden wollte, aber wenn die Weißen uns wieder täuschen und betrügen, wenn sie weiter unser Land stehlen und jetzt auch noch die Paha Ssapa ausrauben, dann werden Spotted Tail und seine Brulé-Sioux ihnen den Krieg erklären, selbst wenn es ihr Untergang sein sollte.«

Ich war erstaunt diesen freundlichen, stets zu einem Lächeln bereiten Indianer so ernst, fast verzweifelt zu sehen.

Die Unterhaltung der Häuptlinge verlief jetzt ruhiger und ich sah, wie der junge Oglala, der so unbesonnen dahergeredet hatte, Schwarzem Pferd seine Pfeife anbot. Mein Mann sah ihm einen Augenblick ernst und prüfend ins Gesicht, dann nahm er die Pfeife entgegen und reichte seine eigene hinüber. Damit war der Frieden wiederhergestellt.

Vor zwei Tagen sind alle in ihre Dörfer zurückgekehrt und bei uns geht wieder alles seinen gewohnten Gang.

16. Juni 1874
Die Männer der Cheyenne sind seit drei Tagen auf der Büf-

feljagd. Im Dorf werden die Vorbereitungen zum Verarbeiten der erlegten Tiere getroffen, von denen die Indianer alles bis auf den letzten Knochen verwerten: hauptsächlich für Haushaltsgeräte und Sättel, aber auch die Muskeln und Sehnen für Nähmaterial und Bogensehnen. Die Häute verwendet man für die Tipis, und die Felle werden zu Decken und robuster Winterkleidung verarbeitet.

Auch Kleiner Bär durfte dieses Mal auf die nicht ungefährliche Jagd mit, da er, wie er sagte, ja jetzt bald erwachsen ist – er wird schon neun Jahre alt. Schwarzes Pferd lächelte belustigt und meinte, man könnte es ja mal mit ihm versuchen.

18. Juni 1874

Gestern kamen die Jäger zurück und brachten reichliche Beute mit. Als ich Kleinen Bär sah, erschrak ich zunächst heftig, so zerschunden war er. Doch dann musste ich mir das Lachen verkneifen über seinen zerknirschten und dennoch trotzigen Gesichtsausdruck. Wie mir sein Vater erzählte, hatte er sich, offenbar um seinen Mut zu beweisen, ausgerechnet mit einem ausgewachsenen Bullen angelegt. Sein Pony war mit den Hufen in von Präriehunden gegrabene Löcher geraten. Es stürzte und der kühne Jäger fiel mit ihm. Als der Bulle sah, dass sein Feind am Boden lag, blieb er stehen. Dann kam er mit gesenktem Kopf zurück und begann seinen Widersacher mit Hörnern und Hufen zu bearbeiten, bis einer der Männer ihn mit einem Pfeil niederstreckte.

Kleiner Bär hat großes Glück gehabt, dass er so glimpflich davongekommen ist. Ich habe schon oft die fürchterlichen Wunden gesehen, die die Hörner dieser gewaltigen Tiere hinterlassen.

9. Juli 1874

Heute kamen zwei völlig erschöpfte Boten aus dem Oglala-Lager von Red Cloud – Rote Wolke – bei uns an. Sie waren von ihrem Häuptling ausgesandt worden, um uns vor den Soldaten zu warnen.

Wir dachten zunächst, wir hätten uns verhört. Soldaten in den Black Hills? Was wollen sie dort?

Wie die Sioux in Erfahrung bringen konnten, werden die Blauröcke von dem inzwischen zum General beförderten »Pahuska« – Langhaar – Custer kommandiert.

Als allen klar geworden war, dass sie die Nachricht richtig verstanden hatten, brach ein Höllenlärm los. Aber nicht nur bei uns ist die Empörung groß, auch in den anderen Dörfern sind die Indianer aufs Äußerste gereizt. Sie können nicht begreifen, dass jetzt auch noch Soldaten in das Land eindringen, das doch für ewige Zeiten den Sioux, Cheyenne und Arapahoes gehören sollte.

Schwarzes Pferd will morgen mit den Kriegern zum Dorf unserer Verwandten reiten und mit Dull Knife – Stumpfem Messer – besprechen, was unternommen werden soll. Wenn sich dort Antilopen zeigen sollten, werden sie vielleicht noch ein wenig jagen, denn das zarte Fleisch dieser Tiere ist immer eine willkommene Abwechslung.

15. Juli 1874

Die ersten beiden Tage nach dem Fortreiten der Männer waren wir noch mit dem Herstellen von Trockenfleisch beschäftigt, anschließend wollte ich eine zerrissene Hose von Kleinem Bär ausbessern, aber diese Arbeit wurde nur halb fertig. Denn am dritten Tag begann ich so nervös zu werden, dass ich kaum noch stillsitzen konnte. Seltsamerweise machte ich mir keine Sorge um meinen Mann, sondern wurde das Gefühl nicht los, es drohe uns hier im Lager Gefahr. Am späten Nachmittag hatte meine Unruhe einen solchen Grad erreicht, dass ich Präriefeuer sattelte und losritt.

Da man vom Lager aus in jede Richtung, bis auf eine, freie Sicht hatte, richtete ich meine Aufmerksamkeit gleich nach Südwesten, wo das dichte kleine Wäldchen lag, das schon einmal kommendes Unheil vor uns verborgen hatte.

Ich konnte nichts Verdächtiges entdecken und umrundete das Waldstück. Nach kurzer Zeit sah ich eine größere Felserhebung vor mir. Ich war dort schon einige Male mit Präriefeuer gewesen und wusste, dass man, kam man direkt von Süden, zwischen den Felsbrocken einen Weg fand, der in einer geschützten Mulde endete. Um zu sehnen, ob sich irgendjemand an diesem ausgezeichneten Lagerplatz aufhielt, konnte ich mir den Umweg sparen und die Felsen erklettern. Das hatte außerdem den Vorteil, dass ich von dort gleichzeitig die ganze Umgebung überblicken konnte. Oben sah ich mich vorsichtig um, konnte aber nichts Ungewöhnliches feststellen.

Leise kroch ich an den Felsvorsprung, um hinunterzusehen. Nichts. Ich wollte mich schon aufrichten, da hörte ich plötzlich leise Stimmen. Ich schob mich weiter nach links und sah etwa fünfzehn Weiße, die, von einem überhängenden Felsstück bisher verborgen, an einem kleinen Feuer zusammensaßen. Bis zu ihnen hinunter mochten es nur ungefähr acht Yards sein. Schnell zog ich den Kopf zurück, damit mich keiner von ihnen, sah er zufällig hoch, bemerken konnte.

Gerade sagte einer: »Aber ist das nicht zu gefährlich? Wir sind doch nur sechzehn Mann gegen ein ganzes Indianerdorf.«

»Pah«, machte ein anderer, »wir sind gut bewaffnet und außerdem habe ich gesehen, dass vor zwei Tagen die meisten Männer mit dem Häuptling nach Norden aufgebrochen sind. Jetzt sind nur noch ein paar alte und ganz junge Rothäute mit den Frauen und Kindern im Lager.« Diese Stimme, dachte ich, habe ich doch schon einmal gehört.

»Was gibt es dort denn überhaupt zu holen?«, fragte einer der Männer zweifelnd.

»Es sind noch genug Pferde da und bestimmt einige sehr brauchbare Weiber. Außerdem werdet ihr wahrscheinlich eine Menge Büffelhäute und Felle finden, die man zu Geld machen kann.«

Jetzt wusste ich, woher ich die Stimme kannte. Sie gehörte dem einen der Pferdediebe, der meine Stute so gern besessen hätte und der mich später so hart geschlagen hatte. Er hatte also fliehen können.

»Ich meine trotzdem, es lohnt sich nicht, dafür den Kopf zu riskieren«, sagte der Mann, der sich schon einmal zweifelnd geäußert hatte.

»Bist du ein altes Weib und hast schon vorher die Hosen voll?«, fragte der Anführer gereizt. »Wenn du zu feige bist, kannst du ja hier bleiben. Ich werde jedenfalls hinreiten. Habe noch eine kleine Rechnung mit dem weißen Weibsbild zu begleichen. Dieses Miststück ist schuld, dass mein Bruder an einem Pfeil krepieren musste. Und das nur, weil diese Indianerhure ihren Gaul so dressiert hatte, dass keiner außer ihr den Teufelsbraten festhalten konnte. Ich werde jedenfalls hinreiten, und wenn ich hier nur lauter Feiglinge bei mir hab, reite ich eben allein.«

Das wollten sich die Männer nicht sagen lassen und ich hörte Zustimmung von allen Seiten.

»Wann soll es denn losgehen?«, erkundigte sich einer.

Wieder die Stimme des Anführers: »Wir reiten los, sobald es hell genug ist, dass man etwas erkennen kann. Dann fallen wir noch im Morgengrauen, wenn alles schläft, über sie her.« Ich hatte genug gehört. Mir war ganz kalt geworden vor Schreck. Nur schnell ins Lager zurück, bevor die Kerle merkten, dass sie belauscht worden waren.

Als ich ins Dorf zurückkam, lief ich sofort zu den fünf noch im Lager anwesenden alten Männern, die vor einem der Tipis saßen und ihre Pfeifen rauchten. Ich erklärte ihnen, was passieren würde. Zuerst waren sie betroffen, doch sie hatten sich gleich wieder in der Gewalt. Abwartend sahen sie mich an.

Sie können doch mir, nur weil ich die Squaw ihres Häuptlings bin, nicht die ganze Verantwortung aufladen, dachte ich erschrocken.

Spotted Eagle – Gefleckter Adler –, einer der Ältesten, winkte mich zu sich. »Die Squaw unseres Häuptlings sollte ruhiger werden, damit ihr die Gedanken nicht mehr fortlaufen«, sagte er leise.

Ich setzte mich neben ihn und wartete, bis meine Aufregung sich legte.

Da fuhr der alte Indianer an meiner Seite fort: »Weißer Vogel weiß, dass sie handeln muss. Sie kann nicht die Arme kreuzen und so tun, als sei sie eine dumme kleine Squaw. Sie hat die weißen Männer miteinander reden hören, sie kennt sie besser als wir. Weißer Vogel soll uns sagen, was sie tun würde.« Er schwieg und sah mich ernst an. Ich versuchte ruhig und folgerichtig zu denken. Die Zeit drängte, es begann schon zu dämmern.

Mit einem Blick zum Himmel sagte ich schließlich: »Zuerst muss einer in das Lager unserer Verwandten reiten und unsere Männer zurückholen. Wenn er gleich aufbricht, kann er noch vor Mitternacht dort eintreffen.« Ich sah mich unter den ungefähr zwanzig männlichen Cheyenne um und überlegte, welcher von ihnen einen solchen Gewaltritt am ehesten bewältigen würde. Da fiel mein Blick auf einen kräftigen, etwa sechzig Jahre alten Mann, der etwas abseits von den anderen sein Pony striegelte.

»Dieser Mann soll reiten, Weißer Vogel gibt ihm ihr Pferd. Es ist das schnellste.«

Der alte Indianer neben mir legte die Hand auf meinen Arm.

»Die Entscheidung von Weißem Vogel ist gut, aber Spotted Eagle meint, es wäre besser, zwei Reiter loszuschicken.«

Er hatte Recht. Was geschah, wenn der eine unglücklich stürzte und nicht rechtzeitig oder gar nicht ankam? Ich bestimmte noch einen Jungen von zwölf Jahren. Dem Älteren trug ich auf das beste Pferd für den jungen Cheyenne auszuwählen und sofort aufzubrechen.

Dann rief ich Little Cloud und bat sie die Squaws zusammenzurufen. Nachdem alle – mit den Frauen waren wir etwa vierzig – versammelt waren, berichtete ich noch einmal, was uns erwartete. Einige Indianerinnen schrien erschrocken auf, doch die meisten nahmen es erstaunlich ruhig auf.

»Alle Cheyenne«, sagte ich, »auch die Squaws, die gut schießen können, müssen sich bewaffnen. Da wir nicht viele Gewehre besitzen, sollten nur die schießen, die auch damit treffen können. Die anderen nehmen Pfeil und Bogen. Squaws, die nicht mit der Waffe umgehen können, gehen mit den Kindern noch vor Einbruch der Dunkelheit in den Wald und verstecken sich im Unterholz. Ihre Spur wird von der Nachtkühle und dem Tau bis zum Morgen unsichtbar gemacht werden. Auch wir müssen bis Mitternacht das Dorf verlassen haben.«

Die jungen »Männer« sahen mich erstaunt an und einer meinte zornig: »Cheyenne laufen nicht weg!«

»Nein«, gab ich ihm Recht, »wir laufen nicht weg. Aber die Bleichgesichter dürfen uns nicht im Lager antreffen; denn wenn sie auf die Idee kommen, uns einzukreisen, bevor sie angreifen, haben wir kaum eine Chance. Es sind, wie ihr wisst, sechzehn ausgezeichnet bewaffnete Kerle, die vor nichts zurückschrecken. Und wir sind zusammen gerade vierzehn mit genau sechs alten Gewehren, für die wir nur wenig Munition haben. Für die anderen Schützen sind nur Pfeil und Bogen da. Es darf später also nur geschossen werden, wenn einer versucht, aus der Falle, die wir ihnen stellen werden, zu entkommen. Wir werden jeder einen Felsbrocken, einen Strauch oder eine Bodenwelle rund um das Dorf zur Deckung aussuchen und dort warten, bis sich alle Weißen zwischen den Tipis befinden. Weißer Vogel wird dreimal den Ruf der Eule nachahmen, das wird das Zeichen zum Angriff sein.«

Ich schwieg und sah Spotted Eagle an. Der alte Indianer lächelte ein wenig und nickte zustimmend.

Die Frauen und Kinder begaben sich sofort zum nahen Wäldchen. Ihnen würde nichts geschehen. So sicher und ruhig, wie ich mir den Anschein gab, fühlte ich mich gar nicht, aber außer Spotted Eagle merkte das keiner. Ich hatte wirklich große Angst. Immer wieder glaubte ich etwas Wichtiges vergessen zu haben und die Furcht, der ganze Plan könne schief gehen, lag wie ein Alpdruck auf mir. Diese Angst wurde ich die ganze Nacht nicht los.

Als die ersten Vögel ihr verschlafenes Liedchen anstimmten und es ganz allmählich heller wurde, legte sich das Zittern in mir.

Jetzt konnte es nicht mehr lange dauern.

Und wirklich, es mochten keine fünf Minuten vergangen sein, als ich sie hörte. In der Stille vernahm man das leise Trommeln der Pferdehufe ganz deutlich. Da bogen sie auch schon um die letzten Bäume. Ich konnte sie nur als eine undeutliche dunkle Masse wahrnehmen. Vor dem Dorf angekommen, stiegen sie von den Pferden und schlichen einer nach dem anderen weiter. Ich fühlte meine Handflächen feucht werden. Da, jetzt waren sie weit genug von ihren Pferden entfernt. Ich gab das verabredete Zeichen. Dann legte ich an und schoss, und mit mir fünf andere. Die Bogenschützen machten ihre Sache so hervorragend, dass kein Zweifel darüber bestehen konnte, dass sie einmal vortreffliche Krieger werden würden.

Die weißen Männer waren im ersten Augenblick so überrascht, dass sie planlos durcheinander liefen, um sich irgendeine Deckung zu suchen. Doch dann besannen sie sich auf ihre Schusswaffen und begannen zurückzuschießen.

Verließ einer die Deckung, um zu den Pferden zu laufen, wurde er von allen Seiten unter Feuer genommen, ansonsten sparten wir unsere knappe Munition. Aber die Männer merkten auch so, dass sie in einer Falle saßen. Nach der Sonne zu urteilen, die gerade ihre ersten Strahlen über den Horizont schickte, musste seit dem Eintreffen der Banditen schon mindestens eine Stunde vergangen sein. Von den sechzehn Kerlen lagen fünf tot zwischen den Zelten. Wie viele von ihnen verwundet waren, konnte ich nicht feststellen.

Wie lange würde es noch dauern, bis unsere Munition aufgebraucht war?

Wenn die Strolche da drüben merkten, dass wir nicht mehr zurückschießen können, ist es aus, dachte ich.

Immer wieder versuchte einer der Weißen zu den Pferden zu kommen. Doch wir zeigten ihnen, dass wir auf dem Posten waren.

Die Sonne stieg höher und höher und begann ihre ganze sommerliche Kraft zu entfalten.

Wo nur unsere Krieger bleiben?, fuhr es mir durch den Kopf. Sie müssten doch längst da sein!

Die schlaflose Nacht und die Hitze taten langsam ihre Wirkung. Vor meinen Augen begann es zu flimmern und die Lider wollten mir zufallen. Bei den anderen schien eine ähnliche Wirkung einzutreten, denn ich sah einen der weißen Banditen aus der Deckung laufen, ohne dass etwas geschah. Er kam fast bis zu den Pferden. Mir wäre es lieber gewesen, er wäre mit einem Pfeil aufgehalten worden und ich hätte die Kugel sparen können, denn es war meine vorletzte.

Die Minuten schlichen dahin. Die Bleichgesichter verhielten sich ruhig. Vielleicht wollten sie abwarten, bis wir in der prallen Sonne auf unserem Posten eingeschlafen waren.

Die Hitze begann unerträglich zu werden. Da endlich hörte ich in der Ferne das dumpfe Dröhnen herannahender Pferde auf dem Grasboden. Auch die Weißen in ihren Verstecken mussten etwas gemerkt haben, denn sie versuchten einen neuen Ausbruch. Doch unsere letzten Kugeln und Pfeile trieben sie wieder zurück. Nur sieben oder acht Männer erreichten die Tipis und versteckten sich darin. Die anderen blieben tot oder verwundet liegen.

Dann kamen unsere Krieger, an der Spitze Schwarzes Pferd. Staub und Gras wirbelten die donnernden Hufe der Pferde auf, als sie ins Dorf ritten und mit ihrem Reatas die Zelte einrissen.

Keiner konnte sich jetzt noch vor ihnen verstecken. Die Männer rannten um ihr Leben. Aber die Lanzen und Pfeile der Cheyenne waren schneller.

Ich empfand unendliche Erleichterung, jetzt konnte ich alles Weitere meinem Mann überlassen.

Mit der Befreiung von den Sorgen kam auch die bleierne Müdigkeit zurück, die ich bis jetzt erfolgreich bekämpft hatte. Das leer geschossene Gewehr in der Hand, sank mein Kopf gegen den sonnenwarmen Fels, hinter dem ich seit Stunden fast bewegungslos hatte ausharren müssen. Ich schlief ein, so tief und fest, dass ich nichts davon spürte, als Schwarzes Pferd kam, mich aufhob und ins Lager trug.

Erst am nächsten Morgen, nach zwanzig Stunden, wachte ich wieder auf. Die Männer hatten die Tipis wieder aufgerichtet und auch die Squaws waren mit den Kindern aus dem Wald zurückgekehrt. Wenn ich nicht die Leichen der getöteten Banditen gesehen hätte, wäre mir wahrscheinlich alles wie ein böser Traum vorgekommen.

Als mein Mann sah, dass ich verschlafen blinzelnd in die Sonne hinaustrat, kam er mir lächelnd entgegen. »Hat der tapfere Krieger ausgeschlafen?«

Fest schloss er mich in die Arme. »Schwarzes Pferd ist sehr erschrocken. Er glaubte, der Schlaf des Todes hätte die Augen von Weißem Vogel geschlossen. Aber sie schlief nur, erschöpft wie ein Kind, das zu lange geweint hat.« Er machte eine kleine Pause und sein Blick streichelte mein Gesicht. »Wir konnten nicht früher da sein, die Boten trafen uns nicht im Lager. Wir waren mit einigen Verwandten auf der Jagd und die Späher fanden unseren Lagerplatz erst im Morgengrauen. Spotted Eagle hat Schwarzem Pferd alles berichtet. Der Häuptling der Cheyenne ist sehr stolz auf seine Squaw.«

Ich erwiderte sein glückliches Lächeln und sagte leise: »Weißer Vogel liebt Schwarzes Pferd sehr und sie ist froh, dass alles so gut abgelaufen ist. Sie hatte große Angst!«

11. August 1874

Zwei Wochen nachdem Schwarzes Pferd und seine Männer aus dem Lager der Northern-Cheyenne zurückgekehrt waren, traf eine Nachricht von Red Cloud bei uns ein: Er bat alle Cheyenne und Oglalas vorerst Ruhe zu bewahren und keinen vorschnellen Entschlüsse zu fassen, da er überzeugt sei, der Große Vater in Washington werde nicht zulassen, dass immer mehr Weiße in das Powderland und die Paha Ssapa eindringen.

Hoffen wir, dass er Recht behält; denn viel bedarf es nicht mehr, um den Zorn der Indianer zum Kochen zu bringen.

Auch Dull Knife, Schwarzes Pferd und die anderen Häuptlinge sind bei ihrer Beratung im vorigen Monat zu dem Entschluss gelangt, vorläufig noch abzuwarten, was die Regierung gegen die unverschämten Bleichgesichter unternimmt.

Allerdings werden sie trotzdem die von ihren Spähern gemeldeten Eindringlinge verfolgen und töten, wenn diese ihrer Aufforderung umzukehren nicht Folge leisten.

3. September 1874

Seit drei Tagen herrschte eine ungewöhnliche, beinahe hektische Betriebsamkeit im Lager. Fragte ich nach dem Grund, hüllte sich jeder in geheimnisvolles Schweigen.

Kurz nach Mittag kam heute Schwarzes Pferd zu mir, nahm mich bei der Hand und forderte mich in seiner wortkargen Art auf mit ihm zu kommen.

Als wir den freien Platz zwischen den Tipis erreichten, war dort fast das ganze Dorf versammelt. Die Cheyenne machten uns schweigend Platz, bis wir vor dem Ältesten standen. Schwarzes Pferd ließ meine Hand los und setzte sich an die linke Seite von Spotted Eagle, worauf dieser mir bedeutete zu seiner Rechten Platz zu nehmen. Ich war sehr gespannt darauf, was jetzt kommen würde.

Langsam, fast zögernd setzte das dumpfe Tam-Tam der Trommeln ein, um sich nach wenigen Minuten zu einem wilden Stakkato zu steigern. Dann wurde der Rhythmus wieder ruhiger und etwa zwölf festlich gekleidete und mit ihren Federhauben geschmückte Krieger erschienen. Zum Takt der Trommeln erzählten sie mit Händen und Füßen, Körper und Mienenspiel die Geschichte von dem siegreichen Ausgang des hinter uns liegenden Überfalls. Erstaunt erkannte ich auch mich in einem der Tänzer wieder. Es ist frappierend, welche unheimliche Beobachtungsgabe diese naturverbundenen Menschen haben und mit welcher Virtuosität sie auf dem Instrument Mensch mit all seiner Wandlungs- und Ausdrucksfähigkeit zu spielen verstehen. Als die Tänzer endeten, belohnte lautstarker Beifall die Darbietung.

Jetzt betraten zwei Squaws den Tanzplatz, in der einen erkannte ich Little Cloud, die Präriefeuer vorführten. Auf ihrem Rücken lag eine wunderschöne Satteldecke, so reich und bunt bestickt, dass es eine Arbeit von Wochen gewesen sein musste, bis sie fertig war. Zwischen einer regelmäßigen Reihenfolge von Ornamenten waren fast alle wichtigen Begebenheiten meines Lebens bei den Cheyenne in der einfachen Bilderschrift der Indianer dargestellt. Ich war sprachlos und überwältigt und auch ein wenig verlegen.

Doch bevor ich irgendetwas sagen konnte, sprengten zwei

Krieger auf ihren Ponys in das Rund. Dicht vor Spotted Eagle zügelten sie ihre Tiere und sprangen aus dem Sattel. Der eine trug eine mit Adlerfedern geschmückte Lanze und der andere einen Kopfschmuck, ein perlenbesetztes Stirnband mit seitlich angebrachten langen bunten Perlenschnüren, an dem hinten ebenfalls drei große Federn von den Schwingen eines Adlers angebracht waren. Sie blieben vor dem Ältesten stehen, der sich inzwischen erhoben hatte und jetzt mit den beiden Kriegern zu mir kam. Spotted Eagle bedeutete mir aufzustehen. Ich folgte seinem Wink, sah jedoch unsicher zu Schwarzem Pferd hinüber. Doch der blickte unbeweglich geradeaus.

Als Spotted Eagle den Kopfschmuck entgegennahm, um ihn mir aufzusetzen, schüttelte ich, vor Aufregung stumm, nur heftig den Kopf. Ernst und ein wenig enttäuscht blickten mich seine schwarzen Augen an; lebhafte und scharfe Augen in einem Gesicht, in dem das Alter seine tiefen Furchen hinterlassen hatte.

»Für die Cheyenne ist es etwas Besonderes, wenn eine Squaw handelt und ihre roten Schwestern und Brüder vor dem Tod bewahrt. Weißer Vogel hat die ungewohnte Bürde mutig auf sich genommen und gezeigt, dass sie würdig ist die Squaw unseres Häuptlings zu sein. Ihr Plan, die weißen Banditen in ihrer eigenen Falle zu fangen, war der Plan eines klugen Kriegers. Und doch glaubt sie die Würde eines mutigen Cheyenne nicht tragen zu dürfen?«

Beschämung überfiel mich bei den Worten des alten Mannes. Sie wollten mich auszeichnen und ich stieß sie mit meinem Benehmen vor den Kopf. Für sie war es wirklich eine besondere Leistung gewesen, die es zu würdigen galt.

Der alte Indianer merkte, was in mir vorging, denn er fragte leise: »Hat Weißer Vogel eingesehen, dass sie die Cheyenne beleidigt, wenn sie sich weigert die Federn des Adlers zu tragen?«

Ich schluckte trocken und nickte nur stumm.

Da trat er einen Schritt vor und legte mir, während ich den Kopf neigte, das perlenbesetzte Band mit den drei großen Federn um die Stirn. Dann wandte er sich um, nahm die Lanze aus den Händen des Kriegers entgegen und übergab sie mir. Schwer lagen seine Hände auf meinen Schultern und seine Stimme klang seltsam rau, als er sprach: »Weißer Vogel hat sich dieser äußeren Zeichen von Mut und Tapferkeit würdig erwiesen. Die Cheyenne sind stolz auf sie, ihr Name wird niemals vergessen werden. Möge der Große Geist immer über sie wachen und sie vor den Pfeilen und Kugeln ihrer Feinde schützen.«

Die Frauen und Kinder klatschten fröhlich Beifall, während die Krieger durch ernstes Kopfnicken den Worten Spotted Eagles beipflichteten. Verlegen blickte ich in ihre freundlichen Gesichter und kämpfte um meine Fassung.

»Die Cheyenne haben Weißem Vogel eine große Ehre erwiesen und sie bedankt sich dafür. Sie hofft, dass sie das Vertrauen, das ihre roten Schwestern und Brüder in sie setzen, nie enttäuschen wird. Die Zelte der Cheyenne sind die Heimat von Weißem Vogel und ihr alle seid ihre Familie, seid ihr Vater und Mutter, Bruder und Schwester geworden. Sie liebt euch und wird euch nie verlassen!«

Zum Schluss kamen mir trotz aller Selbstbeherrschung doch die Tränen. Ich setzte mich schnell wieder hin und senkte den Kopf so tief wie möglich, um mein Gesicht zu verbergen.

Da spürte ich, dass sich jemand neben mir niederließ, und hörte leise die Stimme meines Mannes: »Weißer Vogel sollte nicht weinen, denn die Sonne von Schwarzem Pferd wird dunkel, wenn sie weint. Ihre roten Schwestern und Brüder werden traurig, denn sie verstehen ihre Tränen nicht. Sie wollen ihre weiße Schwester glücklich sehen.«

Er hatte Recht. Sie hatten mich wie einen Mann ausgezeichnet und ich benahm mich wie ein kleines Mädchen. Meine Tränen versiegten augenblicklich, als mir das klar wurde. Verlegen blinzelte ich Schwarzes Pferd an, der mir erleichtert zulächelte.

Das Pochen der Trommeln setzte wieder ein und die Festlichkeiten nahmen ihren Fortgang. Bis in den frühen Morgen wurde getanzt, gesungen und gegessen. Im Osten kündigte sich bereits der Tag an und die ersten Vögel erwachten, als die Cheyenne sich glücklich und müde in ihren Tipis zum Schlafen niederlegten.

21. September 1874

Wieder meldeten unsere Späher das Auftauchen von Bleichgesichtern. Weiße Händler, die gelegentlich zu uns kommen, berichteten, dass Custers Soldaten überall von dem Gold in der Paha Ssapa erzählen. Kein Wunder, dass immer mehr Weiße auftauchen, um sich das gelbe Metall zu holen. Die Soldaten haben angeblich die Anweisung, die Goldsucher zurückzuschicken, aber niemand kümmert sich darum, ob sie den Befehl erteilen und diesem auch Folge geleistet wird.

Schwarzes Pferd hat nach einer Beratung mit den Ältesten beschlossen den Weißen mit einer Abordnung Krieger entgegenzureiten, um sie zur Umkehr zu bewegen.

Kleiner Bär bat so dringend auch einmal mitkommen zu dürfen, dass sein Vater ihm den Wunsch erfüllte. Außerdem meinte einer der Ältesten, es sei gut, das Kind mitzunehmen.

Dann könnten die Bleichgesichter sehen, dass die Cheyenne keine kriegerischen Absichten hätten, und sie würden ihre Gewehre stecken lassen.

Heute noch vor Mittag sind sie losgeritten. Kleiner Bär strahlte über das ganze Gesicht. Als ich die Pferde und ihre Reiter in der Ferne immer kleiner werden sah, musste ich minutenlang gegen den Wunsch ankämpfen, hinterherzureiten und den Jungen zurückzuholen. Ich schalte mich selbst eine Närrin. Bis morgen Abend wollen sie ja schon wieder zurück sein.

17. Oktober 1874

Unser Sohn, unser kleiner Junge ist tot! Ich kann es noch immer nicht begreifen, obwohl jetzt schon fast vier Wochen seit dem furchtbaren Tag vergangen sind. Warum hat mich keine Vorahnung gewarnt, warum hat mich mein manchmal fast hellseherischer Instinkt ausgerechnet bei meinem eigenen Kind im Stich gelassen?

An dem Tag, als unsere Männer zurückkamen, half ich Little Cloud beim Backen. Kein Rauchzeichen hatte ihr Kommen angekündigt; deshalb wurden wir beide erst aufmerksam, als Unruhe und erregtes Gemurmel an unsere Ohren drangen. Wir hatten unsere Krieger schon am Abend zuvor erwartet. Was uns jedoch erschreckt nach draußen laufen ließ, war die plötzliche Stille, dieses tödliche Schweigen.

Ich sehe noch immer, wie Schwarzes Pferd langsam auf mich zukommt, ein schlaffes Bündel auf den Armen, unseren Jungen. Eine entsetzliche Kälte stieg in mir hoch und breitete sich über meinen ganzen Körper aus. Dann stand mein Mann vor mir, seine Augen waren wie erloschen. Er wollte etwas sagen, aber es kam nur ein leises Stöhnen über seine Lippen.

Ich blickte in das Gesicht unseres Kindes, dieses unschuldigen kleinen Jungen. Seine Augen waren geschlossen, der Mund leicht geöffnet, als ob er gleich lächeln würde. Aber wir werden ihn nie mehr lachen sehen, nie mehr seine helle Jungenstimme hören, wenn er mit den anderen Kindern um die Tipis rennt.

Er ist tot, sein fransenbesetztes Hemd ist braun von eingetrocknetem Blut. Zwei Kugeln haben seine Brust getroffen und sein kleines Herz stillstehen lassen.

Im ersten Augenblick fühlte ich nichts, gar nichts. Doch dann überfiel mich Hass, so mörderischer Hass, dass mir die Luft wegblieb. Ich wollte schreien, aber ich brachte keinen Ton heraus. Ich sah noch, wie Schwarzes Pferd sanft unser Kind zu Boden legte, dann begann seine Gestalt vor meinen Augen zu verschwimmen.

Plötzlich spürte ich zwei kräftige Hände, die meine Schultern packten und mich grob schüttelten. Dann schlug mir eine Hand ins Gesicht. »Verzeih«, sagte Schwarzes Pferd heiser. Da endlich konnte ich wieder atmen. Ich hörte eine Stimme, fremd klang sie und doch wie meine eigene. Immer wieder sagte die Stimme atemlos und hasserfüllt: »Tötet sie, tötet sie, tötet sie . . .«

Schwarzes Pferd legte seine Arme um mich. »Weißer Vogel kann ruhig sein, es ist schon geschehen. Diese Bleichgesichter werden nie mehr friedliche Indianer erschießen.«

Seine letzten Worte konnte ich kaum noch verstehen. Ich sah seine zitternden Lippen, seine in Tränen schwimmenden schwarzen Augen. Voller Verzweiflung fühlte ich, wie er litt, und ich schlang meine Arme um seinen Hals und bat ihn um Verzeihung, weil ich nur an mich, nur an meinen Schmerz gedacht hatte.

Später, viel später, erzählte er mir dann, wie es geschehen war. Sie waren bereits kurz nach Mittag auf die Weißen gestoßen und langsam auf sie zugeritten. Keiner der Cheyenne trug eine Waffe in der Hand und Schwarzes Pferd hatte sogar die Hand zum Friedenszeichen erhoben. Die Schüsse der Bleichgesichter trafen sie völlig unvorbereitet. Entsetzt sahen sie, wie Kleiner Bär und einer der Krieger getroffen von ihren Ponys stürzten. Dann taten sie, als ob sie die Flucht ergriffen, aber nur um den Mördern heimlich zu folgen. Noch in der Nacht fielen sie über die Weißen her. Als alle getötet waren, sahen sie, weshalb die Gewehre der Bleichgesichter trotz großer Entfernung so genau schossen. Sie entdeckten ein seltsames schmales Rohr auf dem Lauf, und als sie hindurchblickten, stellten sie fest, dass es ein dünnes Fernrohr war, mit einem Kreuz in der Mitte.

Little Cloud traf der Verlust ihres Lieblings ungeheuer. Sie lief tagelang wie betäubt umher, reagierte kaum, wenn man sie ansprach und brach sofort in Tränen aus, wenn die Rede auf Kleinen Bär kam.

Sie sind alle entsetzt und verzweifelt. Wenn ein Krieger im Kampf fällt, so ist das zwar furchtbar, doch es ist leichter zu ertragen, wenn man daran denkt, dass er dann in den ewigen Jagdgründen weilt. Aber ein Kind? Ein unschuldiger Junge, der niemandem etwas getan hatte?

Die Trauer umgibt mich wie eine Hülle, durch die keine Freude, kein Lachen mehr dringt. Wenn ich das trostlose Gesicht von Schwarzem Pferd sehe, würgt mich das Weinen und ich möchte zu ihm laufen und dieses Gesicht streicheln und seinen traurigen Mund küssen, bis er wieder ein klein wenig lächelt. In der Nacht suchen wir beide Trost in der Nähe des anderen; und wenn wir endlich einschlafen, halten wir uns bei der Hand wie Kinder, die sich im Dunkeln fürchten.

9. November 1874

Das Wetter passt zu unserer freudlosen Stimmung, der Himmel ist düster und wolkenverhangen. Der Regen tropft monoton und schwermütig auf die Tipis. Stundenlang sitze ich regungslos da und starre in die kleinen züngelnden Flammen des Feuers.

Seit einigen Tagen beunruhigt mich der Gedanke, ich könnte wieder ein Kind bekommen. Vieles deutet darauf hin: Die Monatsblutung blieb schon das zweite Mal aus, mir ist morgens oft nicht gut und mein Gesicht wirkt seltsam bleich und angestrengt. Trotzdem hoffe ich noch immer, dass es nur eine Störung ist, hervorgerufen durch den Schock, den der Tod unseres Jungen ausgelöst hatte.

30. November 1874

Gestern setzte sich Schwarzes Pferd zu mir ans Feuer, er ergriff meine Hände und bat mich ihn anzusehen.

»So geht es nicht weiter«, sagte er beschwörend. »Weißer Vogel wird krank, krank im Kopf, wenn sie nicht damit aufhört, sich hier zu verkriechen. Schwarzes Pferd und ihre roten Brüder und Schwestern sind traurig, weil Weißer Vogel sie verlassen hat. Ihr Körper ist noch da, doch ihre Seele ist fortgegangen. Weißer Vogel hat versprochen die Cheyenne niemals zu verlassen, aber sie hält nicht Wort. Ihr Geist ist nicht mehr hier, er ist bei Kleinem Bär.

Schwarzes Pferd würde alles tun, um Weißem Vogel unseren Jungen wiederzugeben. Aber er und sie wissen, dass das nicht möglich ist, und deshalb kann er nicht länger zusehen, dass sie sich in Trauer vergräbt wie ein Erdhörnchen in seinem Bau.«

Er schwieg und sah mich eindringlich an. Sein Gesicht war schmal geworden in den letzten Wochen, ich hatte es nicht bemerkt. Ich war zu sehr mit den Gedanken bei unserem toten Kind gewesen und hatte mich nur mit mir selbst beschäftigt; ich hatte die Lebenden vergessen. Verstört und unglücklich brach ich in Tränen aus.

»Ich liebe dich, ich liebe dich so sehr. Ich wollte dir nicht weh tun«, stammelte ich schluchzend.

Schwarzes Pferd schloss mich in die Arme, bis ich mich beruhigt hatte, dann meinte er erleichtert: »Jetzt ist Weißer Vogel wieder da!«

17. Dezember 1874

Vor zwei Tagen fiel der erste Schnee in diesem Jahr, jetzt sieht es draußen nicht mehr so trostlos aus. Alles um uns her ist mit einer glitzernden weißen Schicht überzogen und heute ist seit Wochen zum ersten Mal die Sonne wieder hinter den Wolken hervorgekommen.

Meine Befürchtung, dass ich wieder ein Kind bekommen werde, scheint sich zu bewahrheiten. Heute Morgen kam Schwarzes Pferd dazu, als ich schneeweiß an einer Zeltstange lehnte und tief atmend gegen die Wellen der Übelkeit ankämpfte, die über mich hinwegrollten. Erschrocken umfasste er meine Schultern und blickte mir forschend ins Gesicht.

Dann sah ich die Ahnung in seinen Augen und nickte: »Es ist richtig, was Schwarzes Pferd denkt. Wir werden wieder ein Kind haben.« Er merkte an meiner Stimmung, dass ich keine Freude darüber empfand.

Sicherlich erinnerte er sich in diesem Augenblick an unsere

heftige Auseinandersetzung, als er erfuhr, dass ich versucht hatte unseren kleinen Jungen zu töten, bevor er geboren war. Ich hatte ihm dieses Leben, das nur aus Angst und Verfolgung, Töten oder Getötetwerden bestehen würde, ersparen wollen.

An unserer Situation hat sich seit damals nichts geändert. Wir wissen beide, dass die Weißen nicht aufzuhalten sind, dass sie weiter in unser Land eindringen und es ausplündern und Besitz von ihm ergreifen werden und dass wir ihnen dabei im Wege sind. Auch die Soldaten werden wiederkommen, uns jagen, töten oder gefangen nehmen und in Reservate einsperren, wie sie es schon mit den meisten anderen Stämmen getan haben. Ein Kind, das in dieser Zeit geboren wird, hat bald nur noch die Wahl zwischen Tod oder Gefangenschaft. Aber ich glaube inzwischen, dass wir trotzdem nicht das Recht haben, ihm den Weg zum Leben zu verwehren.

»Schwarzes Pferd kennt die Gedanken von Weißem Vogel«, unterbrach mein Mann meine Grübeleien. »Aber er denkt, für das Kind wäre es besser, wenn seine Mutter sich über sein Kommen freuen könnte.«

Ich gab ihm Recht und versprach, dass ich mir Mühe geben wolle heiter und gelassen zu sein.

8. Januar 1875

Es ist bitterkalt geworden, ein eisiger Wind kommt von den Bighorn Mountains im Westen herab.

Schwarzes Pferd kümmert sich rührend um mich. Ständig ist er in meiner Nähe, um zu verhindern, dass ich wieder in geistesabwesende Trauer verfalle. Ich bin ihm dafür sehr dankbar. Wenn ich mir auch große Mühe gebe, so fällt es mir manchmal doch schwer, gegen die Schwermut anzukämpfen. Seine Fürsorge tut mir gut und langsam beginne ich wieder zu leben. Meine Gedanken kreisen nicht mehr so häufig um Kleinen Bär und ein paar Mal konnte ich schon wieder über etwas lächeln, nicht nur mit dem Mund, sondern auch mit dem Herzen. Das heißt nicht, dass ich unseren kleinen Krieger nicht noch immer schrecklich vermisse. Aber es tut nicht mehr so schrecklich weh, an ihn zu denken.

31. Januar 1875

Vor einigen Tagen raste ein fürchterlicher Schneesturm durch das Tal, in dem unsere Zelte stehen. Zum Glück hatte es schon vorher so geschneit, dass die Tipis, außer einer Öffnung am Eingang, rundherum bis zu einem Viertel ihrer Höhe mit Schnee bedeckt waren, sodass der Wind keine Angriffsmöglichkeit fand. Hätten die Zelte frei gestanden, so hätte der Sturm sie mit sich fortgerissen.

Die Indianerponys legten sich nieder und ließen das in allen Tonarten heulende, wimmernde, kreischende Treiben ergeben über sich hinweggehen. Dann standen sie wieder auf, schüttelten den Schnee ab und taten, als wäre nichts gewesen. Präriefeuer und die anderen empfindlicheren Pferde wurden in das große Tipi gebracht, in dem sie bei starker Kälte die Nacht verbringen, und dort angebunden. Sie wären sonst bei dem entsetzlichen Getöse durchgegangen. Wir hatten auch so alle Hände voll zu tun die aufgeregten Tiere zu beruhigen.

Wir selbst haben uns in die warmen Tipis zurückgezogen und warten sehnsüchtig auf den Frühling. Die Frauen nähen, flicken und besticken hübsche Beutel und Mokassins. Die Männer reparieren Sättel, machen Holz für das Feuer oder spielen mit den Kleinsten. Und wenn es draußen dunkel ist, hört man wieder die alten Indianer von ihren Heldentaten oder der Tapferkeit großer Krieger erzählen.

Auch von den goldgierigen Bleichgesichtern ist wieder die Rede, die sicher kommen werden, wenn der Schnee geschmolzen ist. Keiner von uns rechnet noch ernsthaft damit, dass die Regierung dafür sorgen wird, dass die Goldsucher die Paha Ssapa verlassen. Wir fragen uns besorgt, wohin das führen wird.

18. Februar 1875

Gestern setzte, ziemlich früh für die Jahreszeit, Tauwetter ein. Die Luft riecht schon ein wenig nach Frühling. Oder ist es nur die Sehnsucht nach ihm, die uns sein Kommen vorgaukelt? Lange kann es sicher nicht mehr dauern.

Schon seit einiger Zeit spüre ich, wie sich das Kind in mir bewegt. Jetzt strampelt es oft schon recht ungestüm, als ob es den Eintritt in sein Erdendasein kaum erwarten könnte.

21. März 1875

Gestern meldeten unsere Späher die ersten Bleichgesichter, die auf der Suche nach Gold wieder in unser Land eindringen.

Vorerst wollen die Cheyenne und auch die Sioux noch abwarten, was der Große Vater in Washington gegen die weißen Diebe unternimmt und ob er sein Versprechen hält, sie von seinen Soldaten aus den Black Hills und aus dem Powderland verjagen zu lassen.

10. April 1875

Die Meldungen unserer Kundschafter, dass immer neue Bleichgesichter in das Powderland und die heiligen Berge eindringen, reißen nicht ab. Vor zwei Tagen erschienen einige Sioux von den Hunkpapas und den Oglalas. Sie berichteten von vielen Bleichgesichtern überall im Land und in den Bergen. Auch Soldaten marschieren wieder in die Black Hills, angeblich, um die Goldgräber zu vertreiben.

Das Kind bereitet mir langsam Beschwerden. Seit einigen Tagen zieht und zerrt es in mir, als würde es jeden Augenblick zur Welt kommen. Wenn es nur schon vorbei wäre. Ich habe Angst, dass es wieder so lange dauert wie bei . . .

Aber eine alte Squaw sagte mir, beim zweiten Kind ginge es viel leichter.

Hoffentlich hat sie Recht!

5. Mai 1875
Schwarzes Pferd sprach heute davon, in einigen Tagen mit seinen Männern auf die Jagd zu gehen. Sie wollen nach Büffel Ausschau halten, die jetzt wieder auf der Wanderschaft sein müssen.

Ich bin so nervös, dass ich keine Minute still sitzen kann. Schwarzes Pferd schaute mir lächelnd zu und meinte: »Weißer Vogel ist unruhig wie eine Antilope, wenn sie Feuer riecht.«

Ich musste trotz meiner Leibschmerzen über seinen seltsamen Vergleich lächeln.

30. Mai 1875
Unser Kind ist da! In der Nacht zum 6. Mai wurde es geboren, ein Mädchen.

»Dem Großen Geist sei Dank«, seufzte ich, als Little Cloud es mir sagte.

Schwarzes Pferd sah mich erstaunt an, doch seine Schwester

lächelte mir verständnisvoll zu. »Weißer Vogel ist froh, dass es ein Mädchen ist, weil ihr der Gedanke unerträglich gewesen wäre, wieder einen zukünftigen Krieger geboren zu haben, damit er von den Kugeln der Weißen getötet wird. Vielleicht lebt ein Mädchen länger.«

Mein Mann strich mir sachte das verschwitzte Haar aus der Stirn und meinte: »Wenn Weißer Vogel es vielleicht auch nicht glaubt, aber Schwarzes Pferd hat eine Tochter genauso gern wie einen Sohn.«

Die alte Indianerin hatte Recht behalten, es war tatsächlich viel schneller vorüber als beim ersten Mal. Ich war selig, als ich den ersten Schrei unseres Kindes hörte. Ich hatte es geschafft. Eine hübsche kleine Squaw hatte das Licht der Welt erblickt. Doch ihre Antwort auf dieses große Ereignis war nur ungnädiges Geschrei.

Inzwischen habe ich mich wieder von der Geburt erholt und unsere kleine Tochter gedeiht prächtig. Little Cloud ist ganz vernarrt in die kleine Dame und verwöhnt sie wie Kleinen Bär. Jetzt hat sie endlich wieder jemanden, den sie so richtig nach Herzenslust umsorgen kann, und das tut sie ausgiebig.

Da ich schon nach zwei Wochen die Kleine nicht mehr ausreichend stillen konnte, ersetzt eine Cheyenne-Squaw, die ebenfalls ein Baby und genug Nahrung für zwei hat, unserer Tochter die Mutterbrust.

18. Juni 1875

In einigen Tagen will Schwarzes Pferd mit seinen Cheyenne einen Erkundungsritt in die Paha Ssapa machen und ich bat ihn mich mitzunehmen.

Ich freute mich wie ein Kind auf diesen Ritt, so lange durfte ich nicht reiten!

1. Juli 1875

Seit drei Tagen sind wir unterwegs, ich lebe richtig auf. Freiheit, Ungebundenheit, beides kann man erst so richtig empfinden, wenn man auf dem Rücken eines Pferdes dahinjagt.

Heute war es allerdings mit unserem sorglosen Umherstreifen vorbei, da wir gegen Mittag auf die ersten Gold suchenden Bleichgesichter stießen.

Sie bewegten sich in nordöstlicher Richtung durch ein schmales, felsiges Tal, das etwa zwei Meilen vor ihnen eine große Biegung beschrieb. Plötzlich tauchte hinter dieser Krümmung, nur für uns sichtbar, eine größere Anzahl berittener Indianer auf, die den Weißen langsam entgegenkamen. Wir konnten nicht erkennen, um welchen Stamm es sich handelte.

Schwarzes Pferd beschloss den Goldgräbern den Rückweg abzuschneiden. Bevor wir jedoch unsere Pferde wenden konnten, sahen wir plötzlich sechs- bis siebenhundert Yards hinter den weißen Reitern einen Trupp Kavallerie auftauchen.

»Gut«, meinte Schwarzes Pferd mit einem befriedigten Lächeln, »so fangen wir gleich zwei Kojoten in einer Falle.«

Nach vorsichtigem Abstieg über den geröllbedeckten Hang erreichten wir die Talsohle und feuerte nun unsere Pferde mit hellen Schreien zum Galopp an.

Um einen Felsvorsprung biegend, erblickten wir dann etwa eine halbe Meile vor uns die Soldaten, die bei den Goldsuchern angehalten hatten. Als sie uns entdeckt hatten, formierten sie sich drohend mit den Gewehren in den Händen in unsere Richtung. Wir hielten an und warteten schweigend. Anfangs wussten sie offenbar nicht, was sie von unserem Benehmen halten sollten. Doch dann hörten sie hinter sich das donnernde Herannahen weiterer Indianer.

Die Sioux – jetzt konnten wir erkennen, dass es sich um ungefähr fünfzig Hunkpapas handelte – hielten ebenfalls in sicherer Entfernung an und berieten sich kurz. Sie hatten uns erst jetzt bemerkt und mussten unsere Anwesenheit in ihre Pläne einbeziehen.

Nachdem sich die Sioux zu einer breiten Linie auseinander gezogen hatten und so das schmale Tal abriegelten, sonderten sich zehn Krieger von ihnen ab und ritten langsam auf die Blauröcke und die Goldgräber zu. Auch wir setzten uns mit fünf Männern in Bewegung. Die übrigen ließen wir zurück, damit sie auf unserer Seite den Durchgang versperrten. Vorsichtshalber trug jeder sein entsichertes Gewehr in der Hand, der heimtückische Mord an Kleinem Bär und dem Krieger haftete noch zu frisch in unserem Gedächtnis, als dass wir jetzt leichtsinnig gehandelt hätten.

Außer Hörweite der Weißen erwarteten uns die Sioux. Nachdem sie erfahren hatten, wer wir waren und was wir von den Bleichgesichtern wollten, fragte ihr Anführer: »Was macht die weiße Frau bei den Cheyenne? Warum reitet sie mit den Kriegern?«

»Das ist Weißer Vogel. Sie ist die Squaw von Schwarzem Pferd, dem Häuptling der Cheyenne«, antwortete mein Mann selbstbewusst.

»Ist es bei den Cheyenne üblich, eine Squaw zum Kundschaften mitzunehmen?«, fragte der Anführer spöttisch.

Ich begann mich langsam über seine überhebliche Ausfragerei zu ärgern. Aber mein Mann gab völlig ruhig und gelassen Auskunft. »Die Frauen der Cheyenne sind mutig und tapfer, sie können mit Waffen umgehen wie die Männer. Warum sollten sie nicht mit den Kriegern reiten? Die Soldaten jenseits des Platte River haben fast alle Angehörigen unseres

Stammes vernichtet, wir sind die Letzten und deshalb zählt bei uns jeder, ob Mann oder Frau. Diese Squaw . . .«, und damit zeigte er auf mich, »ist so viel wert wie einer meiner besten Krieger, sonst hätten ihr die Ältesten nicht die drei Adlerfedern gegeben.«

Einer der Hunkpapas, der sich bis jetzt zurückgehalten hatte, drängte sein Pferd plötzlich nach vorn und sprach leise auf den Häuptling ein. Der Anführer kam ein wenig näher.

»Der Häuptling der Cheyenne mag verzeihen, Brave Bull – Tapferer Büffel – hat nur die weiße Haut der Squaw gesehen, sie hat die Schärfe seiner Augen getrübt. Boy Bear – Bärenknabe – hat ihm von der weißen Frau, die die Cheyenne Weißer Vogel nennen, berichtet. Er hörte von ihr, als er vor einigen Monden in ihren Zelten weilte.«

Der Sioux-Anführer musterte mich ernst, dann fiel sein Blick auf meine Satteldecke, die er eingehend betrachtete. Als er den Kopf hob und mich wieder ansah, war in seinen Augen leichte Verlegenheit. Aber er sagte nichts, das wäre unter seiner Würde gewesen.

Auf den Zweck unseres Hierseins eingehend, wandte er sich an Schwarzes Pferd: »Die Sprache der Bleichgesichter fällt dem Häuptling der Cheyenne leichter, es ist deshalb besser, er spricht mit diesen Dieben des gelben Metalls und den Soldaten.«

Schwarzes Pferd erklärte sich einverstanden und wir begaben uns gemeinsam zu den nervös wartenden Weißen, die sich offenbar nicht sehr wohl in ihrer Haut fühlten.

Schwarzes Pferd richtete sein Wort an den Anführer der Kavalleristen, einen Sergeanten: »Die hier versammelten Sioux und Cheyenne wollen von euch wissen, was ihr gegen die diebischen Bleichgesichter unternehmen wollt. Ihr wisst, dass sie unrechtmäßig unser Land betreten haben. Bisher waren es nur wenige und wir vertrieben oder töteten sie. Aber seit Wochen kommen sie nun in Scharen, um unser Land auszurauben. Der Große Vater in Washington hat versprochen seine Soldaten würden dafür sorgen, dass die Weißen die heiligen Berge wieder verlassen.«

»Die Krieger der Sioux und Cheyenne können beruhigt wieder in ihre Dörfer zurückkehren«, antwortete der Sergeant. »Diese Männer wurden darauf hingewiesen, dass das Betreten des Indianerlandes gegen das Gesetz ist, und wir haben sie zum Umkehren aufgefordert.«

»Ist das alles, was die Blauröcke tun wollen?«, fragte mein Mann ungläubig.

»Die Goldsucher haben ihr Wort gegeben, dass sie das Land umgehend wieder verlassen«, entgegnete der Sergeant aufgebracht.

Ich konnte mir ein trockenes Lachen nicht verkneifen.

»Hält das Bleichgesicht uns für dumm oder glaubt es wirklich daran, dass die Weißen wieder umkehren? Ihre Gier nach Gold ist so groß, dass sie so kurz vor dem Ziel niemals aufgeben werden.«

»Aber was sollen wir denn noch tun?«, fragte der Sergeant wütend. »Wir können sie schließlich nicht gefangen nehmen oder erschießen. Immerhin sind es Menschen, die nichts getan haben außer eine Grenze zu übertreten.«

»Das ist ja etwas ganz Neues«, fauchte ich böse. »Bei den Indianern haben die Blauröcke noch nie so feine Unterschiede gemacht. Für die Sioux und die Cheyenne sind das Räuber und Diebe und unter ihnen sind ein großer Teil Verbrecher und Mörder, das haben wir alle schon zu spüren bekommen. Noch nicht einmal kleine Kinder sind vor ihren Kugeln sicher. Und ihr glaubt, nicht auf sie schießen zu können, um eurem Befehl Nachdruck zu verleihen?«

Ich merkte, wie meine Stimme bei dem Gedanken an Kleiner Bär zu zittern begann, deshalb schwieg ich.

Doch Schwarzes Pferd fuhr an meiner Stelle fort: »Aber wir können es! Wir werden dieses räuberische Gesindel töten, wenn wir es weiter in unseren Bergen antreffen. Wenn die Soldaten nicht dafür sorgen, dass die Bleichgesichter das Indianerland verlassen, werden die Sioux und Cheyenne sie jagen wie eine Herde Büffel. Wir lassen euch eine Stunde Zeit. Seid ihr dann nicht auf dem Rückweg, werden wir euch zeigen, dass wir nicht gewohnt sind leere Drohungen auszustoßen.«

Wir ließen den Weißen keine Möglichkeit zum Widerspruch, sondern wendeten unsere Pferde und ritten schnell zu den wartenden Hunkpapas. Einer der Krieger begab sich zu den Cheyenne, um ihnen zu sagen, dass sie ihren Wachtposten aufgeben und zu uns stoßen sollten.

Die Frist war nach unserer Schätzung noch nicht ganz um, als die Goldsucher und Soldaten aufsaßen und in südwestlicher Richtung davonritten.

Wir folgten ihnen in sichtbarem Abstand, damit sie sahen, dass wir es ernst meinten. Die Soldaten trennten sich später von den Zivilisten und ritten zurück. Sie wollten wohl mit der ganzen Angelegenheit nichts mehr zu tun haben.

Als die Weißen Halt machten, schlugen auch wir unser Nachtlager auf. Es war noch hell, gerade ging die Sonne leuchtend rot im Westen unter.

2. Juli 1875
Wir haben fast alle in der vergangenen Nacht nur wenig ge-

schlafen, da wir ständig damit rechnen mussten, dass die Weißen versuchten uns zu entwischen, um dann ungestört zurückkehren zu können. In der Nacht probierten sie es jedoch nicht, da sich offenbar niemand zutraute im Dunkeln den richtigen Weg zu finden.

Doch im Morgengrauen sattelten sie leise ihre Pferde, um sich davonzuschleichen, was bei uns einen überstürzten Aufbruch zur Folge hatte. Um unser Frühstück gebracht, kauten wir mehr oder weniger unausgeschlafen an einem Stück Trockenfleisch, »papa«, wie die Sioux sagen.

Entgegen aller Vernunft glaubten tatsächlich einige unverbesserliche Narren unserer Aufsicht entwischen zu können. Wir ließen ihnen einen Vorsprung, verloren sie aber nicht aus den Augen. Als sie schon meinten die Indianer abgehängt zu haben, nahmen ein paar Hunkpapas und Cheyenne die Verfolgung auf. Das Peitschen der Gewehrschüsse machte den übrigen klar, dass wir unsere Drohung nicht in den Wind gesprochen hatten. Und wenn immer noch ein paar Unverbesserliche geglaubt hatten den Indianern ein Schnippchen schlagen zu können, so wurden sie gewiss anderen Sinnes, als sie die Pferde mit den Leichen der Erschossenen erblickten, die die Sioux und Cheyenne wieder zurückjagten – nicht ohne ihnen vorher die Waffen abgenommen zu haben.

5. Juli 1875

Wir folgten den Goldgräbern noch zwei Tage. Keiner wagte es mehr, sich von den anderen zu entfernen. Am dritten Tag hatten sie die Grenze des Indianerlandes hinter sich gelassen und wir kehrten zu unserem Lager am Powder zurück.

Die Hunkpapas haben uns begleitet und sind für die nächsten

Tage unsere Gäste. Anschließend wollen sie, bevor sie wieder heimwärts ziehen, unseren Verwandten noch einen Besuch abstatten.

3. August 1875

Vor einigen Tagen traf ein Bote der Regierung in unserem Lager ein. Er brachte einen Brief des Großen Vaters. Wir sollten mit seinen Kommissaren Verhandlungen über den Verkauf der Black Hills führen. Fast gleichzeitig mit diesem Boten trafen Abgesandte Sitting Bulls – Sitzender Büffel –, Crazy Horses, Spotted Tails und Red Clouds bei uns ein.

Solche Wutausbrüche und zornigen Debatten habe ich bei den sonst so beherrschten Indianern selten gesehen. Sitting Bull weigert sich entschieden auch nur ein Staubkorn von der Paha Ssapa herzugeben. Crazy Horse und Red Cloud lehnen überhaupt ab, an den Verhandlungen teilzunehmen. Der friedliebende Brulé-Häuptling will zwar am Verhandlungsort erscheinen, aber auch er wird niemals dem Verkauf auch nur einer Handbreit Bodens zustimmen.

Schwarzes Pferd und die Ältesten sind unentschlossen, ob sie zum White River gehen sollen, wo die Verhandlungen stattfinden werden.

Nach langem Hin und Her wollten sie auch meine Meinung hören.

»Weißer Vogel denkt, es wäre falsch, den Verhandlungen fern zu bleiben. Wir alle kennen die Unaufrichtigkeit und Habgier der Bleichgesichter und wir wissen nicht, mit welchen Mitteln die Kommissare versuchen werden den anderen Häuptlingen Zugeständnisse abzuhandeln. Weißer Vogel glaubt, es wäre deshalb gut, wenn die Cheyenne zum White River gehen, um aufzupassen.«

Niedergeschlagen blickte ich in ihre zornigen Augen und wünschte, ich könnte mehr für sie tun. Schmerzhaft wurde mir in dieser Situation bewusst, dass ich der Willkür der Weißen genauso hilflos ausgeliefert bin wie sie.

Sie diskutierten noch eine Weile die vorgebrachten Argumente, mit dem Ergebnis, dass nun auch die letzten Zauderer dafür sind, dass unser Stamm an den Verhandlungen teilnimmt.

15. August 1875

Unsere kleine Tochter ist jetzt ein Vierteljahr alt und ein bildhübsches Baby geworden. Mit den schwarzen, leicht schräg gestellten Augen ihres Vaters schaut sie uns an und wenn sie das Mündchen zu einem Lächeln verzieht, scheint es, als ginge die Sonne auf. Die bronzefarbene Haut ihrer Ärmchen und Beinchen ist so stramm und appetitlich, dass man am liebsten vor lauter Zärtlichkeit hineinbeißen möchte.

Ihr Vater ist ganz vernarrt in seine kleine Prinzessin und sie kann ihn jetzt schon um die Finger wickeln, wenn sie ihn aus dunkel bewimperten Augen anlächelt.

Wir haben ihr den Namen ihrer Großmutter gegeben, die ihre Enkelin nicht mehr kennen lernen durfte: Red Star – Roter Stern.

2. September 1875

Morgen wollen wir zum White River aufbrechen. Außer mir werden noch sechs Frauen die Krieger begleiten.

Welche Nachrichten werden wir den Daheimgebliebenen mitbringen? Was wird die Regierung in Washington unternehmen, wenn alle Stämme und ihre Häuptlinge sich weigern zu verkaufen? Wird sie wieder ihre alte Methode an-

wenden: die Indianer verjagen oder durch ihre Soldaten abschießen lassen?

Wenn ich beginne über diese Fragen nachzugrübeln, ist es,
als hielte mir jemand den Hals zu. Ich fühle, wie etwas Dunk-
les, Drohendes auf uns zukommt, dem wir nicht entrinnen
können, aber ich kann es nicht greifen, nicht beim Namen
nennen. Auch Schwarzes Pferd wirkt niedergeschlagen und
nachdenklich. Er spürt die Gefahr, die hinter den Forderungen der Regierung steht.

5. September 1875
Heute erreichten wir früh am Nachmittag den Cheyenne. Da
es sehr heiß ist, beschlossen wir, schon hier unser Nachtlager
aufzuschlagen. Wir haben es nicht eilig und die Männer bekamen dadurch Gelegenheit, noch ein wenig nach Wild Ausschau zu halten.

Die Frauen badeten ausgiebig im Fluss. Genüsslich ließen
wir das klare kühle Nass über unsere Köpfe gleiten; so bald
werden wir voraussichtlich nicht mehr das Vergnügen haben,
denn der Sommer kann jeden Tag zu Ende sein.

18. September 1875
Seit einigen Tagen befinden wir uns am Versammlungsort,
inmitten einer riesigen Schar Indianer. Auf einer Fläche von
mehreren Meilen ist die Prärie bedeckt mit den Tipis der
Oglala-Dakotas, Hunkpapas, Teton-Sioux, Cheyenne und
Arapahoes, dazwischen tausende von Ponys. Es ist ein über-
wältigender Anblick, ich habe noch nie so viele Indianer an
einem Ort gesehen.

Spotted Tail begrüßte die Cheyenne erfreut, wobei er
Schwarzem Pferd und mir herzlich die Hände drückte.

In zwei Tagen sollen die Verhandlungen beginnen. Aber mit diesen wütenden, rebellischen Indianern werden die Kommissare kein leichtes Spiel haben.

20. September 1875

Heute war es nun so weit. Am frühen Vormittag ritten die Kommissare, begleitet von über hundert Kavalleristen, zu dem Konferenzzelt, das mitten in der Prärie aufgebaut worden ist. Im Laufe der nächsten Stunde traf ein Indianerstamm nach dem anderen ein und ließ sich rund um das Zelt mit den Weißen nieder, nicht ohne vorher durch entsprechend kriegerisches Auftreten den Kommissaren gehörig Respekt eingeflößt zu haben.

Einer der Weißen begann zunächst die Namen aller Anwesenden zu nennen. Senator Allison hatte den Vorsitz, die Christen waren durch Reverend Hinman, das Militär durch General Terry und die Händler durch einen Mr Collins vertreten.

Der Senator eröffnete die Verhandlung: »Wir, die Kommissare, sind inzwischen zu dem Schluss gekommen, dass es keinen Zweck hat, die Black Hills von den Indianern kaufen zu wollen, da keiner der Häuptlinge dazu sein Einverständnis geben würde. Deshalb haben wir einen anderen Vorschlag. Wir bieten euch einige hunderttausend Dollar dafür, dass ihr den Weißen erlaubt aus den Bergen das Gold zu holen. Wenn dann nichts mehr zu finden ist, steht das Land wieder zu eurer Verfügung.« Es kam mir vor, als hätte mir jemand einen Schlag auf den Kopf versetzt. Sollte das ein Scherz sein? Aber die Gesichter der Weißen sahen nicht so aus, als hätten sie sich einen Spaß erlaubt. Spotted Tail lachte freudlos und erkundigte sich bei dem Senator, ob er ihm nicht zu so großzügigen Bedingungen ein paar Maultiere leihen könnte. Der Senator fand das gar nicht witzig!

Aber es kam noch besser. Allison meinte, da den Indianern nichts an dem Gold läge, seien die Black Hills doch wertlos für sie. Er machte den Vorschlag, sie könnten ja alle in das Land am Powder gehen und dort leben.

Als dieses unerhörte Ansinnen den Indianern übersetzt worden war, herrschte sekundenlang sprachlose Bestürzung. Doch dann brach ein Sturm der Empörung aus.

Ich atmete tief, um die Wut, die mich erfasst hatte, niederzukämpfen. Die Stimmen der erzürnten Häuptlinge drangen in erregtem Durcheinander an mein Ohr. Spotted Tail sah mit einem bitteren Lächeln zu mir herüber.

Plötzlich hörte ich die zornige Stimme von Schwarzem Pferd den Lärm durchdringen. »Kann denn niemand diesen Barbaren klarmachen, was die Black Hills den Indianern bedeuten? Sie wollen unsere heiligen Berge geliehen haben, die Paha Ssapa, in der unsere Götter wohnen. Warum erschießen sie uns nicht einfach, dann können sie sich auch noch dieses Land aneignen und unsere Mutter Erde verwüsten, wie sie es bisher gemacht haben.«

So außer sich hatte ich meinen Mann bisher nur selten gesehen. Seine Stimme klang derart wütend und verzweifelt, dass mich Zorn und Scham in die Höhe trieben. Die Kommissionsmitglieder blickten erstaunt und missbilligend. Doch ich hob die Arme, um mir Aufmerksamkeit zu verschaffen.

»Seit mehr als hundert Jahren werden die Indianer vertrieben, verschleppt und ermordet«, begann ich und hatte meine Stimme anfänglich kaum in der Gewalt. »Auf ihren langen Trecks in die Territorien und Reservate sterben noch immer tausende durch Kälte, Hunger und Krankheiten, wenn sie nicht vorher durch die Soldaten mit Gewehren und Kanonen zusammengeschossen wurden. Und es geschieht mit Menschen, die die Bewohner eines der reichsten und schönsten Länder der Erde sind, die nur den einen Fehler haben, dass sie etwas besitzen, was die Weißen haben wollen. Fassungslos müssen sie mit ansehen, wie diese Menschen ihr Land, ihre wunderschöne Heimat brutal verwüsten, das Wild ausrotten und die Luft und das klare Wasser der Flüsse verschmutzen. Die Indianer haben ihr Land und ihren Reichtum sinnvoll genutzt, um zu leben. Die Weißen vernichten all das mit einer unfassbaren Zerstörungswut.

Immer wieder versprecht ihr den Indianern Gebiete, in denen sie leben können, und treibt sie dann wie eine Herde Vieh in die unfruchtbarsten und ärmsten Landstriche, in Gegenden, in denen ihr selbst nicht leben wollt. Stellt ihr dann aber fest, dass dieses karge Land Gold oder andere Bodenschätze enthält, verjagt ihr die roten Menschen auch von dort wieder.

Woher nehmt ihr nur diesen grenzenlosen Hochmut, diese unfassbare Rücksichtslosigkeit, diesen Menschen alles zu nehmen, was ihr Leben und ihre Kultur bedeutet, um dann auch noch zu erwarten, dass sie das geduldig hinnehmen.

Wenn ich euch sehe, schäme ich mich meiner weißen Haut! Ich schäme mich für alle Weißen, die sich den so genannten Wilden gegenüber gebärden, als seien sie die Herren und Auserkorenen dieser Welt. Sie kommen in ihrem mörderischen Egoismus, in ihrer unstillbaren Habgier noch vor den gefährlichsten Raubtieren, die nur töten, wenn sie Hunger haben. Die Indianer lieben das einfache Leben; sie sind zufrieden mit dem, was der Große Geist ihnen gibt. Ihnen steht der Sinn nicht nach Reichtümern und Macht und das wisst ihr genau.

Ihr müsst uns für sehr dumm und einfältig halten, wenn ihr trotzdem glaubt, ihr dürftet für eure lausigen Dollars das Gold aus unseren Bergen holen. Die Paha Ssapa, wie die Sioux die Black Hills nennen, ist der Ort, an dem ihre Götter wohnen, und diese Berge sind ihnen heilig. Kein Indianer wird seine Zustimmung geben, dass die Weißen darin herumtrampeln und sie ausplündern.

Geht zu eurem Großen Vater und sagt ihm das und fragt ihn auch, ob er schon vergessen hat, dass er vor nicht einmal sieben Jahren den Sioux und den mit ihnen befreundeten Stämmen die Black Hills und das umliegende Land für alle Zeiten als ihre Heimat versprochen hat. Kein Weißer sollte diese letzten großen Jagdgründe der Indianer ohne deren Erlaubnis betreten dürfen.

Aber die Worte der Weißen sind in den Wind gesprochen. Sie sprechen mit doppelter Zunge und brechen ihre Verträge, wenn ihnen der Sinn danach steht.«

Erstaunte und zustimmende Beifallsäußerungen kamen, als ich schwieg, aus den Reihen der Indianer, die Englisch verstanden.

Ein Sioux auf einem Pony drängte sich durch die versammelten Häuptlinge zu den Kommissaren durch. Er brachte eine Botschaft von Red Cloud, der um einen Aufschub der Verhandlungen von einer Woche bat. Aber die Kommissare stimmten nur einer Frist von drei Tagen zu, dann müssten sich die Häuptlinge entschieden haben.

Als wir uns auf dem Rückweg zu unserem Lagerplatz befanden, lenkte Spotted Tail sein Pferd an unsere Seite. »Die Squaw meines Blutsbruders hat gute Worte gefunden, sie haben meinem Herzen wohl getan. Aber die Weißen haben sie nicht verstanden, denn ihre Ohren sind mit Gold verstopft.«

23. September 1875

Der Verhandlungstag, der die Entscheidung bringen sollte, war ein einziges Fiasko.

Noch mehr Soldaten begleiteten die Kommissare, und die Krieger reagierten mit entsprechendem Protest.

Kaum hatten sie sich etwas beruhigt, tauchten im Nordwesten über dreihundert Oglalas auf, die aus dem Lager von Crazy Horse kamen. Schießend und singend galoppierten sie auf den Versammlungsplatz, während ihr Anführer sich auf seinem Pferd zu den Kommissaren durchzwängte. Nervös drehte sich das Tier auf der Hinterhand im Kreis und sein Reiter musterte uns sekundenlang mit finsteren Blicken. Plötzlich riss er einen der beiden Revolver aus dem Gürtel, hielt ihn hoch über den Kopf und rief drohend: »Den Ersten von euch, der seine Einwilligung zum Verkauf der Paha Ssapa gibt, werde ich töten!«

Er sagte noch mehr, doch das ging in dem allgemeinen Tumult unter.

Die Kommissionsmitglieder suchten fluchtartig das Weite. Die Indianer lachten spöttisch, als sie sahen, dass sich die Kommissare in Sicherheit brachten. Doch Schwarzes Pferd sagte bitter: »Die Bleichgesichter werden wiederkommen, sie kommen immer wieder. Und werden sich holen, was sie haben wollen!«

27. September 1875

Wir befinden uns noch immer am White River. Ein neuer Verhandlungstermin ist noch nicht angesetzt worden.

Von Spotted Tail erfuhren wir, dass die Kommission die Absicht hat, sich mit mehreren Häuptlingen geheim zu treffen. Schwarzes Pferd weigert sich jedoch daran teilzunehmen.

Wir werden nur so lange bleiben, bis wir erfahren, was beschlossen wurde. Da die Unterschrift einiger weniger Häuptlinge nicht genügt, wird sowieso nicht viel dabei herauskommen.

3. Oktober 1875

Die Kommissare müssen unverrichteter Dinge zum Großen Vater nach Washington zurückkehren.

Spottet Tail kam gestern zum Lagerplatz der Cheyenne und berichtete Schwarzem Pferd, er habe im Namen aller Sioux und Cheyenne den Verkauf und auch die leihweise Abtretung der Black Hills an die Weißen abgelehnt.

»Mein roter Bruder weiß, was jetzt geschehen wird?«, fragte ich ihn.

»Ja«, sagte er niedergeschlagen. »Wir werden kämpfen müssen, denn die Weißen verzichten nicht auf das gelbe Metall.«

Wir werden in unser Dorf am Powder zurückgehen und den Daheimgebliebenen sagen müssen, dass niemand die Weißen zur Vernunft bringen konnte.

28. Oktober 1875

Seit einigen Tagen sind wir wieder zu Hause.

Verstört vernahmen die Cheyenne unsere Nachricht. Sie wissen alle, was das zu bedeuten hat. Aber hätten die Häuptlinge freiwillig ihre Heimat, ihre letzten großen Jagdgründe, ihre heiligen Berge den Weißen überlassen sollen?

Roter Stern, unsere kleine Tochter, hat sich in den vergangenen Wochen prächtig entwickelt.

Little Cloud, die sie bewacht wie die Kronjuwelen einer Königin, ist sehr stolz auf das Ergebnis ihrer Fürsorge. Ich bin beinahe ein wenig eifersüchtig, aber schließlich bin ich ja selbst daran schuld. Ich kann nun einmal nicht zu gleicher Zeit unser kleines Mädchen in den Armen halten und den geliebten Mann auf seinen gefährlichen Wegen begleiten.

Ich habe mich für Schwarzes Pferd entschieden. Meine Tochter wird es mir hoffentlich einmal verzeihen; vielleicht dann, wenn auch für sie die Liebe zu einem Mann das Wichtigste in ihrem Leben wird. Sie vermisst ja nichts, ich könnte nicht liebevoller und zärtlicher mit ihr umgehen, als Little Cloud es tut.

17. November 1875

Bis jetzt ist alles ruhig geblieben; aber so schnell und vor allem zu dieser Jahreszeit werden die Soldaten auch nicht kommen.

Oder sollten die Weißen zum ersten Mal so einsichtig sein, dass ihnen die Zufriedenheit und die Ruhe im Indianerland wichtiger sind als das Gold?

Ich kann es nicht glauben!

9. Dezember 1875

Es schneit! Seit drei Tagen fallen die dicken weißen Flocken. Sosehr ich den Winter sonst verabscheue, dieses Mal kommt er mir vor wie ein dichter schützender Wall, wie eine Tarnkappe aus dem Märchen, die uns in den kommenden Monaten vor den Blauröcken verbergen wird.

Weshalb bin ich eigentlich so sicher, dass sie kommen werden?

Ist es Instinkt oder ganz einfach die Furcht eines in die Enge getriebenen Tieres?

30. Dezember 1875

Es ist so weit! Die Bleichgesichter haben sich nicht viel Zeit gelassen. Bis zum 31. Januar 1876 müssen sich alle frei lebenden Indianer in ihren Agenturen innerhalb der Reservate melden, andernfalls werden militärische Maßnahmen ergriffen.

John Smith, unser Agent, derselbe, der bei dem Gemetzel am Sand Creek dabei war und den wir nun schon fast eine Ewigkeit kennen, arbeitete sich trotz des hohen Schnees zu uns durch.

»Die Weißen haben es sehr eilig die Indianer aus ihrer Heimat zu vertreiben«, sagte Schwarzes Pferd wütend. »Sie wollen noch nicht einmal warten, bis der Schnee geschmolzen ist.

Selbst wenn wir dazu bereit wären: Bei dieser Kälte ist es unmöglich, Frauen und Kinder tagelang auf Ponys und Schlitten durch Schnee und Eis hindurchzubringen. Außerdem befinden wir uns im Indianerland und niemand hat das Recht, uns von diesem Land hier zu vertreiben.«

Smith machte ein unglückliches Gesicht. »Ich weiß, wie euch zu Mute ist, aber ich kann auch nichts daran ändern. Ich kenne euch jetzt schon so lange und habe mit ansehen müssen, wie euer Stamm immer kleiner wurde. Tut ihnen doch den Willen und geht, bevor sie wieder Soldaten schicken.«

»Nein«, gab ich ihm zornig zur Antwort. »Ob wir uns bei dieser Witterung auf den Marsch zum White River begeben und unterwegs erfrieren oder ob wir hier bleiben und von den Soldaten erschossen werden, das Ergebnis ist dasselbe. Nein, wir bleiben hier. Niemand hat das Recht, uns in Reservate einzusperren. Der rote Mensch durchstreifte zuerst dieses Land, vom Osten bis zum Westen und vom Norden bis zum

Süden. Kein Weißer soll uns sagen: Ihr müsst gehen. Seit ich bei den Cheyenne bin, werden die Indianer umgebracht oder im ganzen Land umhergeschoben wie unnütze Möbelstücke, von einer Ecke in die andere. Überall sind sie lästig, überall sind sie den Weißen im Weg. Glaubt Ihr wirklich, lieber John, dass man uns für alle Zeiten in Ruhe lassen wird, wenn wir jetzt an den White River gehen? Ihr wisst, dass sie uns auch dort wieder fortjagen werden, weiß der Himmel aus welchem Grund. Dann ist es schon besser, hier zu bleiben und auf die Soldaten zu warten.«

John Smith antwortete nicht. Was hätte er auch sagen sollen. Er wusste, dass ich Recht hatte. Resigniert blickte er in die zuckenden Flammen des Feuers und paffte gedankenverloren seine Pfeife. Von Zeit zu Zeit zog er fröstelnd die Schultern hoch, als hätte ihn ein kühler Luftzug getroffen.

Vorläufig kann er noch nicht weiter zu den Oglalas und unseren Verwandten, denn draußen tobt ein eisiger Schneesturm über die Prärie.

21. Januar 1876

In zehn Tagen läuft die Frist ab, dieses diktatorische Ultimatum, das für uns alle wie ein Schlag ins Gesicht war.

»Das ist eine offene Kampfansage des Großen Vaters an die Indianer«, sagte Schwarzes Pferd und die Ältesten stimmten ihm zu. Uns bleibt nur die Hoffnung auf eine kleine Atempause bis zum Frühling.

Manchmal, wenn ich unser kleines Mädchen im Arm halte, frage ich mich, warum ich sie überhaupt geboren habe. Ist sie denn nur auf die Welt gekommen, um von irgendeinem blau berockten Bleichgesicht getötet zu werden? Vor meinem inneren Auge ziehen längst vergessen geglaubte Bilder vorbei: die vielen ermordeten, grässlich verstümmelten kleinen Kinder der Cheyenne und die vielen Frauen und Alten. Warum nur, warum . . .?

8. Februar 1876

Der Winter kann uns nicht mehr beschützen. Seit zwei Tagen taut der Schnee und es ist abzusehen, wann die Wege wieder passierbar sein werden.

Wenn die milde Witterung anhält, werden wir in einigen Tagen auf die Jagd gehen, um unsere Fleischvorräte zu erneuern. Viel Zeit bleibt uns nicht, denn wenn das Gelände erst einmal so schneefrei ist, dass auch die Soldaten mit ihren schweren Wagen und Geschützen zu uns durchkommen, können wir das Dorf nicht einen Tag mehr allein lassen.

Schwarzes Pferd und die Ältesten haben schon überlegt, ob es nicht besser wäre, wenn wir uns einer Gruppe Northern-Cheyenne oder Oglalas anschließen. Wir sind zahlenmäßig zu schwach, um uns erfolgreich gegen die Soldaten wehren zu können.

25. Februar 1876

Vor etwa einer Woche meldeten unsere Kundschafter eine kleine Büffelherde und mehrere Antilopen in unserer Nähe. Wir machten uns auf den Weg und trafen nach ungefähr einer Stunde Wegstrecke auf die ersten verstreut weidenden Büffel.

Dieses Mal durfte ich mit dabei sein. Ich nahm mein Gewehr aus der Sattelhalterung und entsicherte es. Mit Pfeil und Bogen traute ich mir auf einem dahinrasenden Pferd keinen Treffer zu.

Eine ältere Büffelkuh, der das Winterfell in zottigen Fetzen herabhing, hatte ich mir ausgesucht. Als ich leise näher kam, sah sie zuerst nur träge hoch und ich dachte schon, ich hätte leichtes Spiel mit ihr. Da sie jedoch für einen guten Schuss zu ungünstig stand, musste ich versuchen aus einer anderen Richtung an sie heranzukommen. Das hatte zur Folge, dass sie meinen Geruch in die Nase bekam, und sie raste los, als wäre der Teufel hinter ihr her. Es ist ungeheuerlich, welche Geschwindigkeit diese schweren Tiere erreichen, wenn sie auf der Flucht sind. Aber ich kam ihr trotzdem näher und näher, legte den Halteriemen um den Sattelknauf und hob das Gewehr.

Da hörte ich plötzlich ganz in meiner Nähe das schmerzerfüllte, schrille Wiehern eines Pferdes. Als ich zur Seite blickte, sah ich Schwarzes Pferd sich überschlagend durch die Luft fliegen. Sein Pony lag mit verrenktem Hals und zuckenden Hufen auf der Seite. Mein Mann sprang fast augenblicklich wieder auf die Füße. In diesem Augenblick bemerkte ich, dass der mächtige Bulle, den er verfolgt hatte, umkehrte. Ohne Waffe – Pfeil und Bogen waren ihm bei dem Sturz aus den Händen geschleudert worden – stand er da und erwartete das Ungetüm. Ich riss Präriefeuer herum und jagte auf Schwarzes Pferd zu. Der Bulle, der von links auf ihn zuraste, war vielleicht noch vierzig Yards entfernt und ich feuerte meine Stute an noch schneller zu laufen. Schwarzes Pferd erwartete mich sprungbereit. Als ich, Präriefeuer etwas zügelnd, an ihm vorbeigaloppierte, schnellte er hoch und warf sich hinter mich auf die Kruppe des Pferdes. Der Bulle raste so dicht hinter uns vorbei, dass wir seinen schnaubenden Atem hörten. Als er seinen Widersacher vermisste, blieb er stehen und drehte sich um. Dann kam er, allmählich schneller werdend, wieder auf uns zu.

Schwarzes Pferd forderte mich auf anzuhalten, nahm mein Gewehr und sprang hinter mir zu Boden. So wie der wütende Büffel jetzt auf uns zukam, musste er ihn mit einem Schuss ins Auge treffen, und dafür brauchte er einen ruhigen Stand. Natürlich hätten wir auch unser Heil in der Flucht suchen können, aber das wäre eines mutigen Jägers nicht würdig gewesen.

Breitbeinig und ruhig stand Schwarzes Pferd da und erwartete den dunklen Koloss, das entsicherte Gewehr in der locker herabhängenden Hand. Präriefeuer stand ganz ruhig, nur ihre Ohren spielten nervös.

»Gch weg«, sagte mein Mann leise.

»Nein«, gab ich ebenso leise zurück, denn ich wollte in seiner Nähe sein, wenn er das Tier vielleicht nicht tödlich traf. Vor Aufregung und Angst vergaß ich das Atmen. Wie weit wollte er ihn denn noch herankommen lassen? Dann plötzlich riss er das Gewehr hoch und zwei Sekunden später krachte der Schuss. Der Bulle blieb wie festgerammt stehen, als sei er gegen eine Mauer geprallt. Dann knickten ihm die Vorderbeine ein und er ging mit einem schweren Schnaufen zu Boden.

»Das war ein sehr guter Schuss«, meinte ich, als Schwarzes Pferd sich zu mir drehte.

»Weißer Vogel sollte nicht ablenken«, antwortete mein Mann. »Wenn Schwarzes Pferd das nächste Mal sagt, sie soll weiterreiten, wird sie das tun.«

»Nein«, wiederholte ich meine Weigerung, »und Schwarzes Pferd weiß auch, warum.«

Er musste meinem Gesicht ansehen, dass es keinen Zweck hatte, mit mir zu streiten. Deshalb kam er her, reichte mir das Gewehr hinauf und meinte etwas gezwungen lächelnd:

»Weißer Vogel hat einen Kopf so hart wie ein Büffelschädel, Schwarzes Pferd wollte ihr nichts befehlen.«

Schwarzes Pferd ritt Präriefeuer auf dem Rückweg und ich saß hinter ihm auf. Die Arme um seinen Körper geschlungen, den Kopf an seiner Schulter, die nach Leder roch: so hätte ich stundenlang mit ihm über die Prärie reiten können.

Die anderen Jäger kamen langsam hinter uns her, denn ihre Ponys schleppten jedes auf einem Travois die Jagdbeute mit sich. Das sind aus zwei langen Stangen zusammengefügte Gestelle in Form eines A, auf denen außer erlegtem Wild beim Weiterziehen auch der Familienhausrat samt Kindern oder Verwundete transportiert werden.

12. März 1876

Wir waren noch immer emsig mit der Verarbeitung unserer Jagdbeute und mit der Zubereitung von Trockenfleisch beschäftigt, als wir Besuch bekamen.

Gestern stieß eine kleine Gruppe Northern-Cheyenne und Oglala-Sioux zu uns, da sie in dieser Gegend auf mehr Glück bei der Jagd hofften. Jetzt ist unser Dorf um einige Tipis angewachsen und damit vermindert sich auch ein wenig die Furcht vor den Soldaten.

Trotzdem halten immer einige Cheyenne in der Nacht Wache. Wir haben schon zu viel mitgemacht, als dass wir übermäßig optimistisch geworden wären.

25. März 1876

Am 17. März, im grauen Zwielicht des beginnenden Tages, kamen die Soldaten! Sie griffen unser friedliches Dorf mit drei Abteilungen Kavallerie an und schossen auf alles, was sich bewegte, sogar auf die Hunde. Dann zerstörten sie systematisch das ganze Dorf. Sämtliche Tipis, unsere Kleidung, unser ganzes Trockenfleisch und die anderen Vorräte, alles ging in Flammen auf.

Als die Wachen durch das Dorf stürmten und Alarm gaben, hatten wir gerade noch Zeit, uns notdürftig anzuziehen, dann pfiffen schon die ersten Kugeln durch die Luft.

Little Cloud kam in unser Tipi gerannt und ich legte ihr unsere kleine Tochter in die Arme. »Lauf, bring dich und das Kind in Sicherheit. Lauf nur so schnell du kannst und kümmere dich um gar nichts«, rief ich ihr zu.

Ich riss mein Gewehr und den Beutel mit der Munition, in dem auch meine kleinen Tagebücher und andere wichtige Kleinigkeiten sind, vom Haken und rannte hinter Schwarzem Pferd her. Im Laufen entsicherte ich die Waffe und schloss mich dann den Kriegern an, die dafür sorgten, dass möglichst viele Frauen, Kinder und Alte aus dem Schussbereich der Soldaten entkommen konnten.

Das Krachen der Schüsse, das Schreien der Menschen, das entsetzte Weinen aus dem Schlaf gerissener Kinder, das Jaulen und Bellen der Hunde und das Wiehern der erschreckten Pferde glichen einem grauenhaften Konzert aus der Hölle.

Etwa zehn Schritte vor mir brach eine junge Squaw mit einem Baby auf dem Arm tödlich getroffen zusammen. Das schreiende Kind begrub sie unter ihrem Körper. Ich lief hin, wälzte keuchend die tote Frau zur Seite, um wenigstens noch das Kind zu retten – es hatte sich bei dem Aufprall das schwache Genick gebrochen.

Ein alter Mann humpelte an mir vorbei und zog sein angeschossenes Bein hinter sich her. Plötzlich blieb er stehen, als hielte ihn eine unsichtbare Faust fest, dann brach er mit einer

Kugel im Rücken zusammen. Ich drehte mich um und mein Schuss warf den blau berockten Mörder aus dem Sattel.

Die Krieger um mich her kämpften hervorragend. Die meisten der Alten, Frauen und Kinder konnten sich in ihrem Rücken zwischen dem klaffenden Gestein eines Berghanges in Sicherheit bringen.

Wir gingen hinter einigen Felsbrocken in Deckung und beschossen von dort aus die angreifenden Blauröcke. Ich weiß nicht, wie viele von unseren Kugeln getroffen wurden und wie viele davon auf mein Gewissen kommen, es ist mir gleichgültig. Ich bin so wütend, dass ich nichts mehr wünsche, als so viele wie möglich fallen zu sehen.

Erst später, als sich die Soldaten zurückzogen, um unser Dorf niederzubrennen, sah ich das Blut über meine Hand laufen und merkte, dass mir eine Kugel den Arm aufgeschlitzt hatte. Erst da spürte ich den winzigen Riss auf meiner Stirn, der von einem Streifschuss herrührte, und mit zitternden Knien begann ich zu ahnen, wie nahe ich den ewigen Jagdgründen gewesen war.

Die Krieger neben, vor und hinter mir beobachteten mit verzweifelten Gesichtern, wie ihre Tipis und alles, was sie besaßen, ein Raub der Flammen wurden.

Ich biss auf meine Fingerknöchel, um das Weinen zu unterdrücken, aber ich konnte nicht verhindern, dass ich trotzdem plötzlich alles nur noch wie durch einen Vorhang aus Wasser erkennen konnte.

Schwarzes Pferd kniete neben mir nieder, auch er ist verletzt, doch nur leicht. Eine Kugel hat seinen Oberschenkel gestreift. Erschreckt betrachtete er die kleine, harmlose Wunde auf meiner Stirn und seine Hände zitterten, als er mir die Tränen vom Gesicht wischte.

Auch Little Cloud tauchte heil und unversehrt mit unserer kleinen Tochter wieder bei uns auf.

Als die Soldaten verschwunden waren, kehrten wir zu den rauchenden Trümmern unseres Dorfes zurück und bargen, was noch zu verwenden ist. Dann versorgten wir notdürftig die Verwundeten und bestatteten die Toten. Schwarzes Pferd und die anderen Häuptlinge beschlossen, dass wir im Dorf von Crazy Horse Schutz suchen wollen.

Doch vorher mussten wir noch versuchen unsere Pferde wieder zurückzuholen, die die Soldaten mitgenommen hatten.

Sobald es dunkel war, schlichen wir uns zu dem Lagerplatz der Blauröcke. Schwarzes Pferd weigerte sich anfangs mich mitzunehmen. »Weißer Vogel muss sich jetzt ausruhen, wir haben einen anstrengenden Marsch vor uns«, glaubte er mir klarmachen zu müssen.

»Das weiß Weißer Vogel, aber zuerst will sie Präriefeuer zurückholen«, entgegnete ich stur. Nachdem er mich mit Vernunftgründen nicht überzeugen konnte, gab er schließlich nach.

Als ich die schlafenden Soldaten sah, dachte ich: Wie kann ein Mensch nur nach so etwas ruhig schlafen.

»Wir müssen um die Blauröcke herumschleichen, um zu den Pferden zu gelangen«, berichtete uns ein Späher.

Da die Soldaten nicht mit einer solchen Aktion von unserer Seite rechneten, hatten sie noch nicht einmal eine Wache bei den nur mit einigen Seilen eingezäunten Pferden postiert.

Als wir noch etwa zwanzig Yards von den Tieren entfernt waren, flüsterte ich Schwarzem Pferd zu, dass es besser wäre, wenn wir beide allein weiterschlichen. Die Häuptlinge wollten nichts davon wissen, doch mein Mann erklärte ihnen, dass ich nur leise nach meiner Stute rufen müsste und die anderen Pferde ihr sicher ohne weiteres folgen würden. Auf diese Weise brauchten sich nicht so viele von uns in die Nähe der ohnehin schon unruhigen Tiere zu begeben.

Das sahen die Häuptlinge ein und ließen uns dann gehen. Zuerst schnitten wir mit unseren Messern an beiden Seiten die Seile durch, mit denen die Ponys eingezäunt waren, dann rief ich ganz leise nach Präriefeuer. Sie antwortete mit einem leisen Schnauben und drängte sich durch die Tiere. Langsam ging ich rückwärts und rief noch zweimal, fast flüsternd, ihren Namen und jedes Mal schnaubte sie als Bestätigung. Die anderen Pferde hoben die Köpfe. Als sie sahen, dass Präriefeuer fortlief, meiner Stimme nach, folgten ihr alle anderen und die Cheyenne und Oglalas brauchten sie nur noch in Empfang zu nehmen.

Wenn nicht zufällig einer in der Nacht wach wurde, würden die Soldaten erst am nächsten Morgen bemerken, dass die Pferde der Indianer fort waren.

Wir machten uns noch in der Nacht auf den Marsch nach Nordosten, wo die Oglalas in der Nähe vom Boxelder Creek kampierten.

Drei Tage waren wir unterwegs. Die Nächte waren bitterkalt und wir froren fürchterlich. Die meisten trugen nur das auf dem Leib, was sie anziehen konnten, bevor die Soldaten kamen.

Wenn wir unterwegs das Glück hatten, ein oder zwei Hasen, ein Stachelschwein oder ein paar Präriehühner zu erlegen, waren die Rationen für den Einzelnen so klein, dass ich lieber darauf verzichtete. Ich wollte meinem Magen durch so einen winzigen Bissen nicht unnötig Appetit machen. Schwarzes Pferd und noch einige andere hielten es ebenso.

Die letzten Stunden, bevor wir das Oglala-Lager erreichten, verschwimmen in meiner Erinnerung wie in einem Nebel.

Ich kann mich nur noch an die eintönige Bewegung des schaukelnden Pferderückens erinnern. Einige Male habe ich auch die Stimme von Schwarzem Pferd gehört, aber was er zu mir sagte, habe ich vergessen.

Mein Geist arbeitet erst wieder, seit ich vor zwei Tagen in einem Tipi, von warmen Büffeldecken eingehüllt, mit einem Bärenhunger aufwachte. Achtundvierzig Stunden hatte ich wie tot geschlafen.

Gastfreundlich haben uns die Oglalas in ihren Tipis untergebracht und geben uns an Nahrungsmitteln und warmer Kleidung, was sie entbehren können.

Wir sind wieder einmal mit dem Leben davongekommen und in Sicherheit. Aber wie lange noch?

10. April 1876

Vor einigen Tagen beschlossen die Häuptlinge, dass wir, sobald wir uns erholt hätten, zum Tongue River ziehen, wo Sitting Bull mit seinen Hunkpapas kampiert. »Wir werden gemeinsam gegen die Soldaten kämpfen und sie töten. Sie wollen es nicht anders«, sagten die Häuptlinge.

Die Männer sind jetzt häufig abwesend, um zu jagen, da wir Fleisch und Felle benötigen, um wenigstens wieder das Notwendigste an Kleidung herzustellen und einen Teil zur Ernährung beitragen zu können. Viele Büffelhäute brauchen wir für neue Tipis, denn wir wollen den Oglalas nicht ewig zur Last fallen, auch wenn sie uns noch so gastfreundlich aufgenommen haben.

25. April 1876

In wenigen Tagen wird unsere kleine Tochter ein Jahr alt. Seit ein paar Wochen versucht sie ihre ersten tastenden

Schritte. Sie ist ein sehr hübsches, immer freundliches kleines Mädchen, von beinahe ansteckender Fröhlichkeit. Ich wünsche mir so sehr, dass ihr diese herzerfrischende natürliche Unbekümmertheit möglichst lange erhalten bleibt, dass das Leben ihr nicht so übel mitspielen möge und diese Eigenschaften eines Tages in Angst und Misstrauen, Hass und Feindschaft verwandelt. Aber kann ich es verhindern, dass ihre Seele irgendwann durch die Gemeinheit und Verlogenheit der Menschen bis auf den Grund verletzt wird? Auch sie wird die Erfahrung machen müssen, dass die Welt oft schlecht ist und Liebe und Barmherzigkeit fehlen. Gebe der Große Geist, dass ihr dann jemand wie ihr Vater begegnet, dessen Liebe und Zärtlichkeit die Bitterkeit und Enttäuschung lindern hilft.

10. Mai 1876
Anfang Mai brachen wir auf, um an den Tongue zu ziehen, wo wir vor drei Tagen im Lager der Hunkpapa-Sioux eintrafen.
Gestern kam noch eine größere Gruppe vom Stamm der Minneconjous hinzu, die von dem Überfall der Soldaten auf unser Lager am Powder gehört haben. Sie wollen für den Fall weiterer Kämpfe in der Nähe der starken Sioux-Stämme sein.
Zusammen lagern jetzt hier am Tongue River einige Tausend Indianer und eine große Anzahl Tipis strecken ihre Zeltstangen gen Himmel. Unsere Tage sind ausgefüllt mit Jagen und dem Herstellen von weiteren Zelten, Sätteln, Kleidungsstücken, Taschen und Beuteln. Auch unsere Vorräte an Trockenfleisch müssen wieder vergrößert werden, sodass es Arbeit in Fülle gibt. Aber wir lassen auch gelegentlich liegen,

was getan werden sollte, um den lustigen Ballspielen der jungen Mädchen und den Wettkämpfen der jungen Männer zuzuschauen.

21. Mai 1876

Eine willkommene Abwechslung: Heute trafen einige Händler mit ihren Planwagen voller Waren in unserem Dorf ein und mancher Mann musste ein paar schöne Häute und Felle opfern, um seiner rehäugigen Squaw irgendeinen Herzenswunsch zu erfüllen. Natürlich tauschten wir bei dieser Gelegenheit auch fehlende Nahrungsmittel wie Mehl und Zucker ein.

Die Händler berichteten von Gerüchten, nach denen sich Unmengen von Soldaten im Powderland auf der Suche nach Indianerdörfern befinden sollen. Unsere jungen Krieger quittieren diese Nachricht mit Wutausbrüchen. Nichts wäre ihnen lieber, als diese unverschämten Blauröcke wieder einmal das Fürchten zu lehren.

Wann werden uns die Soldaten gefunden haben? Wann werden wir uns wieder mit der Waffe in der Hand umdrehen und unser Leben und das Lager verteidigen müssen?

Schwarzes Pferd sieht mein niedergeschlagenes Gesicht und streicht mir mit einer leichten, tröstenden Bewegung eine Haarsträhne aus der Stirn. »Weißer Vogel braucht keine Sorge zu haben. Wir sind jetzt viele und wir sind stark und mächtig.«

25. Mai 1876

Wir haben das Lager am Tongue abgebrochen und ziehen weiter nach Nordwesten. Unsere Kundschafter haben von großen Antilopenherden in der Nähe des Rosebud Creek be-

richtet. Außerdem müssen wir wegen unserer riesigen Ponyherden neue Weidegründe aufsuchen.

Es ist sommerlich warm, sodass wir auch nachts im Freien
schlafen. Dann liege ich manchmal wach und schaue zum
Sternenhimmel, bei dessen Anblick man sich so klein und
unwichtig vorkommt. Warum müssen sich die Menschen nur
immer gegenseitig mit ihrem Hass verfolgen, warum können
sie sich nicht alle gemeinsam an der Schönheit dieser Welt
erfreuen und in Frieden miteinander leben?

6. Juni 1876

Wir haben den Rosebud erreicht und unser Dorf am Ostufer
in einem hufeisenförmigen Tal aufgeschlagen. Unsere Zahl
ist unterwegs um weitere Gruppen der verschiedensten
Stämme angewachsen, sodass die zahllosen Tipis jetzt etwa
sechs- bis siebentausend Männer, Frauen und Kinder beher-
bergen. Es stoßen immer noch weitere Krieger zu uns, die
aus den Reservaten fortgezogen sind, um zu jagen. Auch sie
erzählen von vielen Kompanien Soldaten, die alle auf den
Rosebud zumarschieren.

Die Sioux beginnen inzwischen mit dem Bau mehrerer Inipis
für den Reinigungsritus und einer großen Sonnentanzhütte.

Für die nächsten Tage wird sich alles um diese heiligen Zeremonien drehen und die nahenden Blauröcke geraten so lange
in Vergessenheit, bis die tanzenden Krieger wieder aus ihrer
Traumwelt zurückkehren.

14. Juni 1876

Der »Uiwanyak uatschipi«, wie die Sioux den Sonnentanz
nennen, ist beendet. Schwarzes Pferd und ich wollen mit einigen Cheyenne in der Nähe Jagd auf Antilopen machen.

Unsere Gedanken kreisen in ständiger Sorge um die anrückenden Soldaten und wir werden das Lager höchstens für zwei Tage verlassen.

16. Juni 1876

Heute Morgen brachen wir zeitig auf und ritten in südwestlicher Richtung den Rosebud hinauf. Es war ein wunderbarer friedlicher Sommermorgen. Wir vergaßen für ein paar Stunden die Blauröcke und genossen die aus dem nächtlichen Schlaf erwachende Natur, das Singen der Vögel und die Unbeschwertheit, mit der unsere Pfeile dahinjagten.

Gegen Mittag rasteten wir am Ufer des Flusses, der an dieser Stelle seicht und steinig war. Die Weiden, die hier ihre schlanken, biegsamen Zweige bis auf die Wasseroberfläche hinabhängen ließen, spendeten uns den notwendigen Schatten. Einige Cheyenne schliefen oder träumten vor sich hin und auch ich kämpfte gegen die Müdigkeit, die die sommerliche Hitze verbreitete. Schwarzes Pferd war fortgeritten, um weiter östlich nach Wild Ausschau zu halten.

Plötzlich fuhr ich hoch. Ich hatte etwas wie ein gedämpftes Hornsignal gehört. Doch nur einmal. Sollte ich geträumt haben? Aber das konnte nicht sein. Ich hatte zwar träge, aber wach das Sonnenlicht in den Zweigen über mir beobachtet. Ich blickte zu den Cheyenne, keiner sah aus, als ob er etwas gehört hätte. Ich wollte mich beruhigt zurücklegen, da vernahm ich es wieder, schon etwas näher.

Mit einem Satz war ich auf den Füßen und lief zu den anderen hinüber. Black Elk – Schwarzer Elch –, der offenbar nicht geschlafen hatte und auch etwas gehört haben musste, richtete sich auf und kam mir entgegen.

»Weißer Vogel hat das Hornsignal von Soldaten gehört«,

sagte ich zu ihm. Er nickte bestätigend und lauschte angestrengt. Dann wieherte in der Ferne ein Pferd und man hörte ganz schwach das Getrappel von Hufen. Lautlos weckte er die anderen Schläfer, während ich geduckt die wenigen Schritte zum Wasser hinunterlief.

Da konnte ich sie sehen. Sie kamen in etwa einer halben Meile Entfernung, einer hinter dem anderen, am gegenüberliegenden Flussufer hinunter. Aber es waren keine Weißen, sondern Indianer in Uniformen.

Black Elk war leise zu mir getreten und spähte ebenfalls durch die dicht herabhängenden Zweige. Als er mein fragendes Gesicht sah, erklärte er leise: »Das sind Crows und Shoshonen. Sie machen für Geld Soldat für weißen Mann.«

Das hatte uns noch gefehlt. Jetzt hatten wir auch noch Indianer auf dem Hals.

Ich gab dem Cheyenne ein Zeichen, dass ich am Ufer entlangschleichen und beobachten würde, wo die indianischen Söldner für die Nacht lagern wollten. Etwa eine Stunde begleitete ich sie, dann machten sie plötzlich Halt. Aber sie kamen nicht herüber, sondern kampierten auf der anderen Flussseite in einem kleinen Felseinschnitt. Zwischen ihnen und unserem Dorf lagen nur noch der Rosebud, ein leichter Berghang und etwa sechzehn Meilen offenes Gelände.

Offenbar erwarteten sie noch weitere Soldaten, denn zwei von ihnen verließen das Lager, ritten etwa zweihundert Yards zurück und bezogen dort Posten.

Ich musste eilen, dass ich zurückkam, damit wir schnellstens das Lager warnen konnten. Als ich bei unseren Leuten eintraf, war Schwarzes Pferd schon zurückgekommen und ich berichtete ihm mit wenigen Worten, was ich gesehen hatte. Er bestätigte meine Befürchtung, dass noch mehr Soldaten unterwegs sein müssten. »Schwarzes Pferd hat eine Kolonne Kavalleristen beobachtet, die von Süden her am Rosebud entlangreiten.«

Wir trieben unsere Pferde an und waren am späten Nachmittag wieder im Dorf.

Schwarzes Pferd ritt sofort zu Sitting Bull, Crazy Horse und den Cheyenne-Häuptlingen, während die Jäger und ich durch das ganze Lager jagten und das für Gefahr vereinbarte Zeichen, das Heulen des Wolfs, ausstießen. Anschließend ritten Ausrufer durch die einzelnen Dörfer und unterrichteten die Indianer genauer von dem, was bevorstand.

Hektische Betriebsamkeit brach aus. Aufgeregt liefen Frauen, Kinder und alte Leute durcheinander.

Die Häuptlinge beschlossen, die Hälfte der Krieger als Schutz zurückzulassen. Mit etwa fünfzehnhundert Sioux und Cheyenne wollen sie noch in der Nacht losreiten, um am frühen Morgen die Blauröcke entsprechend in Empfang zu nehmen.

18. Juni 1876

Etwa zwei Stunden nach Mitternacht machten wir uns auf den Weg, mit den Kriegsfarben bemalt. Bei den Reitern waren auch Frauen, um für die Reservepferde zu sorgen.

Schwarzes Pferd und ich befanden uns vorn bei den Häuptlingen, da wir vorerst die Richtung angeben mussten. Es war mondhell und kalt. Viel gesprochen wurde nicht und außer den Geräuschen, die die Reiter hinter uns auf dem weichen Grasboden verursachten, hörte man kaum einen Laut.

Als der Morgen heraufdämmerte, machten wir eine kurze Rast, dann verließen wir das Ufer des Rosebud und schwenkten ab, auf die Berge zu. Der Fluss beschrieb jetzt einen so großen Bogen, dass es nur Zeitverlust bedeutet hätte, wenn wir ihm weiter gefolgt wären.

Der gleichen Meinung war offenbar auch unser Gegner, denn als wir den Fuß der Hügel erreichten, tauchten auf deren Rücken die Crows und Shoshonen auf. Mit fürchterlichem Kriegsgeschrei kamen sie den Hügel herunter, doch die Sioux und Cheyenne fuhren zwischen sie. Als dann die weißen Soldaten auftauchten, zogen wir uns erst einmal zurück.

Crazy Horse erklärte den Kriegern, wie sie die Soldaten angreifen mussten, um Erfolg zu haben. Sämtliche Krieger waren bereit sich seiner Führung anzuvertrauen. Crazy Horse ließ die Sioux und Cheyenne tatsächlich nach einer für die Indianer völlig neuen Methode vorgehen. Als die Blauröcke angriffen, stürmten die Krieger die schwachen Punkte ihrer Linien, anstatt wie bisher üblich mitten in das Gewehrfeuer der Soldaten hineinzureiten. Ich verstehe nicht viel von militärischen Aktionen. Aber man konnte deutlich sehen, dass seine Taktik Erfolg hatte. Die Soldaten waren fast pausenlos damit beschäftigt, sich der Indianer, die zwischen, hinter und vor ihnen herumschwirrten, zu erwehren. Immer wieder unternahm Crazy Horse mit seinen Leuten rasche kleine Attacken, um sich dann genauso schnell wieder zurückzuziehen.

Obwohl alle hervorragend kämpften, fielen auch auf unserer Seite einige Krieger den Kugeln der Soldaten zum Opfer. Von der Stellung der Cheyenne aus versuchte ich Schwarzes Pferd in dem Kampfgetümmel ausfindig zu machen. Aber es war sinnlos, in diesem Durcheinander irgendjemand erkennen zu wollen.

Neben mir jagte plötzlich eine Squaw mit ihrem Pferd auf das Kampffeld, um einen Krieger aus dem Gewehrfeuer herauszuholen. Die Soldaten hatten sein Pferd bei einem Angriff auf ihre Linien erschossen.

Für einige Minuten abgelenkt, durchforschte ich aufs Neue das Gewühl kämpfender Indianer und Blauröcke, um Schwarzes Pferd zu finden. Da, endlich hatte ich ihn entdeckt. Er war gerade dabei, sich mit vier oder fünf anderen Cheyenne vor den Blauröcken zurückzuziehen, um diese zu einer Verfolgung zu veranlassen und sie dadurch von den anderen zu trennen. Der Plan schien zu gelingen. Doch plötzlich wurden die Cheyenne, die mit ihm ritten, von einer seitlich anrückenden Gruppe Soldaten in ein Gefecht verwickelt, sodass Schwarzes Pferd die Verfolger allein hinter sich hatte. Mir wurde eiskalt vor Angst. Aber während ich noch versuchte die entsetzliche Furcht abzuschütteln, hatte ich Präriefeuer schon vorwärts getrieben und jagte hinter den Soldaten her.

Jetzt musste sich wieder einmal zeigen, was ich von meinem Mann gelernt hatte. Als ich nahe genug herangekommen war, legte ich an und schoss einen der Blauröcke aus dem Sattel. Der zweite Schuss ging daneben, aber er veranlasste die Soldaten auch die Gefahr hinter sich zu beachten. Ich rief Präriefeuer einen kurzen Befehl zu und zog die Halteleine straff, worauf die Stute sofort stehen blieb. »Leg dich«, schrie ich und sie ließ sich augenblicklich zu Boden fallen. Wenn man weiß, wie ungern sich ein Pferd hinlegt, kann man sich vorstellen, wie viel Zeit und Geduld diese Dressur erfordert hatte.

Mit gespreizten Beinen blieb ich über der Stute stehen. Jetzt konnte ich sorgfältiger auf die drei Soldaten zielen, die sich von den anderen getrennt hatten und mich nun aufs Korn nahmen. Sie waren noch etwa fünfzig Yards entfernt, als der erste, von meiner Kugel getroffen, die Arme hochwarf und hinterrücks vom Pferd stürzte. Der zweite folgte, sobald ich wieder durchgeladen hatte. Doch dann rief ich meiner Stute den Befehl zum Aufstehen zu, denn der dritte kam mir jetzt so nahe, dass seine Kugeln nur noch durch Zufall ihr Ziel verfehlten. Bevor ich an der Seite meines Pferdes in Deckung gehen konnte, pfiff bereits eine Kugel knapp an meinem Kopf vorbei.

Ich lenkte Präriefeuer auf meinen Angreifer zu, und da er wohl angenommen hatte, ich würde die Flucht ergreifen, verlor er kostbare Zeit damit, sein Pferd herumzureißen. Ich zog mich wieder in den Sattel hinauf und kam Schwarzem Pferd entgegen, der, seine Verfolger hinter sich herlockend, einen großen Bogen beschrieben hatte und jetzt direkt auf mich zuritt.

Instinktiv ahnte jeder von uns, was der andere wollte, und wir handelte, als ob wir nur ein Gehirn und ein Körper wären. Als unsere Pferde sich auf gleicher Höhe befanden, zogen wir die Zügel straff und hielten an. Schwarzes Pferd legte auf meinen Verfolger an, während ich einen der Blauröcke, die hinter ihm her waren, anvisierte.

Inzwischen hatte mein Mann sein Kriegspony gewendet und wir wehrten uns gemeinsam unserer Haut.

Einer der Kavalleristen fiel getroffen auf den Hals seines Pferdes und das Tier raste mit ihm davon. Vier oder fünf flüchteten, als sie eine Gruppe Sioux bemerkten, die uns zu Hilfe kamen. Noch einen zweiten traf Schwarzes Pferd, dann musste er nachladen. Ich legte auf den letzten an, doch mein Gewehr gab nur ein kurzes Klicken von sich, das Magazin war leer. Ich hatte nicht mitgezählt, ein Versäumnis, das mich das Leben kosten konnte.

Als der Soldat bemerkte, dass keiner von uns schussbereit war, gab er seine Deckung auf und legte auf mich an. Ich duckte mich auf den Hals von Präriefeuer. Der brennende Schmerz von der Kugel, die meinen Oberschenkel aufriss, entlockte mir einen leisen Schrei. Im selben Augenblick wirbelte das Kriegsbeil von Schwarzem Pferd todbringend durch die Luft und grub sich zwischen Kopf und Schulter in den Hals des Soldaten.

Die Sioux, die sich vergewisserten, dass wir keine Hilfe mehr benötigten, schwenkten ab, um sich wieder dem Hauptteil der kämpfenden Truppe zuzuwenden.

Schwarzes Pferd sprang von seinem Pony und holte sich seinen Tomahawk zurück, dann kam er zu mir und betastete besorgt mein Bein. »Die Kugel steckt nicht mehr in der Wunde. Aber Weißer Vogel blutet stark. Sie muss sofort verbunden werden.«

Jetzt, nachdem die Gefahr überstanden war, gaben meine Nerven nach und mir wurde schlecht. Klappernd schlugen meine Zähne aufeinander und jeder Muskel meines Körpers schien zu beben. Mein Mann hatte sein Kriegspony wieder bestiegen, auch die Zügel von Präriefeuer ergriffen und brachte mich zurück zur Cheyenne-Stellung.

Ich biss die Zähne zusammen und versuchte krampfhaft das Zittern meiner Muskeln zu beherrschen. Doch als mir Schwarzes Pferd von der Stute herunterhalf, spürte er, in welchem Zustand ich mich befand. Er hob mich auf und trug mich an einen geschützten Platz. Dort setzte er mich ab und rief nach einer sich in der Nähe aufhaltenden Squaw, die mich verbinden sollte. Doch während der ganzen Zeit hielt er mich fest und sprach beruhigend auf mich ein. Die Indianerin kam herbei, schlitzte mit ihrem Messer mein Hosenbein auf und machte sich daran, die Wunde zu versorgen.

»Ist ja gut, ganz ruhig, es ist vorbei . . .«, redete die dunkle, besänftigende Stimme meines Mannes weiter und dann muss ich übergangslos eingeschlafen sein.

Als ich wieder aufwachte, war die Sonne untergegangen und der Kampflärm verstummt. Schwarzes Pferd saß neben mir und reinigte seine Waffe, das dunkle Gesicht ernst und konzentriert bei der Sache. Doch er spürte sofort, dass ich nicht mehr schlief, denn er wandte den Kopf und lächelte mir zu. Wie der weiche Flügelschlag eines Vogels strichen seine Fingerspitzen über mein Gesicht, sein langes schwarzes Haar senkte sich wie ein Vorhang über mich, als er mich küsste, und mein Herz war erfüllt von Liebe und Zärtlichkeit für ihn.

Am nächsten Morgen kamen die von den Sioux und Cheyenne ausgesandten Kundschafter mit der Nachricht zurück, dass die Soldaten das Feld räumten. Wir hatten sie besiegt!

Gleich nach unserer Rückkehr ins Lager berieten sich die Häuptlinge und fassten den Beschluss, am nächsten Tag die Tipis abzubrechen und an den Little Bighorn zu ziehen, da, wie unsere Späher berichteten, auch die Antilopenherden nach Westen weitergezogen waren.

Obwohl wir gesiegt haben, gibt sich niemand der Hoffnung hin, dass uns die Blauröcke jetzt in Ruhe lassen. Sie sammeln nur neue Kraft und werden bald wieder zuschlagen. Aber wir werden hier nicht auf sie warten.

22. Juni 1876

Am Morgen des 19. Juni brachen wir zum Little Bighorn auf. Mein Bein machte mir noch ziemliche Beschwerden. Doch es waren nur etwa fünfzig Meilen zurückzulegen und das musste ich durchstehen. Viele Krieger sind weitaus schwerer verwundet als ich.

Die Zelte sind wieder errichtet. Am Ufer des Flusses reiht sich auf einer Länge von fast drei Meilen ein Lager an das andere. Am südlichsten Teil haben die Hunkpapas ihre Tipis aufgeschlagen, wir befinden uns am nördlichen Ende.

Schwarzes Pferd ist wieder mit einigen Männern auf der Jagd nach Antilopen und Büffeln.

Abends, wenn die Lagerfeuer brennen, hält der eine oder andere Stamm Zeremonien-Tänze ab. Ich bin oft dabei und schaue zu. Der magische Rhythmus der Trommeln schlägt mich noch immer in seinen Bann und der Widerschein der Flammen zaubert weiche bronzefarbene Konturen in die dunklen Gesichter um mich her.

24. Juni 1876
Gegen Mittag traf Schwarzes Pferd mit den Jägern wieder im Cheyenne-Lager ein.

Sie hatten reichlich Beute mitgebracht und wir bekamen viel Arbeit. Von einem durchreitenden Kundschafter hörten wir, dass Custer mit seinen Kavalleristen bereits am Rosebud eingetroffen ist und sich jetzt auf den Little Bighorn zubewegt. Ich sah Schwarzes Pferd entgeistert an. »Er wird doch nicht so wahnsinnig sein und uns, so kampfstark, wie wir gemeinsam sind, angreifen wollen?«

Mein Mann erwiderte wütend: »Weißer Vogel mag daran denken, was für ein Mensch dieser Pahuska ist; dann wird sie wissen, dass ihn nichts zurückhalten wird.« Der Siouxname für Custer kam angewidert und wie das Zischen einer Schlange von seinen Lippen.

28. Juni 1876
Als ich am Morgen des 25. Juni aufwachte, überfielen mich

sofort die Gedanken an die Soldaten und ich erwartete jeden Augenblick, die Schüsse ihrer Karabiner zu hören.

Aber es sollten noch zwei oder drei Stunden vergehen, bis der Schreckensruf »Die Soldaten kommen« durch die Lager schallte.

Die stundenlange Spannung in meinem Innern ließ nach. Two Moon – Zwei Monde –, ein Häuptling der Northern-Cheyenne, und Schwarzes Pferd befahlen den Kriegern den Schwarzfuß- und Hunkpapa-Sioux im südlichen Teil des Lagers zu Hilfe zu kommen.

Da sich die Schusswunde in meinem Bein noch nicht wieder ganz geschlossen hatte, wollte ich anfangs zurückbleiben. Doch als ich Schwarzes Pferd sein Pony besteigen und fortreiten sah, hielt mich nichts mehr.

Beim Lager von Sitting Bull tobte der Kampf am heftigsten, die Luft war erfüllt von Pulverdampf und Staub und man konnte kaum etwas erkennen. Die Soldaten mochten einsehen, dass es zwecklos war, sich gegen diese mit ungeheurer Wut kämpfende Übermacht von Indianern durchzusetzen. Sie ergriffen die Flucht zum Little Bighorn hinunter und die Sioux stürmten hinterher. Ich folgte den Cheyenne-Kriegern, die an einer anderen Stelle zum Fluss ritten. Vor uns waren viele Hunkpapas und Oglalas. An ihrer Spitze sah ich Crazy Horse; die Cheyenne führten Two Moon und Schwarzes Pferd an. Als wir durch den Fluss ritten, konnte ich oben auf dem Hügel eine andere Kavalleriekolonne sehen, aber es war nicht zu erkennen, ob sie von Custer befehligt wurde.

Der Oglala-Häuptling führte uns in eine Schlucht, und als ich mich umsah, waren der Fluss und die Lager hinter einer Biegung verschwunden. Dann hob Crazy Horse die rechte Hand und der ganze schweigende Zug hielt. Die Häuptlinge ritten nach vorne und schwenkten dann langsam linksherum den Hügel hinauf, während jeder seiner Gruppe das Zeichen zum Nachfolgen gab. Noch immer wurde kein Wort gesprochen. Doch als wir oben angekommen waren, einige größere Felsen umritten und die Soldaten vor uns sahen, stimmten alle den Kriegsruf an.

Jetzt wusste ich, was Crazy Horse beabsichtigt hatte, denn vom Little Bighorn und den Lagern kam im selben Augenblick ein zweiter Schwarm Indianer den Hügel herauf, sodass die Soldaten eingeschlossen waren.

Die Kavalleristen waren so überrascht, dass sie völlig die Fassung verloren. Entsetzt und unkontrolliert schossen sie wild um sich, sodass manch einer von einer Kugel aus den eigenen Reihen getötet wurde.

Die Pfeile und Kugeln der Sioux und Cheyenne hatten eine verheerende Wirkung bei den Blauröcken, und wo noch Leben war, besorgte das Kriegsbeil oder der Speer den Rest. Es war fürchterlich. Staub hing wie Nebel in der Luft, dazwischen das angsterfüllte Wiehern der Pferde, das Krachen der Schüsse und die Schreie der Verwundeten. Aber auch andere Schreie hörte man, wilde, blutdürstige, von Zorn auf die verhassten Bleichgesichter erfüllte Schreie.

Sekundenlang erschrak ich vor dieser ungezügelten Grausamkeit, dann hörte ich wieder das entsetzte Weinen kleiner Kinder, sah wieder die unzähligen niedergemetzelten Indianer, Frauen, Kinder, alten Leute und die erschlagenen und erschossenen Krieger, die sich für ihre Volk geopfert hatten. In meiner Nase waren wieder der Rauch brennender Indianerdörfer und der Geruch von dem dampfenden Blut sinnlos abgeschlachteter Ponyherden. Ich konnte kein Mitleid empfinden.

Präriefeuer tänzelte nervös und stieg immer wieder hoch. Vor mir tauchte ein Soldat auf, einen blutverschmierten Säbel über dem Kopf schwingend. Doch bevor ich ihn abwehren konnte, kam von hinten ein Oglala auf seinem Pony vorgesprengt und schmetterte ihm sein Kriegsbeil auf den Kopf.

Ich sah rasch zur Seite und bemerkte Schwarzes Pferd und einen weiteren Indianer in einem wilden Handgemenge mit mehreren Soldaten. Schießen konnte bei diesem Getümmel keiner mehr, die Blauröcke kämpften mit ihren Säbeln und mein Mann und der Cheyenne wehrten sich mit Kriegsbeil und Lanze.

Dann sah ich plötzlich, wie ein blitzender Säbel auf den nackten Rücken von Schwarzem Pferd niederfuhr. Eine lange klaffende Wunde, dann Blut.

Voller Angst trieb ich Präriefeuer zwischen die Soldaten und schlug blindlings mit meinem Speer um mich. In wenigen Sekunden war wieder genügend freier Raum, um die Blauröcke gezielter angreifen zu können. Dann kam uns auch eine Gruppe Sioux zu Hilfe.

Rechts von mir schien sich der Kampf besonders zu konzentrieren, wobei die Indianer ganz offensichtlich die Oberhand hatten.

Meinen Mann konnte ich in dem Durcheinander nicht mehr entdecken. Deshalb drängte ich meine Stute durch die Kämpfenden, um nach ihm zu suchen. Er musste unbedingt verbunden werden!

Plötzlich sah ich Pahuska Custer vor mir. Er stand, in jeder Hand einen Revolver, wie ein einsamer Baum zwischen schwer verwundeten und toten Soldaten. Er trug keinen Hut, sein aschblondes Haar war kurz geschnitten, nicht mehr so lang wie damals, als ihm die Sioux seinen Namen Pahuska gaben.

Es war, als ob der Lärm um mich her auf einmal schwieg. Ich hörte nur noch das Blut in meinen Ohren rauschen. Wie unter einem Zwang ritt ich auf Custer zu. Er sah mich kommen und seine Augen zogen sich zusammen, als versuchte er mich zu erkennen. Links und rechts von mir tobte der Kampf unvermindert weiter, ich sah und hörte nichts davon. Ich dachte an die Mutter meines Mannes: erschossen und skalpiert; an Flying Lance, den Mann von Little Cloud, den wir mit zerschmettertem Schädel gefunden hatten, und an die vielen Cheyenne, meist Frauen, Kinder und Säuglinge, deren Leben er und seine Soldaten unten am Washita so grausam vernichtet hatten. Es war, als umschließe mich eine Hülle, in der nur noch mein Hass und meine Rachegedanken Raum hatten. Mein Denken war wie eingefroren. Nichts warnte mich, als er eine der beiden Schusswaffen hob. Das Mündungsfeuer und auch der Schlag, mit dem die Kugel meine Schulter traf, weckten nur leise Verwunderung in mir.

Später wurde mir allerdings klar, dass nur das erschreckte Zur-Seite-Weichen von Präriefeuer mir das Leben gerettet hatte. Durch die rasche Bewegung des Tieres wurde ich nach hinten geworfen, was zur Folge hatte, dass mich die Kugel nicht ins Herz traf, sondern unterhalb des linken Schulterknochens einschlug, schräg nach oben fuhr und zwischen Schulterblatt und Schlüsselbein wieder austrat.

In diesem Augenblick wusste ich jedoch nichts von alledem. Ein Indianer hatte Custers Schuss offenbar sofort erwidert und ihn schwer verwundet. Eine der beiden Waffen war ihm aus der Hand gefallen, er starrte mich an und es schien, als ob er sich langsam erinnerte. Ich hatte den Eindruck, dass er etwas sagte, aber ich konnte ihn nicht verstehen.

»Pahuska«, rief ich ihn an. Aus seinem linken Mundwinkel

sickerte ein feiner Blutfaden. »Weißt du noch, was ich am Washita zu dir sagte? Sieh dich um und du wirst sehen, wie Recht ich damit hatte. Jetzt wirst du für den tausendfachen Mord an meinen roten Schwestern und Brüdern bezahlen. Du wirst nie wieder friedliche Indianerdörfer überfallen und unschuldige Frauen und Kinder töten!«

Bei meinen letzten Worten brachen die Sioux in fürchterliches Geheul aus und fielen über die wenigen noch lebenden Soldaten und den General her. Fast alle Soldaten waren skalpiert oder grausam verstümmelt. Es war das eingetreten, was ich befürchtet hatte. Das Blut der Indianer kochte vor Zorn und Hass!

Ich wandte mich ab, mir war zum Erbrechen übel und ich lenkte Präriefeuer den Hügel zum Little Bighorn hinunter. Wie durch einen Dunstschleier sah ich Männer und Frauen auf mich zu- und den Berg hinauflaufen. Der Schmerz in meiner Schulter überfiel mich plötzlich wie ein brüllendes Raubtier. Ich merkte noch, wie ich haltlos aus dem Sattel rutschte. Plötzlich spürte ich Wasser, das mir kühl durch die Kleidung, das mir erstickend in Mund und Nase drang – dann wurde es Nacht um mich.

Später umhüllten mich weiche schaukelnde Dunkelheit und Schmerzen, als ob mir jemand den linken Arm ausrisse. Mein eigenes qualvolles Stöhnen holte mich aus der Bewusstlosigkeit. Ich öffnete die Augen und sah in das dunkle Gesicht eines Indianers. Er hielt mich vor sich im Sattel fest. Mit der anderen Hand hatte er die Zügel seines Pferdes und die von Präriefeuer ergriffen.

Ich versuchte mich aufzurichten und sagte: »Lass mich runter. Weißer Vogel kann allein reiten.«

Sicher verstand er kein Wort, konnte aber wohl an meinem

Mienenspiel und den hilflosen Anstrengungen erkennen, was ich wollte. Er lächelte freundlich, schüttelte jedoch entschieden den Kopf. Ich wusste, dass er Recht hatte, denn ich war in einem jämmerlichen Zustand. Frierend vor Nässe, klapperte ich mit den Zähnen und versuchte die Schmerzenslaute, die mir über die Lippen wollten, zurückzuhalten. Dankbar überließ ich mich seiner diktatorischen Hilfsbereitschaft.

Bei den Tipis war außer einigen Kindern niemand zu sehen. Angst um Schwarzes Pferd überfiel mich. Wo war er, warum war er nicht hier? Lag er etwa mit dieser fürchterlichen Verletzung noch irgendwo dort oben auf dem Hügel?

Hastig und unüberlegt in meiner Sorge rutschte ich von dem Pferderücken. Der Sioux versuchte zwar mich zu halten, doch er griff daneben. Eigentlich hatte ich zu unserem Zelt laufen wollen. Aber die Erschütterung, die der Sprung an meine verwundete Schulter weiterleitete, ließ mich mit einem Aufschrei in die Knie gehen. Der Indianer war mit einem Satz bei mir, hob mich auf, als hätte ich nur das Gewicht eines Kindes, und trug mich in unser Tipi. Sein Gesicht verschwamm vor meinen Augen. Und ich wollte ihm doch sagen, dass er meinen Mann suchen müsse. Aber das Einzige, was ich meiner Erinnerung nach herausbrachte, war: »Schwarzes Pferd suchen . . .« Dann verlor ich die Besinnung.

»Weißer Vogel, Weißer Vogel«, versuchte die Stimme meines Mannes die beklemmende Dunkelheit, die mich umgab, zu durchdringen. Als ich die Augen mühsam öffnete, sah ich Schwarzes Pferd vor mir und ein Seufzer der Erleichterung entfuhr mir.

»Schwarzes Pferd war hier, als der junge Krieger Weißen Vogel brachte«, erklärte er. »Aber ihr Geist war schon davongeflogen, sie hat ihn nicht erkannt.«

Er senkte den Kopf und schwieg für einen Augenblick. Ich hörte seinen schmerzvollen Atemzug.

»Hat Schwarzes Pferd große Schmerzen?«, fragte ich ihn leise. »Weißer Vogel hat gesehen, wie ihn der Säbel des Soldaten traf.«

Natürlich verneinte er meine Frage und fuhr dann fort: »Wir müssen die Lager abbrechen. Kundschafter haben uns von dem Anmarsch vieler Soldaten berichtet. Wir haben kaum noch Munition und es wäre Wahnsinn, nur mit Pfeil und Bogen gegen die Blauröcke zu kämpfen.« Er griff nach meiner Hand und fragte besorgt: »Glaubt Weißer Vogel, dass sie schon wieder reiten kann?«

Ich versicherte es ihm sehr überzeugt – zu überzeugt, wie ich gleich darauf erkennen musste. Ohne Hilfe konnte ich mich kaum aufrichten, und als ich endlich auf den Füßen stand, wurde mir vor Schmerzen und Schwäche schwarz vor Augen.

Aber es ging vorüber und mein Mann nahm mich mit einem zärtlichen Lächeln in die Arme.

»Weißer Vogel ist sehr tapfer!«

Aber ich schüttelte den Kopf. »Ich habe nur von den Indianern gelernt Schmerz nicht zu beachten.«

Noch bevor die Sonne im Westen unterging, befanden wir uns auf dem Marsch zu den Bighorn Mountains.

Wieder einmal sind wir auf der Flucht vor den Soldaten.

30. Juni 1876

Damit uns die Blauröcke nicht so leicht folgen können, haben wir uns getrennt.

Sitting Bull will mit seinen Hunkpapas den Yellowstone hinauf nach Norden gehen. Wir werden vorläufig mit den Oglalas und Crazy Horse weiterziehen.

Die Kundschafter berichten, dass uns die Soldaten noch immer verfolgen. Wir flüchten nach Süden, am Westufer des Bighorn entlang. Der Fluss verbreitert sich jetzt so sehr, dass man das gegenüberliegende Ufer kaum noch erkennen kann.

18. Juli 1876

In einem Gewaltmarsch von zwei Wochen überwanden wir eine Strecke von über zweihundert Meilen. Nach sechs oder sieben Tagen verließen wir den Fluss und ritten nach Südosten, um später die Bighorn Mountains zu überqueren. Gestern erreichten wir mehr tot als lebendig den South Fork, einen Seitenarm des Powder.

Wir müssen unbedingt einige Tage ausruhen, da besonders die Verwundeten in einem sehr angegriffenen Zustand sind. Die Kundschafter sichteten in den letzten Tagen keine Soldaten mehr, sodass wir uns diese dringend notwendige Ruhepause gönnen können. Diejenigen Krieger, die noch am frischesten sind, werden während dieser Zeit versuchen ein paar Antilopen oder Büffel zu finden.

Die Säbelwunde von Schwarzem Pferd ist inzwischen geschlossen und heilt langsam ab. Allerdings wird er eine große Narbe zurückbehalten. Auch meine Schussverletzung sieht nicht mehr so böse aus wie am Anfang und die Schmerzen sind erträglich geworden.

Little Cloud hat mit unnachsichtiger Strenge immer wieder die Verbände gewechselt und Heilkräuter aufgelegt, auch wenn wir uns beide oft lieber hingelegt und geschlafen hätten.

Das kleine Gesicht von Rotem Stern ist in den letzten Tagen schmal geworden und sie hat viel von ihrer früheren Lebhaftigkeit eingebüßt.

Es wird höchste Zeit, dass auch die Kinder wieder etwas Ruhe haben, damit sie zu Kräften kommen.

Die Leidtragenden bei diesen hasserfülten und feindseligen Auseinandersetzungen der Erwachsenen sind vor allem die Kinder. Auf beiden Seiten, ob Rot oder Weiß, stehen sie in unschuldigem Nichtbegreifenkönnen und Hunger und Entbehrungen zeichnen die kleinen Gesichter mit den übergroßen Augen.

Man sollte den Krieg von den Kindern fern halten können.

5. August 1876

Wir mussten wieder weiter, unsere Späher meldeten uns neue Kolonnen Blauröcke, die von Fort Laramie heraufkommen.

Gestern durchquerten wir den Little Missouri auf dem Weg in die Ebenen des Grand River, wo Crazy Horse vorläufig das Dorf errichten will.

Krieger seines Stammes, die dort schon öfters kampierten, berichteten uns von dem großen Wildreichtum jener Gegend. Hoffentlich sieht es dort nicht auch wie an vielen anderen Orten aus – wo früher riesige Büffel- und Antilopenherden grasten –, nämlich öde und leer und die Prärie bedeckt mit den von der Sonne gebleichten Schädeln und Knochen unzähliger sinnlos abgeschossener Tiere.

23. August 1876

Seit etwa einer Woche stehen unsere Tipis in einem kleinen Tal am Grand River. Hier werden uns die Soldaten, die das Land um die Black Hills nach Indianern absuchen, nicht so leicht finden.

Wir fanden auf unserem Weg die Leichen dutzender erschossener Männer, Frauen und Kinder. Die Blauröcke schießen die Indianer ab, als müssten sie eine außergewöhnlich gefährliche Tierrasse ausrotten. Langsam stumpft unser Geist vor solchen Bildern ab; tränenlos stehen wir vor den Opfern von Habgier und Hass.

Wie zu erwarten war, sind auch hier die großen Herden bis auf wenige Tiere zusammengeschrumpft und es ist abzusehen, wann wir weiterziehen müssen, wenn wir nicht hungern wollen.

American Horse – Amerikanisches Pferd –, der Häuptling einer Gruppe Oglala- und Minneconjou-Sioux, will uns in einigen Tagen verlassen, um mit seinen Leuten im Oglala-Reservat am White River den Winter zu verbringen.

Mit den Oglalas und unseren Leuten leben hier jetzt über tausend Indianer, und einige hundert Tipis recken ihre schlanken Silhouetten in den blauen Spätsommerhimmel.

8. September 1876

Ein fürchterliches Gewitter ging über dem Tal nieder. Der Himmel verdunkelte sich, als ob es Nacht würde. Blitz und ohrenbetäubender Donnerschlag konnten einander kaum noch folgen und der Sturm beugte die Baumwipfel, zerrte an Sträuchern und rüttelte an den Tipis, dass man fürchten musste, sie würden gleich davonfliegen. Dann stürzte der Regen vom Himmel, als wolle er eine neue Sintflut einleiten, und während dieses Unwetters kam Schwarzes Pferd mit einigen Cheyenne-Kriegern von einem Erkundungsritt zurück.

Die Männer waren ein paar Tage fort gewesen, da sie in die Paha Ssapa wollten, um etwas über die Truppenbewegungen der Blauröcke in Erfahrung zu bringen.

Sie brachten böse Nachricht mit! Die Regierung hat Red Cloud, Spotted Tail und andere Häuptlinge gezwungen alle Rechte auf die Black Hills mit ihren unermesslichen Boden-schätzen, ihren herrlichen Wäldern, den heiligen Ort ihrer Götter, aufzugeben. Die Soldaten haben die Tipis der Brulé und Oglala-Dakotas am White River abgebrochen, ihnen sämtliche Ponys und Gewehre weggenommen und sie nach Fort Robinson geschafft, wo sie jetzt mehr oder weniger als Gefangene leben.

Die Black Hills für immer verloren! Man kann den Indianern nur nachfühlen, was sie jetzt empfinden, wenn man weiß, was ihnen die Paha Ssapa bedeutet. Alle Kämpfe, alle Opfer umsonst, sie können es nicht begreifen.

27. September 1876

Jäger, die unterwegs auf Krieger von Sitting Bull trafen, er-fuhren von diesen, dass American Horse tot ist. Er und seine Leute wurden auf dem Weg ins Reservat von einer Kolonne Soldaten überfallen. Einige konnten entkommen und bei den Hunkpapas Alarm schlagen. Doch Sitting Bull kam mit sei-nen Kriegern zu spät. Er konnte nur noch die Toten begraben; die Überlebenden nahm er in sein Dorf mit.

Die Häuptlinge haben nach langer Beratung beschlossen das Lager wieder einmal zu verlegen. Nach dem sinnlosen An-griff auf diese kleine Gruppe friedlicher Oglalas und Minne-conjous fühlen wir uns nicht mehr sicher genug, um hier zu überwintern.

17. Oktober 1876

Es ist kühl geworden, der Herbst zieht über das Land.
Wir haben das Dorf an den Boxelder Creek verlegt und hof-

fen, dass wir hier den Winter über bleiben können. Wild ist ausreichend vorhanden, sodass wir nicht hungern müssen.

Diese Überlegung ist seit einiger Zeit lebenswichtig, denn unsere Vorräte an Mehl, Zucker, Bohnen oder Ähnlichem sind vollständig aufgebraucht. Wir ernähren uns jetzt nur noch von wilden Rüben, Beeren, Wurzeln und Kräutern und von dem Fleisch der Tiere, die wir erlegen können. Auch der essbare Samen verschiedener Pflanzen, wie Sonnenblume, Lumpenkraut, Gänsefuß und Sumpfschafgarbe, wird gesammelt und als zusätzliches Nahrungsmittel gelagert. Aber wir sind genügsam und stellen keine großen Ansprüche. Gelegentlich versorgen wir uns auch bei einem der wenigen kleinen Ackerbau treibenden Stämme, die wir noch antreffen, mit etwas Mais, von dem die Squaws kleine Brote backen.

In den nächsten Tagen werden wir auf die Jagd gehen, um vor dem Einbruch des Winters noch genügend Trockenfleischvorräte anlegen zu können.

30. Oktober 1876
Gestern meldeten unsere Späher eine kleine in unserer Nähe vorbeiziehende Büffelherde.

Schwarzes Pferd und unsere Jäger sattelten sofort die Ponys und ritten los. Ich bat darum, sie begleiten zu dürfen, und mein Mann meinte, es könnte nichts schaden, wenn ich Erfahrungen in der Büffeljagd sammeln würde.

Wir ritten etwa eine halbe Stunde in nordöstlicher Richtung am Boxelder Creek entlang, dann sahen wir sie vor uns. Es waren etwa vierzig bis fünfzig Tiere, die langsam grasend durch das Tal zogen. Der Wind stand günstig. Er kam aus ihrer Richtung, sodass sie uns nicht wittern konnten.

Vorsichtig näherten wir uns ihnen, indem wir leise im Schatten der neben uns aufragenden Felswand ritten. Als die Entfernung vielleicht noch achtzig Yards betrug, gaben wir den Pferden die Zügel frei und jagten los. Die erschreckten Büffel warfen die Köpfe hoch und stutzten einige Sekunden, dann raste die ganze Herde davon und wir ritten hinterher. Nach wenigen Minuten hatten wir die Tiere, die wir erlegen wollten, von der übrigen Herde getrennt.

Ich war hinter einem jungen Bullen her, der es an Schnelligkeit fast mit Präriefeuer aufnehmen konnte. Als ich ihn bis auf etwa zehn Yards eingeholt hatte, ließ ich die Zügel los, hob das Gewehr und versuchte, so gut es bei dieser Verfolgungsjagd ging, zu zielen. Als der Schuss krachte, blieb der Büffel plötzlich stehen. Dann stieß er ein fürchterliches Gebrüll aus. Ich sah blutigen Schaum aus seinem Maul austreten. Aber offensichtlich hatte ich ihn nicht tödlich getroffen, denn er drehte sich um und kam langsam, den mächtigen Kopf gesenkt, auf mich zu.

Ich ergriff mit Präriefeuer erst einmal die Flucht, um genügend Abstand zwischen uns zu bringen. Der Büffel hatte durch meine Kugel etwas von seiner vorherigen Schnelligkeit eingebüßt. Als mir die Entfernung groß genug erschien, stoppte ich meine Stute und sprang zu Boden. Von den anderen Jägern war keiner so nahe, dass er mir wirksame Hilfe hätte bringen können. Ich hatte große Angst. Wenn ich das Tier verfehlte, konnte mich nur noch ein Sprung zur Seite vor den mörderischen Hörnern retten. Und dann würde ich um mein Leben laufen müssen, denn Zeit zum Laden würde ich keine mehr haben.

Während meiner sekundenschnellen Überlegungen war der Büffel näher gekommen und blieb stehen. Vielleicht ist er überrascht, dass sein Feind nicht mehr flüchtet, dachte ich.

Oder mein Schuss hatte ihn doch mehr Kraft gekostet, als ich zunächst annahm. Ich bezwang meine Angst und zielte sorgfältig, wie Schwarzes Pferd es mich gelehrt hatte. Langsam und schwerfällig setzte sich der verwundete Bulle wieder in Bewegung.

Da schoss ich.

Verdutzt blieb das massige Tier stehen und entsetzt dachte ich schon, ich hätte ihn verfehlt. Doch dann ging ein Zittern durch seinen Leib, die Vorderbeine knickten unter ihm ein und mit einem dumpfen Poltern stürzte er zu Boden.

Plötzlich merkte ich, dass mir die Knie zitterten, und ich rührte mich vorsichtshalber nicht vom Fleck. Von rechts kamen mein Mann und zwei unserer Jäger herbei. Bei dem Bullen angekommen, sprangen sie von ihren Ponys und untersuchten den Koloss.

Dann kam Schwarzes Pferd zu mir. »Der erste Schuss von Weißem Vogel traf seine Lunge, erst der zweite Schuss war tödlich. Das war ihr Glück! Weißer Vogel wäre besser weiter geflüchtet, lange hätte er sie nicht mehr verfolgen können. Es war leichtsinnig von ihr, das Pferd zu verlassen.«

Seine Stimme klang etwas tadelnd, aber in seinen Augen schimmerte ein stolzes Lächeln. Ich tat ein wenig reumütig, doch ich sah seinem Gesicht an, dass er mir meine Zerknirschung nicht glaubte.

Außer einem Jäger, dessen Büffelkuh entkommen war, weil sein Pferd stürzte, hatte jeder Indianer ein Tier zur Strecke gebracht. Unser Fleischvorrat für die nächsten Wochen ist also gesichert.

Im Lager herrschte großer Jubel über unsere reiche Jagdbeute.

20. November 1876

Es ist sehr kalt geworden und der Wind, der von Norden kommt, riecht nach Schnee.

Vor zwei Tagen lud Schwarzes Pferd die anderen Häuptlinge und Ältesten in unser Tipi ein. Nach der erfolgreichen Jagd konnten Little Cloud und ich den Gästen etwas bieten und alle waren sehr zufrieden.

Nach dem Essen zündeten die Männer ihre Pfeifen an und kamen ins Reden.

Sie unterhielten sich in der ihnen eigenen, ruhigen und gesetzten Art, die von häufigen kleinen Pausen unterbrochen ist, die man zum Nachdenken benutzt, und ich konnte ihrem Gespräch einigermaßen gut folgen.

Sie sprachen über Red Cloud, Spotted Tail und deren Leute, die die Regierung aus ihren Reservaten vertreiben und gefangen nehmen ließ. Sie können es nicht verstehen, denn diese Stämme waren an den Kämpfen am Little Bighorn nicht beteiligt. Es ist ungerecht, an ihnen Racheaktionen zu verüben, nur weil man der anderen nicht habhaft werden kann.

»Crazy Horse hat noch nie gehört, dass die Weißen nach der Schuld oder Unschuld eines Indianers gefragt hätten«, meinte der Oglala-Häuptling grimmig.

Und Black Eagle – Schwarzes Adler – rief zornig: »Die Blauröcke ziehen wie ein Präriebrand über das Land und vernichten die roten Menschen. Wenn die Indianer ihr Leben retten wollen, müssen sie flüchten oder sich verbergen.«

»Doch das Feuer wird uns bald von allen Seiten umgeben und dann werden wir sterben«, vollendete ein alter Häuptling aus dem Rat.

Sie sprachen noch lange und fragten sich auch, ob es nicht

besser wäre, sich der Frauen und Kinder wegen den Soldaten zu ergeben.

Doch da erhob sich aus den Reihen der Jüngeren lauter Protest. »Niemals! Der Indianer braucht die Freiheit, um zu leben. Wenn wir uns den Soldaten auf Gnade und Ungnade ausliefern, werden sie uns alles nehmen, unsere Waffen und die Ponys. Sie werden uns einsperren wie wilde Tiere. Nein, nein und nochmals nein! Lieber werden wir im Kampf sterben, als so zu leben.«

Die Ausweglosigkeit dieser tragischen Situation macht mir das Herz so schwer, dass ich nur mühsam die Tränen zurückhalten kann.

1. Dezember 1876
Heute hat es zum ersten Mal in diesem Jahr ein wenig geschneit. Es ist sehr kalt und morgen wird die Schneedecke eine kristallene, eisige Kruste haben.

Schwarzes Pferd und ich ritten nach Mittag noch ein wenig aus. Solange der Schnee noch nicht hoch liegt, nutzen wir nach Möglichkeit jeden Tag dazu aus.

Mein Mann machte einen niedergeschlagenen Eindruck und ich fragte ihn, ob er Sorgen habe.

»Weißer Vogel wurde so traurig, als sie die Reden der Männer hörte. Schwarzes Pferd macht sich Sorgen, weil er weiß, dass viele mit ihren Worten die Wahrheit sprachen. Er weiß nicht mehr, was er tun soll.«

Es tat mir weh, ihn so verzweifelt zu sehen.

»Warum will Schwarzes Pferd die Last der Entscheidung allein auf sich nehmen? Er sollte alle Cheyenne zusammenrufen und sie fragen, ob sie die Gefangenschaft und Demütigung oder Kampf und Tod durch die Hand der Soldaten wählen. Weißer Vogel hat gewählt, sie wird Schwarzem Pferd in den Kampf folgen.«

Überrascht sah er mich von der Seite an und zügelte sein Pferd. »Woher weiß Weißer Vogel . . .«

»Sie kennt die Gedanken von Schwarzem Pferd, weil sie ihn liebt«, entgegnete ich mit einem kleinen Lächeln.

»Und Weißer Vogel hat keine Angst?«, fragte er beinahe erstaunt.

»Doch, sie hat Angst. Aber wenn es so weit sein wird und Schwarzes Pferd bei ihr ist, wird sie keine Furcht mehr haben«, antwortete ich fest.

Er lenkte sein Pferd dicht an meine Seite und legte seine Hand auf die meine. Lange sah er mir in die Augen, dann sagte er leise: »Schwarzes Pferd liebt Weißen Vogel sehr und er ist froh, dass sie ihn in die ewigen Jagdgründe begleiten will.«

12. Dezember 1876

Schwarzes Pferd ist meiner Anregung gefolgt und hat den Stamm zusammengerufen.

Der überwiegende Teil, vor allem die Männer, wollen lieber kämpfen und untergehen. Einige verwitwete Frauen würden der Kinder wegen die Gefangenschaft auf sich nehmen. Aber ihnen selbst ist es im Grunde gleichgültig, was aus ihnen wird.

Es ist also beschlossen, dass wir uns zur Wehr setzen, solange wir können.

Spotted Eagle aus dem Rat der Ältesten stand auf und sprach zu den Versammelten: »Ihr wollt kämpfen, bis kein Atem mehr in euch ist. Das ist euer Entschluss. Es ist gut so. Spotted Eagle ist ein alter Mann, und was mit ihm geschieht, ist nicht wichtig. Doch die Kinder sollten gerettet werden. Vielleicht wird eines fernen Tages unser Stamm durch sie wieder leben und die Menschen werden sich an die Namen der Cheyenne erinnern und ihre Tapferkeit rühmen.«

Die Oglalas, die immer noch mit uns zusammenleben, wollen auch nicht kampflos aufgeben.

19. Dezember 1876

Das Entsetzen streckt wieder die Hand nach uns aus. Gestern trafen völlig erschöpft und halb erfroren Dull Knife und Little Wolf – Kleiner Wolf – mit etwa hundertsechzig Northern-Cheyenne bei uns ein. Die Blauröcke haben vor drei Tagen in den frühen Morgenstunden ihr Dorf überfallen. Viele wurden von den Soldaten im Schlaf erschossen, dutzende flohen halb nackt in die eisige Winterluft hinaus. Über zwanzig der tapfersten Krieger opferten ihr Leben, um den übrigen die Flucht zu ermöglichen. Die Soldaten brannten ihre Tipis nieder, trieben die Ponys zusammen und erschossen sie. Nur einige wenige konnten ihre Pferde retten. Drei Tage dauerte ihr furchtbarer Marsch durch Eis und Schnee in unzureichender Kleidung. Viele waren sogar ohne Mokassins an den Füßen. Mehr als zehn Kinder und alte Leute erfroren unterwegs; und die bei uns ankamen, waren mehr tot als lebendig. Mit von der verharschten Schneedecke blutig geschnittenen Füßen und ohne Nahrung hatten sie sich bis zu uns an den Boxelder Creek geschleppt. Es grenzt an ein Wunder, dass es überhaupt so viele geschafft haben.

Auch die Gruppe dieser Northern-Cheyenne war an den Kämpfen am Little Bighorn nicht beteiligt!

Die Cheyenne und Oglalas versorgten sie mit allem, was sie an Decken, Kleidung und Nahrung entbehren können, und bringen sie in ihren Tipis unter. Little Cloud ist zu uns gezogen und hat ihr Zelt Bedürftigeren überlassen.

Wir helfen den Flüchtlingen gern, aber es ist uns allen klar, dass diese zusätzlichen Esser über kurz oder lang ein Problem werden, zumal wir kaum noch Möglichkeit zum Jagen haben.

Da wir zu wenig Munition besitzen, um gegen die anrückenden Soldaten kämpfen zu können, müssen wir wieder fliehen.

Crazy Horse will uns weiter hinauf nach Norden an die Mündung des Tongue River bringen. Dort kennt er einen Platz, wo uns niemand so leicht finden wird.

31. Dezember 1876

Fünf Tage zogen wir mit den Ponys und Schlitten durch den Schnee, überquerten den zugefrorenen Powder auf unserem Weg nach Norden.

Jetzt sind wir vorläufig in Sicherheit. Unser neuer Lagerplatz liegt gut versteckt, er ist nur von Süden her einzusehen und um uns herum steigen hundert Yards hohe Felsen auf, die von außen nicht zu erklettern sind.

Heute setzten sich die Häuptlinge zu einer Beratung zusammen, da unsere Nahrungsmittel langsam bedrohlich knapp werden und viele der Alten und Kinder unter der Kälte leiden. Es sind einfach zu wenig wärmende Tipis vorhanden.

Die Männer erwarten von Crazy Horse, dass er mit dem Kommandanten des nahe gelegenen Fort Keogh spricht, um zu erreichen, dass wenigstens einige der Bedürftigen den Winter im Fort verbringen können.

Der Oglala-Häuptling machte ihnen daraufhin klar, dass »Bear Coat«, wie die Indianer den Kommandanten nennen, nur darauf wartet, sie gefangen zu nehmen und in ein Reservat zu sperren.

»Crazy Horse ist bereit euch zu begleiten, wenn ihr mit Bear Coat verhandeln wollt. Niemand soll sagen, dass er nicht alles versucht hat.«

Ich werde die Abordnung begleiten, da ich hoffe etwas für meine roten Schwestern und Brüder tun zu können. Vielleicht kann eine weiße Frau das Herz des Kommandanten erweichen und er nimmt wenigstens die Alten und Kranken bei sich auf. Großes Verlangen fühle ich allerdings nicht danach, einen Weißen und noch dazu einen Soldaten um Hilfe zu bitten.

6. Januar 1877

Schnell muss ich noch die Ereignisse der letzten Tage nieder schreiben. Die Zeit drängt, die anderen sind schon beim Packen. Wir müssen wieder fliehen!

Am 5. Januar machte sich unsere Gruppe: neun Häuptlinge, zwanzig Krieger und ich, auf den beschwerlichen Weg durch den hohen Schnee. Kurz nach Mittag sahen wir das Fort unten in einer Talsenke vor uns liegen. Wir besprachen kurz die Einzelheiten, dann ritten Schwarzes Pferd, der Sioux Black Eagle, fünf weitere Freiwillige und ich zum Fort hinunter. Einer von uns hatte vorsichtshalber ein weißes Tuch an seinen Speer gebunden, obwohl sich jeder denken musste, dass eine so kleine Gruppe wie die unsere nur friedliche Absichten haben konnte. Als wir noch etwa zwei- bis dreihundert Yards entfernt waren, öffnete sich plötzlich das Tor und mehrere Reiter galoppierten uns entgegen. Wir dachten an nichts Böses und vertrauten auf die weiße Fahne. Doch die Reiter, die auf uns zu schießen begannen, klärten uns recht bald über den Irrtum auf. Wir rissen die Pferde herum und flohen, so schnell es das schneebedeckte Gelände erlaubte, den Berg hinauf. Neben mir stieß unser Fahnenträger, ein junger Sioux-Krieger, einen Schrei aus und stürzte vom Pferd. Ich presste mich an den Hals meiner Stute, hinter mir fielen zwei weitere Indianer in den Schnee. Ein paar Yards vor mir trieb der junge Sioux-Häuptling sein Pferd an und seitlich tauchte Schwarzes Pferd in meinem Blickfeld auf.

Die Pferde keuchten mit dumpfen, schnaubenden Atemstößen den Hang hinauf. Mir schlug das Herz, als wollte es zum Hals hinaus. Wir konnten nicht sprechen, als wir oben ankamen; aber das war auch nicht nötig, denn die anderen hatten genug gesehen.

Wutentbrannt wollten sie hinunterreiten und sich an den blau uniformierten Crows für den gemeinen Überfall rächen. Doch Crazy Horse befahl uns, so schnell wie möglich zum Lager zurückzureiten, die Tipis abzubrechen und zu packen.

»Wir müssen wieder fliehen«, sagte er. »Bear Coat und seine Soldaten werden uns suchen, wo sie jetzt wissen, dass wir in der Nähe sind.«

21. Januar 1877

Einen Tag nach unserem Aufbruch vom Tongue River hatten uns die Blauröcke eingeholt und griffen rücksichtslos an.

Während der größte Teil der Cheyenne und Oglalas in die nahen Berge entkam, hielten einige Häuptlinge und eine kleine Anzahl Krieger die Soldaten auf.

Wie mir Schwarzes Pferd später erzählte, verleiteten sie die Kavalleristen ihnen in einen mit Felsen bedeckten Cañon zu folgen. Mehrere Stunden lang kletterten und krochen die Soldaten auf den vereisten Felsbrocken herum und versuchten die Indianer mit ihren Gewehrkugeln zu treffen. Kurz nach Mittag brach dann der von uns erwartete Schneesturm los und die Blauröcke zogen sich zurück.

Nachdem uns die Häuptlinge und Krieger eingeholt hatten, setzten wir unseren Marsch nicht mehr in südlicher, sondern östlicher Richtung fort.

Dichter, zu Eiskristallen gefrorener Schnee fiel vom Himmel, aber wir mussten weiter. Sechs Tage waren wir unterwegs und überschritten sowohl den Tongue als auch den Powder. Am Little Powder machten wir Halt und bauten unsere Tipis auf.

Wir können nicht mehr! Besonders die Kinder und die alten Leute sind so erschöpft, dass sie fast nur noch schlafen.

Wir müssen unbedingt auf die Suche nach Wild gehen, damit wir wieder zu Kräften kommen. Büffel und Antilopen haben wir bisher nicht gesehen. Aber wir sind schon mit einem Stachelschwein oder ein paar Hasen zufrieden. Wenn man Hunger hat, ist es gleichgültig, von welchem Tier das Essen stammt.

10. Februar 1877

Jeder, der Pfeile und Bogen hatte, war in den letzten Tagen auf der Jagd. Wir schossen auf alles, was essbar war, und einige junge Männer gingen sogar zum Little Powder, um zu fischen. Sie hackten mit ihren Tomahawks ein großes Loch ins Eis, banden lange dünne Schnüre an die Enden ihrer Pfeile und legten sich auf die Lauer. Es waren nicht viele Fische, die sich von dem Lärm und dem Licht anlocken ließen, aber zuletzt hatten sie doch fünf recht ansehnliche Exemplare gefangen. Wenn wir alles sparsam einteilen, haben wir jetzt wieder für einige Wochen zu essen.

Vielleicht können wir noch Camas- oder Bitterwurzeln und

wilde Rüben aus dem schneebedeckten Boden graben. Besonders gut schmecken sie allerdings nicht, da sie allesamt erfroren sein dürften. Wenn wir gar nichts anderes mehr finden, müssen wir notfalls auf Flechten, Baumrinde und Fichtenzapfen zurückgreifen.

23. Februar 1877

Trotz mangelhafter Ernährung sind wir vier glücklicherweise gesund. Natürlich sieht man, dass wir uns schon lange nicht mehr satt essen konnten. Am stärksten fällt es bei den Kindern auf, auch das Gesicht von Rotem Stern ist ganz spitz geworden und ihre dunklen Augen wirken riesengroß. Wenn Little Cloud sie zur Reinigung und Abhärtung mit Schnee abreibt, sieht man, wie eckig die kleinen Schultern geworden sind. Nichts ist mehr da von ihrer kindlichen Rundlichkeit.

Hoffentlich schmilzt bald der Schnee, damit wir wieder frische Kräuter finden können und vielleicht auch einmal ein Wild antreffen, das bis jetzt Winterschlaf gehalten hat.

5. März 1877

Der Schnee liegt noch immer hoch und es sieht vorläufig nicht so aus, als ob Tauwetter einsetzen würde.

Gestern trafen einige Boten mit der Nachricht ein, dass Spotted Tail mit einigen seiner Krieger auf dem Weg zu uns ist. Hat er jetzt auch das Reservat verlassen? Ist er auf der Flucht vor den Soldaten?

17. März 1877

Crazy Horse ist fortgeritten, allein, denn er ist davon überzeugt, dass der Brulé-Häuptling nur in sein Lager kommt, um ihn zur Aufgabe zu überreden. Er will ihn nicht sehen.

Gestern, kurz vor Mittag, traf unser alter Freund Spotted Tail ein. Wir begrüßten ihn herzlich, doch er sah uns traurig an und meinte, während er mich an den Schultern ein wenig von sich fort hielt: »Weißer Vogel war schon immer wie ein Grashalm, den der Wind beugt. Aber sie ist noch dünner geworden, seit Spotted Tail sie das letzte Mal sah.«

Sein stets freundliches Lächeln hatte einen bitteren und resignierten Zug um den Mund Platz gemacht. Die ständigen Enttäuschungen, die Demütigungen, der Verlust seiner und seines Volkes Freiheit waren auch an diesem lebensfrohen, vitalen Mann nicht spurlos vorübergegangen. Er hatte sich der nackten Gewalt gebeugt, weil er den Frieden wollte. Aber um welchen Preis!

Als es dunkelte, kam er in unser Tipi und setzte sich an das Feuer. »Crazy Horse ist vor dem Häuptling der Brulé geflohen«, sagte er nach langem Schweigen bitter. »Warum?«

Schwarzes Pferd sah ihn überrascht an. »Er ist in den Schnee hinausgeritten. Niemand weiß, wohin. Spotted Tail sollte den Grund kennen.«

Der Brulé-Häuptling nickte langsam. »Das Militär verlangt, dass Crazy Horse sich ergibt und mit seinen Oglalas ins Reservat kommt.«

»Der Häuptling der Oglalas hat gewusst, dass Spotted Tail kommt, um ihm das zu sagen«, sagte ich niedergeschlagen. Sein Blick wanderte von den Flammen, in die er sinnend gestarrt hatte, zu mir und dann zu Schwarzem Pferd. »Werden die Cheyenne sich ergeben?«, fragte er meinen Mann.

»Nein«, antwortete dieser hart, und als der Häuptling mich ansah, als erwarte er von mir eine andere Antwort, sagte ich in dem gleichen unnachgiebigen Ton: »Nein.«

Beschwörend fuhr er fort: »Von seiner weißen Schwester hat

der Häuptling der Brulé mehr Klugheit erwartet. Sie sollte sich und die anderen Cheyenne genau ansehen. Der Hunger zeichnet ihre Gesichter.«

Boshaft entgegnete ich: »Die Rationen, die die Regierung an die Indianer austeilen lässt, reichen auch gerade nur, um am Hungertod vorbeizukommen. Sonst würden wohl kaum so viele Krieger heimlich die Reservate verlassen, um zu jagen. Spotted Tail weiß, dass mancher Winter für die frei lebenden Indianer hart war. Aber der Winter geht vorbei, und wenn der Frühling kommt, wird auch das Wild wieder zahlreicher.«

Ich vermute, er glaubte mir meine Zuversicht nicht, denn er beugte sich herüber und ergriff meine Hände. »Weißer Vogel sollte vernünftig sein und versuchen auch ihre roten Brüder und Schwestern zu überzeugen. Die Soldaten werden sie jagen wie Büffel und ihre Kanonen und Gewehre werden zu ihnen sprechen, bis alle Cheyenne tot sind.«

»Mein roter Bruder hat sicher von den Weißen große Versprechungen erhalten, dass seine Zunge so beschwörende Worte findet«, antwortete ich.

Er gab es zu. Doch als er zu einer Begründung ansetzte, unterbrach ich ihn.

»Spotted Tail muss nichts erklären. Die Cheyenne kennen ihren Bruder gut genug, um zu wissen, dass auch die Sorge um sie aus ihm spricht. Wir haben uns für den Kampf entschieden. Wenn der Tag gekommen ist, werden die Cheyenne mit der Waffe in der Hand untergehen. Das ist besser als Demütigung und Gefangenschaft. So ist es beschlossen! Aber unsere Kinder sollen leben. Sie werden sich vielleicht an ein Leben im Reservat gewöhnen können, ohne Pferde, ohne Waffen und ohne Jagd. Sie haben den Geschmack der Freiheit noch nicht auf den Lippen gehabt. Hoffentlich werden sie nie erfahren, was sie verloren haben!«

Wir schwiegen lange, jeder hing seinen eigenen Gedanken nach. Nur das leise Knistern von trockenem Holz im Feuer unterbrach ab und zu die Stille.

Als Little Cloud mit Rotem Stern von einem Verwandtenbesuch aus einem der benachbarten Tipis zurückkam, erhob sich der Brulé-Häuptling, um sich zu verabschieden.

»Die Gedanken von Spotted Tail begleiten die Cheyenne auf ihrem schweren Weg und sein Herz ist voller Trauer, denn er weiß, dass er Weißen Vogel und Schwarzes Pferd nicht mehr wieder sieht.«

2. April 1877

Fünf Häuptlinge konnte Spotted Tail zur Kapitulation überreden; sie werden sich mit einer großen Gruppe Minneconjous ergeben.

Wir haben den Beschluss gefasst, uns von den Oglalas zu trennen. Es fällt uns schwer, aber wenn wir hier bleiben, werden wir mit ihnen zusammen verhungern. Ziehen wir mit unseren hundertzwanzig Cheyenne allein weiter, wird die Fleischbeschaffung leichter und wir können uns besser vor den Soldaten verbergen. Vielleicht gehen wir wieder nach Norden in die Jagdgründe am Tongue River.

15. April 1877

Seit gestern sind wir auf dem Weg.

Die Szenen, als wir uns von den Oglalas verabschiedeten, waren herzzerreißend. Wir wissen alle, dass es ein Abschied für immer ist.

Im Laufe des späten Nachmittags erreichten wir die Stelle,

wo der Little Powder in den Powder fließt. Für diese Nacht kampierten wir in einer geschützten Senke am Flussufer.

Unterwegs hatten unsere Jäger, die immer wieder kleine Abstecher machten, Glück bei der Jagd und wir bekamen endlich etwas Richtiges zu essen.

Die niedergeschlagene Stimmung der letzten Wochen ist einem leichten Anflug von Zuversicht gewichen.

Noch leben wir, noch sind wir frei! Der Schnee ist geschmolzen, der Frühling kommt und die Sonne wärmt schon wieder. Weshalb sollten wir uns nicht des Lebens freuen? Warum sollen wir die kurze Zeit, die wir noch auf dieser Erde sein werden, mit traurigen Gedanken an die Zukunft verbringen, eine Zukunft, die wir doch nicht mehr ändern können?

20. April 1877

Wir haben unser Lager unweit des Zusammenflusses von Otter Creek und Tongue aufgeschlagen. Vorläufig wollen wir hier bleiben, da unsere Jäger Anzeichen für ausreichend Wild entdeckten.

Einige Krieger, die als Späher vorausgeritten sind, haben ein gutes Versteck für unser Lager entdeckt. Im Osten, Norden und Westen ist der Platz von den beiden Flüssen abgegrenzt, während unsere Tipis im Süden nach etwa einer Meile offener Prärie von bewaldeten Felsen verdeckt werden.

Trotzdem sind wir nicht so leichtsinnig uns auf diesen natürlichen Schutz allein zu verlassen. Ständig halten unsere Kundschafter in entsprechender Entfernung vom Lager Wache, damit wir im Notfall schnell von einer drohenden Gefahr unterrichtet werden und fliehen können.

7. Mai 1877

Langsam verliert sich das halb verhungerte Aussehen unserer Leute und sie bekommen wieder die Gestalten von Menschen, die ausreichend zu essen haben. Auch die Kinder werden lebhafter und ihre Augen schauen nicht mehr so riesengroß aus den spitzen Gesichtern.

Unsere kleine Tochter hat ihr früheres Temperament und ihren ansteckenden Frohsinn zurückgewonnen und tollt mit den anderen Kindern und Hunden um die Wette. Gestern ist sie zwei Jahre alt geworden, ein bezauberndes, dunkeläugiges Geschöpf. Sicher wird sie einmal ein bildschönes junges Mädchen, um das sich die jungen Männer streiten werden.

Unser Späherdienst funktioniert hervorragend. Damit keine Nachlässigkeit durch Übermüdung einreißt, kommen die Männer und zum Teil auch Frauen nach einem Tag und einer Nacht am Morgen wieder ins Dorf zurück, um gegen ausgeruhte Leute ausgetauscht zu werden.

Vielleicht ist es übertrieben. Auf jeden Fall gibt es den im Dorf Zurückgebliebenen ein Gefühl von Sicherheit.

Vor etwa fünf Tagen gab uns ein Späher mit seiner Decke Zeichen, nach denen südlich von uns eine kleine Herde Büffel vorbeiziehe. Unsere Jäger brachen sofort auf und brachten drei gut genährte Tiere, zwei Kühe und einen jungen Bullen, mit. Das war eine Freude. Sogleich wurde ein großes Festessen vorbereitet und zum ersten Mal seit langer Zeit konnte jeder essen, bis er gesättigt war.

Gestern versetzte einer der Kundschafter das ganze Dorf in Aufregung, als er mit seiner Decke weit entfernte Soldaten meldete. Sofort wurden alle Feuer in den Tipis gelöscht, damit uns auch nicht das kleinste Rauchwölkchen verraten konnte. Zum Glück meldete er einige Zeit später, dass die

Blauröcke das Lager nicht bemerken würden, da sie in großer Entfernung entlang dem Tongue nach Norden ziehen. Vielleicht waren es die Männer von Bear Coat aus Fort Keogh? In einigen Tagen muss Schwarzes Pferd mit vier Kundschaftern ausreiten; wenn er wieder da ist, ziehe ich auf Wachtposten. Jeder kommt im Abstand von etwa zehn Tagen an die Reihe, nur die Alten und Kinder sind davon ausgenommen und auch einige Frauen.

Jeweils fünf Cheyenne reiten zur gleichen Zeit los und verteilen sich in gleichmäßigen Abständen um das Lager. Sie signalisieren sich und uns die Nachrichten mit Spiegeln zu oder, wenn der Himmel von Wolken bedeckt ist, mit einer Decke.

Sobald die Sonne hinter dem Horizont verschwunden ist, sucht sich jeder einen geschützten Platz für die Nacht, um seine Wache zu übernehmen. Von da ab ist er sich selbst überlassen.

21. Mai 1877

Da in den letzten Wochen nichts Außergewöhnliches von den Spähergruppen gemeldet wurde, war ich davon überzeugt, dass auch diesmal alles ruhig verlief.

Eigentlich hätte ich es besser wissen müssen. Da unzählige Kolonnen Blauröcke durch das Powderland zogen, konnte es nur noch eine Frage der Zeit sein, wann wir auf sie oder sie auf uns stoßen würden. Nachdem der Trupp vom Vortag im Lager eingetroffen war, ritt ich wie üblich mit vier weiteren Cheyenne los. Während des ganzen Tages hatte keiner von ihnen etwas Besonderes zu melden, die Nacht würde also wahrscheinlich auch ruhig verlaufen.

Als die Sonne unterging, suchte ich mir eine kleine Baumgruppe in der Nähe für die Nachtwache aus, schnallte die zusammengerollte Decke ab und nahm mir etwas Trockenfleisch aus einer der Taschen. Präriefeuer durfte nicht abgesattelt werden, da sie immer bereit sein musste und das Satteln eines Pferdes in der Dunkelheit eine zeitraubende Angelegenheit ist. Noch war es einigermaßen hell und ich machte mich an meine kalte, einsame Mahlzeit.

Das Bild des Reiters, der plötzlich von rechts in meinem Blickfeld auftauchte, traf mich völlig unvorbereitet und ich musste mich zusammennehmen, um nicht vor Schreck in die Höhe zu springen.

Es war ein Soldat, der das Gesicht seitwärts zu Boden gerichtet hielt und offenbar der Spur eines unserer Kundschafter folgte. Was nun? Wenn ich ihn an mir vorbeiließ, würde er bald die baumbestandenen Felsen, die das Lager im Süden schützten, hinter sich haben und das Dorf entdecken. Ich musste ihn am Weiterreiten hindern und zum Schweigen bringen.

Leise erhob ich mich. Immer im Schatten der Bäume ging ich zu meiner Stute und griff nach Pfeil und Bogen. Meine Hand zitterte und mir wurde für Sekunden richtig übel. Es ist etwas anderes, einem Menschen im Kampf gegenüberzustehen und ihn zu töten oder einen Mann aus dem Hinterhalt zu erschießen. Aber ich konnte und durfte ihm keine Chance lassen, das Leben von über hundert Cheyenne stand auf dem Spiel. Ich wusste nicht, wie nahe seine Kolonne lagerte. Vermutlich blieb nicht genügend Zeit, dass sich alle Indianer in Sicherheit bringen konnten. Und auf einen Kampf mit den hervorragend bewaffneten Soldaten durften wir uns nicht einlassen. Der blau berockte Reiter war inzwischen schon an mir vorbeigeritten und wendete mir den Rücken zu. Ich durfte nicht länger zögern. Ich biss die Zähne zusammen und zielte sorgfältig. Der Soldat stürzte, ohne einen Laut von sich zu geben, aus dem Sattel. Mit dem Messer in der Hand lief ich zu ihm, drehte ihn mit dem Fuß zur Seite und sprang wieder zurück. Aber meine Vorsicht war nicht mehr nötig, er war tot. Was sollte ich jetzt mit ihm tun? Um irgendjemand mit der Decke zu benachrichtigen, war es schon zu dunkel.

Auf keinen Fall durfte man ihn in der Nähe des Dorfes finden. Er musste verschwinden. Aber wohin? Felsschluchten oder -spalten gab es hier nicht, auch keinen Fluss, der tief genug gewesen wäre. Außerdem würden seine Kameraden ihn sicher, wenn auch nicht mehr heute, so doch bestimmt morgen suchen. War er spurlos verschwunden, würden sie sofort wissen, dass Indianer im Spiel waren. Dann würden sie nicht mehr lockerlassen, bis sie uns gefunden hatten.

Ich zermarterte mir den Kopf, aber mir fiel nichts ein. Die Zeit drängte, es war schon fast völlig dunkel.

Auf einmal kam mir eine Idee, so selbstverständlich und logisch, dass ich mich wunderte nicht schneller darauf gekommen zu sein.

Da ich nicht mit Sicherheit sagen konnte, ob ich bis zum Morgen wieder im Lager war, hinterließ ich ein Zeichen. Ich nahm einen Pfeil und klemmte ihn, mit der Spitze in die Richtung weisend, in der ich die Blauröcke vermutete, in eine Astgabel. Allerdings befestigte ich ihn so, dass ihn nur jemand finden konnte, der nach einer solchen Botschaft suchte. Anschließend schlang ich dem Soldaten ein Seil um die Brust und zerrte ihn hoch, bis er quer über dem Rücken seines Pferdes liegen blieb. Dann band ich ihn notdürftig fest. Unser Ritt konnte losgehen. Aus Gründen der Vorsicht durfte ich nur im Schritt reiten und ich bewegte mich dabei so weit östlich wie möglich nach Süden. Der Soldat war von rechts gekommen, demzufolge mussten seine Kameraden irgendwo westlich kampieren. Ich musste also das Gelände dort ständig im Auge behalten.

Inzwischen war es vollkommen dunkel, nur die Sterne begannen schwach ihr Licht zur Erde zu senden. Ich war vielleicht eine Stunde mit meinem stummen Begleiter am Otter Creek entlanggeritten, als ich etwa eine halbe Meile von mir entfernt den Lichtschein von zwei, nein, drei Lagerfeuern entdeckte.

Ich stieg ab und führte die Pferde am Zügel. So schlichen wir an dem Soldatenlager vorbei. Als ich hinter mir keinen Feuerschein mehr ausmachen konnte, saß ich wieder auf und lenkte Präriefeuer und das fremde Pferd in einem großen Bogen nach Westen.

Wir waren nun ungefähr zwei Stunden vom Lager der Blauröcke entfernt. Da ich nur im Schritt reiten konnte, mochte das etwa achtzehn bis zwanzig Meilen ausmachen. Dem Stand der Sterne nach musste es etwa eine Stunde nach Mitternacht sein. Ich saß ab und löste das Seil, mit dem ich den Soldaten festgebunden hatte, und ließ ihn vom Pferd gleiten.

Wenn ich Glück hatte, lief das Tier, sobald es durch die Stille des frühen Morgens das Wiehern der anderen Soldatenpferde in der Ferne hörte, aus dieser Richtung ins Lager zurück, sodass die Blauröcke ihren Kameraden hier suchen würden. Auf diese Weise kämen sie gar nicht auf den Gedanken, dass er sich mindestens dreißig Meilen weiter nordöstlich aufgehalten hatte, als ihn der tödliche Pfeil traf, und das Cheyennedorf blieb unentdeckt.

Ich führte das fremde Pferd zu einem nahe gelegenen saftigen Busch, damit es nicht vor Morgengrauen fortlief. Dann zog ich dem Soldaten den Pfeil aus dem Rücken. Das war nötig, denn ein indianischer Kundschafter, den die Soldaten vielleicht bei sich hatten, ist durchaus in der Lage nach Beschaffenheit und Aussehen eines Pfeiles zu sagen, von welchem Stamm er verwendet wird. Aber ich hoffte sehr, dass die Blauröcke keinen Indianer in ihrem Dienst hatten; denn ich war nicht sicher, ob der auf meinen Trick hereinfallen würde.

Jetzt musste ich mich beeilen, damit meine Spur bis zum Morgen nicht mehr zu sehen war. Nachdem ich mich an den Sternen orientiert hatte, ritt ich im vollen Galopp mindestens eine Stunde weiter nach Süden, bis ich eine hell schimmernde felsige Fläche ausmachen konnte, wie geschaffen, um die Richtung zu ändern. Das Gelände stieg leicht an. Nach Süden hin breitete sich dieser helle Streifen wie eine steinerne Moräne aus, während östlich von mir der leichte Hang von Gras und Strauchbewuchs bald wieder dunkel wurde.

Auf einem besonders glatten Felsstück wendete ich deshalb scharf nach Osten und lenkte Präriefeuer dann, wieder die Richtung ändernd, nach Norden zum Otter Creek. Als ich das Quellgebiet des Flüsschens erreichte, begann sich der Himmel im Osten aufzuhellen. Es musste also etwa die vierte Stunde nach Mitternacht sein und ich hatte mindestens noch vierzig Meilen zu reiten. Das war nicht in zwei Stunden zu schaffen, sodass man mich vermissen würde, bevor ich zurück war. Aber ich hatte ja das Zeichen zurückgelassen, Schwarzes Pferd würde es sicher finden und wissen, dass er sich keine großen Sorgen machen musste.

Langsam machte sich Müdigkeit breit. Aber meine Aufmerksamkeit durfte nicht nachlassen, denn ich musste ja noch einmal an dem Soldatenlager vorbei. Auch wenn ich jetzt auf der gegenüberliegenden Seite des Otter Creek ritt, musste ich damit rechnen, dass schon einer der Blauröcke wach war und vielleicht sogar die Pferde zum Tränken ans Wasser gebracht hatte. Wenn mich jemand sah, war die ganze Anstrengung der letzten Stunden vergeblich.

Um mich wachzuhalten, ließ ich Präriefeuer wieder galoppieren.

Unbemerkt kam ich an dem Lager der Blauröcke vorbei. Nichts rührte sich. Ab und zu hörte man nur das leise Schnauben eines der Pferde. Die Feuer waren ausgegangen, nur noch zwei dünne weiße Rauchsäulen kräuselten sich im dämmrigen Morgenhimmel.

Ich atmete auf und feuerte meine Stute leise an, damit sie sich beeilte. Als ich mich meinem Späherstandplatz vom gestrigen Abend gegenüber befand, war es bereits taghell und die Sonne kam im Osten über die Hügel herauf. Das Wasser spritzte hoch auf, als ich Präriefeuer durch den Fluss trieb. Am anderen Ufer saß ich ab und ließ sie laufen, während ich langsam den leichten Hang hinaufstieg.

Plötzlich hörte ich ein leises, zischendes Geräusch und dicht vor meinen Füßen fuhr ein Pfeil in den Boden. Ich starrte das zitternde Geschoss einige Sekunden an, bevor ich daran dachte, mich fallen zu lassen. Als ich den leisen Schritt des Schützen hörte, zog ich aufspringend das Messer aus dem Gürtel und drehte mich um. Schwarzes Pferd stand vor mir und um seine Lippen spielte ein leicht amüsiertes Lächeln, als er mein wütendes Gesicht sah.

Doch dann wurde er ernst. »Weißer Vogel ist sehr leichtsinnig! An den Ort, wo ein Mensch getötet wurde, kehrt man nur mit größter Vorsicht zurück. Es hätte ihr Tod sein können, wenn das Zeichen im Baum von einem Feind gefunden worden wäre.«

Im ersten Augenblick wollte ich zornig aufbegehren, doch dann wurde mir klar, dass er Recht hatte.

Ich war hier heraufgelaufen, als ob ich einen Spaziergang machen wollte.

»Schwarzes Pferd hat Recht, wenn er unzufrieden ist. Weißer Vogel weiß nicht, wo ihre Gedanken waren«, gab ich leicht zerknirscht zu.

Mein Mann nahm den Pfeil, den er abgeschossen hatte, wieder an sich und legte seinen Arm um meine Schultern.

»Schwarzes Pferd ist nicht unzufrieden. Die vergangene Nacht ist für Weißen Vogel nicht leicht gewesen. Doch das darf keine Entschuldigung für ihre lebensgefährliche Sorglosigkeit haben.«

Dann fragte er mich nach den Ereignissen der letzten Nacht, soweit sie ihm nicht schon die Spuren an Ort und Stelle gezeigt hatten. Ich erzählte ihm mit kurzen Worten, was sich zugetragen hatte.

»Warum hat Weißer Vogel nicht einem der anderen Späher Nachricht gegeben?«

»Es war schon dunkel, als ich mit dem Soldaten fortritt«, antwortete ich. »Es wäre nur noch mehr Zeit vertan worden. Außerdem, was hätte es genützt? Wenn noch einer mitgekommen wäre, hätten wir nur eine unnötig starke Spur hinterlassen.«

Er gab mir Recht und mit einem kleinen Lächeln meinte er: »Schwarzes Pferd hätte genauso gehandelt.« Ein größeres Lob konnte er mir nicht ausstellen.

Die Ablösung unserer Späher meldete kurz nach Mittag, dass die Soldaten den Tongue hinauf weiter nach Süden ziehen.

Das war noch einmal gut gegangen. Aber wie lange noch?

14. Juni 1877

Heute trafen einige Oglalas auf unsere Späher. Die Wächter ließen sie passieren und sie wurden freudig im Lager begrüßt.

Sie brachten traurige Botschaft mit. Crazy Horse war mit den meisten seiner Leute nach Fort Robinson gezogen und hatte sich ergeben. Man hatte ihm versprochen, dass er und seine Leute ein Reservat am Powder River erhalten sollen. Außerdem waren die fast tausend Indianer dem Hungertod nahe. Das alles bewog ihn zur Kapitulation.

Wieder hat ein großer Häuptling aufgegeben.

Die achtundvierzig Oglalas werden einige Tage unsere Gäste sein, sie wollen dann in Richtung Norden weiterziehen.

9. Juli 1877

Wir sind nach Süden gezogen und haben unser Lager an der Einmündung des Crazy Woman in den Powder aufgeschlagen.

Kurz nachdem uns die Oglalas verlassen hatten, meldeten die Späher in der Ebene nördlich von uns wieder Soldaten. Diesmal kamen sie uns so nahe, dass es nur einem glücklichen Zufall zu verdanken war, dass wir noch früh genug fliehen konnten.

Sie waren noch etwa zwei Meilen von dem uns im Norden umgebenden Tongue und Otter Creek entfernt, als ein fürchterliches Gewitter losbrach. Die Soldaten flüchteten nach Westen zu einem kleinen Waldstück am Tongue und der anschließend einsetzende zwei Tage anhaltende starke Regen hielt sie dort fest. Als einige Männer trotz des Dauerregens versuchten weiter vorzustoßen, mussten sie feststellen, dass es unmöglich war. Der mindestens fünfhundert Yards lange

Hang hatte sich in eine schlammige Rutschbahn verwandelt, auf der ihre Pferde hoffnungslos einsanken oder sich überschlagend hinunterrutschten. Und selbst wenn sie dort hinaufgelangt wären, so hätte sie das hochgehende, reißende Wasser der beiden Flüsse zurückgehalten.

Währenddessen packten wir unsere Sachen und als der Regen aufhörte, brachen wir die Tipis ab und zogen fort.

31. Juli 1877

Heute musste ich ganz unvermittelt an Kleinen Bär denken. In zwei Wochen wäre er zwölf Jahre alt geworden. Wer weiß, was ihm erspart geblieben ist. Ich bin mir darüber klar, dass dieser Trost nur Selbsttäuschung ist, aber ich suche noch immer nach einer wenn auch schwachen Begründung für seinen sinnlosen Tod.

Auch hier im Crazy Woman haben wir wieder unsere Kundschafter in der erprobten Weise eingesetzt. Bisher ist alles ruhig geblieben, Soldaten ließen sich nicht blicken; dafür konnten die Späher hin und wieder eine vorbeiziehende Antilopen- oder Büffelherde melden.

Unter dem Schutz unserer Wächter vertreiben wir uns die Zeit mit Ball- oder Geschicklichkeitsspielen. Häufig üben wir uns jetzt auch wieder im Schießen mit Pfeil und Bogen, um nicht an Treffsicherheit einzubüßen. Munition für unsere Gewehre haben wir kaum noch, die zehn oder zwanzig Schuss, die für jede Feuerwaffe im Lager noch zur Verfügung stehen, werden wir uns für die Blauröcke aufsparen. So müssen wir für die Jagd wieder auf Pfeil und Bogen zurückgreifen.

Auch Wettrennen mit den schnellen Indianerponys werden ausgetragen, und wenn es besonders heiß ist, gehen wir zum

Schwimmen in den Fluss. Anfangs hatte Roter Stern ein wenig Furcht, mit mir in so viel Wasser hineinzuspringen, doch später hatte ich dann Mühe, sie wieder herauszubekommen. Es ist wunderschön hier und so friedlich, wie wir es schon lange nicht mehr erleben konnten.

29. August 1877

Langsam werden die Nächte kühler und man spürt, dass die Kraft des Sommers schwindet.

Die Männer sind jetzt häufig auf der Jagd, um genügend Fleisch für den Winter zu beschaffen.

Schwarzes Pferd und die Ältesten sind sich noch nicht schlüssig, ob wir, vorausgesetzt, die Soldaten finden uns nicht vorher, hier auch die kalte Jahreszeit verbringen sollen.

Aber solche Überlegungen haben noch Zeit, es ist jetzt viel wichtiger, für die notwendigen Vorräte zu sorgen. Dazu gehört nicht nur das Erlegen von Wild, sondern auch das Sammeln von Wurzeln, Beeren, essbaren Samen und Kräutern, die dann getrocknet werden, um im Winter als willkommene Abwechslung zu dienen.

14. September 1877

Irgendetwas geht vor!

Vor einigen Tagen ritt Schwarzes Pferd mit einigen Kriegern und mir etwa hundertzwanzig Meilen nach Süden, um festzustellen, ob sich in größerer Entfernung vom Lager Soldatenkolonnen aufhalten und wohin sie marschieren. Vielleicht würden wir dann wissen, ob wir den Winter über am Crazy Woman bleiben können oder ob wir uns ein anderes Versteck suchen müssen.

Wir ließen uns Zeit, da wir ja ohnehin vorsichtig sein mussten, um nicht mit einer Patrouille zusammenzustoßen. Am zweiten Tag erreichten wir gegen Mittag den Bergkamm oberhalb des Platte. Bis jetzt waren wir keinen Blauröcken begegnet und das erfüllte uns mit Misstrauen. Über Mittag lagerten wir dort oben, um auszuruhen, am Nachmittag wollten wir uns wieder auf den Heimweg machen.

Plötzlich sprang einer der Krieger auf und deutete ins Tal. Unten wurde eine Kolonne von mindestens zweihundertfünfzig Soldaten sichtbar. Doch sie zogen nach Westen weiter und nicht nördlich zum Crazy Woman. Wo wollten sie hin?

Wir ließen unsere Pferde auf dem Kamm und kletterten vorsichtig weiter hinunter, um mehr erkennen zu können. Entweder kamen die Männer von Fort Laramie oder von Fort Robinson, wobei ich instinktiv das Letztere annahm. Zuerst war mir nicht klar, warum, doch dann sah ich, dass in den blauen Uniformen auch Indianer steckten, und zwar Sioux vom Stamm der Oglalas. Ich konnte es nicht glauben, aber wir hatten lange genug mit ihnen zusammengelebt, als dass ich nicht den einen oder anderen von ihnen wieder erkannt hätte. Ich starrte fassungslos zu der Kolonne hinüber. Sioux zogen unter dem Befehl weißer Soldaten in den Krieg gegen andere Indianer und verrieten ihre roten Brüder und Schwestern!

Ich schloss die Augen, wollte sie nicht mehr sehen, aber ich konnte trotzdem nicht verhindern, dass mir Tränen unsagbarer Enttäuschung über das Gesicht liefen.

»Weißer Vogel sollte nicht weinen«, sagte plötzlich die leise Stimme von Schwarzem Pferd neben mir. »Sie sind es nicht wert. Für ihr Volk sind sie gestorben, keiner wird ihre Namen mehr nennen.«

Als die Kolonne im Westen zwischen den Bergen verschwunden war, holten wir unsere Pferde und machten uns auf den Rückweg.

1. Oktober 1877

Es ist unangenehm kalt und es regnet viel weniger als sonst um diese Jahreszeit.

Noch immer reiten die Männer fort, um Fleisch zu beschaffen. Solange sie noch jagen können, brauchen wir die Trockenfleischvorräte nicht anzugreifen. Wenn der Winter in diesem Jahr früh beginnt, wie viele Cheyenne behaupten, benötigen wir jedes Stückchen »papa«.

Mit umherziehenden Büffeln ist sicher nicht zu rechnen. In diesem Herbst konnten unsere Späher nur zweimal eine winzige Herde von dreißig bis vierzig Stück melden. Wenn im Januar oder Februar überhaupt gejagt werden kann, werden wir von Glück sprechen können.

25. Oktober 1877

Die Feuchtigkeit der Nacht war heute Morgen auf den Gräsern zu Reif gefroren. In wenigen Tagen ist das Laub der Bäume gelb und braun geworden und die Blätter fallen mit einem seltsam traurig klingenden Rascheln zur Erde.

Das Wetter passt zu der Stimmung, die uns alle seit dem frühen Nachmittag erfasst hat.

Kurz nach Mittag traf in unserem Lager eine Gruppe geflüchteter Sioux ein. Die Wächter wollten sie anfangs nicht durchlassen, da sie einen Hinterhalt befürchteten. Sie dachten dabei an die anderen Sioux, die die Uniform der Blauröcke angezogen hatten.

Nach kurzem, aber erregtem Palaver stellte sich jedoch heraus, dass die kleine Gruppe erschöpfter Menschen auf dem Marsch in ein Reservat geflohen war.

Als die Sioux sich etwas erholt hatten, berichteten sie, dass die Weißen ihr Versprechen, mit dem sie Crazy Horse zur Kapitulation bewegt hatten, gebrochen hätten. Die Sioux erhielten keine neue Heimat am Powder River, sondern mussten in ein Reservat am Missouri gehen.

Dann vernahmen wir die zweite, noch schrecklichere Nachricht: Crazy Horse ist tot! Wir konnte es nicht glauben. Sprachlos und entsetzt starrten wir die Überbringer dieser Botschaft an.

Der Häuptling der Oglalas, der nie von einem seiner Feinde im Kampf besiegt wurde, war ermordet worden! Mit einem Bajonett abgestochen wie ein Tier . . . Sein Leben hatte erst vierunddreißig Sommer und Winter gezählt.

Ich rannte hinaus in die Kälte und überließ mich den Tränen meines hilflosen Zornes.

11. November 1877

Die Sioux sind weitergezogen, sie wollen noch vor Einbruch des Winters über die kanadische Grenze und sich Sitting Bull und seinen Hunkpapas anschließen.

Ob sie den weiten Weg schaffen, ohne den Soldaten in die Hände zu fallen?

Seit einigen Tagen ist es wieder etwas wärmer geworden, doch das ist nur ein Zeichen für baldigen Schnee.

Die Stimmung im Lager ist noch immer gedrückt und lustlos. Sogar auf die Kinder ist die allgemeine Niedergeschlagenheit übergegangen. Sie stehen oder hocken traurig und übellaunig herum und wissen nichts mit sich anzufangen.

2. Dezember 1877

Als wir heute Morgen die Köpfe zu den Tipis hinausstreckten, mussten wir geblendet die Augen schließen. Über Nacht war es Winter geworden. Eine dicke weiße Schneedecke hatte sich über die Prärie gebreitet; und in der Vorfreude auf eine Schneeballschlacht hörte man zum ersten Mal seit langem wieder das Lachen heller Kinderstimmen. Auch in die ernsten Gesichter der Erwachsenen zauberte die weiße Pracht hier und da ein freundliches Lächeln.

Roter Stern ist ganz hingerissen von dem weißen »Sand«, der so sonderbar knirscht, wenn man hindurchstapft. An den vorigen Winter kann sie sich offenbar nicht mehr erinnern.

23. Dezember 1877

Bald ist wieder ein Jahr vorüber und es ist gut, dass wir nicht wissen, was uns das neue bringt.

Der Rat der Ältesten schlug heute vor die Späher für die Zeit des Winters zurückzuziehen. Einigen scheint das Ausharren im Schnee nicht zu gefallen.

Doch Schwarzes Pferd sprach sich gegen ein Abziehen der Wächter aus und ich unterstützte ihn dabei. Ich gab den Cheyenne zu bedenken, wie oft die Indianer schon völlig überraschend von den Soldaten im Winter angegriffen worden waren.

»Wir sind zu wenige, um uns erfolgreich verteidigen zu können«, sagte ich. »Wir dürfen uns nicht von den Blauröcken überraschen lassen.«

Schwarzes Pferd willigte schließlich ein, dass wenigstens in der Nacht, wenn die Kälte am stärksten war, auf Wachen verzichtet werden sollte. Sobald jedoch der Tag heraufdämmerte, musste wieder jeder auf dem Posten sein. Damit waren alle einverstanden.

7. Januar 1878

Seit der Schnee liegt, muss ich nun schon zum vierten Mal auf meinen Späherposten. Es ist eine ermüdende Sache, zwölf Stunden in der Kälte allein auszuharren und die eintönig weiße Umgebung zu beobachten. Will man sich ein wenig Bewegung verschaffen, weil Füße und Hände gefühllos werden, so muss man sich erst vergewissern, dass man nicht zu deutliche Spuren im Schnee hinterlässt. Etwas Warmes zu essen gibt es erst abends im Lager, da es den Wächtern strikt untersagt ist, ein Feuer zu machen. Es ist immer ein anstrengender Tag und jeder ist froh, wenn er seinen Posten verlassen und ins warme Tipi zurückkehren kann.

10. Januar 1878

Als ich im Morgengrauen des 8. Januar aufbrach, um meine Wache zu übernehmen, begann es sachte zu schneien.
Das ist gut, dachte ich befriedigt, denn dadurch wurden die Spuren, die die Späher gezwungenermaßen außerhalb des Lagers verursacht hatten, wieder verdeckt. Der Atem meiner Stute stand in kleinen Wolken vor ihrem Kopf, als sie leise schnaufend durch den Schnee stapfte.
An meinem Beobachtungsplatz angekommen, versteckte ich Präriefeuer hinter einigen schützenden Felsen und zog das große weiße Tuch, das jeder von uns zur Tarnung umhängen hat, enger. Trotz der Büffelfellmütze und dem warmen Fellumhang begann ich schon nach kurzer Zeit entsetzlich zu frieren. Die Kälte breitete sich in allen Gliedern aus und ich ging zu meiner Stute hinter die Felsen, um ein wenig hin und

her zu laufen und die Arme zu bewegen. Die kleine Aufwärmung hielt allerdings nicht sehr lange vor.

Es schneite noch immer. Mit einschläfernder Lautlosigkeit fielen die weißen Flocken vom Himmel. Einmal glaubte ich, eine schattenhafte Bewegung etwa zweihundert Yards vor mir auf der hellen Fläche zu sehen. Sicher eine auffliegende Schnee-Eule, dachte ich, als ich sonst nichts feststellen konnte.

Etwa eine Stunde später, es mochte kurz vor Mittag sein, ließ der Schneefall nach und hörte schließlich ganz auf. Ich ging hinter die Felsen, machte mir etwas Bewegung, und als ich wieder Wärme in meinen Armen und Beinen spürte, holte ich mir ein Stück Trockenfleisch aus einem der bunten Beutel am Sattel.

Eben wollte ich wieder zu meinem Beobachtungsposten gehen, da sah ich plötzlich, dass Präriefeuer nervös die Ohren stellte und unruhig den Kopf erhoben hatte. Rasch wollte ich mich umdrehen, aber es war schon zu spät. Das Gewicht meines Angreifers, der mich von hinten ansprang, warf mich vornüber in den Schnee. Ich wehrte mich verzweifelt und versuchte den Kopf zur Seite zu drehen, um Luft zu bekommen, doch eine eiserne Hand drückte mir das Gesicht in die weiße erstickende Schneemasse. Ich spürte, wie die Büffelfellmütze von meinem Kopf rutschte, und auf einmal hörte ich einen erschreckten Atemzug und der Griff in meinem Nacken lockerte sich. Erstaunt prustete ich den Schnee aus Mund und Nase und holte tief Luft. Dann drehte ich mich langsam um.

Vor mir stand ein bis auf die Augen vermummter Soldat, über seiner blauen Uniform trug er ein weißes Schneehemd. Er war seltsamerweise einen Schritt zurückgewichen und ich sprang, den Vorteil nutzend, schnell auf die Füße. Unter dem Büffelumhang versuchte ich an mein Messer zu kommen. Der Soldat murmelte etwas, das ich jedoch nicht verstand. Endlich hatte ich das Messer am Griff und zog es hervor, bereit, um mein Leben zu kämpfen.

Da hörte ich wieder die Stimme des Soldaten, diesmal so laut, dass es wie ein Aufschrei klang. »Barbara!«

Entgeistert starrte ich ihn an und ließ die erhobene Hand sinken. Er machte einen Schritt auf mich zu, misstrauisch wich ich zurück. Da zog er die schützende Gesichtsmaske herunter und sagte noch einmal: »Barbara.« Jetzt war seine Stimme leise und beschwörend, als wolle er ein verängstigtes Tier beruhigen. Als er auch noch die dicke Bärenfellmütze abnahm, erkannte ich ihn.

»Tom«, sagte ich ungläubig und vergangene Zeiten erstanden wieder vor mir, in denen ich noch Barbara Ann hieß und mit meinem Vater und seinem Regiment von Fort zu Fort zog. Ich sah den Leutnant und mich gemeinsam auf unseren Pferden in die Prärie hinausjagen, auf den gelegentlichen Garnisonsbällen tanzen und unsere langen, ernsthaften Gespräche miteinander führen, über Bücher, die wir lasen, und Nachrichten, die zu uns gedrungen waren. Wir hatten so viele gemeinsame Interessen, mehr als ich bei den Mädchen meines Alters entdecken konnte. Auch ihn bedrückten die Ungerechtigkeiten und Grausamkeiten in der Welt, auch er zerbrach sich verzweifelt den Kopf, wie man unterdrückten und Not leidenden Menschen helfen könnte. Manchmal überraschte es mich, dass er ausgerechnet Soldat und nicht Arzt oder Priester geworden war.

Ich erinnerte mich wieder daran, wie er mir in Fort Lyon die Schreckensnachricht von dem beabsichtigten Überfall auf die Cheyenne und Arapahoes am Sand Creek brachte, denen der Kommandant des Forts erst wenige Tage zuvor ihre Sicherheit garantiert hatte.

Unsere kurze Begegnung am Little Beaver Creek, als ich schon viele Jahre bei den Cheyenne lebte, kam mir wieder in den Sinn, dieses nur wenige Minuten dauernde Wiedersehen und der Abschied, von dem wir beide annahmen, er wäre für immer.

»Tom Jefferson«, wiederholte ich, noch immer überrascht.

»Ja«, sagte er nur und lächelte leicht. Dann wurde er wieder ernst und fasste mich bei den Schultern. »Es hätte nicht viel gefehlt und ich hätte dich umgebracht, ein entsetzlicher Gedanke. Wenn deine Mütze nicht heruntergefallen wäre und ich dein Haar nicht gesehen hätte, wärst du jetzt wahrscheinlich tot.«

»So«, erwiderte ich angriffslustig, »wenn meine Haare also eine andere Farbe gehabt hätten, hättest du mich getötet. Seit wann vergreifst du dich an harmlosen Indianern?«

»Ich hätte mich überhaupt nicht bemerkbar gemacht, wenn ich an deiner Reaktion auf die Unruhe der Stute nicht erkannt hätte, dass dir meine Anwesenheit nicht entgangen war. Ich musste den Indianer, für den ich dich hielt, angreifen, bevor er sich umdrehen und Alarm schlagen konnte«, verteidigte er sich.

Das sah ich ein und fragte ihn dann, was er hier allein mache.

Er erzählte mir, dass seine Kolonne einige Meilen westlich von hier kampiere und er nur fortgeritten sei, um nach einem Braten Ausschau zu halten, weil ihm das getrocknete oder gepökelte Zeug zum Hals herauskäme.

»Außerdem wollte ich mal für ein paar Stunden allein sein, die Kameraden können einem manchmal ganz schön auf die Nerven gehen«, fügte er noch hinzu.

Ich sah ihn von der Seite an, er machte einen müden Eindruck. Nicht müde im eigentlichen Sinn des Wortes, überdrüssig ist eine treffendere Bezeichnung. Er ist alt geworden, dachte ich. Tiefe Falten hatten sich in seinen Augenwinkeln und auf der Stirn eingegraben und die ersten grauen Fäden zeigten sich an Schläfen und Bart.

Während wir beide abwechselnd fragten und erzählten, waren wir wieder auf meinen Beobachtungsposten zurückgekehrt. Tom hatte den Arm um meine Schultern gelegt und mich ein wenig an sich gezogen.

»Tom«, fragte ich ihn leise. »Wirst du dir ein wenig Zeit auf deinem Rückweg lassen, damit wir fliehen können?«

Überrascht ließ er mich los, schob seinen Finger unter mein Kinn und hob meinen gesenkten Kopf, sodass ich ihn ansehen musste.

»Warum solltet ihr fliehen?«, meinte er erstaunt. »Ich habe keinen einzigen Indianer zu Gesicht bekommen, nur meine liebe kleine Freundin Barbara, und das geht niemand etwas an.« Nach einer kleinen Pause setzte er noch hinzu: »Außerdem führt unsere Marschorder an euch vorbei.«

»Danke«, sagte ich nur, doch er schüttelte abwehrend den Kopf.

»Du musst mir nicht danken. Ich wünsche von ganzem Herzen, ich könnte mehr für dich und dein Volk tun.« Dann nahm er mein Gesicht in seine beiden großen Hände und küsste mich auf die Stirn.

»Ich muss zurück, Barbara, sonst schicken sie mir noch einen Suchtrupp hinterher und das wäre nicht gut für euch. Leb wohl, meine kleine weiße Indianerin, möge der Große Geist dich und die Deinen beschützen.«

Nach einigen Sekunden des Zögerns drehte er sich rasch um

und lief in kleinen Sprüngen den leichten Hang hinunter. Der Schnee stäubte in Wolken vor ihm hoch. »Leb wohl«, sagte ich leise. Ich wusste, noch einmal würde ich ihn nicht wieder sehen.

Als ich meine Fassung wiedergewonnen hatte, war er meinen Blicken entschwunden und ich lief rasch zu Präriefeuer, um ins Dorf zurückzureiten.

Mein Mann sah mir erstaunt entgegen und auch die anderen liefen aufgeregt durcheinander, als sie sahen, dass ich so früh ins Lager zurückkam. Ich lächelte beruhigend, aber Schwarzes Pferd merkte, dass ich geweint hatte.

»Was ist passiert?«, fragte er, als ich absaß, und ich erzählte ihm, was ich erlebt hatte. Als ich schwieg, sah er eine Weile nachdenklich vor sich hin; dann hob er den Kopf und fragte eindringlich: »Glaubt Weißer Vogel, dass sie dem weißen Mann vertrauen kann?«

Im ersten Augenblick wusste ich nicht, was ich antworten sollte. Hatte ich wirklich so viel Vertrauen zu Tom, dass ich es riskieren konnte, das Leben von über hundert Menschen davon abhängig zu machen? Ich sah wieder seine Augen vor mir und hörte seine Stimme, als er sagte: »Ich wünsche, ich könnte mehr für dich und dein Volk tun«, und ich wurde ganz ruhig und sicher.

»Ja«, sagte ich deshalb. »Weißer Vogel vertraut ihm. Er würde niemals sein Wort brechen. Trotzdem wäre es besser, wenn Schwarzes Pferd die anderen Wächter warnt, dass Soldaten in der Nähe sind. Es könnte ja sein, dass ihm einer seiner Kameraden gefolgt ist und das Lager gesehen hat.«

Schwarzes Pferd nickte zustimmend und schwang sich auf sein Pony, um die anderen Wachtposten zu benachrichtigen, während ich zurückritt.

Für kurze Zeit hatte ich die Endgültigkeit des Abschieds von Tom vergessen, doch als ich wieder an dem Platz stand, an dem ich vor kurzem noch mit ihm zusammen war, überfiel mich von neuem Wehmut und Trauer. Ich verfolgte seine Spuren im Schnee, bis sie sich in dem glitzernden Weiß verloren.

1. Februar 1878
Seit einigen Tagen hat mich eine seltsame Unruhe erfasst. Ich fürchte mich, aber ich weiß nicht, wovor. Schwarzes Pferd beobachtet mich verwirrt, ein solches Verhalten an mir ist ihm neu.

Ich muss häufig an die Soldaten denken, die jetzt wieder durch das Land marschieren, um die verstreuten Dörfer der Indianer zu suchen, die sich bisher nicht unterworfen haben. Der Schnee liegt nur noch einen Fuß hoch, sodass er für sie kein Hindernis mehr ist.

Trotz der Wächter draußen ertappe ich mich immer wieder dabei, dass ich angespannt horchend in die Ferne starre.

Schwarzes Pferd trat zu mir und ich fuhr erschreckt zusammen, als er mich ansprach. Rasch griff er nach meinem Arm, seine Augen forschten besorgt in meinem Gesicht.

»Was ist mit Weißem Vogel los? Sie ist verstört und ängstlich wie ein Tier, das eine Falle wittert.«

»Weißer Vogel weiß es nicht«, antwortete ich unsicher. »Sie muss immer wieder an die Soldaten denken.« Nachdenklich schwieg ich einen Augenblick, während mich mein Mann abwartend ansah.

»Wir sollten packen, so viel wie möglich für eine schnelle Flucht bereithalten. Schwarzes Pferd weiß, wie oft wir nur das nackte Leben retten konnten, weil die Blauröcke völlig

überraschend über uns herfielen. Das darf nicht wieder geschehen, denn jetzt ist niemand mehr da, zu dem wir ohne
Kleidung und Nahrung flüchten können. Die Northern-
Cheyenne, unsere Verwandten, hat man weit unten im Süden
in ein Reservat gesperrt, auch die Oglalas sind fort und Sitting Bull ist mit seinen Hunkpapas in Kanada.«
Ich hatte schnell, beinahe atemlos gesprochen. Mein Mann
nickte mir beruhigend zu. »Weißer Vogel hat Recht. Sie sollte es auch ihren roten Schwestern und Brüdern sagen. Die
Cheyenne dürfen nichts mehr dem Zufall überlassen.«

17. Februar 1878

Kurz vor Mittag am 13. Februar sichtete einer unserer Wächter einige dunkle Punkte am Horizont, die sich direkt auf unser Lager zubewegten. Erschrocken lauschten wir, als das
vereinbarte Zeichen für Gefahr zu uns herüberschallte. Rasch
liefen alle hinaus und warteten ängstlich. Würde sich das
Wolfsgeheul wiederholen? Da, da war es wieder! Ein-, zwei-,
dreimal! Die Soldaten kommen!
Jetzt war höchste Eile geboten, jeder machte sich schnellstens an die ihm anvertrauten Aufgaben. Die Frauen holten
Sättel, Beutel, Bündel und Decken, die Kinder brachten die
Pferde, und die Männer begannen in fliegender Hast die Zelte abzubrechen. Nun zeigte sich, wie gut es war, dass wir für
einen solchen Fall vorgesorgt hatten. Erst das Viertel einer
Stunde war vergangen, da waren die Pferde gesattelt und bepackt, die Zelte zusammengerollt und alle aufgesessen und
zum Abmarsch bereit.
Wir durchquerten das eisige Wasser des Crazy Woman und
flohen nach Norden den Powder hinunter. Einige unserer
Späher eilten voraus, damit wir nicht einer anderen Kolonne

Blauröcke in die Hände fielen. Den restlichen Tag und die Nacht blieben wir im Sattel, die Pferde unermüdlich anspornend. Es war schon lange wieder Tag, als wir die Berge hinter uns ließen und langsam ins Tal hinabritten.

Wir sind wieder einmal davongekommen! Die nach alter Tradition im Kreis aufgestellten Tipis liegen in einem kleinen Talkessel, vor uns nach Norden gabeln sich der Powder und der nicht weit von uns darin einmündende Little Powder. Hinter uns erheben sich die Berge, die uns wie ein Schutzwall in einem Halbkreis von Ost nach West umgeben.

Wie viele Wochen wird die Atempause währen, bis die Soldaten wieder kommen? Oder sind es vielleicht nur Tage?

2. März 1878

Der letzte Schnee dieses Winters ist nun endgültig verschwunden, von den immer wärmer werdenden Sonnenstrahlen aufgeleckt. Der Frühling zieht wieder über die Prärie, die sich dem Auge jeden Tag ein wenig grüner darbietet.

Eine unwiderstehliche Macht zieht mich hinaus. Es ist mir, als müsse ich die Schönheit der erwachenden Natur noch einmal mit jeder Faser meines Körpers und meiner Seele in mir aufnehmen.

Sooft es meine Zeit erlaubt, reite ich mit Präriefeuer fort. Ich weiß, es ist gefährlich. Aber wenn die Vögel zwitschern und der warme Frühlingswind um mein Gesicht streicht, halte ich es nicht mehr im Lager aus.

18. März 1878

Heute kam unsere kleine Tochter und hielt mir die erste Blume entgegen, die kleinen Hände fest um den Stiel geschlossen. »Blume von Rotem Stern für Mama«, sagte sie auf Cheyenne und es klang sehr ernst und wichtig. Als ich mich herzlich bedankte, strahlten ihre dunklen Augen vor Freude und sie rannte lachend zu ihren Spielgefährten.

Bedrückt sah ich zu den schreienden, jauchzenden und durcheinander quirlenden Geschöpfen hinüber und mein Herz wurde schwer.

Wie würde die Zukunft dieser Indianerkinder aussehen? Gefangenschaft, Elend, Hunger und Schmutz! Am Anfang werden sie den Großen Geist vielleicht verzweifelt anrufen und fragen: warum? Doch er wird ihnen nicht antworten. Vielleicht, weil er selbst die Antwort nicht kennt? Dann werden sie die Köpfe senken, die Hände in den Schoß legen und resignieren und niemand wird da sein, der ihnen helfen kann. Ist es da nicht besser, wir nehmen sie auf unsere Reise ins Geisterland mit?

14. April 1878

Vor einigen Tagen ritten Schwarzes Pferd und ich gemeinsam für ein paar Stunden vom Lager fort. Ohne uns vorher abgesprochen zu haben, lenkten wir unsere Pferde nach Süden zu den Bergen.

Wir wechselten nicht viele Worte, doch wenn unsere Blicke sich trafen, sprachen sie von der Liebe und Zärtlichkeit füreinander.

Im Vorbeireiten strich ich mit den Händen über das erste zarte Grün an den Bäumen. Als wir den Bergkamm erreichten, umwehte uns der warme Südwind, der im Tal kaum zu spüren war, mit aller Kraft. Ich hielt ihm mein Gesicht entgegen und atmete den Geruch von Sonne, Wald und Erde tief ein. Auf einmal legte sich seine Hand auf meinen Arm, und als ich die Augen öffnete, sah ich das Gesicht meines Mannes dicht vor mir. »Es ist, als ob Weißer Vogel Abschied nehmen würde«, meinte er mit einem fragenden Unterton.

Nachdenklich schweifte mein Blick zu den Wipfeln der Bäume und in die Ferne. »Weißer Vogel weiß es nicht«, antwortete ich ihm zögernd. »Manchmal glaubt sie, dass es der letzte Frühling sein wird . . .«

Die Hand von Schwarzem Pferd umschloss meinen Arm mit schmerzhaftem Druck und seine Stimme klang heiser: »Schwarzes Pferd hat ein Gesicht gehabt, er weiß, dass er nicht mehr lange leben wird. Aber Weißer Vogel – warum ändert sie ihren Entschluss nicht?«

Ich sah ihn an, meinen Indianer, diesen stolzen Cheyenne-Häuptling, dessen Squaw ich fast vierzehn Jahre lang sein durfte, und ich fühlte die Liebe so stark wie an dem Tag, als sich unsere Blicke im Fort zum ersten Mal trafen. Keine Stunde würde ich ohne ihn leben können.

»Sie kann nicht, Schwarzes Pferd weiß es«, antwortete ich deshalb ruhig.

Als wir weiterritten, deutete mein Mann plötzlich in eine Schlucht, die rechter Hand vor uns mit vielen Krümmungen nach Westen verlief, bis sie sich in der Ferne im grauen Dunst verlor. In einer Entfernung von vielleicht zwanzig Meilen näherte sich ein Trupp Kavallerie. Wie viele Reiter es waren, konnten wir trotz Fernrohr nicht erkennen, da sich immer einige hinter einer der Biegung befanden. Wenn sie ihren Weg ungehindert fortsetzten, würden sie auf das Cheyennedorf stoßen, sobald sie den letzten Bergkamm erreicht hatten.

Schwarzes Pferd gab mir den Auftrag, rasch zwanzig Krieger herbeizuholen, um die Blauröcke vom Lager wegzulocken. Die Frauen und Kinder sollten mit den anderen Männern weiter den Powder hinunterfliehen und dann versuchen in einem Seitental ein geeignetes Versteck zu finden.

So schnell es das Gelände erlaubte, ritt ich zurück. Als das Dorf im Tal vor mir lag, ahmte ich zweimal den Ruf des Wanderfalken nach, um einen Wächter herbeizuholen. Sofort hörte ich die Antwort und schon drängte Little Wolf auf seinem Pony durch die Büsche. Rasch erklärte ich ihm, was los war. Er verstand sofort und trieb sein Pferd in höchster Eile den Hang hinunter, dabei immer wieder das Wolfsgeheul ausstoßend. Durch mein Fernrohr sah ich, wie das Lager lebendig wurde. Ich winkte mit beiden Armen. Bald darauf ritt eine größere Gruppe Cheyenne Little Wolf entgegen. Als sie zusammentrafen, stockte der Zug, dann kam ein Teil von ihnen den Hang zu mir herauf, die anderen ritten ins Lager zurück, wo bereits die Pferde gesattelt und bepackt wurden.

Als die Krieger bei mir angelangt waren, ging es sofort weiter. Schwarzes Pferd stand mit seinem Pferd noch an derselben Stelle wie zuvor. Ohne sich umzudrehen, hob er nur warnend die Hand und bedeutete uns in Deckung zu bleiben. Wir hielten an und warteten schweigend, bis er zu uns herüberkam.

»Die Cheyenne mögen Schwarzem Pferd folgen, die Blauröcke befinden sich jetzt hinter diesem Hügel, wo die Schlucht sich krümmt wie das Horn eines Büffels.«

Vor uns herreitend, führte mein Mann uns den steilen Hang hinunter, und als wir heil unten angekommen waren, wusste ich augenblicklich, was er vorhatte. Etwa zwei Meilen vor uns lag der Berg, um den die Kavalleristen herumkommen mussten. Rechter Hand unterbrach die Öffnung eines Cañons die Bergkette, dorthin führte er uns. Wir waren schon einmal allein hier gewesen und hatten den Cañon in Augenschein genommen, dessen Boden mit Felsbrocken, Strauchwerk und Zederngehölz bedeckt war, das eine ausgezeichnete Deckung bot. Dabei hatten wir festgestellt, dass man den Cañon auch an seinem Ende verlassen konnte. Dort befand sich kaum sichtbar eine schmale, von einer großen Zeder verdeckte Felsspalte, die langsam nach oben auf den Bergkamm führte. Sie war allerdings so eng, dass nur jeweils ein Reiter hinaufkonnte.

Ein kurzer Befehl von Schwarzem Pferd, und fünf unserer Cheyenne begaben sich in den Cañon, um sich an seinem Eingang zu verstecken. Wir ritten etwa hundert Yards in die Schlucht hinein, dann saßen wir ab, hockten auf dem Boden und warteten. Es war jetzt etwa drei Stunden nach Mittag, in weiteren drei Stunden würde die Sonne untergehen. Wenn es uns gelang, die Soldaten bis zum Einbruch der Dunkelheit in dem Cañon festzuhalten, wollten wir uns etwa eine Stunde nach Mitternacht an der Felsspalte treffen und uns im Schutz der Nacht zurückziehen.

»Unsere Munition ist knapp, die Krieger der Cheyenne werden nur schießen, wenn ihr Leben davon abhängt oder einer der Soldaten den Cañon verlassen will. Wir werden die Blauröcke so lange hier festhalten, bis unsere Familien in Sicherheit sind«, sagte mein Mann.

Da gelangte der erste Reiter in unser Blickfeld. Als er uns sah, drehte er sich um und rief etwas nach hinten, wobei er mit dem ausgestreckten Arm auf uns zeigte. Wir behielten unsere sitzende Stellung bei und taten, als hätten wir die Soldaten nicht bemerkt. Bis auf etwa eine Meile ließen wir sie herankommen, dann sprangen wir auf und liefen zu den Pferden. In scheinbar kopfloser Hast jagten wir unserer Pferde in die erste Felsschlucht, die wir erreichen konnten, und verschwanden darin. Als wir sahen, dass uns alle vierzig Kavalleristen gefolgt waren, befand sich jeder von uns bereits hinter einem schützenden Felsbrocken.

Erstaunt und unsicher hielten die Reiter ihre Pferde an und sahen sich um, ohne jedoch etwas entdecken zu können. Vielleicht mochte es dem einen oder anderen jetzt dämmern, dass sie in eine Falle gegangen waren. Als sie wendeten, um den Cañon wieder zu verlassen, schossen die fünf Cheyenne, die sich am Eingang versteckt hatten. Jeder gab nur einen Schuss ab, aber es genügte, um auch dem letzten Zweifler die Lage klarzumachen. Aus jeder Richtung, in die sie sich wandten, ob seitwärts oder weiter in den Cañon hinein, schlug ihnen unmissverständlich Gewehrfeuer entgegen.

Die Soldaten sammelten sich auf einem kleinen freien Platz, von dem aus sie wenigstens einige Yards freies Gelände übersehen konnten, und saßen ab. Offenbar war ihnen klar, dass sie nichts unternehmen konnten und abwarten mussten, was wir vorhatten. Mit entsichertem Gewehr saßen sie im Kreis und beobachteten misstrauisch die sie umgebenden Felsbrocken und das dichte Zederngebüsch.

Wir ließen sie in Ruhe, nicht aus Menschenfreundlichkeit, sondern um Munition zu sparen. Nur wenn einer so unvorsichtig war sich zu weit von seinen Kameraden zu entfernen, schoss der Cheyenne, der ihm gerade am nächsten war, und sie merkten, dass wir wachsam waren. Von Stunde zu Stunde wurde ihnen offensichtlich unbehaglicher, vielleicht nahmen sie an, wir würden noch auf Verstärkung warten. Als es dunkel wurde, legten sie sich abwechselnd zum Schlafen nieder und um Mitternacht waren auch die Wachtposten so müde, dass ihre Köpfe immer wieder vornübersanken. Das kam unserem Plan sehr gelegen. Was sie am Morgen wohl für Augen machen würden, wenn sie sahen, dass sie ganz allein waren?

In der Nacht führten wir unsere Pferde durch den engen Felseinschnitt auf den Bergkamm, um dort den Morgen abzuwarten. Als sich der Tag mit seinem grauen Zwielicht ankündigte, saßen wir auf und ritten langsam ins Tal zu dem Platz, an dem unsere Zelte gestanden hatten, und dann weiter den Powder hinunter.

Kurz vor Mittag erreichten wir die Stelle, an der ein kleiner Fluss einmündete, der aus einem sich nach Süden erstreckenden Seitental kam. Wir hielten unsere Pferde in dem seichten Wasser nahe dem Ufer an, auf dessen mit Geröll und Steinen bedecktem Grund wir uns schon seit etwa fünfzehn Meilen fortbewegten. Keine Spur deutete darauf hin, dass die Cheyenne hier den Fluss verlassen hatten. Sicher waren sie über die an dieser Stelle bis ins Wasser hineinragende Felsplatte geritten. In diesem Augenblick schrie vor uns zweimal ein Wanderfalke und wir wussten, dass wir auf dem richtigen Weg waren. Die Felsplatte setzte sich am Ufer durch Steine und Geröll fort, um erst in der Nähe der links und rechts aufragenden Felswände in Gras überzugehen.

Deshalb hatten wir keine Spuren gefunden und aus demselben Grund würden, wenn wir ein wenig Glück hatten, auch die Soldaten unsere Fährte verlieren.

Im Lager eingetroffen, mussten die Krieger erst einmal erzählen. Ich muss nach wenigen Minuten im Gras eingeschlafen sein.

2. Mai 1878

Die Soldaten haben uns nicht gefunden. Dafür bekamen wir anderen Besuch, ein weißer Rancher mit zehn seiner Cowboys tauchte gestern bei uns auf.

Anmaßend herrschte er Schwarzes Pferd an, der mit gekreuzten Armen vor ihm stand, er solle seine rothäutigen Halunken einsammeln und verschwinden. »Das Land gehört mir, so weit ihr sehen könnt, und noch weiter!«

Mein Mann kniff die Augen zu schmalen Schlitzen zusammen und erwiderte kalt: »Schwarzes Pferd, der Häuptling der Cheyenne, kann sich nicht erinnern, dass er oder Sitting Bull, der oberste Häuptling aller Sioux, irgendeinem unverschämten Bleichgesicht auch nur einen Handbreit Boden verkauft hätte. Dieses Land ist Indianerland und wurde nie von den Indianern abgetreten. Es ist also klar, wer zu gehen hat!«

Der Rancher wurde rot im Gesicht vor Wut und seine Cowboys zogen ihre Revolver.

»Der weiße Mann mag seinen Viehtreibern sagen, sie sollen ihre Waffen wieder einstecken. Oder er ist ein toter Mann«, mischte ich mich ein und legte auf ihn an. Da bis jetzt keiner auf mich geachtet hatte, war der Überraschungseffekt gelungen. Sprachlos vor Staunen starrten sie mich an und einer seiner bärtigen Rinderhirten murmelte verdattert: »Ich werd' verrückt! 'n Weiße unter diesen stinkenden Rothäuten!«

Der Rancher brüllte plötzlich los: »Worauf wartet ihr noch, ihr Schlafmützen? Schießt! Kein ehrlicher Weißer hat es nötig, sich von solchem Gesindel beleidigen zu lassen. Knallt sie ab, und diese Indianerhure als Erste . . .«

Noch während er sprach, riss ich das Gewehr hoch, zielte kurz auf seinem Kopf und schoss. Der nächste Satz blieb ihm vor Schreck im Hals stecken, denn die Kugel war so knapp über ihn hinweggepfiffen, dass sie durch seine dichten krausen Locken fuhr und ihm den Hut heruntergerissen hatte. Entsetzt betrachtete er ein Büschel Haare in seiner Hand.

»Die Waffen und Patronengürtel fallen lassen, aber ganz

schnell«, rief ich voll eiskalter Wut. »Das nächste Mal wird meine Kugel das anmaßende Bleichgesicht töten.«

Widerwillig gehorchten sie meinem Befehl. Dem Rancher hatte es die Sprache verschlagen. Er sagte kein Wort mehr, bis sie sich abwandten, um fortzureiten. Da drehte er sich im Sattel um und knurrte wie ein gereiztes Raubtier: »Das werdet ihr mir büßen. Wir kommen wieder, und dann gnade euch Gott!«

Als Antwort hob Schwarzes Pferd ruhig seinen Bogen, spannte ihn und senkte ihn ganz langsam ins Ziel. Unsichtbar für das Auge, schwirrte der Pfeil von der Sehne und blieb mit zitterndem Schaft im Lederzeug des Sattels stecken, nicht mal einen Fingerbreit vom Bein des Ranchers entfernt. Sein Pferd, das wohl noch die Spitze des Geschosses zu spüren bekommen hatte, machte einen erschrecken Satz nach vorn und raste davon, sodass der Mann alle Hände voll zu tun hatte im Sattel zu bleiben und sein Tier wieder unter Kontrolle zu bringen.

Die Cheyenne lachten leise und ich glaubte auch auf den Gesichtern einiger Cowboys ein schwaches Grinsen zu sehen, bevor sie ihrem Herrn hinterherritten.

Es ist uns klar, dass wir jetzt nicht mehr lange hier bleiben können, denn dieser jähzornige und rücksichtslose weiße Mann wird eine solche Schlappe nicht einstecken, ohne sich dafür zu rächen.

19. Mai 1878

Wir sind weitergezogen, einige Cheyenne meinten, dass wir auch zu Sitting Bull nach Kanada gehen sollten. Doch die meisten sind dagegen, sie wollen ihre Heimat nicht verlassen.

Wenn wir schon sterben müssen, so sagten sie, dann möchten wir in der Nähe der Paha Ssapa begraben werden und nicht in einem fremden Land.

Unser Lager befindet sich jetzt im Quellgebiet eines Flüsschens, das etwa fünfzig Meilen weiter nördlich in den Powder mündet. Bis zu seinem Ostufer erstreckt sich eine schmale Senke mit hohem Präriegras, hinter uns steigt das Gelände mit Felserhebungen, Geröll und spärlichem Grasbewuchs an.

Von dort oben aus können wir bei klarem Wetter die schwarzen Schatten der Black Hills erkennen.

3. Juni 1878

Die weißen Rancher und Siedler und ihre Cowboys haben uns gefunden, das kraushaarige Bleichgesicht hat seine Drohung wahr gemacht. Für eine Flucht war es zu spät. Als unser Wachtposten den Warnruf ausstieß, waren sie schon bis auf etwa fünf Meilen herangekommen. Da der Wind aus südöstlicher Richtung kam, gab Schwarzes Pferd den Befehl, Feuer zu legen. Sofort schwangen sich ein paar Krieger auf ihre schnellen Ponys und schwärmten in breiter Front aus, um den Befehl auszuführen, und eine zweite Gruppe gab ihnen Feuerschutz. In wenigen Minuten stand das trockene Gras in Flammen und das Feuer bewegte sich mit einer schweren grauen Rauchwolke direkt auf unsere Feinde zu. Wenn sie nicht verbrennen oder ersticken wollten, mussten sie bis an den Powder zurückweichen. Wir packten währenddessen unsere Bündel und Taschen, beluden die Packpferde, sattelten die Reittiere, und die Männer brachen wieder einmal die Tipis ab. Im Schutz der Feuermauer zogen wir uns zurück und flüchteten in die Berge. Völlig erschöpft kamen wir kurz vor

Einbruch der Dunkelheit am nächsten Abend am Boxelder Creek an. Wir beschlossen Rast zu machen, da die Kinder und Alten sich vor Hunger und Müdigkeit nicht mehr im Sattel halten konnten. Wir werden hier die Nacht verbringen und morgen beraten, wohin wir weiterziehen wollen.

Ende Juni 1878
Zum ersten Mal, seit ich meine Gedanken und Erlebnisse in diesen Tagebüchern festhalte, kann ich nicht mehr sagen, welches Datum wir heute haben.

Am Boxelder Creek konnten wir nur zwei Tage ausruhen, da sichteten unsere Kundschafter im Nordwesten schon wieder die Verfolger, deren Zahl um einiges angewachsen war.

Wir flüchteten weiter, bis wir den Little Missouri erreichten und dort einen kleinen versteckten Cañon fanden. Hier konnten wir eine Zeit lang bleiben und die Jäger erlegten ein paar Waschbären und Stachelschweine.

Inzwischen mussten wir auch dort wieder fort. Die Weißen haben sich offenbar getrennt und eine kleinere Gruppe fand unsere Spur durch einige Cheyenne, die auf der Jagd waren. Ich weiß nicht, wie lange wir diese Hetzjagd noch aushalten. Nicht nur die alten Leute und die Kinder, auch die übrigen Cheyenne sind zu Tode erschöpft. Wachtposten können nur noch von Freiwilligen gestellt werden, die glauben für die Aufgabe noch frisch genug zu sein. Der Zeitpunkt ist abzusehen, wo auch sie auf ihren Späherposten vor Erschöpfung einschlafen.

Großer Geist, wenn es dich gibt, warum hältst du diese weißen Barbaren nicht auf? Warum öffnest du ihnen nicht die Augen über das beispiellose Unrecht, das sie begehen? Wir haben ihnen nichts getan und doch jagen sie uns wie wilde

Tiere. Großer Geist, wie weit in der Unendlichkeit der Sterne musst du wohnen, dass du nicht siehst, was mit deinen Kindern geschieht!

In den Paha-Mato-Bergen haben wir ein kleines Versteck gefunden, in dem wir uns vielleicht für kurze Zeit verbergen können. Viel Platz brauchen wir nicht mehr, unsere Tipis mussten wir schon lange im Stich lassen.

Das zarte Flämmchen der Hoffnung, dass für die Cheyenne auch wieder bessere Zeiten kommen, wird von Tag zu Tag kleiner. Ich glaube, wir sind bald am Ende unseres Weges angelangt.

Juli 1878

Wenn ich mich nicht verrechnet habe, muss es jetzt Mitte Juli sein, der Monat der »roten Kirschen«. Es ist furchtbar heiß und Mensch und Tier suchen jeden erreichbaren Schatten. Hunger und Mangel an Schlaf haben uns alle geschwächt.

Als einer unserer Späher eine erlegte Hirschkuh brachte, ließen wir alle Vorsicht fallen und entfachten ein kleines Feuer, um das Tier nicht roh verzehren zu müssen.

Unser Versteck ist entdeckt worden, vielleicht war der schwache Rauch des Feuers daran schuld. Vierundzwanzig unserer besten Krieger fielen, als sie die Weißen aufhalten wollten, um den Frauen und Kindern die Flucht zu ermöglichen.

Unsere Feinde kamen im Morgengrauen und eröffneten sofort das Feuer. Das Schreien und Weinen der Kinder, das Peitschen der Gewehrschüsse und das schrille Wiehern der Pferde klingt mir noch immer in den Ohren.

Wir flüchteten über den Inyan-Kara-Fluss weiter nach Süden. Einige meinten, wir sollten versuchen die Black Hills zu erreichen, wo wir uns leichter verstecken könnten. Aber der

Plan wurde wieder fallen gelassen, da es dort wahrscheinlich von Gold suchenden Weißen und Soldaten nur so wimmelt.

Heute sahen wir hinter uns die ersten Blauröcke, sie kamen von Osten aus der Paha Ssapa.

Vermutlich werden sie mit den Weißen, die uns folgen, bald zusammentreffen.

Es wird langsam dunkel und ich muss mich mit dem Schreiben beeilen. Ich glaube, es wird das letzte Mal sein, dass ich die Feder zur Hand nehme. Unser Weg ist zu Ende.

Am späten Nachmittag bemerkten wir die zweite Kolonne Soldaten, die uns von Süden her entgegenkam.

So viele Soldaten für eine kleine Gruppe erschöpfter Krieger und rund fünfundsechzig hilflose Frauen, Kinder und Alte!

Jetzt sind wir fast vollständig eingeschlossen, nur der Weg nach Osten in die Paha Ssapa ist noch frei. Dorthin sollen die Frauen und Kinder flüchten, während wir die Soldaten aufhalten.

Als die Sonne im Westen unterging, erhob sich Schwarzes Pferd und sprach zu seinen Cheyenne. Er sagte ihnen, dass der Augenblick gekommen sei, um Abschied zu nehmen.

»Wenn morgen der neue Tag beginnt und die Sonne im Osten aufgeht, werden die Soldaten kommen. Sie dürfen die Frauen und Kinder nicht finden. Die Cheyenne haben schon zu oft erlebt, dass sie wahllos Männer, Frauen und Kinder töteten.

Wenn der Kampf zu Ende ist, mögen die Überlebenden einen der Ältesten mit einem weißen Tuch zu dem Soldatenhäuptling schicken und sich ergeben.

Schwarzes Pferd, der Häuptling der Cheyenne, sagt seinen Brüdern und Schwestern Lebewohl. MA-HI-YA, der Große Geist, möge sie beschützen.«

Er hob grüßend die Hand und wandte sich ab. Die Cheyenne senkten die Köpfe und schwiegen.

Auch ich erhob mich und trat zu ihnen. Ihre von Trauer beschatteten Gesichter wurden von der untergehenden Sonne mit warmem Rot überhaucht.

»Auch Weißer Vogel möchte von ihren roten Schwestern und Brüdern Abschied nehmen und ihnen für die Liebe und das Verständnis danken, die sie ihr, einer Weißen, vierzehn Jahre lang entgegengebracht haben. Bitte verzeiht ihr, dass sie euch auf eurem schweren Weg nicht begleitet, aber ihr Platz ist an der Seite von Schwarzem Pferd. Doch die Gedanken von Weißem Vogel werden die Cheyenne begleiten, bis sie sich eines fernen Tages in den ewigen Jagdgründen wieder sehen.«

Ich drehte mich um, ich konnte die Tränen nicht länger zurückhalten.

Little Cloud kam mir nach und fasste mich am Arm. »Warum bleibt meine weiße Schwester nicht bei uns?«, flehte sie.

Ich umarmte sie und sagte: »Es fällt Weißem Vogel schwer, euch zu verlassen, sie würde so gerne noch leben. Aber sie kann nicht, ein Leben ohne Schwarzes Pferd wäre schlimmer als der Tod. Durch ihn waren die vergangenen vierzehn Jahre trotz Mord und Totschlag, trotz Hunger und Flucht die glücklichsten ihres Lebens. Weil er da war und sie mit seiner Liebe und Zärtlichkeit umgab.«

Ich löste mich von ihr und bat sie eindringlich: »Meine rote Schwester mag gut auf unsere kleine Tochter aufpassen. Wenn sie die Sprache der Bleichgesichter gelernt hat und sie zu lesen versteht, sollte Little Cloud ihr die Tagebücher geben, die sie in einem der Beutel findet. Vielleicht wird sie eines Tages verstehen, warum ihre Mutter sie verlassen hat.«

Ich bin jetzt ganz ruhig, während ich die letzten Worte an dich, Roter Stern, unsere Tochter, niederschreibe.

Noch bist du zu klein, um zu begreifen, welchen Kampf ich gekämpft habe, bei dem du und das Leben die Verlierer, dein Vater und der Tod aber Sieger sein werden.

Vor fast vierzehn Jahren haben mich die schwarzen Augen deines Vaters gefangen genommen und ich bin zu ihm gegangen und seine Frau geworden. Ihn nicht mehr sehen, seine Stimme nicht mehr hören, nie mehr mit den Händen über sein langes schwarzes Haar streichen zu können, allein weiterleben zu müssen: für deine Mutter wäre es das Ende. Auch die Liebe für dich, mein Kind, würde nicht verhindern, dass nur die seelenlose Hülle deiner Mutter bei dir bliebe. Bitte verzeih mir und versuche zu verstehen. Leb wohl, mein Kind, ich werde dich nicht aufwecken aus dem Schlaf, den du so nötig hast. Ich küsse dich in Gedanken, möge MA-HI-YA dich beschützen!

Ich kann kaum noch erkennen, was ich schreibe. Die Sonne ist schon lange untergegangen. Gegen den noch hellen Himmel im Westen zeichnet sich die hohe Gestalt von Schwarzem Pferd ab. Später werde ich zu ihm gehen und die letzten Stunden werden nur uns beiden gehören.

Sollten diese Tagebuchaufzeichnungen in ferner Zukunft einmal von den Weißen in den großen Städten im Osten und im Westen gelesen werden, so wird ihnen vielleicht klar, welches Unrecht ihre Ahnen und Urahnen den roten Menschen zugefügt haben.

Vielleicht werden sie dann dazu beitragen, dass für die Sioux, die Cheyenne und die vielen anderen roten Völker wieder die Sonne scheint, damit sie aus der Welt der Schatten zurückkommen und sehen können, dass der heilige Baumwollbaum wieder blüht.

Little Cloud im Fort Robinson, September 1878
Von Weißem Vogel hat Little Cloud gelernt in der Sprache der Bleichgesichter zu schreiben.

Es fällt ihr nicht leicht, aber sie möchte niederschreiben, wie das Leben ihres Bruders Schwarzes Pferd und seiner weißen Squaw, die die Cheyenne Weißer Vogel nannten, endete.

Sie sieht ihre weiße Schwester vor sich, wie sie sie in den letzten Stunden des Tages sah: ihr Kopf tief über das kleine Buch gebeugt. Dann hebt sie den Blick, schaut sinnend in die Ferne, um gleich darauf weiterzuschreiben. Jetzt legt sie die Feder fort und schlägt die letzte Seite, die mit der Schrift von ihrer Hand bedeckt ist, zu. Die Bewegung ist von einer schrecklichen Endgültigkeit, als hätte sie damit auch das Buch ihres Lebens für immer zugeschlagen.

Noch immer glaubte Little Cloud, dass der Große Geist ein Wunder schicken würde, das ihr den Bruder und die weiße Schwester erhielte.

Weißer Vogel stand auf und ging langsam zu Schwarzem Pferd, der mit verschränkten Armen etwas abseits an einem Felsen lehnte und unbeweglich in die Dunkelheit starrte. Als sie zu ihm trat, leuchteten seine Augen auf und ein zärtliches Lächeln huschte um seine Lippen. Er sagte nichts, öffnete nur weit die Arme und zog sie an sich, als ob er sie schützen wollte. So standen sie eng umschlungen, bis das Lagerfeuer langsam verlosch und die Schwärze der Nacht ihre Flügel über sie breitete.

Lange lag Little Cloud wach und ihre Gedanken senkten die Trauer wie einen Stein in ihr Herz. Doch dann kam auch zu ihr der Schlaf der Erschöpfung.

Das erste Licht des erwachenden Tages stieg im Osten hoch, als Schwarzes Pferd und die Krieger die Ponys sattelten. Weißer Vogel stand vor ihrer schlafenden Tochter, dann drehte sie sich schnell um und kam zu Little Cloud. Sie sagte nichts, nur ein trauriges Lächeln zitterte um ihren Mund, als sie zum Abschied grüßend die Hand hob. Dann wandte sie sich ab und ging zu Schwarzem Pferd, der ihre Stute sattelte. Ein Blick unendlich liebevoller Vertrautheit wechselte zwischen ihnen hin und her.

In der Ferne hörte man schon das Wiehern der Soldatenpferde und wir beluden in großer Eile die Packpferde und halfen den Kindern und Alten in den Sattel. Als wir eben bereit waren, tauchten schon die ersten Soldaten auf.

Little Cloud hat vergeblich auf ein Wunder gehofft!

Die Krieger der Cheyenne standen wie eine Mauer in breiter Linie und schirmten uns vor den Blauröcken ab.

Langsam setzten wir uns in Marsch, Schwarzes Pferd hob die Hand zum Zeichen des Angriffs und die Cheyenne stürmten mit schrillem Kriegsruf vor. Bald war die Luft erfüllt vom Krachen der Gewehrschüsse, dem Peitschen der Pistolenkugeln, den wilden Schreien der Krieger, von Pulverdampf und dem Staub, den die Hufe der Pferde aufwirbelten.

Nach etwa zwei Meilen hielten wir die Ponys an, der erste Angriff der Blauröcke war von den mit ungeheurer Wut kämpfenden Kriegern zurückgeschlagen worden. Doch einem neuen Angriff würden sie nicht standhalten können, ihre Munition war bald aufgebraucht, ihre Pfeile verschossen.

Da kam ein Reiter mit einem zweiten Pferd aus der Wolke von Rauch und Staub hervor. Er ritt langsam und schleppend auf uns zu. Als er näher kam, erkannten wir Weißen Vogel, die das Pony von Schwarzem Pferd am Zügel führte, seinen Leichnam über dem Sattel. Mit seltsam hölzernen Bewegungen stieg sie von ihrer Stute und ging zu ihrem Mann, den einige Frauen vom Pferd gehoben und ins Gras gelegt hatten.

Langsam kniete sie neben ihm nieder und legte ihre Finger leicht auf die Wunden, die die Gewehrkugeln der Soldaten in seinen nackten Oberkörper geschlagen hatten – so vorsichtig, als fürchtete sie, die Berührung könne ihm noch Schmerzen verursachen. Dann beugte sie sich über sein Gesicht und küsste seine geschlossenen Augen und den Mund. Mit den gleichen steifen Bewegungen stand sie wieder auf und ging zu ihrem Pferd zurück.

Little Cloud lief ihr nach, wollte die Weiße Schwester aufhalten. Aber Weißer Vogel ging an ihr vorbei, ohne sie zu sehen, das Gesicht ausdruckslos und blass, die braunen Augen erloschen. Ihr wurde klar, dass die Seele der weißen Schwester schon auf dem Weg ins Geisterland war, obwohl ihr Herz noch schlug.

Schwerfällig, mit wie erstarrt wirkenden Gliedern, bestieg sie ihr Pferd und jagte zurück zum Kampfplatz.

Die wenigen Krieger, die mit dem Leben davonkamen, berichteten später, sie hätte ihre Stute in vollem Galopp zwischen die Kämpfenden getrieben, das leer geschossene Gewehr wie eine Siegestrophäe schwenkend, und dabei habe sie so laut das Todeslied der Cheyenne gesungen: »Nichts lebt lange, nur die Erde und die Berge . . .«

Als uns der Soldatenhäuptling später erlaubte unsere Toten

zu holen und zu begraben, fanden wir sie an demselben Platz, an dem Schwarzes Pferd gefallen sein soll. Sie lag auf dem Rücken, die Augen geschlossen. Ihr Kleid war über dem Herzen von Blut getränkt, in ihrer halbgeöffneten linken Hand hielt sie einen Klumpen Erde.

Wir sind müde. Es ist uns gleichgültig, was weiter mit uns geschieht. Die Cheyenne sind am Ende ihres langen Weges angekommen.

»Mit anderen Worten, man sollte sie so schnell wie möglich unschädlich machen, und es scheint mir unwesentlich, ob sie von Indianerkommissaren überredet werden fortzugehen oder ob man sie tötet.«

General Sherman an Kriegsminister Stanton.

»Die einzigen guten Indianer, die ich gesehen habe, waren tot.«

General Sheridan zu Silver Knife, dem Häuptling der Comanchen.

»Mit den Indianern sind weder Verhandlungen noch irgendwelche Gespräche zu führen. Die Männer sind umzubringen, wann und wo immer sie angetroffen werden. Die Frauen und Kinder sind natürlich nicht zu töten, sondern können gefangen genommen werden.«

Aus dem Befehl von General Carleton.

»Wenn Indianer in Schussweite kommen, dann erschießt sie. Zeigt kein Erbarmen, denn sie werden euch gegenüber auch keines zeigen. General Hancock wird euch und euer Eigentum schützen.«

Aus einer Anweisung der Overland Express an ihre Angestellten.

Mit solchen und ähnlichen Zitaten haben sich einige »große« Männer jener Zeit ein mehr als unrühmliches Denkmal gesetzt. Die Worte haben bis zum heutigen Tag nichts von ihrer Unmenschlichkeit verloren.

Natürlich gab es auch andere, wohlmeinende weiße Freunde der Indianer, wie der nachfolgende Auszug aus einem Brief des Indianerkommissars Sanborn an den Innenminister und einige Zeitungsartikel zum Zeitpunkt der Umsiedlung der Cheyenne zeigen:

»Dass eine mächtige Nation wie die unsere auf solche Weise einen Krieg gegen ein paar verstreute Nomaden führt, ist ein zutiefst beschämendes Schauspiel, ein beispielloses Unrecht, ein höchst widerliches nationales Verbrechen, das früher oder später ein himmlisches Strafgericht über uns oder unsere Nachkommen bringen muss.«

»Wenn der amerikanische Charakter nach seinem Verhalten in dieser Angelegenheit beurteilt werden kann, dann fehlt ihm in der beklagenswertesten Weise jedes Gefühl für Ehre und Integrität. Von ihnen selbst habe ich Aussagen gehört, die sie als unglaublich verräterisch entlarven in ihrem Verhalten gegenüber den unglücklichen Indianern . . . In einer Stunde belehren sie ihren Mob über die unveräußerlichen Rechte der Menschen und in der nächsten vertreiben sie die Kinder dieser Erde von ihrer Heimat, denen gegenüber sie sich in feierlichen Verträgen verpflichtet hatten sie zu beschützen.«

»Wir stellen fest, dass ein Verbrechen beabsichtigt ist, das unser Verständnis durch seine Größe übersteigt; ein Verbrechen, das in der Tat sowohl uns als auch die Cherokee der Heimat beraubt, denn wie könnten wir die Verschwörung, die diese armen Indianer zermalmen will, unsere Regierung nennen, und wie das Land, das durch ihr Scheiden und ihre Verwünschungen verflucht wurde, unsere Heimat . . . Der Name dieser Nation, bisher das süße Omen für Religion und Freiheit, wird zur Welt stinken.«

Die Einstellung der weißen Bevölkerung gegenüber den Indianern wurde durch solche aufklärenden Artikel zwar teilweise positiv beeinflusst, aber oft verhallten die Worte doch ungehört, denn die Gier nach dem Land und den Bodenschätzen der Indianer war größer als die Besinnung auf menschliche Werte wie Gerechtigkeit und Toleranz, Nächstenliebe und Barmherzigkeit.

Aussprüche wie die vorstehenden haben mich tief erschüttert und mich in der Ansicht bestärkt, dass nicht genug dazu beigetragen werden kann, das Bild des »Wilden Westens« im Allgemeinen und das Bild des Indianers im Besonderen endlich richtigzustellen.

Millionen Menschen werden immer noch durch Film, Fernsehen und billige Groschenlektüre auf die fast ausnahmslos blutdürstigen, ständig in kriegerischer Absicht umherstreifenden Indianer fixiert, während man diesen zwei oder drei völlig unglaubhafte, ausschließlich gute und edle Super-Häuptlinge gegenüberstellt.

Dabei wollten sie alle nur in Ruhe gelassen werden, wollten in Freiheit durch ihre Heimat streifen und jagen, wo es ihnen gefiel. Doch ihr Schicksal war besiegelt, als man feststellte, welch unermesslich schönes und reiches Land ihnen gehörte.

Die weißen Eroberer setzten Prämien für ihre Skalps aus und töteten wahllos gute und böse, friedliche und kriegerische Indianer, wobei die friedlich in ihren Dörfern lebenden Indianer meist noch früher unter den Kugeln der Blauröcke fielen als jene, die sich kämpfend gegen den Raub ihrer Heimat und ihrer Freiheit zur Wehr setzten.

Nach Armeeberichten wird die Zahl der getöteten Indianer auf 400.000 geschätzt. Diesen stehen 2300 gefallene Soldaten gegenüber, was verständlich wird, wenn man weiß, mit welch einfachen Waffen, aber dafür ungeheurem Heldenmut die Indianer gegen moderne Gewehre, todbringende Kanonen und Haubitzen anrannten.

Die Weißen machten noch nicht einmal davor Halt, die Indianer durch biologische Kampfmittel zu vernichten. So berichten indianische Chronisten, dass die Weißen den Indianern, die in ihre Dörfer zurückkehren durften, kleine Dosen als Geschenke mitgaben mit der ausdrücklichen Anordnung, diese erst daheim zu öffnen. Als sie das taten, sahen sie darin nur einige Krümel einer schimmelartigen Substanz. Sie wussten nicht, dass sie den Tod in den Händen hielten, die Blattern. Auch Decken wurden an sie verteilt, die mit den gleichen Krankheitserregern infiziert worden waren. Was folgte, war fürchterlich, die Bevölkerung ganzer Dörfer wurde von der Seuche hinweggerafft. Und dann kamen die Weißen und brannten alles nieder.

Die Hauptfiguren der beiden Bücher »Weißer Vogel und Schwarzes Pferd« sowie »Kleiner Bär und Weißer Vogel«, die vor dem historischen Hintergrund der USA zwischen 1860 und 1880 spielen, können für viele Frauen und Männer stehen, die sich für die roten Menschen einsetzten; die die verlogene, frömmlerische und egoistische Welt der Weißen verabscheuten und lieber das einfache Leben der Indianer teilten, als in diese Welt zurückzukehren. Ich hoffe, dass die beiden Erzählungen, die überwiegend auf wirklich Geschehenem beruhen, auch beim Leser ein Gefühl wecken, das vielleicht der Anfang ist für mehr Verständnis, weniger Intoleranz und mehr Brüderlichkeit unter uns allen. Vielleicht wird dieses wachsende Verständnis für unseren roten Bruder eines Tages der Anfang sein für eine aufrichtige Zusammengehörigkeit aller Rassen.

Möglicherweise wird dann eines fernen Tages der uralte Traum aller Menschen endlich wahr: Frieden und Einigkeit auf der ganzen Welt.

Wir können die toten Indianer nicht mehr zum Leben erwecken, aber wir können dazu beitragen, dass ihre Nachkommen eine bessere Zukunft erwartet.

Wir können ihnen das Land ihrer Urahnen nicht wiedergeben, es ist unwiederbringlich verloren. Aber wir könnten versuchen unseren Hochmut und die rasche Bereitschaft, auf Menschen anderer Rassen herabzusehen, abzulegen.

Die Jugend hält die Zukunft in ihren Händen; es wäre gut, wenn sie einen weiteren Schritt zur Versöhnung der Völker tun würde. Denjenigen Lesern, die daran interessiert sind, mehr über die Indianer von heute zu erfahren, über ihren noch immer währenden Kampf gegen die gewaltsame Eingliederung in das weiße Amerika und den Raub und Ausverkauf ihres Landes, über die Verteidigung ihrer Bräuche und ihres Glaubens und den mehr und mehr wachsenden Widerstand gegen Diskriminierung, Unterdrückung und Ausbeutung, empfehle ich die Lektüre der im Anschluss genannten sachlichen Berichte, die in jeder guten Bücherei zu finden sind.

Nanata Mawatani

Literaturverzeichnis

Mary Crow Dog, Richard Erdoes, Lakota Woman. Die Geschichte einer Sioux-Frau. Kiepenheuer 1992

Mary Crow Dog, Richard Erdoes, Ohitika Woman. dtv 1994

Weißt du, dass die Bäume reden. Weisheit der Indianer. Herder 1995

The Council on Interracial Books for Children, Die Wunden der Freiheit. Trikont 1994

Deloria Vine jr., Nur Stämme werden überleben. Lamuv 1996

Rene Oth, Die wahre Geschichte der Indianer. Ursprung, Überlebenskampf und Alltag der Stämme Nordamerikas. Battenberg 1999

John Fire Lame Deer, Richard Erdoes, Tahca Ushte. Medizinmann der Sioux. dtv 1997

Clair Huffaker, Nur ein toter Indianer ist ein guter Indianer. Kunstmann 1990

Die folgenden Titel sind nicht mehr im Handel erhältlich, man kann sie jedoch in Büchereien erhalten:

Heinz J. Stammel, Indianer - Legende und Wirklichkeit von A bis Z. Orbis 1992

Helga Lomosits, Paul Harbaugh, Lakol Wokiksuye. Jugend und Volk-Verlag 1990

Wilma Mankiller, Weg der Tränen. Droemer Knaur 1997

Federica de Cesco

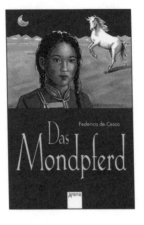

Das Mondpferd

Unter dem Einsatz ihres Lebens rettet Anga den
verletzten Schimmel Khan vor den Wölfen.
Da Khan kein Brandzeichen trägt, behält Anga
das edle Tier, das allein ihr gegenüber seine
Scheu vor den Menschen ablegt.
Dann aber besucht der König der Chaharen, des
mächtigsten Mongolenvolkes, das Lager. Sein Sohn
Bantje meldet Besitzansprüche auf Khan an. Anga
soll mit Bantje um das mondfarbene Pferd kämpfen.
Doch noch vor dem Ende des Wettkampfs bricht ein
gewaltiges Erdbeben aus. Außer Anga überlebt nur
Bantje – doch er liegt schwer verletzt in einer tiefen
Felsspalte...

Ein Abenteuerroman und eine packende
Liebesgeschichte zugleich.

Arena Taschenbuch - Band 1953
Ab 12

Arena

Federica de Cesco

Emi & Tina

Geheimnisse aus
Gold und Jade

Die erfolgreichen Detektivgeschichten um Emi
und Tina bestechen durch eine unwiderstehliche
Mischung aus Spannung und Unterhaltung.
Dieser Sammelband enthält: »Das Goldene Pferd«
und »Ein Armreif aus blauer Jade«.

Emi und Tina sind beste Freundinnen. Beide arbeiten
als Journalistinnen, und ihre Recherchen verwickeln
sie immer wieder in aufregende Abenteuer und
führen sie in die verschiedensten Länder. Diesmal
geht es nach England und China: Auf einem englischen Landsitz geschehen unheimliche Dinge,
denn ein wertvolles Schmuckstück, das Goldene Pferd,
ist vergraben worden... Und dann sind Emi und Tina
plötzlich wegen eines Armreifs aus blauer Jade in
die Feindschaft zweier chinesischer Familienclans
verwickelt!

Arena Taschenbuch – Band 2093.
Ab 12

Arena